AF192381

Buch

Wir schreiben das Jahr 2022. Das Schreckensregiment des Coronavirus ist beendet, an seine Stelle tritt ein neuer Tyrann. Wladimir Putin, russischer Diktator, überfällt die wehrlose Ukraine.

Der deutsche Bundeskanzler spricht von einer Zeitenwende.

Damit ist er nicht der Einzige. Auch die Bewohner eines Hauses im Hamburger Generalsviertel sehen sich einer neuen Herausforderung gegenüber. Ihnen wird mitgeteilt, dass ihre Wohnungen verkauft und in luxuriöse Appartements umgewandelt werden sollen. Da sie lange Jahre eine sehr geringe Miete gezahlt haben, gefällt ihnen das ganz und gar nicht.

Unter der Führung des Anwalts Hanno Meyer erarbeitet die Hausgemeinschaft einen Plan zur Abwehr dieses Unterfangens.

Man traut es sich kaum zu sagen, aber der Krieg im Osten Europas kommt so gesehen gerade recht. In Windeseile werden Unterkünfte für eine Handvoll ukrainischer Flüchtlinge in Dachboden und Keller gebaut, um so den Verkauf des Hauses zu erschweren.

Als flankierende Maßnahme wird aus einem Stapel Bretter ein täuschend echter Paternoster gefertigt und in das Erdgeschoss des altehrwürdigen Bürgerhauses platziert. Gutachter des Denkmalschutzamtes werden eingeladen, die dem Haus prompt eine besondere Schutzwürdigkeit bescheinigen.

Der Plan scheint aufzugehen.

Jedoch – die designierten Käufer des Hauses bleiben skeptisch und versuchen mit allen Mitteln, den vermuteten Schwindel zu entlarven.

Das emsige Treiben der Bewohner wird vom Haus gegenüber mit Argusaugen verfolgt. Das eigentliche Ziel des interessierten Zuschauers René Asbahrs ist es, Hermine Grabert, hochbetagte Mieterin im Erdgeschoss des Verkaufsobjekts, zu eliminieren. Sie hat zweifelsfrei während des Zweiten Weltkriegs im polnischen KZ Plaszow gewirkt und steht im Verdacht, dort als Leiterin des Frauenlagers Gräueltaten verübt zu haben.

Die Genossen um den ehemaligen Hausbesetzer Asbahr sind entschlossen, Gerechtigkeit walten zu lassen, weil sie der deutschen Justiz nicht trauen. Asbahr hat sich bewaffnet und wartet auf einen günstigen Zeitpunkt, die Alte zur Strecke zu bringen.

Heftige Zahnschmerzen sorgen dafür, dass er an Doktor Cohen gerät, Zahnarzt, Jude und Graberts Nachbar. Im Wartezimmer seiner Praxis erlauscht Asbahr, dass die rüstige Greisin Cohen gebeten hat, sie nach Lemberg in den Westen der Ukraine zu begleiten, um dort das Grab ihres früheren Geliebten aufzusuchen. Zu seinem Erstaunen erfährt Cohen, dass es sich bei dem Toten ebenfalls um einen Juden gehandelt haben soll.

Natalia Bondarenka, die zu den neu einquartierten ukrainischen Flüchtlingen gehört, entdeckt zufällig die Identität Hermine Graberts. So erfährt diese den Bestattungsort ihres damaligen Freundes.

Asbahr erkennt seine Chance und folgt Grabert und Cohen nach Lemberg.

Dort will er seinen mörderischen Plan in die Tat umsetzen.

Den ukrainischen Flüchtlingen ist es auch zu verdanken, dass die Hamburger Mieter in den Mauern ihres Hauses eine beklemmende Entdeckung machen …

Autor

Burkhardt Schmidt, Jahrgang 1954, lebt mit seiner Ehefrau auf der Insel Fehmarn. »Operation Rosenkranz« ist sein achter Roman.

Burkhardt Schmidt

Operation Rosenkranz

Eine Tragikomödie

Bibliografische Information der Deutschen Nationalbibliothek:
Die Deutsche Nationalbibliothek verzeichnet diese Publikation
in der Deutschen Nationalbibliografie; detaillierte bibliografische Daten
sind im Internet über dnb.d-nb.de abrufbar.

Mitwirkende Lektorat/Korrektorat:
Regina Börke, Birger Schmidt, Hans-Udo Zenneck

Layout, Satz sowie Umschlaggestaltung: Der Autor
(Unter Verwendung folgender Fotos:
1. Paternosteraufzug im Haus der Industrie, Wien,
mit freundlicher Genehmigung von C. Stadler/Bwag, Wikimedia Commons,
2. Augenpaar: Lexikon der Traumsymbole)

Gesetzt aus der Minion Pro

Verlag: BoD · Books on Demand GmbH,
Überseering 33, 22297 Hamburg, bod@bod.de

Druck: Libri Plureos GmbH, Friedensallee 273, 22763 Hamburg

ISBN: 978-3-8192-4562-6

An den kleinen Radioapparat

Du kleiner Kasten, den ich flüchtend trug
Daß seine Lampen mir auch nicht zerbrächen.
Besorgt vom Haus zum Schiff, vom Schiff zum Zug
Daß meine Feinde weiter zu mir sprächen.

An meinem Lager und zu meiner Pein
Der letzten nachts, der ersten in der Früh
Von ihren Siegen und von meiner Müh:
Versprich mir, nicht auf einmal stumm zu sein!

Text: Bertold Brecht
Musik: Hanns Eisler

SPIEGEL online - Meldung vom 8.4.2025

Die frühere KZ-Sekretärin Irmgard Furchner ist im Alter von 99 Jahren gestorben. Das haben das Landgericht Itzehoe und die Staatsanwaltschaft Itzehoe dem SPIEGEL bestätigt. Zuerst hatte der Schleswig-Holsteinische Zeitungsverlag berichtet. Laut einem Sprecher der Staatsanwaltschaft Itzehoe starb Furchner bereits am 14. Januar 2025.

Furchner wurde Ende 2022 wegen Beihilfe zum Mord in 10.505 Fällen und wegen Beihilfe zum versuchten Mord in fünf Fällen verurteilt. Sie erhielt eine Jugendstrafe von zwei Jahren, ausgesetzt zur Bewährung. Furchner hatte zwischen Juni 1943 und April 1945 als Stenotypistin des Lagerkommandanten Paul Werner Hoppe gearbeitet – und damit nach Ansicht des Gerichts bei der systematischen Tötung Tausender Hilfe geleistet.

Kapitel 1

23. Juli 1944

Levy, lieber Sohn,

nun ist schon wieder viel Zeit vergangen, seitdem Ludwig meinen letzten Brief in die Poststelle der Bahn gegeben hat und mit leeren Händen zurückkehrte.

Wie immer versucht er, uns Mut zuzusprechen. Das muß nicht heißen, sagt er, daß eurem Sohn etwas zugestoßen ist. Er hat bisher immer recht behalten, trotzdem werden unsere Sorgen nicht geringer.

Ich hatte von Anfang an die Befürchtung, daß einmal etwas schiefgehen wird. Was für eine aberwitzige Idee, unseren Briefwechsel über die Post der Nazis abzuwickeln! Irgendwann müssen sie doch merken, daß eine Reichsbahn-Betriebsstelle Ost, Verwaltungsabteilung Krakau, aus einer Handvoll infiltrierter Männer besteht, die nichts anderes tun, als geschmuggelte Post weiterzuleiten.

Also – wieder keine Nachricht von unserem Sohn.

Wie Rebekka läßt sich auch deine Mutter ihre Enttäuschung nie anmerken. Wir alle hoffen, daß es dir gut geht und wir irgendwann wieder einen Brief von dir erhalten.

Levy, BBC meldet gerade, daß die Gegenoffensive der Roten Armee in vollem Gange sei und die Deutschen dabei wären, ein ganzes Heer zu verlieren. Auch der alliierte Feldzug im Westen komme endlich voran. Der Widerstand der Wehrmacht scheint zu erlahmen und wir sind voller Zuversicht, daß dieser schreckliche Krieg bald zu Ende sein wird.

Besonders die Meldung, daß die Russen Galizien zurückerobert haben und nun kurz vor Lemberg zu stehen scheinen, erfüllt uns mit Freude, aber auch mit Sorge. Hat die Reichsbahn am Ende gar »unsere« Poststelle aufgegeben? Das wäre für uns eine Katastrophe! Für mich wird es Zeit, die letzten Resultate nach London durchzugeben, und ich frage mich, ob ich klug handele, jetzt, wo der Sieg so nah ist. Warum alles aufs Spiel setzen? Wir müssen immer noch damit rechnen, daß man unsere Funksignale bemerkt.

Judith ermuntert mich, weiterzumachen. »Es ist zu wichtig, Aaron. Wir dürfen jetzt nicht aufhören!«

Deine Mutter ist mir eine große Stütze in diesen Tagen. Und auch unsere kleine Rebekka zeigt keine Angst. »Wenn sie was bemerkt hätten, Papa, wären wir schon lange verhaftet worden.« Sie ist in diesen wenigen Jahren so reif geworden. Eine Kindheit wie andere Mädchen ihres Alters hat sie nie erfahren dürfen. Das tut mir in der Seele weh, sie aber lächelt nur und sagt: »Es ist alles gut! Wir leben und haben einander.«

Werden wir Ludwig weiter vertrauen können? Er hat uns gesagt, daß die Gestapo Haus für Haus durchsucht und Widerständler am nächsten Baum aufgehängt werden. Mit einem Schild an der Brust: »Ich habe Juden geholfen. Ich bin ein feiger Verräter am deutschen Volk.« Seine Besuche in unserem Versteck! Die Botengänge! Ich bin nicht sicher, ob ich so einen Mut aufbringen würde. Was wäre, wenn man ihm auf die Schliche käme? Er hat schließlich auch eine Familie.

Was wäre, wenn die Polizisten in dieses Gebäude kämen? Ist unser Versteck sicher? Manchmal führen sie Spürhunde mit sich. Die würden uns sogar hinter den dicken Holzwänden wittern und uns den Schergen verraten. »Aber nein, Paps!«, lacht Rebekka. »Warum sollten sie wohl ihre eigene Behörde durchsuchen? Wir sind hier so sicher wie in Abrahams Schoß.«

Ich schaue zur Uhr. Es ist jetzt eine Minute vor zwei. Kurze Zeit später betätige ich den Schalter und zähle bis zwanzig. Unter mir rumpelt es vernehmlich. Hoffentlich ist er da! Dann drehe ich den Schalter zurück. Die Sekunden bis dahin treiben mir stets den Angstschweiß auf die Stirn. Zum Glück ist Harry bisher immer pünktlich gewesen.

Bisher ist alles gut gegangen und, ehrlich gesagt, wundert mich unser anhaltendes Glück. Was wäre, wenn einer der Beschäftigten um diese Zeit noch einmal ins Haus käme? Vielleicht, weil er was vergessen hätte?

»Das ist sehr unwahrscheinlich, Aaron«, versucht mich Ludwig zu

beruhigen, wenn ich ihm gegenüber solche Zweifel äußere. »Die sind froh, wenn sie die Behörde am Abend verlassen können, glaub es mir.« Außerdem habe man ihm verraten, daß die Amtsstelle in Kürze aufgegeben und ihm das Haus wieder überlassen wird. »Stell dir vor, mein Freund, hier können bald wieder normale Mieter wohnen, und wenn der Krieg endlich vorbei ist, müßt ihr euch auch nicht mehr verstecken. Ich werde euch auf jeden Fall eine der Wohnungen überlassen. Von Bomben sind wir ja bisher zum Glück verschont geblieben.«

Er klingt optimistisch, mein alter Freund Ludwig. Und er tut so viel für uns! Dabei ist es wirklich gefährlich, Juden zu helfen, egal, wieviel die für Deutschland geleistet haben.

»Da bin ich.« Harry sieht zu mir herauf und lächelt. Dann wartet er, bis er ganz oben angekommen ist. Sofort macht er sich an die Arbeit und räumt die Sachen in den Raum. Zum Glück ist er sehr schlank. Schlank, aber kräftig. Und er weiß, wo die Waren ihren Platz haben und uns nicht stören.

Wie immer habe ich ein schlechtes Gewissen, weil Harry sich von mir nicht helfen läßt, aber er ist der Meinung, allein käme er besser zurecht. Schon wegen des geringen Platzes.

Wenn ich sehe, wie viele Wasserflaschen, Kartons, Kisten, Taschen und ähnliches in unser Versteck wandern, verstärkt das mein schlechtes Gewissen. Und das alles reicht nur für zwei Wochen!

Harry lädt zügig um, stets mit einem Lächeln auf den Lippen, ohne ein überflüssiges Wort. Er ist ein wahrer Freund und wir wissen, daß wir uns auf ihn verlassen können. Wie auch auf Ludwig, der die großartige Idee gehabt hatte, Harry als Hausmeister einzustellen.

Juden im Allgemeinen, so habe ich manchmal den Verdacht, haben nirgends auf der Welt viele Freunde; umso mehr freut es mich, wenn eine Handvoll Menschen auch in schwierigsten Zeiten zu uns steht. Ich wette, Sohn, du machst ähnliche Erfahrungen.

»Paps!«, mahnt Rebekka, als Harry schon an unserem kleinen Esstisch sitzt und ein Glas Wasser trinkt, »es ist gleich halb drei. Zeit für die Meldung.« Eigentlich bevorzugt Harry nach getaner Arbeit ein kühles Glas Bier, aber bei einem solch gefährlichen Unterfangen,

sagt er, habe er lieber einen klaren Kopf. Ich finde das sehr nett von ihm, einfühlsam, denn ich weiß ja, daß ein Glas Bier seinem Kopf nicht schaden würde. Auch der Umstand, daß er dort am Tisch ein wenig Abstand zu uns hält, zeugt von seiner Rücksichtnahme, denn Harry riecht ziemlich streng. Er weiß das, nicht zuletzt, weil wir offen darüber geredet haben und wir ihm stets versichern, daß es uns nichts ausmacht. Schließlich kann er nichts dafür.

Sofort nach Rebekkas Worten gehe ich hinüber zum Radio, stelle es ab, drehe es um und löse die Rückwand. Deine Schwester lästert gern, denn sie hält diese Vorsichtsmaßnahme für ziemlich überflüssig. »Entweder sie kriegen uns beim Arsch oder nicht«, sagt sie und kassiert von ihrer Mutter Schelte für ihre Wortwahl.

Ich habe nicht viel Ahnung von Technik, aber die detaillierten Anweisungen der Londoner Zentrale, die mir zugespielt worden sind und auf zwei Seiten Papier passen, sind klar und verständlich abgefaßt.

Die Meldung, die ich vorher schon chiffriert habe, lege ich neben das kleine Gerät, das ich aus der Halterung im Radiogehäuse ziehe. Ludwig hat den Rundfunkempfänger so umgebaut, daß die Funkstation haargenau hinein paßt. Gelernt ist eben gelernt, sagt der Inhaber der Firma »Plath Technische Geräte«. Es verblüfft mich immer wieder, wie gelassen unsere Freunde in solchen Situationen bleiben. Haben sie denn überhaupt keine Angst?

Jeder Handgriff, den ich mache, erfolgt mit großer Sorgfalt und tunlichst geräuschlos. Während der Zeit, die wir hier oben in unserem Versteck verbringen, haben wir gelernt, uns leise zu verhalten, die Lautstärke jedes Schrittes zu bedenken. Deshalb vermeiden wir am Tage überflüssige Handlungen, beschränken uns auf das Allernotwendigste. Die Zeit vergeht mit Lesen, Schreiben, Malen und anderen Tätigkeiten, die unseren Geist in Bewegung halten. Außerdem vermittelt deine Mutter unserer Tochter den allernotwendigsten Lehrstoff, denn ihre letzte Unterrichtsstunde in der Schule ist schon lange her.

Auch an ihrem musikalischen Fortkommen wird Rebekka in diesen düsteren Zeiten gehindert. Sie eifert ihrem Vater nach und hat erstaunliche Fortschritte am Klavier erzielt. Ihre bevorzugten Kom-

ponisten sind Mozart, Beethoven und Händel. Sie leidet sehr darunter, dass ihr im Moment quasi die Hände gebunden sind.

Um die leere Zeit sinnvoll zu füllen, haben wir notgedrungen für Ersatz gesorgt. So betreiben wir ausgiebig Sport. Es ist ganz wichtig, auch unseren Körper in Schwung zu halten. Wir machen natürlich nur Übungen, die auf dem Fußboden keinen Lärm verursachen und uns nicht zu viel Luft kosten.

Schweren Herzens, aber mit Rücksicht auf unsere Tochter versagen wir uns der körperlichen Liebe. Wir denken dabei nicht an moralische Hemmnisse, sondern würden es schlicht als unfair gegenüber Rebekka empfinden.

Ein weiteres wichtiges Thema ist die Körperpflege unter Einhaltung der einfachsten Hygieneregeln. Anfangs heikel war die Verrichtung der Notdurft. Wir staunten selbst, wie schnell wir uns falscher Schamgefühle entledigten, wobei wir uns aber doch hinter ein gespanntes Laken zurückziehen. Ein Eimer mit Deckel nimmt auf, was wir den Tag über von uns geben. Die Versuchung war enorm gewesen, eine Etage tiefer eines der modernen WCs aufzusuchen, aber das Risiko schien uns einfach zu groß. Und so entsorgt der arme Harry unsere Hinterlassenschaften, nachdem er uns wie in jeder Nacht mit frischem Obst und Gemüse versorgt hat. Manchmal ist sogar ein fertig gebratenes Stück Fleisch darunter. Wo treibt der gute Harry die ganzen Lebensmittel nur immer auf?

Selbst wenn wir dafür ausgestattet wären – Kochen dürfen wir leider nicht. Auch wenn die Verlockung mitunter groß ist – die winzig kleine Luke über unseren Köpfen läßt uns gerade genug Luft zum Atmen. Mehr nicht.

An den heißen Sommertagen leiden wir besonders unter der stickigen Hitze und dem Mangel an Frischluft. Sehnlichst erwarten wir die Nacht.

Ich stelle das Radio jetzt auf die uns zugewiesene Frequenz ein und warte genau bis um halb drei, um die verschlüsselte Nachricht zu erhalten, die mich zum Senden auffordert. Dann schalte ich die Station ein und tippe die Zahlenreihen in die Morsetaste. Es ist wichtig, ruhig und gleichmäßig zu drücken, denn die atmosphärischen Störungen sind in manchen Nächten ganz erheblich, und es dürfen keine Fehler passieren oder Mißverständnisse aufkommen. Die Empfänger haben keine Möglichkeiten, Rückfragen zu stellen.

Ich hatte natürlich darauf hingewiesen, daß ich vom Morsen keine Ahnung habe. Macht nichts, sagte man mir, es gehe nur um Zahlenreihen, das würde ich ganz schnell lernen. Und so war es dann auch.

Um mich herum herrscht Grabesstille, alle wissen, daß auch das leiseste Geräusch mich aus der Konzentration reißen könnte. Dabei klopft mir das Herz bis zum Hals; manchmal denke ich, das muß sogar in London zu vernehmen sein.

Wie schon oft habe ich auch jetzt erhebliche Zweifel an den Botschaften, die ich als nüchterne Zahlen in den Äther funke. Anfangs habe ich gedacht, jemand würde sich einen schlechten Scherz erlauben, denn die Dossiers, die Julia in der Behörde zusammensammelt, sind so abenteuerlich, daß ich sie nicht für bare Münze halten mag. Die Transporte, zu denen die Menschen auf die Moorweide zusammengetrieben werden, sind laut den Begleitpapieren bestimmt für Orte, die uns schon öfter genannt worden waren – Litzmannstadt etwa, Riga, Theresienstadt und andere Städte, in denen es jüdische Ghettos gibt. Diese Transporte geschehen in aller Öffentlichkeit und sind längst keine Geheimnisse mehr.

Was unsere Verbündeten in England viel mehr interessiert, sind die Züge, die jüdische Bürger in Konzentrationslager bringen. Auch diese Einrichtungen gibt es schon lange Jahre, man wußte bisher aber nur, daß KZ ein anderer Name für Straf- oder Arbeitslager ist. Wie ich dir schon in meinem vorigen Brief geschrieben habe, gibt es seit einiger Zeit Gerüchte, die so ungeheuerlich sind, daß sie von den wenigsten Mitbürgern für bare Münze genommen werden. Von geplantem Massenmord durch die Nationalsozialisten ist die Rede, von systematischer Vernichtung ganzer Ethnien!

Nach Recherchen ausländischer Geheimdienste und Widerstandsgruppen gäbe es Todestransporte in solche Internierungslager, penibel geplant, generalstabsmäßig vorbereitet und umgesetzt, nach einem festen Fahrplan gewissermaßen.

Und genau das ist der Grund, warum im Londoner Exil lebende Widerständler mich nach meinem letzten Brief an dich auf gehei-

men Pfaden kontaktiert haben. *Unser Versteck,* hieß es dort, *sei perfekt für ein zugegeben waghalsiges Unternehmen.*

Ludwig Plath war es, der mir vor wenigen Monaten berichtete, daß verantwortliche Mitarbeiter der Reichsbahn sein Mehrfamilienhaus an der Mansteinstraße, inmitten einer Wohngegend gelegen, requirieren wollten.

Als Grund nannte man die Überlastung der DR-Dienstgebäude nahe dem Hauptbahnhof. Der Zugverkehr, der verstärkt militärischen Zwecken diene, habe zu massiven Ausweitungen der Verantwortlichkeiten der Reichsbahn geführt. Deshalb beginne man, zivile, möglichst zentral gelegene Unterkünfte vorübergehend als zusätzliche Arbeitsräume zu nutzen. Die Besitzer solcher Liegenschaften mögen sich solange nach Alternativen für ihre Mieter umschauen. Wer Einwände erhebt, solle bedenken, daß im Krieg von allen Deutschen Opfer gebracht werden müßten. Darüber hinaus allerdings plane man, den Betroffenen finanzielle Entschädigungen zu zahlen. Spätestens nach dem Krieg.

Wie du weißt, wurden Sarah, Rebekka und ich zu jener Zeit von Ludwigs Schwager auf seinem Bauernhof in der Lüneburger Heide versteckt gehalten, weit entfernt von Hamburg. Ludwig Plath selbst war es gewesen, der aus zuverlässiger Quelle erfuhr, daß es auch die Familie Rosenkranz auf die Deportationslisten geschafft hatte. Wir sollten dahin zurück, von wo man uns einst vertrieben hat, in die Ukraine. Natürlich konnte man ihm keinen Grund für diese Zwangsmaßnahme nennen, außer: »Wahrscheinlich, WEIL ihr Juden seid«, *was mir einen Schauer über den Rücken jagte.* »Was haben wir Falsches getan?«, *antwortete ich.* »Wir sind Deutsche wie andere Deutsche auch!« *Auch wenn wir in der Ukraine geboren sind.*

Ich habe allerdings die Vermutung, daß die Anordnung mit meinen regimekritischen Artikeln im »Eppendorfer Kurier« *zu tun hat. Obwohl – so viel Aufregung um ein Lokalblatt mit ein paar tausend Lesern!*

Wie Ludwig auf die Idee kam, uns genau in die Höhle des Löwen zu plazieren, wußte er später selbst nicht mehr. »Es war wohl eine verrückte Eingebung, wie sie einen nur in solchen Zeiten überkommt«,

lachte er. Aber: So verrückt, wie sie auch war, sie paßte zu unserem
»Auftrag«.

Ludwigs Schwager war es, der mich mit einem Vertreter der Lon-
doner Exilgruppe zusammenbrachte. Dieser bat mich, in unserem
eigenen Interesse mit ihnen zusammenzuarbeiten, Daten der neuen
Dienststelle zu sammeln, auszuwerten, nach Wichtigkeit zu ordnen
und sie nach England zu senden. Er würde mich noch genauer ins-
truieren.

Anfangs weigerte ich mich strikt. Ich hielt Mister Jakow, mit diesem
Namen hatte er sich mir vorgestellt, entgegen, auf diese Weise mich
und meine Familie in Gefahr zu bringen.

Kalt lächelnd sah er mich an und sagte leise: »Gefahr? Von welcher
Gefahr sprechen Sie, Herr Rosenkranz? Von der Gefahr, Ihr Leben
um Stunden früher zu verlieren als Ihre jüdischen Mitbürger? Diese
Gefahr meinen Sie?«

Ich konnte ihn nur ansehen und schweigen. Er hatte recht und zum
ersten Mal begriff ich die ganze Tragweite der unrechtsstaatlichen
Maßnahmen.

Und so erklärte ich mich bereit, nach Rücksprache mit deiner Mut-
ter und Rebekka natürlich, dieses Wagnis einzugehen.

Jakow erklärte mir, daß die Risiken des geplanten Vorgehens trotz
allem relativ überschaubar wären. Mit Ludwig Plath hätte ich ei-
nen zuverlässigen Verbündeten, der über zwei Vorzüge verfügte: Er
ist der Besitzer des Hauses und niemand würde ihm den Zutritt
zu seinem Anwesen verweigern. Zweitens: Er ist ein Fachmann in
Sachen Technik.

Die Verantwortlichen der Reichsbahn trügen sich mit der Absicht,
die vorhandenen Mieträume zu Dienststellen umzugestalten, wobei
aufgrund der drängenden Zeit die Struktur der Räume unangetas-
tet bleiben sollte.

Jakow zeigte mir, nach welchen Kriterien ich die Listen zu sortie-
ren hätte. Es war einfach. Die Transporte in die Ghettos waren für
ihn uninteressant, ich sollte nur die Namenslisten heraussuchen,
die für die KZ gedacht waren. Am wichtigsten, so Jakow, seien die
Namen Chelmno, Belzec, Majdanek, Sobibor und Treblinka. Am
allerwichtigsten seien Hinweise auf ein Lager in der Nähe der pol-

nischen Stadt Oświęcim. Auf Deutsch heiße dieser Ort Auschwitz, und Transporte dorthin landeten in der Regel am Ankunftsbahnhof Birkenau. Diese Namen müsse ich mir unbedingt merken. Dokumente, die diese Namen in zweifelsfreie Verbindung mit Angaben von Deportierten bringen, könnten später als Beweise für Kriegsverbrechen dienen.

Wie ich an diese Dokumente gelangen würde, fragte ich, und wer denn die geheimnisvolle Julia sei, die Zugang zu diesen Akten habe. Julia, und zum ersten Mal sah ich Jakow lächeln, sei Angestellte der örtlichen Dienststelle der Bahn und die Geliebte deren Leiters, die Ex-Geliebte vielmehr, und da sie dieses gewesen war und sich der Dienststellenleiter, August Wriedt mit Namen, einer anderen jungen Dame zugewandt hatte, sei sie nun aller der mit der Liebschaft verbundenen Privilegien verlustig gegangen und stinksauer auf August. Sie wolle sich an ihm rächen und sei bereit, mit den jüdischen Widerständlern zusammenzuarbeiten.

Um meinen Fragen zuvorzukommen, woher man von den erwähnten Vorgängen erfahren habe, sagte Jakow mir, es gäbe Mittel und Wege, so etwas zur Kenntnis zu bringen, und mehr müsse ich nicht wissen.

Wissen solle ich aber, daß, im Unterschied zu anderen Behörden, die Dokumente vergleichbarer Bedeutung gern als »Vertraulich«, »Geheim«, »Verschlußsache« oder gar »Geheime Reichssache« klassifizierten, dieses bei der Reichsbahn ziemlich nachlässig gehandhabt würde.

Dienstleister ist Dienstleister, sagt man sich dort, und warum sollte man in diesen Zeiten mit Dokumenten und Akten anders verfahren als üblich? Es gehe schlicht um Bahntransporte und ihre Passagiere – kein Grund, bewährte Pfade zu verlassen. (Nicht zuletzt dieser Laxheit ist es wohl auch zu verdanken, daß »unsere« Post in der Vergangenheit so reibungslos funktioniert hat, und ich bete, daß es so bleibt).

Es gäbe, so die Verantwortlichen bei der Bahn, nur ein Kriterium, bei dem das Unternehmen seit seiner Gründung keinen Spaß versteht: Das ist die Pünktlichkeit seiner Züge! Und das würde auch in Zukunft so bleiben.

An dieser Stelle, lieber Sohn, endet mein Brief. Er ist so lang aus-
gefallen, weil wir nicht wissen, ob die vorherigen dich erreicht ha-
ben und wann wir Antwort von dir erhalten. Ich gebe die Hoffnung
nicht auf, daß unsere Schreiben bei dir ankommen und wir uns
eines nicht mehr fernen Tages in die Arme schließen können.
Sei herzlich von deiner Schwester und deiner Mutter gegrüßt.

Dein dich liebender Vater

Kapitel 2

Pfui Deibel!, denkt Günter Michaelis. Kaum, dass er das Treppenhaus betritt, schlägt ihm ein heftiger Gestank entgegen. Eine
penetrante Ausdünstung dringt ihm in die Nase, eine von der
Sorte, die dort haften bleibt, wenn man den Ort des Geschehens
schon längst wieder verlassen hat.

Das halte ich nicht lange aus!, denkt er. Ich muss weiter! »Würden Sie mich bitte vorbeilassen?« Er atmet durch den Mund und
tippt dem Mann in der zerschlissenen Lederjacke auf die Schulter.

Oft genug hat er solche Tage erlebt. Der muffige Geruch – so
typisch für eine Menschenansammlung auf engsten Raum. Auch
bei penibelster Hygiene – die Leute haben einen langen Anfahr-
weg durch die stehende Luft eines ungewöhnlich warmen April-
morgens hinter sich und stehen nun mit schweißfleckigen Hem-
den stundenlang im Treppenhaus.

»Wie werd ich denn?«, faucht es zurück aus dem speckigen alten Kleidungsstück, das erheblich zum betäubenden Aroma bei-
trägt. »Vordrängeln ist nicht! Stell dich hinten an, Kerl!«

Und doch – irgendwie riecht es heute anders, je weiter Michaelis nach oben kommt. Nicht nur nach Schweiß. Süßlich, faulig, so.
Wie halten die Leute das nur aus?

»Nun lassen Sie ihn schon durch«, sagt eine junge Frau zwei
Stufen unter ihnen. »Sie sehen doch: Das ist der Postbote.« Sie
trägt eine Gesichtsmaske. Ich kann ja auch unmöglich der Einzige sein, der diesen Mief bemerkt, denkt Michaelis.

Ein unbestreitbarer Vorteil des Corona-Virus: Man kann sich verstecken. Sich tarnen. Keiner der Wartenden möchte als zimperlich gelten und sich über den deftigen Geruch beschweren. Brächte Minuspunkte bei Seiner Majestät. Dem Mann, der die begehrten Anträge in der Hand hält. Steht oben am Geländer und schaut hoheitsvoll auf die Schlange unter ihm. Das blütenweiße Hemd unter seinem hellen Anzug weist nicht den kleinsten Schweißfleck auf. Warum eigentlich nicht?

»Ja, klar!«, schimpft der Lederne von oben. »Und ich bring die Ostereier. Die Tricks kenn ich! Nix da!«

Was weiter auffällt: Kaum jemand hält sich am schmiedeeisernen Geländer der hölzernen Treppe fest, die sich elegant durch die Etagen windet. Man ist vorsichtig; die Angst sich anzustecken ist noch allgegenwärtig.

»Machen Sie sich doch nicht lächerlich«, weist ein alter Mann von noch weiter oberhalb den Lederjackenträger zurecht. »Der Herr trägt die Uniform eines Postbediensteten.« Er hält sich ein Taschentuch vor die Nase. Schnieft demonstrativ. Noch so eine Art, den Ausdünstungen zu entkommen. Und dem Virus zu entgehen. Gerade in seinem Alter.

Michaelis rückt dem Mann vor ihm näher. Der stärker werdende Duft nach altem Rindsleder kann den stechenden Geruch nicht überlagern, der durch das enge Treppenhaus zieht und penetranter wird, je höher der Postbote steigt.

»Pah! Uniform! Was besagt das schon?«, erwidert der Gescholtene. »Haben Sie nie den *Hauptmann von Köpenick* gelesen?«

»Aber ja! Den habe ich auch gesehen«, gibt ihm der Betagte zur Antwort.

»Tatsächlich? Für *ganz* so alt hätte ich Sie gar nicht gehalten!« Der Lederne erntet Lacher aus der Schlange, die sich dicht aneinander gedrängt die Treppe emporwindet. Der alte Mann beweist Humor und fällt in das Gelächter ein.

Auch Michaelis grinst. Solche Momente gibt's dann halt auch. Irgendwann nach stundenlangem Stehen merkst du den Geruch nicht mehr, hast ihn ausgeblendet und schnappst begierig nach jeder Ablenkung.

Natürlich hätte er gern den Fahrstuhl genommen, um in das vierte Obergeschoss zu gelangen. Vorbei an den geduldig Wartenden. Aber dann hätte er diesen witzigen Spruch nicht mitgekriegt.

Zudem: Der Lift ist natürlich außer Betrieb. Wie immer bei solchen Terminen. Aus Versicherungsgründen, wie ein hingeschluderter Zettel an der Kabinentür behauptet. Lachhaft!

Der Ledermann macht jetzt auf gute Miene. »Im Ernst: Sind Sie nicht ein bisschen zu alt …«, fragt er den Mann hinter dem Taschentuch, »… um sich bei dieser Veranstaltung stundenlang die Beine in den Bauch zu stehen? Sie *haben* doch sicher eine Wohnung, oder?«

Michaelis hat sich inzwischen an ihm vorbeigezwängt. Der Blick um die Biegung der Treppe zeigt ihm jetzt eine geöffnete Wohnungstür und den Mann im hellen Anzug davor. Da wohnt doch die alte Frau Wegner. Nanu!

Der strenge Geruch verstärkt sich immer mehr.

»Ich ja«, antwortet der Senior geduldig, »aber meine Enkelin sucht. Ihr zweites Baby ist unterwegs, und sie … Warum zum Teufel sind Wohnungsbesichtigungen immer dann, wenn's überhaupt nicht passt?«

»Das machen die mit Absicht!«, flucht ein junger Mann, der eine Stufe unter dem Alten steht. »Sie hoffen, dann gibt's weniger Andrang. – Hey, ihr da unten!« Er beugt sich über das Geländer. »Macht doch mal die Haustür auf! Die Luft ist so scheiße hier. Merkt ihr das denn nicht?«

Er erhält keine Antwort, aber Michaelis spürt jetzt leichte Zugluft. In der Wohnung über ihm scheinen Fenster offen zu stehen. Das ändert aber nichts an dem fauligen Geruch.

»Weniger Andrang ist gut«, lacht die junge Frau. »Aber stimmt. Statt tausend sind wir nur fünfhundert.«

»Das kommt, weil heute Dienstag ist«, entgegnet der mit der Lederjacke grinsend. »Da ist Markt in der Isestraße. Sonst wären die anderen auch da.«

»Die kommen bestimmt noch dazu«, versichert der Junge kichernd.

Trotz der widrigen Umstände, denkt Michaelis – heute geht's ja mal lustig zu. Ziemlich locker. Das hat er auch schon anders erlebt. Viel aggressiver. Ist irgendwo auch verständlich. Wer weiß, wie lange solche Leute schon stehen und warten. Ohne sich Illusionen zu machen, ohne Hoffnung. Lotto ist ergiebiger.

Apropos, denkt der Postbeamte, habt ihr genug Geld dabei? Ihr wisst doch: Wer am besten schmiert, kriegt die Hütte. Alle anderen sind chancenlos.

Immerhin: Frei atmen dürfen sie wieder (obwohl es heute nicht angebracht ist). Wenn auch streng genommen die Maskenpflicht für Hamburg noch einmal verlängert worden ist. Aber wen kümmert's?

Das ältere Pärchen, das in der offenen Eingangstür der Wohnung steht – es gehört zu den noch Maskierten. Und den noch Optimistischen. Voller Begeisterung richten die beiden sich ein. »Kuck ma, Manni! Im Flur. Da passt genau die Eichengarderobe hin. Die von Tante Lisbeth, die.« »Ja. Ich bau denn noch die kleine Lampe daneben. Die mittn grünen Schirm.« »Ach wat. Die passt doch da nicht! Da muss was Neues hin. Was in Rot.« »Meinst du? … Oder so. – Wird bestimmt schön.«

Zeit, wieder an sich selbst zu denken. Das Päckchen! Ein einziges verdammtes Päckchen! Päckchen? Mehr ein Paket. Von enormem Gewicht. Zudem unhandlich, weil länglich – und mit dem Schwerpunkt auf einer Schmalseite. Für René Asbahr im Fünften. Ausgerechnet! Der Mann ist wahrscheinlich wie üblich nicht zu Hause und ich kann das Scheißpaket wieder zum Auto schleppen.

Asbahr gehört zu denen, die darauf bestehen, ihre Post persönlich entgegenzunehmen. Auf keinen Fall dem Nachbarn aushändigen! Bei Abwesenheit bitte eine Karte einwerfen und die Sendung wieder mitnehmen.

An solchen Tagen zeigen sich die Schattenseiten dieses Berufs. Ganz oben in Michaelis' persönlichem Hassranking, weit vor kläffenden Kötern, vollgeparkten Straßen und Schneeball werfenden Kindern rangieren Wohnungsbesichtigungen in muffigen Treppenhäusern und Pakete in den fünften Stock.

Besichtigungen vor allem, wenn sie sich in einer der gefragtesten Gegenden Hamburgs abspielen, und dazu gehört sein Revier nun mal.

Generalsviertel! Nicht oft wird hier eine Wohnung frei, aber wenn, dann ist Terror! Zu Hunderten stehen sie, bis um die nächste Kurve, manchmal bis in den Eppendorfer Weg. Und nicht immer geht's so friedlich zu wie heute.

Und dies ist die Mansteinstraße! Also nochmal eine Nummer begehrter! Die Leute, die sich seit morgens um sechs die Füße bis hoch in das was-weiß-ich-wievielte Geschoss platt stehen, kommen nicht nur aus Hamburg. Michaelis hat schon Autos aus Bremen, Hannover und von noch weiter entfernt gesehen. Parken rücksichtslos die Straße zu. An solchen Tagen, wenn er beim Einbiegen die Menschenschlange in der Ferne sieht, kann er sein Elektroauto gleich in die nächste freie Lücke rangieren, vorausgesetzt, er findet eine. Meistens schafft er es nicht mal bis in die Straße und kann die ganze Strecke bis zur Bismarck runterrennen. Oder noch einmal um drei Ecken fahren.

Also, er jedenfalls ist heilfroh, dass er sein Eigenheim schon längst abbezahlt hat.

Seit fast zwanzig Jahren schon »macht« er das Viertel und hat den städtebaulichen Werdegang in dieser Zeit verfolgen können. Begonnen hatte der radikale Wandel 2008 mit der Pleite der Lehman-Bank und der darauffolgenden Immobilienblase, die sich von den USA aus über die ganze Welt verbreitete. Seit jenen Tagen ist die Welt des Wohnens eine andere geworden. Und auch wenn sich die Märkte seitdem einigermaßen erholt haben – dieses Ereignis hat alles über den Haufen geworfen, was vorher Bestand hatte. Die Nachwirkungen sind immer noch spürbar.

Auch diese Gegend Hamburgs wurde damals von einer Spekulationswelle überrollt, in vielen Vorgärten standen die Schilder: »Appartement zu verkaufen«, »Hier entstehen Eigentumswohnungen«.

Viele Alteingesessene mussten das Feld räumen, Senioren, die seit Jahrzehnten hier gewohnt hatten, konnten sich nicht mehr halten, zahlungskräftige junge Paare und Familien, die lukrative

Jobs in der Innenstadt hatten, rückten nach. Die Coronaepidemie, der Ukrainekrieg mit den sprunghaft steigenden Energiepreisen, die wieder anziehenden Zinsen, all dies macht es selbst gut betuchten Menschen schwer, eine angemessene Wohnstatt zu finden.

Selbst bauen kann sich eh niemand mehr leisten, daher hat der Run auf Mietwohnungen noch mal kräftig zugelegt.

Sein Beruf prädestiniert Michaelis, genaue Einblicke in diese Welt zu nehmen, die drastischen Veränderungen Tag für Tag zu erleben. Mehr als einmal ist er Zeuge geworden, wie Menschen mit verweinten Augen aus den Türen der schmucken Häuser kommen, den vollgepackten Transporter besteigen und ohne einen letzten Blick zurück ihre bisherige Heimat verlassen, Ziel unbekannt.

Den Nachrückern, denen, die mit argwöhnischen Blicken auf Konkurrenten schauen, die sich neben ihnen in den Treppenhäusern drängen, ist jedes Mittel recht, um eine der Wohnungen zu ergattern. Ein Hauen und Stechen, mitunter im wahrsten Sinne des Wortes, kennzeichnen die Besichtigungstermine, und die Makler, das Klemmbrett unter dem Arm, gerieren sich wie die Könige. Michaelis erlebt sie im Vorbeigehen, die Momente der Demütigungen, der Erniedrigungen.

Das Perverseste ist, wenn sie an solchen Tagen den Fahrstuhl abstellen! Offiziell aus Versicherungsgründen. Quatsch! In Wahrheit wollen sie, dass die Leute stundenlang auf der Stelle stehen, ans Geländer gelehnt, dass sie warten, sich geduldig zeigen. Um dann endlich aufzugeben. Ihre Zeit doch bitte nicht weiter nutzlos zu verplempern. Versuchen Sie es doch woanders. – Das siebt ihnen die Auswahl.

Behinderte, die auf den Fahrstuhl angewiesen sind – die ziehen doch hier nicht ein! Passen nicht in eine solch vornehme Gegend. Wenn die Hartnäckigen unter ihnen gegen den Rat, aber doch mit Hilfe wohlmeinender Mitmenschen die Handvoll Stufen hoch zur Haustür bewältigen, um dann ohnmächtig auf das Schild: »Vorübergehend außer Betrieb« zu schauen – es ist eine Schande!

Manchmal kann Michaelis nicht glauben, was er aufschnappt. Wie die Herren der Wohnungsvergabe Menschen hämisch auflaufen lassen, die sich verzweifelt um eine Unterkunft bemühen.

Und von denen einige sich den Mitbewerbern gegenüber nicht selten genauso verhalten.

Zur Überraschung des Postboten ist René Asbahr heute zu Hause und – nicht zu fassen! – er gibt ihm ein Trinkgeld. »Für die Male, die Sie vergeblich geklingelt haben.« Nuschelt bei diesen Worten etwas. Michaelis sieht die geschwollene Wange. »Ach, herrje! Zahn, was?« Asbahr nickt betrübt. Der Briefträger gibt sich mitfühlend und freut sich nun erst recht über den Botenlohn. Ist nett. Sowas passiert ihm nicht oft. Aus unerfindlichen Gründen denken die Leute immer, ein Zusteller dürfe kein Trinkgeld annehmen, aber das ist ein Irrtum.

Er stellt das Paket ab und fragt sich, was es wohl beinhalte. Asbahr registriert den neugierigen Blick. »Was sagen Sie denn dazu, dass die alte Oma Wegner von unten tot ist?«, fragt er, so schnell es die dicke Backe zulässt. »Ist das nicht traurig? So eine nette!«

»Was? Tot? Frau Wegner?«, entfährt es Michaelis. »Die hab ich doch neulich erst … ach, nee, ist doch schon 'n bisschen her.« Er atmet tief durch die Nase, seinen Blick zum Flur gewendet. »Ach, deshalb!«

»Der Geruch, meinen Sie«, sagt Asbahr und stellt sich vor den Karton. Dem Postboten kommt es vor, als versuche Asbahr von der Lieferung abzulenken. Michaelis nickt und schielt noch einmal zum Paket. »Ich hab schon ewig keine Post mehr für sie gehabt«, sagt er nachdenklich. Ein Aufkleber des Absenders fehlt. Keinerlei Hinweis. Der Zusteller ist erfahren genug, zu wissen: Dahinter steckt nicht immer ein Erotik-Versand. Bei diesem Gewicht schon gar nicht. Und dem länglichen Format der Verpackung. Gummipuppen sind lebensgroß, aber platzsparend zusammenzufalten. – Wobei … eine leistungsstarke Pumpe vielleicht? Für den ungeduldigen Anwender? »Und keiner hat irgendwas bemerkt?«

»Vorige Woche ist sie gefunden worden. Da lag sie aber schon einige Tage, sagt die Polizei. Einfach aus'm Sessel gekippt. Letzten Diens..., nee, warten Sie ... Mittwoch war das. Ein Nachbar von ihr hat's mir erzählt. Als sie sie abgeholt haben, war ich gerade ein paar Tage auf einem Seminar. Das soll schon ganz merkwürdig gerochen haben im Haus.« Asbahr presst drei Finger fest auf die Wange. »Leichengeruch eben.«

»Mittwoch?« Günter Michaelis versteht die Welt nicht mehr. »Und da sind heute schon Bewerber im Haus?«

»Geht ratzfatz, nicht?«, nuschelt Asbahr. »Zwei Tage später war ein Unternehmen hier und hat die Bude in Windeseile leergeräumt. Angehörige hatte sie nicht mehr.«

»So schnell haben die die Wohnung renoviert? Das gibt's ja gar nicht!«

»Renoviert?« Asbahr lacht kurz auf. »Der Nachbar sagte, da ist überhaupt nichts gemacht worden. Die wollen sofort neue Mieter haben. Der Makler meinte, den Geruch einer Toten kriegst du sowieso nicht so schnell raus. Hauptsache, die Maden sind entsorgt. *Time is money,* nä? Bloß kein Leerstand. Und fürs Renovieren sind die Nachmieter zuständig.« Er winkt ab. »Mit meiner Wohnung war es ja dasselbe. Erinnern Sie sich? Der alte Max Reining seinerzeit. Wurde zum Glück schon zwei Tage später gefunden. Die Bude stank noch nicht so schlimm.«

Er verrät dem Postboten natürlich nicht, dass er beim Tod seines Vormieters ein wenig nachgeholfen hat. Bei einem als herzkrank bekannten Mann reicht eine kleine Kapsel Zyankali und der Arzt stellt ohne viel Federlesens den Totenschein aus.

Die fünftausend Euro, die Asbahr beim Alten in einer Schublade fand, sorgten dafür, dass er das Bestechungsgeld für den Erwerb der Mietwohnung nicht aus eigener Tasche zahlen musste.

Win-win.

Max Reining hatte Nazis gehasst und hätte sein herbeigeführtes Ableben sicher nicht persönlich genommen.

Es zählt immer das große Ganze.

Es musste schon *diese* Wohnung sein – die Sicht nach gegenüber ist perfekt.

Nachdem Asbahrs Freund Kortas die Verbindung zwischen

seiner früheren Lehrerin und der Leiterin des Frauenlagers in Plaszow offengelegt hatte, war es ein Leichtes, ihre Adresse herauszufinden. Es konnte nur Hamburg sein, die Stadt, in der sie den kleinen Klaus Kortas unterrichtet hatte.

Hamburg war der Ort, in dem sie jahrzehntelang unauffällig und unerkannt gewirkt hat. Bis heute.

Asbahr setzte nun alles dran, eine Wohnung in ihrer unmittelbaren Umgebung zu bekommen. Es gilt, sie zu beobachten. Sie müssen Gewissheit haben. Hundertprozentige Klarheit.

Ferner einen Standort, von dem aus man sie eventuell unter Feuer nehmen kann.

Asbahr bedankt sich noch einmal beim Postboten und schließt die Wohnungstür. Er schaut auf das Paket zu seinen Füßen. Wenn der Mann wüsste, denkt er, was er mir gerade geliefert hat.

Als Michaelis langsam die Treppe hinuntergeht, sieht er in die müden Gesichter der Wartenden. Auf einmal wird ihm schwindelig und er muss sich eine Weile an der Wand abstützen. Das hat nicht nur mit der schlechten Luft zu tun.

»Geht's Ihnen nicht gut?«, fragt ihn der alte Mann, der inzwischen drei weitere Stufen geschafft hat, besorgt. »Sie sehen blass aus.«

»Na, tragen Sie mal so ein schweres Paket nach oben«, sagt die junge Frau unter ihm. »Der Herr ist ja auch nicht mehr der Jüngste.«

»Hallo?« Der Kerl, der ihn anfangs nicht vorbeilassen wollte und der jetzt die Lederjacke endlich ausgezogen hat, schüttelt den Kopf. »Sein Problem. Augen auf bei der Berufswahl.«

»Machen Sie sich keine Sorgen«, lächelt Michaelis und sein Blick auf den forschen Burschen verleiht ihm neue Kräfte. »Ich wünsche Ihnen viel Erfolg bei Ihrer Wohnungssuche. Irgendwann werden Sie bestimmt was finden.« Der andere sieht ihn grimmig an, macht aber bereitwillig Platz.

Kapitel 3

Nach einigen Briefen und Werbesendungen, die er in die Post-
kästen wirft, sieht Günter Michaelis, dass ihn an der nächsten
Station seiner Route, dem Haus gegenüber dem eben besuchten,
weiteres Ungemach erwartet.

Das Kopfschütteln der alten Frau, die gerade das Grundstück
verlässt und dabei die schmiedeeiserne Pforte erbärmlich quietschend hinter sich zufallen hört sowie das nachfolgende Schimpfen quittiert er mit einem gequälten Lächeln. Rasch fischt er aus
einem Stapel gleichartig gestalteter Briefumschläge den an Hermine Grabert adressierten heraus.

»*Ja! Ja! Mach ich noch!*«, äfft sie vor sich hin. »*Geh ich gleich bei,*
sagt er immer. Der Quatschkopf!«

Zornfunkelnde Augen aus einem grimmigen, faltenreichen
Gesicht verharren sekundenlang auf der eisernen Gartentür, die
an einigen Stellen abgeplatzten Lack aufweist. In ihrem leichten
Sommermantel, gestützt auf den Stock, die flachen, aber festen
Schuhe in das Gehwegpflaster gestemmt, kommt sie Michaelis
vor wie ein Racheengel.

Der Postbote räuspert sich, um ihre Aufmerksamkeit zu gewinnen. »Tach, Frau Grabert!«, ruft er mit aufgesetzter Fröhlichkeit,
denn er hofft, sie überrumpeln zu können. Weder verspürt er
Lust noch hat er die Zeit, ihren Schimpftiraden zu lauschen. »Ich
habe ein Einschreiben für Sie.« Schnell schaut er auf die Rückseite des Umschlags. »Es ist von einer …«

Das Ablenkungsmanöver des Uniformierten verläuft im Sand.
»Faul wie die Sünde, der Mann!«, unterbricht ihn die Greisin zischend und sieht ihn an, als sei er für den desolaten Zustand der
Pforte im Speziellen und der Welt im Allgemeinen verantwortlich.

Michaelis weiß, dass Hermine Grabert ernstlich wütend ist, ein
Zustand, in dem man ihr nicht gern begegnet. Ferner ahnt er das

Objekt ihrer Verwünschungen, denn niemanden sonst betitelt sie mit einer solchen Anhäufung von Schimpfwörtern.

Dabei geht es ihr weniger um das Geräusch, das die metallenen Bänder der Pforte erzeugen. Sie kann es einfach nicht leiden, dass der *Kleine General* – und das passiert ihrer Ansicht nach viel zu oft – sie immer auf das nächste Mal vertröstet.

»Die Pforte! Jau! Ich weiß! Ich weiß!«, versucht Paul Knupper sie stets zu besänftigen. »Da muss ich auch noch bei.« Um mit gespielter Verzweiflung zu ergänzen: »Als wenn ich nicht genug um die Ohren hab!«

»Papperlapapp!«, schlägt sie dann mit dem Handstock auf das Pflaster des Gehwegs, durch dessen Fugen sich das Grün zwängt. »Wenn Ihnen die Arbeit zu viel ist, suchen Sie sich was anderes!«

Günter Michaelis selbst pflegt ein gutes Verhältnis zu dem ruhigen, in seinen Augen emsigen Hausmeister und kann Hermines ständige Verbalinjurien nicht nachvollziehen.

Wenn er miterleben muss, wie Knupper von der resoluten Alten zusammengefaltet wird, kommt Mitgefühl beim Postbediensteten auf – für sie scheinen die Pflichten des *Fässilitti Mänätschä*, wie sie die neudeutsche Bezeichnung für seinen Berufsstand genüsslich verhöhnt, schon Oberkante Erdgeschoss zu enden.

Naturgemäß fallen dort, zu ebener Erde, die meisten Arbeiten an – das Wirkungsfeld Knuppers erstreckt sich allerdings über alle fünf Etagen des prächtigen hanseatischen Bürgerhauses.

Sein Spitzname, der ihm irgendwann von Hermine Grabert verliehen worden ist, hat wohl selbst ihrer Ansicht nach weniger mit seinem Charakter oder Auftreten zu tun, sondern mit dem Stadtteil, in dessen Herzen das Gebäude liegt – das *Generalsviertel*. So benannt nach dem Teil Hamburgs, in dem die Straßen Namen historischer Militärführer tragen. Die Mansteinstraße ist eine von ihnen, ebenso waren die Generäle Moltke, Roon, Kottwitz und Gneisenau Namensgeber wie auch General Wrangel. Sie alle waren als militärisch Verantwortliche politisch umstritten, aber im Unterschied zu manch anderer historischen Gestalt unverdächtig genug geblieben, die Straßenschilder einer der attraktivsten Hamburger Wohnlagen schmücken zu dürfen.

Paul Knupper hat die ihm spöttisch verliehene Ehrenbezeichnung gelassen entgegengenommen. Immerhin, denkt er, hat unsere Beziehung ja wirklich den Charakter einer militärischen Auseinandersetzung und Hermine eignet sich durchaus als ebenbürtige Gegnerin.

»Post? Für mich? Nanu!« Die rüstige Greisin wechselt ihren Gehstock in die linke Hand und streckt Michaelis mit zweifelndem Blick die rechte entgegen. Ihre Konstitution und der immerwährende Ärger mit Knupper hat sie geistig in Schwung gehalten, und selbst im gesegneten Alter von 96 macht sie nicht den Eindruck, dass sich daran in nächster Zeit etwas ändern sollte.

Es ist anzunehmen, dass Hermine Grabert, hätte sie eine Familie, viele ihrer Angehörigen überleben würde. Nun, die Schatten, die auf ihrer Vergangenheit liegen, verbaten ihr Ehemann und Kinder lebenslang, was sie auch nicht bedauert. Für sie hat es nur die eine, die große Liebe in ihrem Leben gegeben und danach konnte nichts mehr kommen.

Hätte sie noch Verwandte, wären die nicht in der Lage, sie ausfindig zu machen. Die Spuren sind gründlich verwischt.

Auf familiäre oder anderer Leute Hilfe ist sie ohnehin nicht angewiesen. Sie macht ihre Erledigungen im Großen und Ganzen selbst. Ein Supermarkt mit Bäckerladen, ein großer Wochenmarkt, ihr Hausarzt (um den sie aus verschiedenen Gründen einen Bogen macht), die Sparkasse, all dies liegt in erreichbarer Nähe ihrer Wohnung. Den treuen Gehstock zur Seite, legt Hermine Grabert jeden Tag ihre Wegstrecke hin und zurück.

Das Einzige, was sie nach Möglichkeit vermeidet, sind Treppen (»Tja, Herr Doktor, wenn Sie irgendwann mal 'n Fahrstuhl haben, komm' ich gern vorbei.«). Deshalb war sie damals froh gewesen, diese Erdgeschosswohnung bekommen zu haben. Eine schöne, eine große Wohnung, eigentlich viel zu groß, aber eine, die so günstig war und immer noch ist, dass Hermine das gesparte Geld statt in teure Mietzahlungen dazu verwenden konnte und kann, ihre Bleibe großzügig einzurichten.

»Eine Immobiliengesellschaft«, klärt Michaelis sie auf, als er ihr den Brief in die Hand drückt.

Skeptisch wendet die alte Dame den Umschlag mehrfach, hält ihn dicht vor die zusammengekniffenen Augen, um ihn dann wieder dem Postboten zu reichen. »Machen Sie mal auf!«, sagt sie knapp, »ich hab die Brille nicht dabei.« Auf ihrem Gesicht glaubt er den Anflug eines Lächelns zu erkennen. »Für den Wochenmarkt brauch ich die nicht.«

Die bräuchte sie aber, um das Einschreiben zu quittieren, denkt Michaelis. Eigentlich, denkt er, und bevor er lange überlegt, zack!, steht auch schon die Unterschrift auf der Liste. Macht er schon mal für Leute wie Hermine Grabert. Die auch brav wegguckt in dem Moment.

Michaelis ist klar, dass er heute sein Pensum kaum in der üblichen Zeit wird schaffen können, denn bei der Bitte um Öffnung der Post wird es Hermine nicht bewenden lassen.

»Immobilien? Wieso das?«, lautet ihre Aufforderung an den Postboten, ihr das Schreiben vorzulesen.

Der überfliegt die Zeilen zunächst in Windeseile, senkt dann das Blatt und sieht die alte Frau mit kummervollen Augen an. Innerlich verflucht er sich, dass er der Bitte Hermine Graberts gefolgt ist und nun zum Überbringer einer Hiobsbotschaft wird.

»Tja, Frau Grabert, das ist …« Er windet sich und hofft, dass irgendein Ereignis, jetzt, hier vor diesem Haus, vor dieser nicht geölten Gartenpforte, dass ihm irgendwas den Kopf aus der Schlinge ziehen möge. Ein plötzlicher Wetterumschwung vielleicht, mit Gewitter und Starkregen. Oder etwa, dass der Makler da gegenüber, der für heute seinen Job erledigt hat und gerade unter dem hämischen Beifall der sich auflösenden Menschenmenge in sein Auto steigt, Tschou-Tschou, den Hund des schwulen Gastwirts Dankwart Waller aus dem ersten Stock plattfahren würde.

Nicht, dass Michaelis etwas gegen Schwule hätte, Gott bewahre! Als leidgeprüfter Postbote geht es ihm eher um den Kläffer. Er oder ich! Friss oder werde gefressen! Auch wenn es sich nur um einen Pekinesen handelt, der sich im schlimmsten Fall in seine Schnürsenkel verbeißen könnte.

»Was ist denn nun?« Hermine Grabert scheint beim Blick in das Gesicht ihres Gegenübers nichts Gutes zu ahnen. »Erzählen Sie!«

Michaelis sieht ein, dass er in der Klemme sitzt. So rücksichtsvoll, wie es nur geht, erklärt er der alten Dame, was das Schreiben für sie bereithält.

Und das ist nichts Erfreuliches.

Kapitel 4

Aus der Höhe der fünften Etage schaut René Asbahr hinunter zu dem gegenüberliegenden weißen Haus, vor dessen Gartenpforte Charlotte Finn dem Postboten offenbar verständnislose Blicke zuwirft. Er scheint ihr einen Brief vorgelesen zu haben, und sie hat ständig den Kopf geschüttelt. Es werden keine guten Nachrichten sein.

Für einen Moment tut sie Asbahr sogar leid. Sobald aber sich die betagte Frau, die sich heute Hermine Grabert nennt, aus ihrer gramvoll gebückten Haltung zurück zu voller Größe aufrichtet, erfasst ihn wieder Abscheu. Packt ihn der Hass, der ihn in die Lage versetzen wird, sie zu töten.

Er ist sich sicher: Ich werde es tun! Egal, wie alt sie ist! Sie darf keines natürlichen Todes sterben. Das kann nicht sein! Ihr Leben lang ist sie unbehelligt geblieben. Sie muss bestraft werden!

Asbahr sieht zur Uhr. Viertel nach zehn. Gestern ist sie um halb zehn los. Unberechenbar, die Dame. Die Zeiten, die er penibel in seine Kladde einträgt, unterscheiden sich von Tag zu Tag. Erheblich. Von einer Frau, die jahrzehntelang ein Lehramt ausübte, sollte man erwarten dürfen, dass sie einem präzisen Zeitplan folgt, auch wenn sie schon lange in Pension ist. Macht sie aber nicht. An einigen Tagen scheint sie den Postboten abzufangen, an anderen holt sie die Briefe und Zeitungen aus dem Kasten. Immer so, wie es gerade in ihren Ablauf passt.

René Asbahr weiß, dass er vor einer schwierigen Aufgabe steht. Seine Bemühungen, ein Muster zu finden, einen geregelten Zeitplan, nach dem die Finn vorgeht – bisher hat sie alle Anstrengungen zunichte gemacht.

Erschwerend kommt hinzu, dass er nicht immer zuhause ist. Schließlich hat er einen Job in der kommunalen Verwaltung. Personalplanung. Seit einigen Jahren in Teilzeit. Der Bedarf an Personal ist stetig gestiegen, den Kommunen fehlt schlicht das Geld, welches einzustellen.

Asbahrs Tätigkeit konzentriert sich daher in erster Linie auf Fortbildungsveranstaltungen, Seminare, so was. Sich fit halten. Am Ball bleiben. Sich beruflich weiterentwickeln.

Seine Anwesenheit in der Behörde, gerade zur Hochzeit Covids, ist spürbar seltener geworden. Der bevorzugte Ort seiner Tätigkeiten war in dieser Phase das Homeoffice gewesen. Und danach wurde es auch nicht wieder wie vorher. Eher *noch* weniger. Was soll's? Das Gehalt wird pünktlich überwiesen. Es wird allerdings nach und nach behutsam an den Aufwand angepasst, den er zu betreiben hat. Im Klartext: Das Einkommen schrumpft.

Wobei betont werden muss: Er sitzt nicht rum. Der Schwerpunkt seiner Tätigkeiten hat sich nur verlagert. Mehr aufs Private.

Insgesamt muss man von einer leicht in Schieflage geratenen Work-Life-Balance sprechen.

Er hat also jetzt deutlich mehr Zeit, sich um Charlie zu kümmern.

Charlie. Diesen Spitznamen hatten ihre Spießgesellen in Plaszow ihr damals verpasst. Asbahr grinst höhnisch. Wie sind die auf den Namen gekommen? Charlie passt nicht zu dieser Greisin, die jetzt heftig gestikulierend vor dem Postboten steht. Dieser Name ist einfach … ungermanisch! Einer Nazigöre nicht angemessen. Feindesname. Wie Tommie. Wie Yankee.

Dem Zusteller da unten ist die Situation erkennbar unangenehm. Er duckt sich regelrecht unter ihren Worten, gleichwohl versucht er mit ruhigen Handbewegungen, Charlotte Finn, die wie fast alle anderen auch er nur als Hermine Grabert kennt, zu besänftigen.

Es ist ihr hohes Alter, das zu Kontroversen geführt hat. Der Beschluss in der Gruppe war nicht einstimmig gewesen. Ein paar Genossen waren der Meinung, man könne einen Menschen ihres

Alters nicht mehr zur Rechenschaft ziehen. Jedenfalls nicht sie einfach umbringen. Es sei auch viel zu spät. Sie hätte gleich damals für ihre Sünden büßen müssen.

Die Mehrheit aber hatte, als die Wahrheit ans Licht kam, als klar wurde, welche Verbrechen diese Greisin in ihren jungen Jahren verübt hatte, dafür plädiert, sie zu bestrafen. Sie war ein Teil der Mordmaschinerie gewesen, ein nicht unwesentlicher. Zudem war ihnen irgendwann klar geworden, dass die Behörden schon ewig in Kenntnis ihrer Verfehlungen gewesen waren, es aber kein Gericht gab, das sie verurteilt hätte. Menschen wie sie wären ja nur Befehlen gefolgt.

Danach geriet sie in Vergessenheit. Ihre vermeintliche Schuldlosigkeit schützte sie vor strafrechtlicher Verfolgung.

Aber seit einigen Jahren ist alles anders. Seitdem ist die deutsche Justiz zu neuen Überlegungen gekommen, was den Umfang der Schuldfrage betrifft. Hätte sie jedenfalls kommen sollen. Es gibt inzwischen schließlich dieses Urteil vom Bundesverfassungsgericht.

Aber es passiert nichts. Keine Untersuchung, keine Festnahme, nichts. Die Mitverantwortlichen am millionenfachen Mord, die aus der zweiten Reihe, sie blieben unbehelligt. Bis heute.

Mit ein paar Ausnahmen, wie man den Medien entnehmen konnte.

Asbahr sieht auf das Paket zu seinen Füßen und für einen Moment wird ihm mulmig. Man hat ihn ausgewählt, weil er Mitglied im Sportschützenverein ist und seine ruhige Hand ihm schon diverse Preise verschafft hat. So gesehen würde er naturgemäß als einer der ersten in Verdacht geraten – des Risikos ist er sich bewusst und bereit, es einzugehen.

Er holt ein Messer aus der Küche und öffnet den Karton mit entschlossenen Schnitten. Das in mehrere handlichen Teile zerlegte Präzisionsgewehr mit dem silbrig schimmernden Lauf, dem mächtigen Zielfernrohr und dem fast ebenso langen Schalldämpfer lässt sein Herz hüpfen. Was für eine Meisterleistung der Waffenschmiedekunst!

Behutsam entnimmt er die Einzelteile und legt sie vorsichtig auf den Esstisch.

Fast liebevoll streicht seine Hand über den Schaft der Waffe. Irritiert stellt er fest, dass er aus Kunststoff gefertigt ist. Wie sich die Zeiten doch ändern, denkt er. Früher hat man solche Gegenstände aus bestem Holz gebaut. Na ja, so wird natürlich Gewicht gespart, sieht er ein.

Dann nimmt er das Trinkglas und spült die Schmerztablette herunter, die auf dem Tisch liegt.

Sein Leben und das seiner Freunde hatte viele Wege dicht am Abgrund bereitgehalten – vom Hausbesetzer in der Hafenstraße bis hin zum Unterstützer der RAF, deren Mitglieder sie Unterschlupf gewährten – der Grat zwischen rechtlich tolerierten Aktionen und dem Abgleiten in die Illegalität war stets schmal gewesen.

Viele ihrer Maßnahmen galten selbst in ihrem Kreis als nicht unumstritten – einige von ihnen erwiesen sich als gesetzestreuer, als sie es selbst vermutet hatten, und auch Asbahr hat sich bis dato nichts strafrechtlich Relevantes zuschulden kommen lassen. Ein paar Steine auf Polizisten geworfen, das ja. Ohne Erfolg. Er hatte schon als Kind kaum einmal eine Fensterscheibe getroffen. Später, als er zum ersten Mal eine Waffe in die Hand bekam, stellte er sich zu seiner eigenen Überraschung als vortrefflicher Schütze heraus.

In seinem Freundeskreis herrschte Konsens in der Überzeugung, es könne nicht sein, dass der Staat Hausbesetzer, die sich durch ihr Tun für die Schaffung günstigen Wohnraums einsetzen, als kriminell brandmarkt, NS-Tätern aber kein Haar krümmt.

Mitte der Neunziger – die Aufregung um die Hafenstraße hatte sich gelegt und der weitere Werdegang dieser Häuser war in halbwegs geordnete Bahnen geraten – hatten die Helden von einst sich auseinandergelebt und waren getrennte Wege gegangen.

Meyer, Dallmann und andere begannen ein bürgerliches Leben. Hanno Meyer wurde Anwalt. Anders als den Kollegen Schily, Mahler, Ströbele und Croissant wäre es ihm aber nie in den Sinn gekommen, Mitglieder der Rote-Armee-Fraktion vor Gericht zu verteidigen. Als er sein Staatsexamen ablegte, war die Hochzeit dieser Gruppe lange vorbei; die Sympathisanten, die den Aktivisten während der Vorgänge um die Hafenstrasse dort Unterschlupf gewährt hatten, verloren langsam ihre Sympathien für die kriminellen Akteure und Meyer fragte sich, was das alles für einen Sinn gehabt habe.

Jörg Dallmann schlug die Laufbahn eines Wissenschaftlers ein, wirkte später als Kunsthistoriker mit Schwerpunkt auf Architektur.

Asbahr, Kortas und ihre engsten Freunde hingegen waren nicht bereit, ihren revolutionären Idealen abzuschwören. Sie bildeten ihre eigene Fraktion und suchten nach neuen sinnvollen Aufgaben. Häuserkampf war passé, man verlegte sich auf den Kampf gegen nationalsozialistische Verbrecher, von denen es immer noch reichlich gab und die ein bürgerliches Leben in der Mitte des Staates führten.

Man wandte sich endgültig von der RAF ab, die inzwischen eher die Demokratie bekämpfte als deren Feinde, recherchierte in Chroniken aus der NS-Zeit, alten Zeitungen, Tagebüchern. Das Internet erleichterte später die Arbeit.

Ziel war es, die Täter und Mittäter zu entlarven und sie, im Unterschied zum Simon-Wiesenthal-Center, nicht der deutschen Gerichtsbarkeit auszuhändigen, der man nicht über den Weg traute, sondern Selbstjustiz zu üben und ein für alle Mal für Gerechtigkeit zu sorgen.

Um in die Nähe staatlich verwalteter Täterakten zu gelangen, begaben sich Asbahr und Freunde auf den »langen Marsch durch die Institutionen«, wie ihn Rudi Dutschke genannt hatte. Man sicherte sich Posten in den Schaltstellen von Politik und Wirtschaft.

Asbahr selbst nistete sich in der Kommunalverwaltung ein und sein unaufhaltsamer Aufstieg führte ihn in die Höhen eines Verwaltungsfachangestellten, Bereich Personalwesen. Dort erhoffte er sich Zugang zu einschlägigen Akten.

Wie Simon Wiesenthal, dem Nazijäger und unerschrockenen

Kämpfer für die Gerechtigkeit, brauchten auch die Ex-Aktivisten aus der Hafenstraße viele Jahre, bis ihre Bemühungen auf diesem Felde zum Erfolg führten.

Als es soweit war, erstaunte es sie, wie sich große Weltgeschichte mitunter in nächster Nähe, quasi gleich um die Ecke, ereignen kann.

Klaus Kortas, leidenschaftlicher Sammler alter Schallplatten und als solcher auf sämtlichen Hamburger Flohmärkten unterwegs, klingelt eines Tages Sturm an der Haustür seines Freundes René Asbahr.

»Du wirst es nicht glauben! Ich habe eines dieser Monster ausfindig gemacht.« Kortas wedelt aufgeregt mit einer Plattenhülle. Als die erste Erregung sich gelegt hat und die Hülle zur Ruhe kommt, sieht René Asbahr, dass es sich um einen Tonträger in einem ungewöhnlichen Format handelt, auf dessen Verpackung seltsam anmutende Schriftzeichen gedruckt sind. Daneben das Porträt einer jungen attraktiven Frau. »Und …«, Kortas tippt mit dem Finger auf das Foto, »… ich kenne sie!!«

Der verblüffte Asbahr muss nicht lange auf eine Erklärung warten. »Diese Schellackplatte habe ich zufällig auf dem Flohmarkt an der Feldstraße gefunden«, berichtet sein Freund. »Sie ist kurz nach dem Zweiten Weltkrieg in der Ukraine aufgenommen worden. Deshalb auch die kyrillischen Schriftzeichen. Es handelt sich um Chorgesänge. Ukrainische und deutsche Volksmusik.«

»Woher weißt du das?«, fragt Asbahr. »Sprichst du kyrillisch?«

Kortas schüttelt den Kopf. »Kyrillisch ist keine Sprache. – Der Verkäufer war ein Russe. Der hat mir erklärt, worum es sich handelt.«

»Und seit wann …«, staunt Asbahr, »… stehst du auf Volksmusik?«

»Tu ich ja nicht.« Kortas zeigt auf den Plattenumschlag. »Es war das Bild, das mir auffiel.«

»Aha. Und das Mädchen ist dir bekannt«, entgegnet Asbahr zweifelnd.

Unbeirrt nickt sein Freund. »Der Russe hatte keine Ahnung, was er da alles verhökert. Musik komplett verschiedener Stilrichtungen. Ganz vorn eine Scheibe von Whitney Houston. Dahinter eine LP von Doris Day. Ich habe gemerkt, dass der Typ Platten verkauft, die alle eine hübsche Frau auf dem Cover haben. Beim Durchblättern …«

»Hübsche Frau? Doris Day??«

Achselzucken. »Na, ja. Ansichtssache.« Lächeln. »Aber darum geht's auch gar nicht.«

»Sondern?«

»Wie gesagt: Als ich eine Weile weitergeblättert habe, stoß ich irgendwann im Stapel auf diese Scheibe. Nicht zu fassen, welche Zufälle das Leben mitunter bereithält!« Wieder zeigt Kortas auf das Bild der jungen Künstlerin. »Ich kannte sie, da war sie älter. Deutlich älter.« Er atmet tief durch. »Ich hatte sie in Mathe. Vier Jahre lang.« Kortas nickt versonnen. »Sie war Lehrerin auf meiner Schule. Später Rektorin. Da hieß sie Hermine Grabert.«

»Deine Lehrerin. Ah ja.« Asbahr wirft ihm schelmische Blicke zu.

»Ich weiß«, antwortet Kortas. »Es ist schwer zu glauben. Aber ich bin ganz sicher.« Sein Blick fällt wieder auf das Foto. »Sie ist es.«

»Hm. – Da steht eine Zeile unter dem Bild«, bemerkt Asbahr. »Das wird ihr Name sein, oder?«

Kortas sieht seinen Freund an und nickt. »Aber eben kyrillisch. Ich habe den Verkäufer gebeten, mir den kompletten Text auf dem Cover zu übersetzen. Die Scheibe, meinte er, sei in Kiew in einem Tonstudio aufgenommen worden. Von einem ukrainischen Mädchenchor. Da war ich schon sicher, dass es sich um Hermine Grabert handelt …«

Asbahr ist irritiert. »Woher wusstest du das?«

»Ich kann mich dran erinnern, dass sie einmal im Unterricht erzählte, dass sie nach dem Krieg in der Ukraine war.« Kortas lächelt. »Sie hat sogar einige Brocken der Sprache losgelassen.« Er hebt die Schultern. »Wir waren damals natürlich zu jung, um sie zu fragen, was sie dort gemacht habe.«

»Verstehe.«

»Ja. Dann wurde ich wieder unsicher, weil der Russe sagte, der

Name des Mädchens wäre mit *Charlotte Finn* angegeben«, sagt Kortas. »Ob er sicher sei, habe ich ihn gefragt. Absolut, meinte er.«

»Und?«

»Dann habe ich geforscht«, sagt Kortas. »Dieses Google ist wirklich 'ne feine Sache. Da findest du so ziemlich alles. Also – pass auf.«

»Ich lausche dir.«

»Zunächst habe ich den Namen eingegeben, wie er auf der Platte steht. Charlotte Finn.« Kortas macht eine hilflose Geste. »Tatsächlich mehrere Treffer. Aber keiner, der hinhaute. Dann hab ich …«, sagt er lächelnd und hebt bedeutsam den Zeigefinger, »… gedacht: versuch's mal andersrum und gib den Namen ein, unter dem du sie kennst: Hermine Grabert.« Er macht eine spannungsvolle Pause. »Und siehe da: Es gibt im Netz ein altes Jahrbuch einer Schule, auf der sie vorher war. In den Sechzigern. Alle Lehrer sind dort aufgeführt. Mit ihrem Lebenslauf.« Kortas senkt die Stimme zu einem nachdenklichen Flüstern. »Ich hatte angenommen, sie habe vielleicht inzwischen geheiratet und demzufolge einen anderen Nachnamen. Oder Charlotte Finn sei ihr Künstlername gewesen.«

»Du machst es spannend.«

»Es *ist* spannend, René!« Eindringlich sieht Kortas seinen alten Kampfgefährten an. »Ihr Lebenslauf beginnt 1926 und geht weiter bis 1940. Dann gibt es eine Lücke und wird 1946 mit dem Beginn ihrer Ausbildung fortgeführt. Studium, Referendariat und so weiter. Die fehlenden Jahre werden schlicht mit der Unterbrechung durch den Krieg erklärt.«

Asbahr lauscht jetzt aufmerksam. »Und weiter?«

»Immerhin wird in einem Nebensatz beschrieben, dass Hermine während des Kriegs eine Zeitlang im polnischen Krakau gearbeitet habe. Als Sekretärin. Ohne weitere Erklärung.«

»In Polen?«

Kortas nickt. »Nun habe ich mir den ausgefeilten Algorithmus von Google zunutze gemacht und die Stichworte nacheinander in das Suchfeld eingegeben. Bei Hermine Grabert bin ich *nicht* fündig geworden …«

»Lass mich raten«, sagt Asbahr. »Bei Eingabe von Charlotte Finn hast du einen Treffer gelandet.«

Kortas nickt heftig. »Das kann man wohl sagen. Bei der Kombination Finn – Krakau – Sekretärin finde ich ein Dokument aus dem Jahr 1943. Einen Bericht über eine Weihnachtsfeier. Nicht zu fassen! Nahe Krakau gab es ein Konzentrationslager namens Plaszow. Auch in der Hölle wird Weihnachten gefeiert, René! Auf einer Abbildung siehst du die Lagermannschaft. Vom Kommandanten bis zum einfachen Angestellten. Mit ihren Namen. Und, ganz vorn, eine Weihnachtsmütze auf dem Kopf: Charlotte Finn. In der Bildunterschrift steht weiter: ›Leiterin des Lagerchors. Von ihren Kameraden *Charlie* genannt.‹ Was sagst du jetzt?«

»Damit hast du vielleicht bewiesen«, entgegnet Asbahr, »dass die junge Dame im KZ gearbeitet und später eine Platte aufgenommen hat. Was hat das aber mit deiner ... äh ... Lehrerin zu tun?«

»Warte ab«, sagt Kortas. »Jetzt kommt's! In dem Jahrbuch ihrer Schule stand, dass Charlotte Finn nach dem Krieg in die Ukraine gegangen ist. Genauso, wie sie es uns als Lehrerin damals erzählt hat. Dort hat sie mit ein paar Mädchen aus dem KZ offensichtlich Konzerte gegeben und später in Kiew diese Platte aufgenommen. Der Chor hatte sich den Namen ›*Nachtigallen Galiziens*‹ gegeben.«

»Sehr hübsch.«

»Zwei Jahre später trat hier in Hamburg ein Damenchor dieses Namens auf und ...« lächelt Kortas, »...

jetzt rate mal, wie die Leiterin dieses Ensembles hieß?«

Asbahr sieht seinen Freund mit großen Augen an. »Ist nicht wahr!«

»Und ob!«, nickt Klaus Kortas. »Ich habe im Internet ein Programmblatt mit Bildern gefunden – unverkennbar dabei: Charlotte Finn! Jetzt Hermine Grabert.« Er spricht den Namen mit Betonung, um seinen Worten Nachdruck zu verleihen. »Noch einmal zusammengefasst, René: Die Frau war – nach allem, was ich herausgefunden habe – nie verheiratet, hat keine Kinder. Warum ändert sie auf einmal ihren Namen? So mir nichts, dir nichts. Ich habe keine Ahnung, wie sie das geschafft hat. Damals konntest du nicht wie heute von einem Namen zum anderen springen. In Deutschland war es seit Preußens Zeiten so: In deiner Geburtsurkunde steht dein Name und der bleibt dir dein Leben lang erhalten. Was Charlotte Finn gemacht hat, ist nicht normal und für mich gibt es nur einen Grund für den Namenswechsel: Die Frau hat Dreck am Stecken. Ganz bestimmt.«

René Asbahr nickt, erst langsam und skeptisch, dann bewegt er den Kopf immer heftiger. »Du könntest recht haben. Ja. Wenn das stimmt, was du sagst, war sie Teil des Apparats.«

»Eben. Es gibt keinen Hinweis, dass sie nur Mitläuferin war.« Kortas nickt entschlossen. »Sie war Täterin.«

»Und sie muss schon damals geahnt haben«, ergänzt René Asbahr, »dass sie irgendwann nicht mehr davonkommt. Dass es eines Tages nicht mehr reicht, zu sagen: Ich habe nur Befehle befolgt.«

Kortas lacht verächtlich. »Der Witz ist: Den deutschen Sicherheitsbehörden ist der ganze Vorgang nicht verborgen geblieben. Die wissen, wer Hermine Grabert ist und mit wem sie es zu tun haben. Die ganzen Jahre wussten sie es. Und? Die Dame konnte wirken, wie sie wollte. Lehramt, Rektorat, gutes Einkommen, satte Pension.«

»Tja. Wie so viele in diesem Land«, nickt Asbahr. Dann überlegt er kurz und sagt: »Eins passt nicht, Klaus. Warum bildet ein Mitglied vom KZ-Lagerpersonal mit Häftlingen einen Chor, geht nach dem Krieg mit ihnen auf Tournee und nimmt sogar eine Platte auf?«

»Ganz einfach!«, erklärt Kortas voller Überzeugung. »Um sich reinzuwaschen.« Er imitiert eine weibliche Stimme. »*Genau genommen war ich die ganzen Jahre im Widerstand!*«

Asbahr nickt. »Raffiniert, die Dame.«

Die Freunde schauen sich an und nicken in stiller Übereinstimmung.

Es gilt, zu handeln. Man muss für Gerechtigkeit sorgen.

Das Schmerzmittel wirkt und René Asbahr blickt erneut in das geöffnete Paket. Die Schachteln mit der Munition liegen an einer

Schmalseite und haben für das Ungleichgewicht gesorgt. Schachteln? Das müssen ja Dutzende von Patronen sein, denkt Asbahr und Ärger steigt in ihm auf. Halten die mich für einen Amateur? Selbst, wenn ich einige Probeschüsse brauchen werde, bis ich mit dem Gewehr vertraut bin – *Mann!* Beim finalen Akt werde ich den Zeigefinger *ein einziges Mal* krumm machen. Zweimal im Höchstfall. Je nach Entfernung.

Und genau das ist sein Problem. Seine Hoffnung, die alte Frau irgendwann einmal bei einem Spaziergang an der Elbe oder jedenfalls am Isebekkanal, ein paar Meter von hier, zu ertappen – nichts da! Und da wäre es auch riskant für ihn. Überall Leute. Kaum Deckung. – Was soll's? Wird eh nicht dort passieren.

Nein, es müsste irgendwo draußen im Grünen sein, da, wo es einsam ist und die Gegend verlassen. Wo sich Fuchs und Hase Gute Nacht sagen.

Aber Charlie Finn hat offenbar mit der freien Natur und ihren Bewohnern nichts am Hut. Wundern, denkt René Asbahr, als er eine Patronenschachtel öffnet und darin goldfarbene Vollmantelgeschosse findet, wundern sollte es mich nicht. 96 ist sie. Obwohl noch erstaunlich rüstig, ist sie außerhalb ihres täglichen Wirkungskreises nicht mehr viel unterwegs.

Vollmantel? Was soll ich damit? Unzuverlässig. Stanzt ein Loch und tritt hinten wieder aus. Fuchs und Hase würden nach einem Treffer noch kilometerweit laufen. Auch eine betagte Frau könnte es noch ins nächstgelegene Krankenhaus schaffen.

Hohlspitzgeschosse wären geeigneter. Verformen sich beim Einschlag und reißen große Wunden. Führen zuverlässig zum sofortigen Ableben. Nun ja. Nicht eben angenehm für das Opfer. Sind von der Haager Langkriegsordnung auch verboten. Aber wir sind hier nicht beim Militär. Oberste Priorität muss auf jeden Fall sein: Die alte Dame soll nicht über Gebühr leiden. Peng und Schluss.

Asbahr hat einen Bogen um die Bundeswehr gemacht (Verweigern war nicht notwendig – *Pes Planovalgus,* der gemeine Plattfuß, sorgte für die Ausmusterung), aber Waffen und ihr Zubehör haben ihn trotzdem schon immer fasziniert.

Man müsste die Alte irgendwo hinlocken. Unter einem Vorwand. Zum Beispiel in eine Tiefgarage.

Asbahr lacht laut auf und schüttelt den Kopf über seinen dämlichen Einfall. Aber klar! Tiefgarage. Die Dame fährt kaum mal mit den Öffentlichen, Mann!

Entmutigt wirft René Asbahr einen letzten Blick durch die schmutzig-graue Gardine. Hermine Grabert geht mit langsamen Schritten die Mansteinstraße in Richtung Isestraße hinunter. Aus seinen täglichen Beobachtungen weiß er, dass sie heute den dortigen Wochenmarkt ansteuert.

Er zuckt die Achseln und beginnt, das Gewehr probeweise zusammenzubauen. Am nächsten Tag würde er in die Fischbeker Heide fahren, um es zu testen. Ausgiebig zu testen. Munition hat er ja genug.

Hase und Fuchs würden ihm sein Treiben nicht übelnehmen.

Dient es doch einem guten Zweck.

Kapitel 5

»Kommen Sie herein«, bittet Hanno Meyer, nachdem er die Wohnungstür nach dem Klingeln mit Schwung geöffnet hat.

Vorsichtige Blicke tasten von außen in den Flur. Keiner der Nachbarn hat je die Kanzlei des Rechtsanwalts betreten. Obwohl er schon seit einigen Jahren Büro und Wohnung in diesem Haus hat, hat noch niemand seine Dienste in Anspruch genommen. Der eine oder andere ist schon mal in Versuchung gewesen, bei ihm zu klingeln. Aber ehrlicherweise wäre der Wunsch reiner Neugier entsprungen – der Lebensstil, dem man Meyer nachsagt, bietet Anlass dazu.

Andererseits genießt er den Respekt der Mitbewohner. Sofort nach Öffnen des für ihn bestimmten Einschreibens hat er an der Tür jedes Nachbarn geklingelt und sie inständig gebeten, sich in Kürze bei ihm einzufinden. Und alle folgen nach dem ersten Schrecken seiner Aufforderung.

Einem zufälligen Besucher würde Hanno Meyers Wohnzimmer wie der Zufluchtsort eines Rastlosen vorkommen. Eines Getriebenen. Ein Ort, der nicht oft aufgesucht wird. Schon gar nicht von dem, dessen Namen auf dem Türschild steht.

Den wenigen Sitzmöbeln, die scheinbar wahllos über die Fläche verstreut sind, sieht man an, dass sie kaum in Anspruch genommen werden. Ein paar kleine Schränke stehen verloren in den Ecken des riesigen Raumes. Hier dominieren Regale. Regale voller Akten. Regale voller Bücher aller literarischen Gattungen, vornehmlich Werke, die das Recht zum Thema haben. Die Buchrücken lassen schwer auf eine Ordnung schließen, ein System scheint hier nicht zu herrschen. An einigen Stellen ragen Akten und Bücher ein Stück weit hervor, was auf eiliges Nachschlagen schließen lässt.

Der ganze Raum macht den Eindruck, als sei er die Verlängerung des Arbeitszimmers, das sich nach Norden hin anschließt. Konsequenterweise gibt es einen breiten Durchbruch, in dem die doppelflügelige Tür irgendwann als überflüssig erkannt und entfernt worden ist. Ein Regal windet sich von einem Zimmer in das nächste.

Das Wohnzimmer wird von schweren Vorhängen an den großen Fenstern vor der Sonne geschützt. Sie werden selten bewegt; Meyer ist ein Nachtmensch, der tagsüber schläft oder gerade auf dem Weg zu einem Klienten ist, wahlweise auf dem Flur eines Gerichtsgebäudes die Zeit totschlägt, weil ihm ein Aktenstudium in letzter Minute überflüssig erscheint. Er ist stets sehr gut vorbereitet, Attacken von Kollegen, die das Recht des Prozessgegners vertreten, perlen an ihm ab wie Wassertropfen an der Regenjacke.

Im Widerspruch zu Meyers Selbstdisziplin regiert in seinem Arbeitszimmer das blanke Chaos. Akten und Dossiers erheben sich zu schwankenden Stapeln auf dem Tisch – ein Tapeziertisch, der unter der Last bei nächster Gelegenheit nachzugeben droht.

Ein vergleichbares Schicksal winkt auch dem einzigen Möbel in der Wohnung, das wirklich unter Dauerbenutzung steht – Meyers überbreites Bett. Am Tage wird hier vorzugsweise geschlafen, in der Nacht tummeln sich nicht selten ein oder zwei Damen auf der Matratze, egal, ob der Mieter beim Aktenstudium weilt oder sich dazugesellt.

Meyers Verschleiß an Frauen ist erheblich und im Haus nicht unbekannt. Vorrangig diesem Umstand ist die Neugier der Nachbarn zu verdanken.

Er unterscheidet deutlich zwischen Klientinnen und Damen, bei denen er gern ohne Mandat tätig wird. Meyer hat schon mal überschlagen, wieviel Kundinnen ihm deshalb verlustig gehen. Wenig sind es nicht.

Sein fortgeschrittenes Alter mindert seinen sexuellen Appetit in keiner Weise, und noch immer ist die Zahl williger Frauen groß genug, um nicht über einen erotischen Ruhestand nachdenken zu müssen.

Eine feste Bindung käme für ihn nicht in Frage.

Hanno Meyers Wohnzimmer also bietet genug Fläche, um die große Zahl an Nachbarn aufzunehmen, verfügt aber eben nicht über ausreichend Sitzgelegenheiten. Vom täglichen Grüßen kennt der Anwalt die Mitbewohner natürlich alle, ist nun, wo er sie zum ersten Mal zusammen sieht, aber doch erstaunt, wie viele Menschen in diesem Haus wirklich leben.

Und es sind nur die Erwachsenen. Niemand hat seine Kinder mitgebracht. Man hält sie für zu jung, als dass sie verstünden, was auf sie zukommt.

Sonst aber fehlt keiner; sie alle wollen wissen, wie nun weiter zu verfahren sei und welche Mittel ihnen bleiben.

Selbst Hermine Grabert, die in der Wohnung unter ihm lebt – wohl seit Menschengedenken, so kommt es Meyer mitunter vor – hat zum ersten Mal den weiten Weg über die Treppe hinauf in die zweite Etage gefunden, wie sie dem Anwalt außer Atem erzählt.

Der hat die erschöpfte Frau sogleich auf die Besuchercouch gelotst und ihr ein Glas Wasser auf den Tisch gestellt. Sie bedankt sich, wenn er auch ihre skeptischen Blicke auf sich fühlt. Das passiert ihm aber so häufig, dass er sich daran gewöhnt hat. Es gehört nun mal zu den Eigenarten der Menschen, andere in Schubladen zu stecken, sie entsprechend ihrer Vorurteile zu klassifizieren.

Und ein Mann, dem ein langer Pferdeschwanz auf den Rücken fällt, der ein kragenloses altweißes Hemd unter der kurzen Lederweste trägt, die deutlich oberhalb einer an einigen Stellen abgescheuerten Kordhose endet, entspricht nicht dem Bild, das der gemeine Bürger von einem Anwalt hat. Für alles hat Hermine Grabert ihn bei ihrer ersten Begegnung gehalten, nur nicht für einen Vertreter des Rechts. Zumal man ihm diesen Aufzug nicht mit jugendlichen Attitüden entschuldigen mag – Meyer schrammt an der Sechzig, was die hohen Geheimratsecken verraten.

Hingegen wecken seine feinen Gesichtszüge, die strahlend blauen Augen und das kantige Kinn beim anderen Geschlecht immer noch Interesse.

Er lächelt der Greisin zu, um ihre Bedenken an seiner Erscheinung zu zerstreuen. Sie aber mag, auch beim Blick auf die unstimmige Einrichtung des Wohnzimmers, von solchen Zweifeln nicht lassen.

Gut die Hälfte der Anwesenden nimmt Meyers Worte im Stehen entgegen, an die Wand gelehnt, das Hinterteil auf die Zentralheizung gestützt, die Arme verschränkt, die Hände hilflos gefaltet.

Der Anwalt rät für die Zukunft zu einem passenderen Versammlungsort, nachdem er mit den Worten »Machen kann man immer was!« versucht hat, den Nachbarn den ersten Schrecken zu nehmen. »Wir müssen uns nicht alles gefallen lassen.« Er schaut in die Runde skeptischer Gesichter. »Es gibt noch so etwas wie Gerechtigkeit.«

Gerechtigkeit? Es ist Meyer klar, dass ihm kaum geglaubt wird. Aus leidlicher Erfahrung weiß er, dass Mietverhältnisse und Recht selbst im 21. Jahrhundert zwei völlig verschiedene Paar Schuhe sind, auch wenn die hier Anwesenden das bisher nicht zu spüren bekommen haben. Aber man hat ja einiges gelesen, und nun scheint so etwas auch auf sie zuzukommen.

»Wenn Sie alle einverstanden sind und mich damit beauftragen, würde ich eine Sammelklage …«

Bis vor wenigen Jahren ist Meyer Spezialist für Mietrecht gewesen, hat sich aber dem Strafrecht zugewandt, ganz einfach, weil ihm die Arbeit als Verteidiger lukrativer erscheint. Die Finessen des alten Metiers, denkt er, verlernt man aber sicher nicht.

»Kannst du Brief erklären?« Unter der klobigen Nase von Ömer Korkmaz tanzt ein mächtiger Oberlippenbart. »Was ist Abschließschein?« Mit seiner Frau Aylin betreibt Korkmaz schräg gegenüber einen zurzeit nicht sonderlich gut gehenden Gemüseladen. Corona setzt auch ihnen heftig zu.

Was noch schlimmer ist: Auch in der Familienplanung läuft es nicht wie gewünscht. Vor wenigen Wochen kam ihr fünftes Kind zur Welt. Wieder kein Junge! Ömer weiß nicht, warum Allah ihn auf eine so harte Probe stellt. Nach den ersten vier Geburten haben die Eltern eine achtjährige Pause eingelegt, aber auch das hat nicht gefruchtet. Schon wieder ein Mädchen! Du machst es mir schwer, hatte Ömer gedacht, während er zum Himmel blickte. Du machst es mir sehr schwer! Verärgert übte er Vergeltung, ließ ein Freitagsgebet aus und aß während des laufenden Ramadans ein halbes Hähnchen. Mit Pommes.

Korkmaz und seine Frau sind praktizierende Muslime. Ihre Töchter aber sind in Hamburg geboren und nicht unbedingt scharf drauf, ihren Eltern religiös nachzueifern.

»Brauch keinen Schein. Ich schließ Tür von Wohnung immer ab, ne. Und Laden an Feierabend.«

»Musst du nicht, Ömer!«, lacht jemand von der Tür her, »*dein* Gemüse klaut bestimmt keiner!« Der rundliche Mann mit dem rosigen Gesicht erntet einen bösen Blick von seinem türkischen Nachbarn. Der droht mit dem Finger. »Ich geb dir gleich Gemüse, du!!«

Das Verhältnis von Ansgar Jablonski, seit vielen Jahren Chefkoch im Restaurant *Erastos*, und Ömer Korkmaz ist gekennzeichnet von einem liebevoll-ruppigen Umgang.

Koch und Gemüsehändler pflegen eine pragmatisch-geschäftsmäßige Verbindung, die sich – Jablonski bewohnt ein Appartement schräg über der türkischen Familie – ins Private fortsetzt, wobei beide Seiten auf die nötige Distanz achten.

Eine Hand wäscht die andere – diesem Prinzip folgend versorgt

Korkmaz seinen Nachbarn mit – was dieser mitunter, mehr im Scherz natürlich, bestreitet – *frischem* Gemüse. Der Koch wiederum entsorgt Essensreste des Gemüsehändlers, die nichts in dessen Bioabfall zu suchen haben. Doch davon später mehr.

Jablonskis Wohnung ist so groß wie die der Mitbewohner dieses Hauses, riesig also. Da er, ebenso wie Paul Knupper, Hanno Meyer und Hermine Grabert, allein lebt, nutzt er von seinen sechs Räumen nur Wohn- und Schlafzimmer.

Natürlich verfügt die Wohnung auch über eine Küche, die aber der Koch streng genommen nur beim Einzug einmal gesehen hat. In etwa also vergleichbar dem Bademeister einer öffentlichen Badeanstalt, der im heimischen Badezimmer eine Wanne hat, in der er nie baden würde.

Es ist nun mal das Schicksal eines vielbeschäftigten Chefkochs, einen erheblichen Teil seiner Lebenszeit den Töpfen an seinem Arbeitsplatz widmen zu müssen. Dem schmeckts zu Hause nicht.

Seit über einem Jahr allerdings zwingt ein garstiges Virus Jablonski, über Alternativen nachzudenken. Als die Gesundheitsbehörde begann, die Gäste aus den Restaurants zu vertreiben, so jedenfalls nach Ansicht von Inhabern und Chefkoch des *Erastos*, hatte Ansgar plötzlich Zeit, viel Zeit.

Bevor er nun in tiefe Depression versank, denn eigentlich kennt er nichts anderes als seinen Beruf, entschloss er sich, etwas zu unternehmen, zu dem er vorher nie die Gelegenheit gehabt hatte.

Sein erster Weg führte ihn in ein Museum, wo er vor einem Schild Halt machte: »Wegen Corona geschlossen.« Er ließ sich aber nicht entmutigen, sondern beschaffte sich bei *ebay* für 238 Euro den Katalog einer Picasso-Ausstellung von 1964. Die Lektüre zog ihn in ihren Bann, und Ansgar Jablonski begann zu malen.

Da er in seiner Wohnung vier große freie Zimmer hat, er demnach über Arbeitsflächen der mehrfachen *Guernica*-Größe verfügt, machte er sich mit Feuereifer ans Werk, erkannte rechtzeitig, dass Raufaser kein sonderlich geeigneter Untergrund für sein Vorhaben war.

Und so besorgte er sich eine Leinwand nebst Staffelei, eine Palette, Pinsel und mehrere Tuben Farbe. Blaue Farbe, denn er wollte dem Vorbild des Meisters folgen und ihm in seiner blauen Periode nacheifern.

Ömer Korkmaz hatte die Ehre, die ersten künstlerischen Gehversuche Jablonskis begutachten zu dürfen. Er ließ sich viel Zeit, kippte den Kopf mal nach links, mal in die Gegenrichtung, und gelangte schließlich zum Gesamturteil: »Warum isst Frau Wurst bei Dunkel? Lampe kaputt?«

Jablonski klärte seinen Geschäftspartner darüber auf, dass auf dem Bild ein Schafhirte zu sehen sei, der zu seiner Blockflöte greife, um seine Schützlinge im fahlen Licht der aufgehenden Sonne mit einem Lied zu beglücken. Nur eben alles im Grundton Blau.

Der folgende Gesichtsausdruck des Gemüsehändlers ließ in Jablonski den Entschluss reifen, der blauen Phase Lebewohl zu sagen und sich ab sofort dem Kubismus zuzuwenden. Da war Ömer komplett raus.

Und somit darf der Koch wieder nach Herzenslust über Korkmaz' Gemüse frotzeln.

»Aber, aber! Meine Herren!«, beschwichtigt Meyer nun die Streithähne. »Ab*geschlossenheits*bescheinigung, Herr Korkmaz, meint …«, lächelt er dem Ladenbesitzer zu, »… dass bei der Umwandlung …« Dann fällt ihm wieder ein, was er eingangs angeregt hat. Seine Wohnung bietet wirklich nicht genug Sitzgelegenheiten, um den Mitmietern das diffizile Thema detailliert und in Ruhe näherzubringen. Das gibt er jetzt noch einmal zu bedenken und erntet beifälliges Kopfnicken.

»Dann würde ich doch vorschlagen«, erklingt eine sanfte, fast singende Stimme von einem Fenster her, »dass wir ein Treffen in unserem Restaurant anberaumen.« Betrübt fährt der Mann mit dem rosa Schal über der papageienbunten Jacke fort: »Wir haben im Moment dank Corona Platz genug.« Weil er im rechten Arm Tschou-Tschou, seinen wie dort festgewachsenen Pekinesen, hält, hebt er lächelnd die linke Hand, deren sämtliche Finger von Ringen verziert werden. »Ich müsste nur darum bitten, dass sich ein jeder … «, er lässt eine entschuldigende Geste folgen und kichert: »… und *eine jede*, natürlich! … eine Maske aufsetzt.« Stirnrunzelnd schaut er in die Runde. Niemand trägt mehr einen Mund-

Nasen-Schutz. In Anbetracht der Brisanz der Ereignisse wäre auch keiner auf den Gedanken gekommen. Es gibt Ereignisse, da hilft eine OP-Maske nicht.

Meyer nickt Dankwart Waller, einem der beiden Teilhaber des Szene-Restaurants *Erastos*, gleich um die Ecke im Eppendorfer Weg gelegen, dankbar zu.

»Euer Restaurant? Ich finde, das ist eine gute Idee«, sagt er, wobei er um sich schaut. Dann wendet er sich wieder an Waller. »Wie wäre es übermorgen? Im Laufe des Abends? Dann hätte ich genug Zeit, alles vorzubereiten.« Er lächelt bekümmert. »Wir haben beide das gleiche Problem, Dankwart. Auch mir rennt man im Moment nicht gerade die Kanzlei ein.«

»Du sprichst jetzt aber nur von deinen *Klienten*, nicht wahr?« Wallers charmante Stichelei zaubert ein Grinsen in Meyers Gesicht.

»Abends?« Der Mann neben dem Restaurantbesitzer, wesentlich unauffälliger gekleidet als sein neben ihm stehender Ehemann und Geschäftspartner, schaut diesen an. »Also, gerade um die Zeit ...«, hebt Torsten Szepanek skeptisch die Schultern, »ich weiß nicht ...«

»Kein Problem«, antwortet Waller, »wenn wir wirklich einen plötzlichen Ansturm von Gästen bekommen sollten, können wir die Räume abtrennen. Sooo zahlreich sind wir hier ja auch nicht.«

Wie viele Gastronomen sind auch Waller und Szepanek von der Corona-Epidemie gebeutelt. Was ihnen noch mehr zu schaffen macht als wieder und wieder versprochene und dann verzögerte Ausgleichszahlungen sind widersprüchliche Anordnungen der Gesundheitsbehörde. Abstand, Hygieneregeln, Mundschutz ja oder nein, maximale Gästezahl – von angedachter Komplettschließung des Restaurants bis zur behördlich geduldeter Teilöffnung ist alles dabei. Tageweise muss man sich die neuesten Vorgaben mühsam zusammenreimen. So oder so gehen die Umsätze stark zurück, dazu kommt das leidige Problem mit dem abwandernden Personal. Serviererinnen, Tresenkräfte, Köche – alle schauen sich nach neuen Arbeitsplätzen um. Viele wechseln in den Großhandel.

Die Betreiber des *Erastos* zahlen vergleichsweise gut, die Arbeitszeiten im Gastgewerbe sind nun mal so wie sie sind und können auch bei phantasievollster Organisation nicht neu gedacht werden.

Szepanek und Waller sind schon froh, dass sie im Unterschied zu den meisten ihrer Konkurrenten keinen Fall von Covid zu verzeichnen haben und von dieser Seite ihre Belegschaft weitgehend nach Plan einsetzen dürfen. Dem Problem mit den abwanderungswilligen Kräften hoffen sie für die Zukunft mit ausländischem Personal begegnen zu können. Der abscheuliche Angriffskrieg Putins könnte zum Rettungsanker werden – menschlich bedauerlich, unter ökonomischen Gesichtspunkten sind die jungen Frauen, die, von ihren Männern in der Ukraine getrennt, in den Westen flüchten, hochwillkommen.

»Also …« Aus dem Hintergrund ist ein verlegenes Räuspern zu hören. »Ich weiß nicht … müssen wir … Ich meine, wäre es nicht besser, wenn wir … jeder für sich … hier mit Ihnen …«

»Unsere Gaststätte ist für jedermann offen, Herr Bertram. Oder haben Sie ein Problem mit Homosexuellen?« fährt Waller dem Mann scharfzüngig in die Rede. »Dann sagen Sie es hier und jetzt! Wir haben es nicht nötig …«

»Nein, nein, Herr Waller!« Die beleibte Ehefrau des Bedenkenträgers macht einen Schritt nach vorn, wobei sie beschwichtigend abwinkt. »So meint mein Mann das doch gar nicht, stimmts, Ralf? Wir sind bestimmt die letzten, die was gegen euch … gegen Schwule haben. Die sind ja nicht alle so …«

»*So* sind die nicht alle?«, faucht Waller. »Wie *so* sind die denn nicht alle?« Seine Stimme wird jetzt noch höher. »Aha! Aha! Wie *so* ist denn *so*?«

Er fühlt die Hand seines Mannes auf seinem Arm. »Nun lass doch, Dankwart! Ich glaube auch nicht, dass Herr Bertram …«

Wütend schüttelt Waller die Hand ab, sieht die Bertrams mit finsterer Miene an, sagt aber nichts mehr.

Meyer will nun fortfahren, aber Ralf Bertram, angestellter Maschinenbauer in einem Barmbeker Metallwerk, gibt sich keineswegs geschlagen. »Hören Sie, Mann!«, ätzt er gegen Waller,

»in diesem Ton reden Sie nicht mit meiner Frau! Verstehen Sie? Nicht in diesem Ton!«

»Ach, Ralf! Nun treib es doch ...«

»Oh, doch! Doch, doch! Ich lass es nicht zu, dass diese Schwuchtel so mit dir spricht!« Auf Waller zugehend schnaubt er: »Es reicht ja schon, dass Sie die Wohnung genau unter uns haben! Ich meine ... wir ... vielleicht denken Sie auch mal an unsere Kinder! Acht und sieben sind die, die Svenja und der Ole! Die wissen doch noch nichts vom Leben. Und ... also ... was die manchmal von unten so zu hören kriegen ... ich meine ... Sie sind doch *Männer*! Alle beide! Schämen Sie sich denn nicht?« Bertrams Kopf ist jetzt puterrot, seine Arme rudern durch die Luft, bis der rechte zum Stillstand kommt und der Zeigefinger zitternd kurz vor Wallers Gesicht landet. »Wissen Sie, wie ich das nenne? Kindesmissbrauch nenne ich das! Jawohl! ... Der Ole, nä? Was soll der denn ...? Wenn der nachher genauso ...«

Diese Tirade kommt mit einer solchen Schärfe, dass für einen Moment absolute Stille in der Wohnung und Kanzlei des Rechtsanwalts Hanno Meyer herrscht. Allen Anwesenden verschlägt es die Sprache.

Marlene Bertram versucht hilflos, die peinliche Situation zu retten. »Hi, hi!«, lacht sie unbeholfen, »da unten hört man gleich *zwei* Männer! Bei uns gar keinen!«

Zwecklos. Niemand erwidert ihr Lachen. Die beiden Opfer der Attacke sehen sich mit bleichen Gesichtern an.

»Ralf Bertram! Du verdammter Idiot!« Zum ersten Mal meldet sich eine attraktive Frau Anfang Vierzig, wobei sie aus ihrem Sessel hochfedert. Sie wohnt Tür an Tür mit dem zeternden Mann und holt mitunter die Kinder des Ehepaars zu sich in die Wohnung, wo sie sich zusammen mit ihrer sechzehnjährigen Tochter Maja um die Kleinen kümmert, wenn die Eltern sich wieder mal in ihrer Stammkneipe vergnügen. »Ich habe immer gedacht, du ... ihr ... sind wir nicht schon weiter in dieser Frage? Männer lieben Männer, jawohl! Und Frauen Frauen! Jeder hat das Recht auf ein selbstbestimmtes Leben, oder? Ich dachte, meine Nachbarn seien aufgeklärte und tolerante Menschen, und nun muss ich erleben … Eure Kinder sind viel weiter als ihr, um die müsst ihr euch bestimmt keine Sorgen machen.«

Weiterhin herrscht betretenes Schweigen in der Runde. Ralf Bertram sieht Wiebke Voss entgeistert an, mit so einer Reaktion von ihrer Seite hat er sichtlich nicht gerechnet.

»Nu!« Eine leise, sonore Stimme kommt von einem Fenster her. »Vielleicht sollten wir an dieser Stelle die Versammlung vertagen und den streitenden Parteien die Gelegenheit geben, in sich zu gehen.« Neben dem freundlichen Tonfall sind es die feinen Fältchen an den Augen, die darauf hindeuten, dass sich im akribisch gestutzten Vollbart des Mannes ein nachsichtiges Lächeln versteckt.

Doktor Ibrahim Cohen, der in Altona eine Zahnarztpraxis betreibt, ist eine so anziehende wie imposante Erscheinung. In seinem maßgeschneiderten Anzug lässig an die Fensterbank gelehnt, wirkt er wie jemand, der nicht unbedingt in diese Umgebung passt; man hätte ihn eher in eine Aufsichtsratssitzung einer Großbank verortet.

Cohen ist der fünfte Mieter des Hauses, der sein Appartement allein bewohnt.

Sein feingelocktes Haar über dem tiefbraunen Teint verrät, dass nicht nur jüdisches Blut in seinen Adern fließt, sondern, wie von ihm schon mehrfach bestätigt, sein Vater arabische Vorfahren hatte. Ibrahims Jugend wäre, so versichert er, geprägt von friedlicher Koexistenz diesseits und jenseits des israelisch-palästinensischen Grenzstreifens. Mit Befremden verfolgt er die gegenwärtig angespannte Situation in seinem Herkunftsland.

Immer dann allerdings, wenn der Arzt auf seine Jugendzeit zu sprechen kommt, beschleichen seine Zuhörer Zweifel an der geschilderten Idylle. Düster wird sein Blick, die Stimme leise und verhangen. Aber Einzelheiten sind ihm nie zu entlocken.

»Wenn ich mich recht entsinne«, fährt er jetzt fort, »sind wir zu einem Thema zusammengekommen, das alle Anwesenden betrifft und das zur Eile mahnt.«

»Sie haben vollkommen recht, Doktor Cohen«, nickt Hanno Meyer dem Zahnarzt zu, der im Erdgeschoss wohnt und der einzige im Haus zu sein scheint, der ein entspanntes Verhältnis zu seiner unmittelbaren Nachbarin Hermine Grabert pflegt.

Was auch mit dem erfreulichen Anblick ihrer tadellosen dritten Zähne zu tun haben könnte.

Kapitel 6

Kraftstrotzend und erdrückend steht der mächtige Klotz zwischen den filigranen, futuristisch anmutenden Gebäuden der Hafen-City. Die Absicht, eine Mischung aus fragil wirkenden Glasfronten und solidem, aber unaufdringlichem Mauerwerk zu schaffen, ist dem beauftragten Architekten komplett misslungen. Durch die mächtigen Pfeiler, die dem Haus optisch Halt geben sollen, wirkt es überladen und macht die zuvor ausgewogene Balance zwischen den nebenstehenden Zweckbauten an der Wasserlinie zunichte.

Der Blick auf dieses Gebäude verdeutlicht, dass der Umzug aus der City Nord hierher einzig aus Prestigegründen erfolgt ist. Dieses Haus ist dazu gedacht, Eindruck zu schinden, mit dem Erfolg seiner Beschäftigten zu wuchern, viel mehr jedoch strahlt es protzige Überheblichkeit aus.

Das Firmenschild mit der Aufschrift »Wohntraum Immobilien« wirkt angesichts dieser Bausünde wie ein schlechter Witz. Dieses Gebäude erzeugt weniger Träume als Albträume.

Hinter den meisten der bodentiefen Fenster erstrahlen an diesem Abend die nüchternen Lichter von Halogenröhren, deren Stromzufuhr, eigentlich ja wirklich passend zum herrschenden energetischen Sparzwang, von Zeitschaltern reguliert wird; dem Passanten, der am nahen Ufer mit seinem Hund einen späten Spaziergang unternimmt, wird abendliche Betriebsamkeit vorgegaukelt.

Wir schlafen nie, verheißen die Lichter, wir arbeiten an euren Träumen.

In der vierten Etage, in einem der kleinen Konferenzräume, die

die Reihen von Büros unterbrechen, sitzen tatsächlich drei Gestalten aus Fleisch und Blut.

Der Spaziergänger, der, die noch leere Tüte in der Hand, geduldig wartet, dass der Hund sein Abendgeschäft in das Grün der spärlichen Oasen erledigt, solche, die noch nicht vom Beton überwuchert sind, schaut hinauf und sieht die drei Personen gestikulieren.

»Keine Tricks?« Alfred Bergmann nimmt Frank Forster fest in den Blick. »Ohne doppelten Boden?« Er traut seinem Topverkäufer nicht über den Weg. Zu oft ist ihm hinterbracht worden, dass es bei den Geschäften des dynamischen jungen Mannes nicht immer mit rechten Dingen zugegangen sei.

Das Ansehen des Hauses, pflegt der Geschäftsführer seinen Untergebenen zu predigen, steht immer und absolut an erster Stelle. Die Branche genießt ohnehin nicht den besten Leumund; man kann sich in keiner Weise Dinge leisten, die auch nur den Ruch von Geschmäckle haben.

Ach!, heißt es bei den älteren Mitstreitern Bergmanns hinter vorgehaltener Hand, wem ist der denn wohl zu verdanken, der Verlust des guten Rufs? Sind es nicht Leute wie Bergmann, Vater und Sohn Bergmann, gewesen, die zweifelhaften Methoden den Boden bereitet haben?

Sie wundern sich von Jahr zu Jahr mehr. Der Alte hatte früher den Ruf eines harten Hundes – und er hat ihn wirklich genossen! – und nun wird er zunehmend weicher. Hat den früheren Biss verloren. Geht heute den gradlinigen, aber langweiligen Weg des soliden Geschäftsmannes.

Strahlend schüttelt Forster den Kopf und hebt die Hände. »Alles hieb- und stichfest, Herr Bergmann!«

Der schaut wieder auf die ersten Zeilen der Unterlagen und die Falten graben sich noch tiefer in seine Stirn. Diesmal ist er es, der den Kopf schüttelt, ungläubig. »Hoheluft! Generalsviertel!« Er hebt die Augenbrauen. »Ein ganzes Haus! Altbau! Das ... das ...«, Bergmann schlägt mit dem Handrücken auf das Papier. »Und der Preis! Das ist schon kein Schnäppchen mehr, das ist geschenkt!«

»Das will ich wohl meinen!« Heftig nickt der junge Mann und streicht mit der Hand über das Revers seines maßgeschneiderten Anzugs.

Sein Vorgesetzter sieht ihn scharf an. Wenn er etwas nicht leiden kann, sind es Leute, die in seiner Gegenwart mit nassforschen Sprüchen glänzen wollen. Forster hält dem Blick stand. Man sieht ihm an, dass er sich ein überlegendes Grinsen grad noch verkneift.

Treib es nicht zu weit, Frank!, denkt auf der gegenüberliegenden Seite des Konferenztisches Martin Schombach, Forsters bester Freund und Tennispartner in der knappbemessenen Freizeit.

Bergmann sieht wieder auf den Ordner mit dem Vorvertrag. »Und dieser … äh … Wasmuth …«, neuerlicher Blick zu Forster, »*muss* der verkaufen?« Wieder ungläubiges Kopfschütteln. »Es ist das *Generalsviertel!* Erbhöfe! Beste Mieteinnahmen! Nie im Leben hätte ich es für möglich gehalten, dass jemand eines dieser Häuser in toto auf dem freien Markt veräußert. War er in einer Zwangslage?«

Forster schüttelt den Kopf. »Durchaus möglich. Bei Wasmuth scheint es sich um einen … wie soll ich sagen … einen Mann gehandelt zu haben, der … hm … der etwas aus der Zeit gefallen war.« Mit abfälligem Grinsen fährt er fort: »Ich glaube, er war ein …«, Forster hebt die Schultern, »… Sozialromantiker. Ein Tagträumer.«

Alfred Bergmann nickt mit gefurchter Stirn. »So, so. Meinen Sie, ja? Menschen mit sozialem Gewissen, mit ihren Vorstellungen von einer besseren Welt, die scheinen in Ihrem Kosmos keinen Platz zu haben, was?«

Eine Andeutung von Schulterzucken bei Forster. Wie hat sich dieser Mann nur verändert!, denkt er. Die beste Welt ist immer noch die, in der hohe Renditen erzielt werden.

Der Geschäftsführer der Immobiliengesellschaft steht schwerfällig auf, geht zu einer Wand, an der ein Werbeplakat seiner Firma hängt. Er deutet auf den Spruch, der sich über die grafische Darstellung eines schmucken Landhauses erstreckt: *Träume wahr werden lassen – Wohntraum Immo. Ihr Partner für Ihr Zuhause.*

»Sind wir nicht auch Träumer, Herr Forster?« Mehr sagt er nicht, lächelt nur traurig.

Bin ich im falschen Film?, denkt Schombach, der das einstige Geschäftsgebaren Bergmanns vom Hörensagen kennt. Kann sich jemand so ändern?

»Aber natürlich, Herr Bergmann«, antwortet Frank Forster. »Das sind wir. Das sagt unser *Branding* dem Kunden ja auch.« Auch er schaut jetzt auf das Plakat.

Sein Geschäftsführer verdreht die Augen. »Mann! Forster! Branding! Wie oft habe ich schon gesagt: Ich trinke gern einen Brandy! Branding …« er betont beide Silben, um seine Verachtung für Anglizismen deutlich zu machen, »… kann ich nicht leiden! Das ist ein wichtigtuerischer Scheißbegriff, der in einem hanseatischen Unternehmen nichts zu suchen hat.«

Martin Schombach merkt, dass der Ton, in dem sein Freund jetzt fortfährt, eine Nuance schärfer wird: »Wie Sie meinen. Um uns für einen Moment aus den Träumen zu reißen, Herr Bergmann, möchte ich Sie bitten, Ihr Augenmerk auf die nächsten Passagen des Vertrages zu lenken. Da wird die Sache etwas deutlicher.«

Irritiert schaut der Geschäftsführer auf das Papier.

Der Alte baut wirklich ab, denkt Schombach. Es gab eine Zeit, in der er perfekt vorbereitet war und keine voreiligen Schlüsse gezogen hat.

»Ja … äh … was meinen Sie? … Ach, hier!« Bergmann braucht einige Zeit, um zu verstehen. In diesen Sekunden wechseln Schombach und Forster bedeutsame Blicke. Frank denkt natürlich dasselbe wie ich, geht es Schombach durch den Kopf. Es wird Zeit, dass der Alte in den Ruhestand geht.

»Aha! Eine Erbengemeinschaft also«, stellt der gerade fest.

Forster nickt. »Das ist mit EG hinter Wasmuth gemeint.«

Fast unmerklich zuckt Bergmann zusammen und hebt seinen Blick wieder auf den Kopf des Vertragsentwurfs.

Er hat es nicht gemerkt! Schombach ist entgeistert. Er hat es komplett übersehen! Auch die Vergangenheitsform, in der Frank über Wasmuth gesprochen hat – überhört!

Der Geschäftsführer der *Wohntraum* Immobiliengesellschaft

hält den Kopf gesenkt, als bemühe er sich, den Blickkontakt mit seinen Angestellten zu vermeiden.

Forster ist klar, dass er jetzt Oberwasser hat. »Eugen Wasmuth selbst ist vor etwa einem halben Jahr verstorben«, fährt er in fast vergnügtem Ton fort. »Seine Kinder – zwei Töchter, ein Sohn – die sich schon über einen kräftigen finanziellen Zuwachs freuten, mussten bei der Testamentseröffnung erfahren, dass sie das besagte Objekt zwar zu gleichen Teilen erben würden, allerdings mit der Maßgabe, dass den langjährigen Mietern nicht gekündigt werden darf und die Mieten nur – ich zitiere: *in wirtschaftlich vertretbarem Maß* – erhöht werden dürfen.« Er sieht seinen Chef an. »Dazu muss man wissen, dass sich die Mieten, die die Bewohner dieses Hauses zu entrichten haben, deutlich unter dem für das Generalsviertel üblichen Zins bewegen.«

Alfred Bergmann klopft auf den Ordner. »Und deshalb reden wir jetzt über einen Verkauf«, sagt er pro forma. »Die Erben wollen das Haus zu diesen Konditionen nicht selbst betreiben, richtig?«

»Wer will es ihnen verdenken? Dazu noch die horrenden Erbschaftssteuern.« Zum ersten Mal bringt sich Schombach ein. Er wendet sich an Forster. »Eigentlich ist eine Veräußerung ja nicht im Sinne des Verstorbenen, oder?«

Nach kurzem Zögern schüttelt sein Kollege den Kopf. »Es gibt sogar einen Passus im Testament«, fährt er fort, »in dem den Kindern ein Verkauf verboten wird.«

»Was?« Bergmann sieht ihn erstaunt an.

»Keine Sorge!«, beschwichtigt Forster, »ich habe das Testament von unser Rechtsabteilung prüfen lassen. Ich habe den Erben schon mitgeteilt, dass eine solche Klausel unwirksam ist.«

Bergmann bleibt skeptisch. »Und das ist sicher?«

Forster nickt. »Einem Verkauf steht nichts im Wege.«

»Ich würde mir gern ein Bild von dem Objekt machen.« Der Geschäftsführer blättert im Ordner. »Haben Sie …?«

Forster kennt seinen Chef. »Ganz am Ende ist ein Umschlag eingeheftet.«

Bergmann löst den Blattniederhalter des Hefters und fummelt den gelochten A-5-Umschlag heraus.

»Kann ich helfen, oder kommen Sie klar?«, fragt Forster, dabei hörbar bemüht, seiner Stimme keinen hämischen Unterton zu geben.

Diesmal bleibt Bergmann souverän Herr der Lage. Lächelnd sieht er seine beiden Untergebenen an. »Ich weiß, ich weiß. Altmodisch, denken Sie. Ich nenne das pragmatisch. Glauben Sie, ich lasse mir einen Monitor vor die Nase halten?«

Das hat was, denkt Schombach lächelnd. Eigentlich ist der Alte ja nicht verkehrt.

»Junge, Junge! Was für ein Haus!« Ein Hochglanzabzug der Fassade erweckt Bergmanns Interesse. Dann stutzt er kurz, und seine Hand beginnt fast unmerklich zu zittern. Ein Blick zu Forster verrät Verwirrung. »Wieviel Partien?«, fragt er mit belegter Stimme.

Forster ist dieser Moment nicht entgangen. Was hat der Mann?, fragt er sich. »Zehn«, ist seine Antwort.

»Mehr nicht?«, staunt Bergmann.

»Pro Etage zwei Wohnungen, pro Wohnung um die 120 Quadratmeter. Überaus gut geschnitten. Hohe Decken. Stuck. Altbau eben.«

Der Geschäftsführer nickt. »Sie sagen es. Altbau. Die haben noch Häuser gebaut damals! Gibt's heute nicht mehr.« Er nimmt ein anderes Foto. Eins aus dem Hausinneren. Der Blick des Fotografen folgt dem Treppenschacht vom obersten Stockwerk nach unten. »Ja. Genau«, stutzt er und atmet tief ein. Er sieht zu Forster. »Das Treppenhaus wirkt ziemlich streng. Das Geländer ohne die typischen Windungen und Schnörkel. Das Ganze ungewöhnlich gradlinig. Dafür extrem geräumig.«

Und wieder fällt dem jungen Makler Bergmanns eigenartige Reaktion auf. Nach einigen Sekunden fragt er: »Bemerken Sie sonst noch etwas Wesentliches?«

»Hm. – Kein Fahrstuhl?«

»Kein Fahrstuhl«, bestätigt Forster. »Bis jetzt noch nicht. Sollen die Käu… die Bewohner aber bekommen. Der Platz ist ja da, wie Sie eben bemerkten.«

»Wie meinen Sie das?«, grummelt Bergmann.

Wenn die Stimme des Alten so schroff wird, denkt Forster, heißt das immer: KOSTEN! Was kostet das?

Frank Forster beugt sich über den Tisch und sieht seinen Chef intensiv an. »Herr Bergmann! Dieses Objekt wird uns zu einem fantastisch günstigen Preis angeboten. Die Erben wollen das Ding loswerden und Kasse machen. Sie glauben wirklich, dass sie die Mieten wegen des Testaments nicht erhöhen dürfen. Die haben keine Ahnung, was so eine Immobilie am Markt wert ist und sind hinter dem schnellen Euro her.« Er grinst Bergmann breit an. »Wir aber werden die Wohnungen nicht vermieten, sondern …«, Forster lehnt sich wieder in seinen Sessel zurück, »… weiterverkaufen. Eigentumswohnungen.«

»Langsam! Langsam!« Bergmann hebt die Hand. »Hatte der Verstorbene nicht verfügt, dass den Mietern nicht gekündigt werden darf?«

»Machen wir doch nicht!« Mit großer Geste breitet Forster die Arme aus. »Um Himmels Willen!« Er weiß um die dramatische Wirkung einer kurzen Sprechpause. »Wir werden den jetzigen Mietern natürlich ein Erstangebot machen. Sie haben ja ohnehin qua Gesetz ein Vorkaufsrecht.«

»Ein Angebot, das sich sicher die wenigsten leisten können, oder?«

»Sie müssen es andersherum betrachten. Mit einer Ausnahme leben in jeder Wohnung nur ein bis zwei, maximal drei Personen. Und der Herr Korkmaz, Feinkosthändler, hat fünf Töchter bei sich wohnen, von denen mindestens eine ihre Pubertät deutlich hinter sich gelassen hat und langsam reif für eine eigene Unterkunft wäre.« Forster schmunzelt. »Unser Beitrag zum sozialen Wohnungsbau. Wohnungen nur so groß wie notwendig. Verdichtung ist das Zauberwort.« Er nimmt das Foto mit der Hausfront in die Hand. »Wir werden statt zehn Wohnungen die doppelte Menge im Haus unterbringen. Abgeschlossenheitsbescheinigung, Sperrfrist drei Jahre, das übliche halt. 60 Quadratmeter pro Partie. Das ist immer noch geräumig, oder? Statt anderthalb Millionen zahlen die Bewerber nur neunhunderttausend. – Wobei: Die Fassade ist nicht ganz so in Schuss, wie sie auf dem Foto aussieht, steht aber unter Denkmalschutz. Nur sie! Sie restaurieren zu lassen ist dann natürlich Sache der Eigentümer. Die allerdings haben Anspruch auf …«Forster setzt sein breitestes Lächeln auf»… steuerliche Erleichterungen. Zehn Jahre zu neun Prozent nach Paragraf 10f Einkommensteuergesetz. Wer sagt's denn! Dazu bekommt jeder einen separaten Hauseingang und alle zusammen endlich …«, er lässt seinen ausgestreckten Zeigefinger langsam aufwärts gleiten, »… einen Fahrstuhl!«

Kapitel 7

»… endlich einen Fahrstuhl!«, liest Hanno Meyer, senkt das Schreiben, dessen Inhalt er für alle noch einmal zusammengefasst hat und blickt in eine betretene Zuhörerschar.

»Fahrstuhl!«, schnaubt Rita Alvarez, was kein Künstler-, sondern ihr wahrer Name ist, nach längerer Pause. »Was soll ich mit einem Fahrstuhl?«

»Du hast ja auch keinen nötig.« Marlene Bertram schaut neidisch auf die Figur der Tänzerin, die schräg über ihr im dritten Stock wohnt. »Wenn ich allerdings daran denke, was Herr Jablonski immer durchmachen muss, bis er im vierten ist. Hch, hch, hch.« Sie hält die Hand auf die Brust und imitiert das Hecheln eines Kurzatmigen. »Entschuldigen Sie!«, lächelt sie dem Angesprochenen zu, »aber … ich meine … wir werden alle nicht jünger, nicht wahr?«

»Kein Problem!«, erhält sie zur Antwort. Ansgar Jablonski, seit vielen Jahren Herr über die Töpfe der *Erastos*-Küche, sitzt zum ersten Mal in privater Kleidung an einem Tisch des Restaurants. Er schaut unauffällig auf Marlenes volle Figur, grinst und weist auf seinen eindrucksvollen Bauch. »Ja, ich habe eine Menge hochzutragen.« Er sieht zu seinen Arbeitgebern hinüber. »Aber so selten, wie ich zu Hause bin … nee, ich brauche keinen Fahrstuhl. Wenn's schwierig werden sollte, mache ich eine Diät.«

Hanno Meyer verfolgt das Gespräch nur mit halbem Ohr. Irgendwas an dem Brief ist ihm aufgefallen, etwas, das tief in seiner Erinnerung verborgen ist. Er grübelt, kommt aber nicht drauf.

»Bleib du nur so, wie du bist, Ansgar!«, lächelt Dankwart Waller. »An dir sieht man, dass es einfach schmecken muss, was du kochst.«

»Wenn's wirklich eng wird«, ergänzt Torsten Szepanek feixend, »bestellen wir einen Kran, der dich in deine Wohnung hievt.«

»Nee, lass gut sein!«, lacht Jablonski. »Ich hole mir einfach jeden Tag einen Teller Gemüse bei Ömer. Davon nimmt man unweigerlich ab.«

Korkmaz zeigt, dass er den gewohnten Frotzeleien eines seiner besten Kunden auch mit Humor begegnen kann. »Kriegst du in Dose, Ansgar, ne. Wenn du so schwach bist, dass du nicht mehr aufkriegst, wirst du dünn wie Streichholz.«

Kichernd hebt der Koch das Glas und prostet in die Runde.

»Ich kann echt nicht verstehen, wie ihr alle so lustig sein könnt«, knurrt Ralf Bertram, der nur kurz an seinem Getränk genippt hat. Nach längerer Diskussion mit seiner Frau hat er nun doch den Fuß über die Schwelle des Restaurants gesetzt. Widerwillig muss er zugeben, dass ihn die geschmackvolle Einrichtung des Lokals, das er zum ersten Mal von innen sieht, beeindruckt.

Zu einer Entschuldigung hat ihn allerdings auch Marlene nicht bewegen können. Sie selbst hat sich umgehend an die Inhaber gewandt und ihnen versichert, dass ihr Verhalten ihr inzwischen leidtäte. Sie nimmt sich zum x-sten Mal vor, nicht immer auf Ralfs Gequatsche hereinzufallen, sondern sich ihre eigene Meinung über andere Leute zu bilden. Von der souveränen Freundlichkeit, mit der die beiden Männer die Vorkommnisse ad acta legen, ist sie sehr angetan. Schnell wird ihr klar, dass sie über Homosexuelle eigentlich gar nichts gewusst hat. Jetzt muss sie feststellen, dass gerade der entwaffnende Charme des attraktiven Dankwart sie gefangen nimmt. Der einzige Unterschied zu normalen Menschen, denkt sie, ist, dass die Schwulen Sex von der falschen Seite machen.

Schade, denkt sie! Wie heißt noch gleich der Schnack? Die besten Männer sind schwul oder schon verheiratet. Sie sieht ihren

Ralf, der immer noch eine verdrossene Miene zur Schau stellt, von der Seite an. Na ja, denkt sie weiter, nicht *nur* die guten Männer sind verheiratet.

Der fährt gerade fort: »Der Brief bedeutet doch nichts anderes, als dass wir aus unseren Wohnungen vertrieben werden. Oder hat jemand 'ne Million auf der hohen Kante, dass er das Angebot annehmen kann?«

»Sie haben vollkommen recht, Herr Bertram«, antwortet Hanno Meyer, aus seinen Überlegungen gerissen. »Leider sieht es so aus, dass wir rechtlich nicht viele Mittel haben, den Verkauf zu verhindern. Auf lange Sicht nicht. Wir haben zwar zunächst drei Jahre Ruhe durch eine Sperrfrist, immerhin. Wir könnten wegen sozialer Härten klagen, aber so ein Verfahren hat keine aufschiebende Wirkung, und bis ein Urteil ergangen ist, sind wir vermutlich alle draußen.« Er kratzt sich am Kinn und schaut wieder auf das Schreiben. Was ist es denn nur? Was? »Ich … äh … gehe davon aus, dass niemand in diesem Haus über die Mittel verfügt, auf das Angebot dieser Gesellschaft einzugehen, oder? Ich meine …«

»Selbst wenn ich über das Geld verfügte«, sagt Ibrahim Cohen, »ich würde es nicht ausgeben. Aus Prinzip nicht.«

Kurzum, denkt Meyer, *er* hätte das Geld. – *Wohntraum-Immo?* Krampfhaft überlegt er. Nein, das ist es nicht. Es muss etwas anderes sein. »Herr Knupper«, fährt er fort, »Sie haben noch gar nichts dazu gesagt. Sie sind doch schon seit langer Zeit unser Hausmeister und für Sie muss es besonders …«

»Es ist ja nicht sicher, dass er es nicht bleibt, nicht wahr?«, fällt ihm Hermine Grabert ins Wort. Mit unbewegter Miene sieht sie Paul Knupper an.

»Was meinen Sie damit?« Der heute schweigsame und in seinem Stuhl versunkene Mann mit dem dünnen Haarkranz richtet sich langsam auf.

»Ich könnte mir vorstellen … auch ein Haus mit Eigentumswohnungen braucht ja wohl einen Hausmeister, nicht? Ich könnte mir vorstellen, dass man diesbezüglich an Herrn Knupper herangetreten ist. Von Ihrem lächerlichen Laden können Sie ja wohl kaum leben, oder?« Noch immer zeigt das Gesicht der alten Frau keine Regung. »Kann es sein, dass das Schreiben an Sie ein wenig umfangreicher ist als das an uns? Nun, Herr General?«

Knupper braucht einen Moment, um die Worte der Greisin vollumfänglich zu verstehen. Dann überzieht eine heftige Röte sein Gesicht.

Jeder im Haus weiß um das gespannte Verhältnis der beiden am längsten hier wohnenden Personen. Deshalb warten alle Anwesenden voller Interesse – teils auch Vorfreude – ab, wie sich die Situation entwickeln wird.

Man muss sich nicht lange gedulden.

»Sie … Sie …« Langsam erhebt sich der kleine, aber kräftige Mann aus seinem Sitz. »Sie alte Giftspritze! Sie Dreckschleuder!«

Ansonsten herrscht angespannte Stille im großen Gastraum. Niemand fährt schlichtend dazwischen, keiner mischt sich ein. Denn niemand hat je eine Eins-zu-eins-Auseinandersetzung der beiden, ein direktes Duell, hautnah miterleben dürfen.

»Sie können mich nicht beleidigen, Sie unternehmungsunlustiger Gartenzwerg! Sie nicht!«

Wutschnaubend fährt der *Kleine General* zu Meyer herum. »Das war's für mich! Das lass ich mir nicht gefallen! Wer bin ich denn?« Beim Aufstehen ruft er Hermine zu: »Sie kriegen von mir zu hören, Sie alte Natter! Ich nehme mir einen Anwalt!« Zunächst einmal nimmt er seine Jacke.

»Schön!«, lacht sie zurück. »Machen Sie das! Vor Ihnen steht einer. Nehmen Sie den doch.«

»Hören Sie auf!«, schnaubt der Angesprochene. »Alle beide! Das ist doch albern! So kommen wir nicht weiter.« Er spricht Hermine Grabert an: »Ich gehe davon aus, gnädige Frau, dass Sie einen Scherz machen wollten. Richtig ist: Bei Objekten dieser Größe wird in der Regel eine Verwaltungsgesellschaft eingesetzt, die sich um alle Belange kümmert, bis hin zur Einberufung einer Eigentümerversammlung.« Meyer deutet auf den vor Zorn zitternden Hausmeister. »Im Gegenteil, Frau Grabert. Herr Knupper ist von uns allen der Einzige, der vermutlich nicht nur seine Wohnung, sondern auch seinen Job verlieren wird.« Dann fällt es ihm ein. Das ist es!! Kündigungen! Eiskalte, rücksichtslose Rausschmisse! Und immer die Unterschrift: *Bergmann. Alfred Bergmann.*

In diesem Moment holt ihn die Vergangenheit ein.

»Allah sei Dank!«, stößt Ömer Korkmaz aus.

»Bitte??« Meyer wird aus seinen Gedanken gerissen und sieht den Gemüsehändler mit großen Augen an.

»Hat mich geärgert jahrelang. Er mag nicht Ausländer!«

»Das ist doch Unsinn!«, faucht Knupper, der inzwischen seine Jacke wieder über die Stuhllehne gehängt hat. »Sie sind doch nur sauer, weil ich Sie angezeigt habe. Zu Recht, Herr Korkmaz, das hat Ihnen das Gericht bescheinigt.«

»Richter hat keine Ahnung! Schafe waren gut tot! Ohne Weh!«

»Es ging nicht nur darum«, sagt der Hausmeister. »Das wissen Sie genau!«

Knupper spricht das an, was vor einigen Jahren die Gemüter der Hausbewohner erhitzte. Meyer, der damals noch nicht hier wohnte, hat sich später alles von Dankwart Waller erzählen lassen.

Demnach war Knupper einige Zeit nach dem Einzug der türkischen Familie dahintergekommen, dass Korkmaz in der Badewanne seiner Wohnung Lämmer geschlachtet und sie seiner Familie verzehrfertig vorgesetzt hatte. Braten, Kotelett, Karree, Lammlachs – Korkmaz versicherte, als der Hausmeister ihn zur Rede stellte, dass er die Tiere nicht herkömmlich *geschlachtet*, sondern streng nach religiöser Vorschrift *geschächtet* hätte. Ein Riesenunterschied! Muslimen sei es erlaubt, bestimmte Tiere zu verzehren, sie müssten nur *halal*, also sauber getötet, ihre Kehle mit einem speziellen Messer durchtrennt worden sein. Wichtig sei: mit einem *einzigen* Schnitt, ohne abzusetzen! Sssst! Schweigen der Lämmer. Knupper könne sich gern bei Doktor Cohen erkundigen, der würde allerdings von *koscherem* Fleisch sprechen, was auf dasselbe hinauslaufe.

Ob auch Cohen das in der heimischen Badewanne praktiziere, wollte der entsetzte Knupper von Korkmaz wissen.

Nee, hätte der Türke geknurrt, Cohen sei ein Ungläubiger. Der esse meist im *Erastos*. Am liebsten Schweineschnitzel mit dicken Bohnen. Korkmaz verzog das Gesicht.

Aber der ist doch Jude!

Eigentlich ja, aber nicht wirklich. Den müsste man mal fragen, was sein *Vader Abraham* dazu sagen würde.

Wie haben Sie die Tiere eigentlich unbemerkt in die Wohnung bekommen? Sie wohnen im dritten Stock.

In groß IKEA-Tüte, lächelt Korkmaz.

Und – wer bereitet das Fleisch zu? Ich meine, zweifelt Knupper, können Sie sowas?

Treuherzig entgegnet Korkmaz, dass Jablonski das für ihn mache. Im Gegenzug erhalte der von ihm jeden Morgen Gemüse, das Korkmaz im Großmarkt in Hammerbrook einkaufe. Um vier Uhr. Jablonski schaffe das nicht, ein Koch schlafe nun mal gern lange. Ansgar Jablonski sei es auch, der die Schlachtabfälle in einer Tonne hinter dem Restaurant entsorge. – Gegenfrage: Wie hast du gemerkt Aktion in Badewanne?

Im Keller läuft ab und zu rotes Wasser durch das Siel. – Sie müssen damit aufhören, Herr Korkmaz!

Kopfschütteln des Türken. Allah erlaubt! Alles gut!

Als Knupper vernahm, dass Korkmaz in seinem Laden selbst hergestelltes *BARF* veräußern wolle, also rohes Fleisch vermischt mit Gemüse, *damit Herr Waller klein Hund kriecht gut Essen, ne,* er sich zuvor aber mit seinem Lieferanten wegen des zu erwartenden Mehrbedarfs an Schafen kurzschließen müsse, habe das, so Dankwart Waller, das Fass zum Überlaufen gebracht und Hausmeister Knupper habe Ömer Korkmaz angezeigt.

»Und?«

»Tja, Korkmaz hat damals den Kürzeren gezogen. Später hat das Bundesverfassungsgericht allerdings entschieden, dass das Schächten aus religiösen Gründen auch in Deutschland zu erlauben sei.«

»Aha.«

»Als Ömer Korkmaz das Jahre später spitzbekam und er erneut mit der IKEA-Tasche in der Wohnungstür stand, haben ihm seine Töchter klar gemacht, dass sie dann nie wieder in die Badewanne steigen und lieber dreckig herumlaufen würden. Damit war das Thema erledigt.«

»Liebe Leute!«, ruft Meyer, der während des Streits zwischen Paul Knupper und Ömer Korkmaz in seinen Laptop geguckt hat. »Das ist doch alles Schnee von gestern. Wir sollten uns auf die Gegenwart konzentrieren.«

Dann hat er den Eintrag im Internet gefunden. Richtig! Achtziger Jahre. Alfred Bergmann! Der Name kann kein Zufall sein. Es muss sich um seinen alten Widersacher handeln. Bergmann. Rücksichtsloser Spekulant! Warf Menschen aus seinen Häusern, die sich gegen Wuchermieten wehrten, keine Ruhe gaben und notwendige Reparaturen einforderten, vor Gericht ziehen wollten. Und es mit Meyers Hilfe taten.

Damals war Bergmann noch bei *Reiter & Co.* Jungfernstieg. Erste Adresse.

Dann – ganz unvermittelt, mit einem Mal – war Schluss gewesen mit den Intrigen. Die Firma, für die er früher seine ruchlosen Aktionen durchzog, existiert nicht mehr. Das Handelsregister führt ihn jetzt tatsächlich als Geschäftsführer des Unternehmens *Wohnwelt Immobilien.*

»Aber was, Herr Meyer, können wir denn nun wirklich tun?« Alle Augen wenden sich dem Freund von Rita Alvarez zu, nicht nur, weil er als Farbiger optisch hervorsticht, sondern weil er sonst von der schweigsamen Art ist.

Willi Okonyo, 38 Jahre alt, waschechter Eimsbütteler, arbeitet als Kulissenbauer in dem Etablissement, in dem seine Freundin Rita, nebenher Eignerin des Schuppens, ihre tänzerischen Fertigkeiten vorführt und sich coram publico solange entblättert, bis von ihrer Garderobe nur ein strassglitzerndes Höschen sowie ein paar rote Bommel an den Brustwarzen übrigbleiben, die sie gekonnt kreisen lässt.

Die beiden haben sich an ihrem Arbeitsplatz kennengelernt und sind auf eine unübliche Weise an ihre Wohnung gekommen. Es war Willi, der den Vertrag für die 120-Quadratmeter-Behausung binnen Wochenfrist unterzeichnete, was Rita Alvarez in

Staunen versetzte. Denn nur weil jemand aus diesem Personenkreis inzwischen nicht mehr mit dem N-Wort bedacht wird, heißt das ja nicht, dass er auch nicht mehr wie einer aussieht und ihm so die Suche nach einer angemessenen Bleibe leichter gemacht wird. Als Willi ihr berichtete, unter welchen Umständen er an die Wohnung gekommen war, wurde ihr Staunen nicht kleiner.

Hanno Meyer nickt. »Ich sagte vorhin, dass wir *rechtlich* kaum Möglichkeiten haben. Das bedeutet nicht, dass wir uns nicht wehren können.« In den letzten Minuten sind ihm Bilder vor Augen gekommen, Bilder aus einer längst vergangenen Zeit, in der es hoch her ging in der Hansestadt und er sich als blutjunger Referendar mitten im Getümmel wiederfand.

Und es mit Alfred Bergmann zu tun bekam.

Und das nicht zum letzten Mal.

Kapitel 8

Every breath you take,
Every move you make,

Heute muss *Sting* ohne zweite Stimme auskommen. René Asbahr beschränkt sich auf ein begleitendes Summen. Lenkt etwas von den Schmerzen ab.

Every bond you break,
Every step you take,

Asbahr atmet ist ruhig, er zwingt sich zu höchster Konzentration.

I'll be watching you.

Durch einen kleinen Spalt, den die vergilbte Gardine freigibt, schiebt sich die Mündung des Gewehrs bis kurz vor die Fensterscheibe. Das Zielfernrohr erfasst die alte Frau, die am Wohnzimmertisch sitzt und eine Zeitung studiert. Die Vergrößerung des Glases ist so stark, dass Asbahr den Aufmacher des *Hamburger Abendblatts* deutlich lesen kann: *Härtere Maßnahmen nach Gräuel in Butscha gefordert.*

Er hebt die Waffe einige Millimeter.

Every single day,
Every word you say,

Jetzt hat er den Kopf von Hermine Grabert genau im Fadenkreuz.

Every game you play,
Every night you stay,

Vorsichtig krümmt er den Zeigefinger, bis er den Druckpunkt erreicht.

I'll be watching you.

»Pllll....opp!«, schnalzt Asbahr. Einmal müsste reichen, denkt er. Sie würde kurz zusammenzucken und dann langsam vom Stuhl gleiten.

Es ist 10 Uhr. Auf Radio Elbe folgen Nachrichten.
Ukraine. Weltweites Entsetzen über Gräueltaten in Butscha.
Die Gräueltaten in der ukrainischen Kleinstadt Butscha bei Kiew haben weltweit für Entsetzen und Empörung gesorgt. Bundeskanzler Olaf Scholz spricht von einem Verbrechen der russischen Streitkräfte, der ukrainische Präsident Wolodymyr Selenskyj sogar von »Völkermord«.

In diesem Fall wäre ein Vollmantelgeschoss tatsächlich die bessere Wahl, überlegt er. Das Loch in der Scheibe geriete klein, mit sauberen Rändern, und würde dem Glaser später die Arbeit erleichtern. Kein Ärger mit herumliegenden Scherben.

Ukraine. Mariupol weiter unter Beschuss.
Ukrainische Truppen drängen letzte russische Einheiten aus dem
Norden und Nordwesten des Landes zurück. Mariupol am Asow-
schen Meer aber wird weiterhin beschossen.
Wahllos und willkürlich, so der britische Militärgeheimdienst,
werde das belagerte Mariupol weiterhin angegriffen. Noch immer
sind in der gemarterten Stadt am Asowschen Meer um die 100 000
Menschen ohne Versorgung gefangen.

Tja. Wenn's so einfach wäre, denkt Asbahr und senkt das Gewehr.
Leider ist das auf diese Weise nicht …

Doch was ist das? Ein plötzlicher Impuls, eine sekundenbruch-
teilschnelle Wahrnehmung lässt ihn die Waffe wieder hochrei-
ßen. Das Fernrohr tastet an der Hauswand entlang. Wo war das?
Da war doch eben …

Die russischen Truppen griffen weiterhin Orte in der Nähe Mariu-
pols an, um die Stadt ganz einzunehmen, heißt es von ukrainischer
Seite. Um im Süden taktische Vorteile zu erreichen, gruppiere Russ-
land zudem seine Truppen dort um, teilte das Verteidigungsminis-
terium in Kiew mit.
Es gebe Anzeichen dafür, dass die Angreifer Treibstoff lagerten und
Krankenhäuser bereitmachten, während sie eine neue Offensive
vorbereiteten.

Dann entdeckt er ihn. Der Mann steht tatsächlich vor dem Haus
und macht sich an den Postfächern zu schaffen.

Asbahr wartet, bis die Person sich zur Haustür wendet und in
der Jackentasche kramt. Es dauert eine geraume Zeit, bis sie einen
Schlüssel hervorgeholt hat.

Als der Mann sich noch einmal umdreht und zur Straße schaut,
hat Asbahr das Gesicht im Visier.

Er ist es. Sein Zahn links oben ist derselben Meinung. Er pocht
wütend. Die Ahnung hat nicht getrogen.

Berlin. Corona-Infizierte und Kontaktpersonen müssen sich vom

1. Mai an in der Regel nur noch freiwillig und für kürzere Zeit in Isolierung oder Quarantäne begeben. Darauf verständigten sich die Gesundheitsminister von Bund und Ländern, wie Bundesminister Karl Lauterbach am Montag mitteilte.

Hanno Meyer! Sein alter Kumpel und Kampfgefährte aus den wilden Tagen in der Hafenstraße.

Was macht der dort? Wieso hat er da ein Brieffach? Wohnt er in dem Haus, in dem auch Charlotte Finn alias Hermine Grabert wohnt? In dem Haus, dass ich täglich, fast täglich, beobachte? Warum habe ich ihn da noch nie gesehen?

Das kann doch kein Zufall sein!

Infizierten wird demnach künftig nur noch – Zitat: »dringend empfohlen« –, sich für fünf Tage zu isolieren und Kontakte zu meiden – für Kontaktpersonen von Infizierten soll es entsprechend gelten. Strengere Vorgaben sollen aber noch für Beschäftigte in Gesundheitswesen und Pflege bleiben, die sich infiziert haben.

Hat Meyer die gleiche Idee wie ich? Will er mir zuvorkommen? Meyer, einer der wenigen, die sich damals vehement dagegen ausgesprochen hatten, eine alte Frau ihrer gerechten Strafe zuzuführen?

Ist mit mir nicht zu machen, hatte er gesagt. Es gäbe sowas wie Recht, und niemand dürfe sich zum Richter und Vollstrecker aufspielen. Das sei Sache des Staates.

Hä? Ein Täuschungsmanöver?

Sie ist eine Kriegsverbrecherin, Hanno! Sie hat's verdient! Bist du inzwischen derselben Meinung?

Das waren die Neuigkeiten von Radio Elbe. Nach den Verkehrsnachrichten die Wetteraussichten. Hamburg. Vor dem Elbtunnel kommt es aufgrund von Bauarbeiten …

Und überhaupt: Hanno Meyer. Die Titelzeile im *Abendblatt* kommt Asbahr wieder in den Sinn. Er richtet das Fernrohr abermals auf das Fenster, hinter dem Hermine Grabert immer noch in der Zeitung liest, inzwischen aber weitergeblättert hat.

Wie hieß der Aufmacher noch?

Härtere Maßnahmen nach Gräuel …

Der oberschlaue Meyer hatte sowas natürlich lange vorhergesehen. Er hatte schon kurz nach Ende der Ära Gorbatschow geunkt: Ihr werdet noch sehen … und so. Hatte wahrscheinlich auch die Eroberung der Krim gerochen.

Gräueltaten?? Nein, mein Bester! Das sind *Fake News*! Die ruhmreiche Rote Armee, Befreier Deutschlands vom Hitler-Faschismus – Kriegsverbrecher? *Krieg* ohnehin nicht. Spezialoperation.

Die Ansprüche des russischen Reichs auf Regionen, in denen die eigenen Landsleute, selbst wenn sie dort in der Mehrheit sind, unterjocht werden, dürfen ja wohl als legitim gelten. Die russisch sprechende Mehrheit im Osten der Ukraine, wie auch die in den baltischen Staaten und anderswo – ja, auch auf der Krim! –, hat die etwa keine Rechte? Und ist es nicht die NATO, die ihren Einfluss immer tiefer in den Osten ausweitet?

Oder, Hanno Meyer? Oder ist dir inzwischen aufgegangen, wer die wahren Kriegsverbrecher waren und sind? Putin sicher nicht. Er ist demokratisch gewählt. Ach? Er hat die Verfassung geändert, meinst du? Zu seinen Gunsten, meinst du? Na und? Ein paar kleine Winkelzüge beherrscht doch jeder Politiker. Schau dir Trump an, den alten Halunken. – Putin? Ein Diktator? Aber ja! Wie hieß das Schlagwort bei Marx und Engels, Hanno? *Diktatur des Proletariats.* Erinnerst du dich? Führten wir damals ständig im Mund. Voller Überzeugung! Gilt heute sicher nicht mehr in des Wortes reinster Bedeutung, aber – frag mal die Russen. 70 Prozent Zustimmung zu ihrem Staatschef. Und sicher nicht mit vorgehaltener Kalaschnikow. Siebzig! Da muss König Olaf erstmal hin.

Hm. Ist Meyer jetzt umgeschwenkt? Will er den Ruhm ernten? Hat er Charlie auf eigene Faust ausfindig gemacht? Um sie jetzt zu beseitigen?

Ich muss es genauer wissen, denkt Asbahr. Er richtet das Zielfernrohr auf den Hauseingang. Die Namensschilder neben der Tür sind selbst für diese Optik zu klein – die kann er nicht lesen. Das Messingschild oberhalb ist allerdings groß genug: *Anwaltskanzlei Hanno Meyer*. Kurz und knapp. Das darunter könnte *Termine nach Vereinbarung* heißen. Keine näheren Erläuterungen. Keine Angaben zu Fachgebieten.

Hm. Das Schild ist etwas verblasst und hat schon leicht Patina angesetzt. Hängt nicht erst seit gestern. Wie habe ich das ständig übersehen können?

Asbahr senkt das Gewehr, geht zum Tisch und schaltet das Radio aus. Dann greift er zu Wasserglas und Tablette.

Hanno Meyer hat das Haus inzwischen betreten. Asbahr tastet mit dem Fernrohr erneut die Fassade ab und wartet, ob sich hinter einem der Fenster etwas tut.

In der Tat. Nach einigen Minuten stellt er fest, dass direkt über Hermines Wohnung Vorhänge geschlossen werden. Er schaut zur Uhr. Es ist kurz nach zehn. Ihm fällt jetzt ein, dass diese Vorhänge tagsüber meistens zugezogen sind. Bisher hat er diesem Umstand keine Bedeutung beigemessen.

Und jetzt? Eine Anwaltskanzlei, deren Vorhänge am Tage geschlossen sind? Gut, das Büro scheint zur anderen Seite zu liegen – trotzdem.

Asbahr überlegt. Die Fenster zur Straße haben in dieser Wohnung keine Gardinen, nur besagte Vorhänge. Wenn die tatsächlich mal geöffnet sind, geht der beiläufige Blick bis weit in den Raum. Wie oft hat er schon hineingeschaut, ohne zu wissen, dass er den Mieter kennt. Irre!

Das ist das Wohnzimmer, nimmt er an. Riesig groß, wenig Möbel, eine Couch, ein Tisch, ein paar Stühle. Und sehr viele Regale.

Wer hier die Vorhänge tagsüber schließt, macht das, um etwas zu verbergen.

René Asbahr senkt die Waffe und denkt nach. Bereitet Meyer einen Anschlag auf die alte Frau unter ihm vor? Wie wird er es machen? Ein Loch in den Fußboden und dann …? Ja, *was* dann?

Eine Bombe runterwerfen? Quatsch! Sich nachts abseilen und

dann ein Kissen ins schlafende Gesicht? Oder – so wie er selbst beim alten Reining – Zyankali ins Trinkglas auf dem Nachttisch?

Plötzlich wird einer der Vorhänge wieder geöffnet. Die Balkontür geht auf und Meyer tritt hinaus, bekleidet nur mit Shirt und – Unterhose! Strandwetter haben wir heute eigentlich nicht, denkt Asbahr. Es ist ein Frühlingstag, der noch nicht zu den wärmeren zählt.

Hanno Meyer steht jetzt am Balkongeländer und winkt zur gegenüberliegenden Straßenseite. Genau in Asbahrs Richtung – zum Glück nicht in seine Höhe. Trotzdem ein kurzer Schreckmoment für den Mann hinter der Flinte. Schnell zieht er sie zurück.

Da er nicht sehen kann, wem der Anwalt zuwinkt, wartet er. Nach einigen Sekunden queren zwei Frauen die Straße und winken unter lautem Kichern zurück.

Frauen? Sie sind ja auf dem besten Weg dahin, aber noch … Blutjung, die beiden. Die eine trägt Shorts, sehr enge Shorts, die zweite einen sündhaften kurzen Rock. Auch nicht gerade das passende Outfit für einen kühlen Morgen.

Schlagartig fällt Asbahr ein, dass er vergleichbare Situationen schon öfter erlebt hat. Immer kamen junge Frauen von unterhalb seines Beobachtungsstandorts und gingen auf Meyers Haus zu. Aber klar! Auf dieser Seite gibt's noch Parkplätze. Zum Glück!

In Asbahrs Haus wohnen immer noch Leute eines Alters, das sie schon mal auf ein Auto verzichten lässt. Es werden (auch mit seiner Hilfe) ständig weniger, aber einige gibt es noch. Auch wenn jüngere Interessenten auf ihr Ableben lauern. Oder jedenfalls auf ihren Parkplatz. Oder auf den Moment, wo die Alten in ein Heim abwandern und endlich ihre Wohnung freigeben.

Bevor die Mädchen im Haus verschwinden, hebt Asbahr noch einmal das Gewehr und gönnt sich ein paar knackige Kehrseiten im Fadenkreuz. Verlieren nicht an Reiz, auch wenn man selbst sechzig ist.

Und Meyer ist kaum jünger als ich, denkt er eifersüchtig. Wie macht der Kerl das? Wie kommt er an solche Backfische ran?

Der rechte Zeigefinger tippt noch ein paar Mal gegen den Gewehrabzug. Dann senkt er die Waffe. Es ist noch nicht soweit, denkt René Asbahr. Ich muss noch länger beobachten. Den Radius erweitern. Um meinen alten Gefährten Hanno Meyer. Und seine Besucherinnen.

Kapitel 9

Der Mann, um den just in diesem Moment die Gedanken des Anwalts Hanno Meyer kreisen, sitzt noch eine lange Zeit im kleinen Konferenzzimmer des *Wohntraum*-Bürogebäudes.

Alfred Bergmann hat alle Lichter gelöscht, öffnet eine Flasche der Hausmarke *Traumsekt Premium*, verzieht beim ersten Schluck das Gesicht und blickt hinaus auf die dunkle Elbe, in deren sanft gekräuseltem Wasser sich die hell beleuchtete Silhouette der Elbphilharmonie spiegelt.

Er ruft sich den Namen des verstorbenen Hausbesitzers in Erinnerung. Wasmuth? Sagt ihm nichts.

Oder? Irgendwo ganz tief in seinem Gedächtnis fühlte er ein schwaches Flackern, ein: Da gab es doch mal …

Wieder betrachtet er das Foto des Hauses und muss seine Hände zur Ruhe zwingen. Wenn ihm zuvor Zweifel gekommen waren – die Adresse, die im Vertragsentwurf angegeben ist, haben sie beseitigt.

Das Haus hat einige Änderungen erfahren – ist es die Fassade? Nein, Forster hat ihm versichert, dass sie einer kosmetischen Überholung bedürfe. Das Dach, vielleicht? Auch nicht. Die Pfannen sehen aus, als hätten sie ihre letzte Frischkur schon vor sehr langer Zeit erhalten.

Oder? Bergmann wiegt den Kopf. Es ist so lange her. Er rechnet nach. Es muss Ende der Siebziger des vergangenen Jahrhunderts gewesen sein. Und da war es schon das zweite Mal. Sein Vater hatte ihm dieses Haus an der Mansteinstraße Jahre schon einmal gezeigt. Es war eines der ersten Objekte, auf die *Reiter & Co.* kurz nach dem Krieg ein Auge geworfen und eines der wenigen, an dem sie sich die Zähne ausgebissen hatten und gescheitert waren.

Jahre später gehörte auch Alfred Bergmann zu den vielen jungen Maklern, die für *Reiter & Company* tätig waren, einer der *Big Player* auf dem europäischen Markt.

Big Player. Bei einem grimmigen Lächeln verzieht der Alte das Gesicht. Diese jungen Leute heutzutage!, denkt er. Verschanzen sich hinter Vokabeln, die sie von *worldwide* aufgeschnappt haben und werfen damit nur so um sich.

Branding! Früher hieß es Marke. Punkt. Warum Englisch? Doch nicht vorrangig, um sich international zu verständigen. Selbst die Mitarbeiter der ganz großen Firmen, solche, die überall auf dem Globus ansässig sind, betreiben ihre Geschäfte fast ausnahmslos regional, im engsten Umkreis. Ihr Aktionsradius ist überschaubar; für die internationalen Vernetzungen, die *joint ventures*, sind eine Handvoll ausgewählter Experten zuständig.

In seinem Haus galt die Maxime: Viele Köche verderben den Brei. *Reiter & Company* hatte ihren Stammsitz in Chicago, Illinois, gehabt, von daher gab es ziemlich wenig Berührungspunkte mit der deutschen Tochter. Jenseits des Großen Teichs wollte man nicht wissen, wie die Gewinnerwartungen erfüllt wurden, Hauptsache, sie wurden. Am besten, ein paar Prozente drüber. Geschäftssprache im hiesigen Handlungsbereich: deutsch und deutlich.

Wieder sieht er auf das Foto. Ein Haus, Frank Forster! Eine Immobilie, ein Objekt. Ein deutsches Objekt. Nix *property* oder *real estate*. Schlicht ein Mehrfamilienhaus in Hamburg-Eimsbüttel. Kein Grund, anderen mit angelsächsischem Kauderwelsch imponieren zu wollen.

Dabei hat er die englische Sprache einmal geliebt. Nicht die der blasierten Engländer, der *Tommies*, die nach dem Krieg in Hamburg herrschten und die kaum Kontakt zu den Einheimischen suchten.

In Bremen, wo die Familie Bergmann bis kurz nach dem Krieg lebte, hörte er als kleiner Steppke die ersten nichtdeutschen Worte. Die Stadt war eine nördliche Exklave der amerikanischen Besatzungszone. Die Sprache der *Amis*, der *GIs*, klang wie geformt aus dem süßlich schmeckenden *Chewing Gum*, mit dem sie das Land überschwemmten. Sie brachten den Kindern bei, diese Riegel weich zu kauen, mit ihnen Blasen zu erzeugen, die Klumpen, wenn sie ihren Geschmack verloren hatten, zu Kugeln zu formen, um damit Schlüssellöcher nachhaltig zu verdichten.

Zu jung, um sich genau erinnern zu können, hatte er sich später von der Begeisterung der älteren Geschwister anstecken lassen und aufgesogen, was man ihm über das Land der Befreier erzählte – seine Eltern nannten die Männer, die die Kinngurte ihrer Stahlhelme lässig auf den Kragen baumeln ließen, tatsächlich *Befreier*, was ihnen böse Blicke seitens der Nachbarn einbrachte.

Mitte der Fünfziger die erste *Lucky Strike* geraucht, wovon ihm schlecht wurde. Den wundervollen Geschmack von *Hershey's chocolate* genossen. Jahre später *Old Spice* auf das *T-Shirt* gesprüht, um so auszusehen und zu riechen wie *Marlon Brando*. Das steigerte die Chancen bei den *Frolleins*.

Es war die Zeit, in der die englische Sprache Einzug in die deutsche Wirtschaft hielt, die von vornehmlich amerikanischen Firmen überrannt wurde. Die hatten sich in der Heimat an ihren Gewinnen satt gefressen und machten sich nun auf dem europäischen Markt breit. Die Amerikaner, die hundert Jahre zuvor erleben mussten, dass Männer aus der Alten Welt wie Heuschrecken in Kalifornien einfielen, um das heimische Gold aus den Flussbetten zu rauben, drehten den Spieß jetzt um.

Zudem waren die neuen Eroberer der Auffassung, dass ihnen die Bewohner der alten Welt noch einen Gefallen schuldeten. Die vielen Leben, die die Invasion an der Küste der Normandie im Juni 44 gekostet hatte, sollten nicht umsonst gewesen sein.

Nun ging es den Europäern an den Kragen. Statt Panzer überrollten jetzt smarte Typen aus New York und Chicago den Kontinent und kauften traditionsreiche Unternehmen auf. Im Unterschied aber zu den Nazis, die die jüdischen Geschäftsleute ihres Besitzes beraubt hatten, zahlten sie dafür. Kein langes Gefackel, die Dollars aus der Jackentasche geholt und auf den Tisch geworfen – *pay cash*, wie Forster sagen würde.

Die neuen Herren über die Welt der Finanzen verhalfen der Bundesrepublik zum Wirtschaftswunder, und eine nicht geringe Anzahl ihrer Bürger fand eine Anstellung bei amerikanischen Firmen.

Die Eigner der noch vor dem Zweiten Weltkrieg von einem schwäbischen Einwanderer gegründeten Immobilienfirma *Reiter & Co.* besahen sich die zerbombten deutschen Städte und erkannten die Gunst der Stunde.

Sogenannte *Trümmergrundstücke* wurden den deutschen Besitzern, so sie die Bombennächte überlebt hatten, für billiges Geld abgekauft, planiert und sofort mit Wohnungen neu bebaut, was von den einheimischen Baubehörden, die sich gerade neu organisierten, begrüßt wurde.

Dass in der Eile auch das ein oder andere Haus, das den Krieg nahezu unbeschadet überstanden hatte, mit ins Portfolio der Gesellschaft wanderte – nun, es ging in dieser Zeit so einiges drunter und drüber, und wo gehobelt wird, fallen Späne. Die Besitzrechte wechselten rasch und gegen harte Dollars.

Insgesamt war die Branche in Aufbruchstimmung, und das Gold, das einst aus Kalifornien entwendet wurde, es glitzerte nun in den zerbombten Straßen deutscher Städte.

Alfred Bergmann wuchs in Gröpelingen auf, ein Bremer Arbeiterviertel, bekannt, ja, berüchtigt für seine wortkargen und schroffen Menschen; die Männer dieses Stadtteils, die aus der Gefangenschaft zurückkamen, klagten nicht über den Verlust eines Arms oder Auges, sie packten an, machten, bauten, schafften, und wenn sie ihren alten Job beim *Norddeutschen Lloyd* wiederkriegen konnten – umso besser.

Sie fühlten sich in der Pflicht, ihre Frauen, die in den ersten Kriegsjahren die Trümmer wegräumen und eine Handvoll hungriger Mäuler stopfen mussten, zu unterstützen und auf längere Sicht ihre Familien zu ernähren.

Trotz aller Schwierigkeiten noch in den Fünfzigerjahren schafften es Alfreds Eltern, Monat für Monat genug Geld beiseite zu legen, um ihrem Sohn eine ordentliche Schulbildung zu ermöglichen. Für ein Studium reichte es nicht, so schloss der Junge die

Mittlere Reife ab und machte, einfach weil ihm ein Arbeitsplatz konkret zugesagt wurde, eine Ausbildung zum Immobilienkaufmann.

Es war sein Vater, Werner Bergmann, der ihm diese Lehre ermöglichte. Gleich nach dem Krieg hatte der, schon im Dritten Reich erfolgreicher und später nationalsozialistischer Umtriebe unverdächtiger Immobilienmakler, sich bei der Firma *Reiter & Co.* beworben. Seine Weltanschauung lag zwar im Unklaren – ganz hinten in der Kommodenschublade hatte ein Parteibuch gelegen, das er rechtzeitig entsorgte, zudem hatte er bei der Entnazifizierung kräftig geschummelt.

Jedenfalls war man bei *Reiter & Co.* von den Referenzen des versierten Fachmanns beeindruckt und stellte ihn umgehend ein, was allerdings den Umzug nach Hamburg erforderte. Sein Sohn Alfred folgte ihm zwei Jahre später.

Während der dann eine Anstellung bei einer Lübecker Firma bekam, vermittelte ihm sein Vater nebenher das tiefergehende Rüstzeug, das dem Sohn später von großem Nutzen war.

Die Aussichten in dieser jungen Branche waren rosig und Alfred Bergmann entdeckte nach einigem Zögern, dass ihm die Materie tatsächlich zusagte. Überrascht stellte er fest, dass sein Interesse am Immobiliengewerbe ständig wuchs.

Schnell arbeitete er sich in die Materie ein und machte sich bald einen Namen. Folgerichtig stand er eines Tages, wie schon sein Vater Jahre zuvor, vor dem neu erbauten Bürogebäude von *Reiter & Co.*, das sich zwischen all den Ruinen am Jungfernstieg ausnahm wie ein Juwel zwischen Kohlestücken.

Nach kurzer Zeit ließ man ihn eigenständig agieren und mit großem Geschick kaufte der junge Makler Haus um Haus auf und ließ sie instandsetzen.

Dabei war nicht die Abwicklung selbst der schwierige Teil an diesen Geschäften.

Bei klaren Besitzverhältnissen gab es selten Probleme. Viele Besitzer großer Häuser standen im wahrsten Sinn des Wortes vor einem Scherbenhaufen und waren froh, ihre Immobilie veräußern zu können, weil ihnen ein Neuaufbau zu teuer erschien.

Problematisch wurde es, wenn die Eigner durch die Wirren des Kriegs kaum ermittelt werden konnten, weil sie entweder gestorben oder die erforderlichen Papiere in den Grundbuchämtern nicht mehr aufzufinden waren. Denn nicht nur private und Gewerbeimmobilien wurden im Bombenhagel schwer beschädigt, auch eine große Anzahl der Gebäude, in denen Behörden untergebracht waren, blieben nicht verschont. Viele Urkunden fielen den Flammen zum Opfer.

Der Raub jüdischer Güter und Besitzungen durch die Nationalsozialisten, der auch in Hamburg in großem Stil betrieben worden war, stellte ein weiteres Problem für Makler wie Bergmann dar. Nicht im ideologischen Sinn – bei *Reiter & Co.* hatte man den Massenmord an den Juden zur Kenntnis genommen und *selbstverständlich* bedauert, was aber nicht daran hinderte, Moralfragen an das Ende der Überlegungen zu stellen und sich primär dem ökonomischen Teil zu widmen.

Es ging allein darum, die prächtigen Häuser an Elbe und Alster in den Besitz zu bekommen, sie, wenn es nötig war, zu renovieren, um sie mit großem Gewinn weiterzuverkaufen.

Doch das war nicht so einfach. Es begann die Stunde der Anwälte, die im Namen der jüdischen Vorbesitzer und deren Erben – wenn sie denn die Gräueltaten der Nazis überlebt hatten – Belege sammelten, um die Rechtmäßigkeit ihrer Mandanten am Besitz festzustellen.

Sofort nach der Pogromnacht im November 1938 hatte die beispiellose Ausplünderung der Juden Deutschlands begonnen. Unter dem Vorwand, jüdische Bürger hätten Schaden am deutschen Volk angerichtet, erging ein Erlass, der zu einer sogenannten »Judenvermögensabgabe« verpflichtete. Jeder jüdische Bürger, der mehr als 5.000 Reichsmark besaß, musste zunächst 20 und später noch einmal 5 Prozent seiner Habe an das Reich abführen.

Ab 1941 wurden die Juden offen bestohlen. Ihr Mobiliar, Kunstgegenstände und anderes wurde aus den Wohnungen geholt und auf Auktionen versteigert. Später verfuhr man mit ihren Häusern und Wohnungen genauso.

Nach dem Krieg versuchten die rechtmäßigen Besitzer, ihr Hab und Gut wiederzuerlangen. Die dazu notwendigen Dokumente waren aber zum großen Teil vernichtet und so begann die mühselige Arbeit, Beweise beizubringen.

Inzwischen hatten Firmen wie *Reiter & Co.* den neuen, unrechtmäßigen Besitzern der Immobilien diese abgekauft.

Jetzt begann ein – meist gerichtlicher – Wettlauf zwischen Rückgabeforderungen der jüdischen Besitzer und den Ansprüchen der neuen Eigner, die von den Ereignissen im Dritten Reich *selbstverständlich* nichts gewusst und viel Geld für die Immobilien bezahlt hatten.

Die nächsten Jahrzehnte waren geprägt von massiven Umverteilungen auf dem Immobilienmarkt, und Alfred Bergmann entwickelte sich zu einem Experten auf diesem Gebiet.

Er musste sogar feststellen, dass er sich mit der Zeit wie ein Hai im Ozean bewegte, wie ein gefräßiges Monster.

Die Unverfrorenheit, mit der sich die Makler des amerikanischen Mutterkonzerns über geltendes Recht hinwegsetzten, hatte, ohne dass er es zunächst merkte, nach und nach auf ihn abgefärbt.

Unbehelligt vom Hamburger Senat, der ob der steuerlich erfreulichen Entwicklung gern beide Augen zudrückte, raffte er die Objekte zusammen und fuhr seiner Firma enorme Gewinne ein.

Dabei achtete er darauf, dass sich das Straßenbild der Hansestadt durch kostspielige Renovierungen zum Besseren veränderte und vom Elend der Nachkriegsjahre kaum noch etwas zu sehen war.

Zu den Gebäuden, die er sich unter den Nagel reißen wollte, gehörte auch ein Haus im sogenannten Generalsviertel.

Wasmuth! Der Name holt ihn jetzt aus den Gedanken. Natürlich! Es muss Anfang der Achtziger gewesen sein, denkt der Immobilienmakler Alfred Bergmann, als er sich an einen ... wie hieß er noch gleich? ... Dombrowski? ... nein, Dembowski ... Walter Dembowski, richtig, als er sich an den alten Mann – er sieht ihn jetzt vor sich, weit über siebzig war der gewesen, graues, aber erstaunlich volles Haar, wache Augen –, als er sich mit einem recht verlockenden Angebot an den wandte. Aber der Mann hatte ihn abgewiesen und das Haus an … genau! Genau der war es gewesen! Eugen Wasmuth! Wie konnte ihm dieser Name nur entfallen sein! An den hatte Dembowski das Haus veräußert.

Keine Bitten halfen, Dembowski blieb stur. Bergmann erhöhte sein Angebot um ein Drittel, später noch einmal um die Hälfte. Als man in der Chefetage davon Wind bekam, kriegte Bergmann zum ersten Mal richtig Ärger und man fragte ihn, warum er sich so in dieses Objekt verbissen hatte.

Dieses Haus sei es einfach wert, beteuerte er und behielt die Wahrheit für sich. Ihn hatte nämlich der Ehrgeiz gepackt, eine Immobilie an Land zu ziehen, an der sein Vater gescheitert war. Zum ersten Mal sah er die Chance, seinem Vater zu beweisen, dass er ihm mindestens ebenbürtig war. Eigentlich sogar besser.

Werner Bergmann hatte kurz nach dem Krieg vor derselben Aufgabe gestanden wie später sein Sohn. Ihm war zu Ohren gekommen, dass der Elektroladen, den ein gewisser Ludwig Plath betrieb, und der ein Haus in der Mansteinstraße sein Eigen nannte, dass also dieser Mann in finanziellen Schwierigkeiten steckte. So machte Bergmann ihm ein lukratives Angebot für sein Mehrfamilienhaus.

Aber wie sein Sohn später musste Werner Bergmann tatenlos zusehen, wie die Immobilie in andere Hände geriet. Walter Dembowski, auch er Unternehmer, allerdings im Baugewerbe, wo es so kurz nach dem zerstörerischen Krieg viel zu tun gab und es sich gut verdienen ließ, griff Plath kurzentschlossen unter die Arme.

Die Eltern der beiden Männer kannten sich seit Ewigkeiten, Ludwig und Walter hatten in der Spielkiste Häuser aus Sand errichtet.

Dembowski also half Plath wieder in die Spur, sie erstellten ein neues Konzept für dessen Laden. Aus tiefer Dankbarkeit überschrieb Plath seinem Freund sein schönes Mietshaus an der Mansteinstraße, wogegen der sich anfangs verschämt wehrte.

Bergmanns Sohn Alfred hätte seinen Vater Jahrzehnte später gern überflügelt, ihm gezeigt, dass es ein guter Entschluss gewesen war, dem Filius den Weg in die Branche zu ebnen.

Dieser Ehrgeiz ließ ihn zu immer Höherem streben, er verfiel nach und nach in den Größenwahn, der darin gipfelte, dass Bergmann das Projekt Mansteinstraße zeitweise aus den Augen verlor und die Finger nach den hochbegehrten Häusern an der Hamburger Hafenstraße ausstreckte.

Da jedoch stellte sich ihm jemand in den Weg.

Kapitel 10

2. August 1944

Lieber Sohn,

wenn auch die Begleitumstände alles andere als positiv klingen – wir sind heilfroh, endlich von dir zu hören.

Du hättest deine Mutter sehen sollen! Luftsprünge hat sie gemacht, wir mußten sie ermahnen, sich zu mäßigen, sonst hätte sie die ganze Straße geweckt.

Vorher kam Ludwig mit freudestrahlendem Gesicht in unsere Kammer, wedelte mit deinem Brief in der Hand. Seht ihr, hat er gejubelt, ich hab's doch immer gesagt, Levy wird sich melden, sobald es ihm möglich ist.

Ja, unsere Freude ist groß. Aber in das Glücksgefühl hinein schleichen sich Zweifel, die du mit deinen Zeilen bewirkst. Mit Erstaunen und – ich muß es so sagen – Unwillen nehme ich zur Kenntnis, daß du dich einer Gruppe angeschlossen hast, die gegen die Rote Armee agiert. Es mag wohl sein, daß dein Kommilitone Maxim dein bester Freund ist. Aber er ist kein Jude wie du!

Ja, die OUN, die Organisation Ukrainischer Nationalisten, sagt mir etwas, aber sollte sie, wie ich inzwischen erfahren habe, wirklich mit den deutschen Faschisten zusammenarbeiten, rate ich dir dringend ab, dich in einer solchen Gruppierung zu engagieren. Dein Einsatz als KZ-Aufseher – vielleicht dient es deiner Tarnung, aber es macht's nicht besser.

Der Feind, Levy, steht auf der anderen Seite! Es sind die Deutschen, vielmehr die Nationalsozialisten unter ihnen. Sie haben die Welt in Brand gesetzt, die Russen waren es sicher nicht.

Zu Recht beklagst du das Wirken der Bolschewiki Anfang der Zwanzigerjahre. Es ist richtig, Stalin trägt Schuld an der Hungersnot in der Ukraine, die wohl Millionen unserer Landsleute den Tod brachten. Die Sowjetunion hat das Land ausgeplündert, Menschen vertrieben oder in Arbeitslager gesteckt, riesige Kornvorräte geraubt.

Doch im Moment sind die Zeiten andere. Bei aller wechselvollen Geschichte, die gerade wir Deutsch-Ukrainer erlebt und erlitten haben – die Polen, die Russen, die österreich-ungarischen Heere, die Türken, wie oft ist von unserem Land Besitz ergriffen worden – jetzt sehen wir uns der größten Bedrohung gegenüber, die es je gab. Und wenn all die Berichte stimmen, die mir zu Ohren kommen, sind die deutschen Faschisten drauf und dran – und nicht nur in der Ukraine – einen ganzen Volksstamm zu dezimieren.

Das weißt du und bringst es auch zum Ausdruck. Schreibst von den unvorstellbaren Gräueln, die von Monat zu Monat offensichtlicher werden, von den unmenschlichen Vorgängen in Auschwitz und andernorts.

Trotzdem scheinst du unbeirrbar an deiner Überzeugung festzuhalten, das meiste Übel käme von den Sowjets. Vergiß über alle Mißstände, die sie verursacht haben, nicht, daß gerade Lenin für ein gewisses Maß an Freiheit und Unabhängigkeit gesorgt hat.

Die Nationalsozialisten haben nur eines im Sinn: Wir sind mosaischen Glaubens, Sohn, nur aufgrund dieser Tatsache will man uns vernichten. Ich bin jetzt zu der Erkenntnis gelangt, daß es unabdingbar ist, uns mit allen Mitteln gegen die Verbrechen der Nazis zu wehren und bin beeindruckt, wie fest die Allianz der Gegner ist. Die Amerikaner, die Engländer und die Russen – sie alle leisten Übermenschliches, um die Welt von der Barbarei der Nazis zu befreien! Du beklagst meine vermeintlich fehlenden Kenntnisse über die politischen Zusammenhänge, wie sie sich im Moment darstellen. Glaubst du wirklich, in meinem Versteck bekäme ich nicht mit, was in der Welt vor sich geht? Dann irrst du dich, ich erhalte genug Informationen, um mich auf dem Laufenden zu halten. Ludwig – und ich weiß nicht, wie er das immer bewerkstelligt – versorgt mich mit Zeitungen aus England, wir hören die neuesten Meldungen der BBC, und selbst vor Ort existiert ein beachtlicher Strom von unabhängigen und freien Berichten – hier in Hamburg, mitten in »Feindesland«.

Mein lieber Sohn, wie oft hast du dich beklagt, ich hätte meine oder unsere Heimat im Stich gelassen.

Dabei solltest du wissen, dass ich Lemberg damals nicht verlassen habe, weil es mir dort nicht mehr gefiel. Ich habe die Stadt geliebt mit all ihrer Kultur, ihrer Tradition und der mannigfaltigen Einflüsse, die im Laufe der Jahrhunderte von außen auf sie gewirkt haben (das sind nun wieder die Vorteile einer wechselvollen Geschichte). Meine Artikel in der Lemberg-Gazette sind stets mit großem Interesse gelesen worden.

Aber, auch das war dir bewußt, es hat mich immer in das Zentrum Europas gezogen, dorthin, wo Pazifisten wie Ossietzky wirkten, Humanisten wie Tucholsky, Menschenfreunde wie Kästner, aber auch streitbare Autoritäten (manche nennen ihn sogar einen Antisemiten) wie Karl Kraus. Gern hätte ich einiges von deren Talent, gern hätte ich ihre Wirkung auf die literarische Landschaft erlangt. Das hat nichts – oder weniger – damit zu tun, daß auch die Russen uns Juden nicht gerade anständig behandelt haben. Aber – welche Regierung auf dieser Welt tut das schon?

Ja, es waren die Sowjets, die uns aus der Heimat vertrieben, aus Gründen, die man mit Vernunft nicht erklären kann. Wie es jetzt die Deutschen machen, nur in der gegensätzlichen Richtung. Manchmal habe ich das Gefühl, auf einem Schiff zu stehen, das in schwere See geraten ist. Es hilft dir nicht, dich an der Reling festzuhalten, die Bewegungen des Schiffes sind so heftig, daß du ins Straucheln gerätst und vom Bug gen Heck geschleudert wirst und von dort wieder zurück.

Trotzdem ist die barbarische Weise, mit der die Nazis uns Juden vertreiben, Familien auseinander reißen, die Menschen in Lager einsperren, zu Tode schuften lassen, um sie dann zu ermorden – trotzdem ist das mit nichts zu vergleichen, was andernorts geschieht.

Deshalb appelliere ich an dich, mein Sohn, ich beschwöre dich!:

Lass dich nicht mit Kollaborateuren ein! Mit Leuten, die sich, aus welchen Gründen auch immer, den deutschen Faschisten als Hilfswillige andienen.

Dieser Stepan Bandera, von dem du mir so begeistert berichtest; ich habe einiges über ihn erfahren, er scheint mir durchaus nicht der Säulenheilige zu sein, als den du ihn darstellst. Mag er auch beliebt und respektiert sein im Lande, seine Nähe zu den Nazis stellt ihn für mich moralisch ins Abseits.

Levy, wir haben immer darauf geachtet, dir in allem, was du tust, deine Freiheit zu lassen. Und du allein bist verantwortlich für das, was du tust. Ich beschwöre dich jetzt: Bedenke bitte – dies ist die Zeit, wo jeder Schritt, den man macht, besonders sorgfältig überdacht sein will.

Mit diesem Appell an deine Vernunft schließe ich den Brief, nicht ohne dich von deiner Mutter und deiner Schwester herzlich zu grüßen. Wir umarmen dich und schließen dich in unsere Gebete ein.

Dein Vater

Kapitel 11
(1982)

Deutlich nach Mitternacht rückt der Zeiger der alten Kuckucksuhr auf zwölf. Ein mechanischer Vogel kippt kopfüber durch die klemmende Tür und krächzt einen verspäteten Gruß.

Seit mehreren Minuten schon ist das Knallen der Böller vom Hafen zu hören.

»Prost Neujahr!«, brüllt es aus Dutzenden Kehlen. Lichter glimmen auf, Wunderkerzen werfen Funken um sich.

»Ein frohes Jahr 1982 wünsche ich euch allen«, ruft Klaus Kortas. Korken knallen, Gläser klirren. Die Geräusche in dem alten Haus klingen hohl. Man hat sich im größten der Räume versammelt, in denen Schlafsäcke, improvisierte Möbel aus Apfelsinen-Kisten, Bauleuchten, Bierkästen das einzige Mobiliar darstellen. Plötzlich der ohrenbetäubende Knall eines Kanonenschlags. Pfeifend zieht eine Leuchtrakete ihre Bahn über die Köpfe der Leute hinweg. Jubelrufe, Schimpftiraden. »Pass doch auf, du Idiot! – Das war knapp!«

Jemand reißt ein Fenster auf, das sich sogleich aus den rostigen Bändern verabschiedet und krachend auf den Gehweg fällt. Wieder lautes Johlen. Binnen kurzem ziehen dichte Rauchschwaden durch den riesigen Raum.

»Und dass dieses Haus hier unsere ständige Heimat werden möge.« Kortas versucht, den Lärm zu übertönen.

»Willst du einen Mietvertrag abschließen?«, ruft jemand lachend zurück.

»Das nicht!« Kortas erklimmt eine wacklige Bauleiter, hält sich mit einer Hand an der obersten Sprosse fest und schwenkt die andere über die Menge. »Hört zu!«

Ein weiterer Kanonenschlag antwortet ihm.

»Lass uns doch erstmal feiern!« Ein junges Mädchen in komplett schwarzer Montur, ein olivgrünes Käppi mit einem roten Stern auf dem Kopf, hüpft nach der Musik der Gruppe *Ton, Steine, Scherben* auf der Stelle. »Man muss nicht immer Predigten halten! Wir sind doch nicht in der Kirche.«

Kortas sieht sie verärgert an. »Hört alle zu! Es ist wichtig!«

Einer seiner Mitstreiter läuft zur Musikanlage und dreht sie entschlossen ab.

»Was soll das??« »Mach die Musik wieder an!« »Wir wollen feiern!«

Klaus Kortas wartet, bis die Stimmen abebben. »Na klar! Ich will auch feiern! Wir werden alle feiern! Und *wie* wir feiern werden!« Mit den Händen beschwichtigt er die Menge, bis auch der letzte Unwillige Ruhe gibt.

»Freunde!«, fährt der Mann auf der Leiter fort, »wir haben uns hier eingefunden, um in diesem prächtigen alten Haus, eines von elf prächtigen alten Häusern hier an der Hafenstraße … nun, dass wir hier den Jahreswechsel feiern. Und, Leute, ich bin felsenfest überzeugt, dieses neue Jahr, das Jahr 1982, wird sich als Wendepunkt in der Geschichte Hamburger Wohnkultur erweisen.«

»Das kann man wohl sagen!«, ruft eine Stimme von weit hinten. »In ein paar Monaten sind diese prächtigen alten Häuser platt! Nur noch ein Haufen Steine.« Ein paar tumultartige Zwischenrufe unterbrechen den jungen Mann.

»Unsinn!« Kortas lässt eine geballte Faust in Richtung des Rufers schnellen. »Nicht, wenn wir es nicht zulassen.« Ohne seine nächsten Worte abzuwarten, johlt die Menge. »Jawohl! So ist es!«

Klaus Kortas weiß, wie er die Mehrzahl der jungen Leute auf seine Seite bekommt. »Genossen! Zu dieser Stunde, genau jetzt, in diesem Moment, wird nicht nur dieses Haus, sondern ...«, sein Arm beschreibt einen Bogen Richtung Stadtmitte, »... alle elf ... versteht ihr? ... alle Häuser werden von uns und unseren Mitstreitern ... jawohl ... in Beschlag genommen! Wir werden einen Schutzwall errichten zwischen Menschen, die ein Recht und einen Anspruch auf bezahlbaren Wohnraum haben ...«, er macht eine Pause, sieht dabei mit grimmigem Blick in die Zuhörerschaft, »... und dem verbrecherischen Ansinnen eines Senats ... so genannte Volksvertreter, Freunde, jawohl! ..., diese wundervollen Häuser abzureißen und die Grundstücke Bodenspekulanten zu überlassen!« Wieder ballt er die Faust. »Das nehmen wir nicht hin! Ab sofort bestimmen *wir*, was mit diesen Häusern geschieht! Jawohl, wir!«

Beifall brandet auf. Aber nicht nur.

»Das ist doch strafbar!«, ruft eine junge Frau. »Es gibt einen Räumungstitel und ... hier zu feiern ist doch was anderes als sich unerlaubt einzunisten!«

»Das Recht ist auf unserer Seite!«, brüllt Kortas in die Menge. »Es ist unmoralisch, diese Häuser abzureißen!« Er erntet Beifallstürme.

»Ganz schön Remmidemmi hier«, sagt Hanno Meyer und zieht an seiner Zigarette.

Jörg Dallmann beginnt zu husten und wedelt den Rauch aus seinem Gesicht. »Musst du immer so viel paffen?«

»Du bist gut«, lacht sein Freund. »Der ganze Raum ist vernebelt und du jammerst wegen einer Kippe.«

»Na, ihr beiden?« Sebastian Meyer gesellt sich zu ihnen, drei

Flaschen Bier in der Hand. »Gefällt es euch?« Gekonnt öffnet er die Flaschen mit einem Feuerzeug und drückt den Jungs die Getränke in die Hand. »Prost, Leute!« Er stößt mit den beiden an. »Ich bin froh, dass ich euch mitgenommen habe. Man kann nicht früh genug erfahren, wie das auf dem Hamburger Wohnungsmarkt läuft. Irgendwann wollt ihr sicher Hotel Mama verlassen und euch 'ne eigene Bude suchen.« Er stößt seinen vier Jahre jüngeren Bruder mit dem Ellenbogen an. »Dann wisst ihr schon mal, was auf euch zukommt. Einfach wird's nicht!«

»Also – wenn ich in die Zeitung gucke ... Wohnungen gibt's doch genug«, antwortet Jörg Dallmann. Sebastian lacht. »Gibt's. Das Problem ist: Hast du mal gesehen, was die kosten? Ich glaub nicht, dass ihr da 'ne große Auswahl haben werdet.«

Er sieht auf die ungefähr zweihundert jungen Leute, die erregt diskutieren. Unter ihnen gibt es wenige, die die dreißig hinter sich haben. Und diese Älteren sind es auch, die ihre Mitstreiter beschwichtigen und sich bemühen, etwas Ordnung in die Veranstaltung zu bringen.

»Klaus Kortas hat natürlich recht«, ruft ein großer, beleibter Mann mit einem Rauschebart über die Köpfe der Anwesenden hinweg. Seine Stimme klingt deutlich gemäßigter als die seines Vorredners, der sich gerade mit einem Taschentuch das verschwitzte Gesicht abwischt. »Trotzdem mahne ich zur Besonnenheit. Ich halte es wie Klaus für richtig, die Häuser eine Zeit lang besetzt zu halten, um für Aufmerksamkeit in der Bevölkerung zu sorgen.« Er hebt einen mahnenden Zeigefinger in die Luft. »Aber alles mit Augenmaß! Lassen wir es ruhig auf eine Konfrontation mit dem Senat ankommen. Der wird natürlich die Polizei schicken. Dann sollen die uns wegtragen wie die Genossen und Freunde Anfang des Jahres ... des letzten Jahres, muss ich ja jetzt sagen ... in Brokdorf. Je länger ...«

»Dann werden sie mit dir ganz schön zu tun haben!«, ruft einer aus den hinteren Reihen. In das anschwellende Gelächter kontert der Dicke selbstbewusst: »Und ob, und ob! Und ich bin stolz darauf, meiner Meinung Gewicht verleihen zu können!« Eine Jubelsalve brandet auf, vereinzelt gibt es Beifall. »Auf jeden Fall kriegt die Presse ein paar schöne Motive vor ihre Kameras. Das sollten wir …«

Klaus Kortas merkt, dass die Diskussion in eine Richtung läuft, die ihm nicht gefällt. »Das ist doch Quatsch! Wegtragen! Sie werden uns nicht wegtragen, weil sie gar nicht ins Haus kommen!« Er steigt wieder auf die Leiter, damit alle hören – und sehen! – wer hier den Ton angibt. »Wir verbarrikadieren Türen und Fenster, 'n paar von uns steigen aufs Dach und … dann werden wir die Bullen mit aller gebührenden Herzlichkeit empfangen!«

Schlagartig verstummt der Lärm. Der Mann mit dem Bart sieht zu Kortas hoch: »Wie meinst du das denn? Was willst du auf dem Dach? Willst du Steine runter werfen?«

»Das bestimmt nicht!«, ruft ein schüchterner Junge mit leiser Stimme. »Wasser vielleicht. Kaltes! Das wär' doch was!«

»Oder Pech!«, kommt es von anderer Seite. »Pech und Schwefel!«

»Jawohl!«, lässt jemand neben ihm sich hören. »Wie der … der … ich komm jetzt nicht auf seinen Namen … na, der mit dem Buckel. Der hier!« Der Rufer verrenkt sich mit eingezogenem Kopf in eine absurde Haltung und hoppst ein paar humpelnde Schritte nach vorn.

»Ihr seid Idioten!« Ein kleines, hübsches Mädchen dringt trotz seiner zarten Stimme zu den Anwesenden durch. »Ihr seid sowas von fascho! Häuserkampf nennt ihr das? Randale wollt ihr! Gewalt! Nur darum geht's euch! Von wegen Kampf für bezahlbaren Wohnraum! Nichts als blindwütigen Aktionismus habt ihr im Sinn!«

»Unsinn!« Sie erhält Gegenwind. »Es geht einfach um günstige Wohnungen für alle! Und es geht um alternatives Leben. Freies Leben!«

»Ach? Freies Leben? Wohnungen für alle?« Das Mädchen redet sich jetzt in Rage. »Auch für Quasimodo? Sagt es ruhig: Ihr wollt die Häuser für euch! Nur für euch! Ihr habt doch überhaupt kein Herz für Behinderte! Was ich heute schon für tolle Ideen gehört habe, wie die Damen und Herren Häuserkämpfer sich mal ihre schicken Lofts vorstellen. Freie Sicht auf die Elbe und die dummen Gesichter der Passanten da unten. Wintergärten! Loggias! Und alles vom Feinsten! Whirlpools! Jacuzzis! Darunter macht ihr's nicht!« Wut und Verzweiflung treiben ihr die Tränen in die Augen. »Ihr habt ein paar Kleinigkeiten vergessen! Wie wär's mit einer Rampe, damit Rollstuhlfahrer in das Haus kommen, hä? Ein Fahrstuhl, damit sie in ihre Wohnung gelangen? Oder habt ihr Behinderte gar nicht auf der Rechnung? Gehören die nicht hierher?« Jetzt bricht es aus hier heraus und sie weint hemmungslos. »Meine Schwester nämlich sitzt im Rollstuhl! Querschnittgelähmt! So 'n Arsch mit 'nem Mercedes! Die Versicherung meinte: Nix da! Die hat selbst schuld! Ist bei Rot rüber und so! Ewig geklagt, am Ende hat Corinna gewonnen. Und? Meint ihr, sie kriegt deshalb 'ne ordentliche Wohnung? Nee, da kommt dann so 'n scheiß Makler und siebt sie aus. Die bauen und bauen und alles nur für Leute mit heilen Armen und gesunden Beinen! Was für eine beschissene Welt!«

Abrupt herrscht Stille zwischen den maroden Mauern des Altbaus. Vereinzeltes Hüsteln ist zu hören, jemand schluchzt.

Jörg Dallmann schaut beklommen zu seinem Kumpel Hanno Meyer. So hatten sie sich die Silvesternacht nicht vorgestellt. Hannos Bruder Sebastian, der zum engsten Kreis der »*Freunde der Hafenstraße*« gehört, hatte dem Drängen der beiden nachgegeben, die unbedingt mal in die Szene riechen wollten. Action! Abenteuer! Was können sich Siebzehnjährige mehr wünschen als einen Tag zwischen linken Anarchisten und Revolutionären. Und gerade zu Silvester, wo man sonst immer auf irgendwelchen langweiligen Partys herumhängt und sich sinnlos volllaufen lässt.

Der Kram mit dem Häuserkampf interessiert sie nicht sonderlich. Sie haben zwar gehört und gelesen, dass es an der Hafenstraße wegen so 'nem geplanten Abriss zu gelegentlichen Auseinandersetzungen gekommen sei, aber was das alles genau bedeutet – keine Ahnung. Hauptsache, man kann mit den bunten, verwegen aussehenden Typen rumhängen, Bier trinken, gelegentlich einen durchziehen und die Polizisten begucken, die ab und zu an der Balduintreppe den dicken Max machen und die Schwatten verjagen, die da Stoff verticken.

Jörg und Hanno kennen sich seit ihrer Kindheit, sind Nachbarn. Sie sind zusammen aufgewachsen, haben in derselben Sandkiste gebuddelt, besuchen dieselbe Schule. Fußball und Rockmusik gehört zu ihren gemeinsamen Interessen. Und eben Action.

In einem unterscheiden sie sich wesentlich – in ihrem Verhältnis zu Mädchen. Während Jörg Dallmann auf das andere Geschlecht immer ein wenig unbeholfen wirkt, Probleme hat, eine Klassenkameradin anzusprechen, stehen beim gutaussehenden Hanno Meyer die Mitschülerinnen im Mittelpunkt des Interesses, ganz weit vor Mathe, Englisch und Sport.

Dallmann ist ein Bücherwurm, verkriecht sich sehr gern stundenlang in seinem Dachzimmer, schmeißt eine Kassette mit *Pink Floyd*-Musik in den Rekorder und blättert in Bildbänden. Malerei, Tierfotos, Landschaften – alles, was ihm in die Finger kommt, studiert er gewissenhaft.

Als er eines Tages von seinem Vater einen Prachtband über ägyptische Altertümer geschenkt bekommt, lässt er alles andere stehen und liegen. Pyramiden, Statuen, Mumien, Hieroglyphen – die faszinierende Welt am Nil lässt ihn nun nicht mehr los. Und das Erstaunlichste ist für ihn, dass all das, was er auf dem Hochglanzpapier zu sehen bekommt, heute noch existiert, nach 4000 Jahren Zeugnis ablegt von einer wunderbaren Hochkultur! Er muss nur ins Museum gehen. Da spielen sie leider nichts von *Pink Floyd*.

Als er seinem Freund Hanno den Bildband zeigt, interessiert den nur ein Foto mit der Königin Nofretete. »Also, wenn die diesen komischen Deckel nicht aufhätte – wär 'ne scharfe Braut!«

Während also für Jörg Dallmann der weitere Weg eindeutig vorbestimmt ist, hat sein Freund keine Vorstellung, was er nach dem Abi machen wird. Erstmal die Welt beschnuppern, denkt Hanno Meyer. Da draußen wartet ein Haufen hübscher Mädchen und andere Gelegenheiten.

»Sag mal …«, wendet er sich an Sebastian, aus Respekt vor der flammenden Rede des Mädchens immerhin mit gedämpfter Stimme. »… kennst du die Süße da?«

Sein Bruder bejaht. »Die hat das Ganze wirklich sehr mitgenommen, die Arme. Deshalb, glaub ich, ist sie auch hier. Sie kann einfach nicht allein sein. Kann ich verstehen.«

Ich auch, denkt Hanno. Allein sein ist echt scheiße. Aber dem kann man doch auch anders abhelfen, denkt er weiter. »Weißt du, wie sie heißt? Wo wohnt sie? Hast du 'ne Telefonnummer?«

Sebastian sieht seinen Bruder erstaunt an. »Mann, Mann! Du bist aber ganz schön forsch mit deinen siebzehn Jahren!« Hanno merkt aber doch, dass Basti das nicht ohne Respekt sagt. Der Junge registriert ein Augenzwinkern und grinst. »Ach, Alter! Nicht, was du denkst! Ich möchte ihr einfach nur helfen.«

Tatsächlich macht Basti ihn mit dem Mädchen, dem die Tränen das Make-up verschmiert haben, bekannt. Ritterlich fischt Hanno ein Taschentuch aus der Hose und hofft, dass Elfie, so heißt das zierliche Wesen, bei dem schummrigen Licht nicht über die eingetrockneten Schnäuzflecken stolpert. Tut sie nicht. Sie tupft die verlaufende Schminke unter den traurigen Augen weg, sieht ihn lächelnd an und fragt nach seinem Namen.

Von einem Moment auf den anderen wird Hanno Meyer, auf Hamburgs Straßen ziellos umherstreunender Sonnyboy, erleben, wie sein Dasein in eine neue, ihn völlig überraschende Richtung steuert.

Elfie scheint zu seiner Enttäuschung nicht näher an ihm interessiert zu sein, jedenfalls nicht in der Weise, die er sich vorgestellt hat. Irgendwann merkt er, dass sie jemanden sucht, an den sie sich anlehnen kann, mit dem sie ihre Verzweiflung und ihre Wut teilen kann. Er stellt fest, dass sie aus anderen Beweggründen unter den Leuten hier weilt, als die sie haben. Sebastian hat wahrscheinlich recht, denkt er, sie will einfach nicht einsam sein.

Und genau das gesteht sie ihm auch, nachdem sie sich in eines der leeren Zimmer begeben haben und sich nun auf zwei Apfelsinenkisten gegenübersitzen.

Elfie ist froh, wenn sie hier sein kann, sagt sie, nicht, weil sie mit den Besetzern viel verbindet, sondern um nicht allein sein zu müssen. Ihre Eltern seien bei einem Autounfall ums Leben gekommen, als sie dreizehn war, andere Verwandte gäbe es nicht, und so hätten sie und ihre jüngere Schwester sich durchs Leben gekämpft, und als Corinna dieses Unglück passierte, sei es noch schlimmer geworden.

Hanno nickt ihr mitfühlend zu, schaut zur Abbildung, die die Apfelsinenkiste ziert – zwei große, saftige Früchte – und er versucht, sich Elfies Brüste vorzustellen, was ihm aber nicht gelingen will.

Ihr Tag, sagt sie, ist damit gefüllt, ihrer hilflosen Schwester zu helfen, sie zu umsorgen, sie zu füttern und zu waschen. Elfie ist arbeitslos, und warum sollte sie sich mit einem Staat anlegen, der mit Geld für die Pflege rüberkommt?

Wenn da nur nicht das Problem mit der Wohnung wäre; eine behindertengerechte Wohnung braucht Corinna, mit freiem Zugang zur Toilette, und mit Fahrstuhl, um nicht eingesperrt zu sein, so wie sie es im Moment ist. Sie möchte irgendwann mal wieder unter die Leute.

Und Elfie sieht Hanno an, und ihre Augen sind jetzt trocken, und – Scheiße! – nun hat sie auch noch schöne Augen, bestimmt sind die noch schöner, wenn sie nicht so traurig ist, und mit einem Mal ist Hannos Wunsch, mit ihr ins Bett zu gehen, verflogen. Einfach weg! Und das versteht er nicht!

Sie habe sich an einen Makler gewandt, der ihr eine schöne, eine genau passende Wohnung zeigte. Im dritten Stock, leider ohne Fahrstuhl … Ja, was?, hat der Typ gesagt, soll ich extra für Ihre Schwester einen Lift einbauen? … Hat gelacht, der blöde Sack! … Das glauben Sie doch selber nicht! Sucht euch was zu ebener Erde! … Haben Sie denn vielleicht was zu ebener Erde? … Soll ich Ihnen was sagen? Besorgen Sie sich erstmal eine anständige Arbeit, dann können wir immer noch mal gucken. – Bergmann hieß der Idiot, das wüsste sie noch ganz genau. Alfred Bergmann.

Und Hanno meint zu ihr, dass ihre Schwester ihm leidtäte, und sie auch, und was man denn machen und ob er ihr helfen könne. Nee, sagt sie und lächelt ihn ganz süß an, das kannst du bestimmt nicht. Aber irgendwas, sagt er, muss man doch gegen solche Arschlöcher wie diesen Makler tun können, die dürfen doch nicht einfach machen, was sie wollen.

Doch, sagt sie, die dürfen, und es gibt kein Gesetz, das ihnen sowas verbietet.

Ich weiß nicht, sagt Hanno, vielleicht gibt es doch 'n Gesetz, und man weiß es einfach nur nicht. Solche Leute wissen das sicher, und sie wissen auch, dass kaum einer sonst weiß, dass es Gesetze gegen solche Schweinereien gibt. Da müsse man einfach mal nachgucken.

Echt?, sagt Elfie, das würdest du für mich tun? Und lächelt ganz selig. Du bist wirklich klasse, Hanno! Endlich mal jemand, der einem hilft.

An diesem Tag, an dem sich Hanno Meyer ein Taschentuch mit eingetrockneter Schnäuze und Tränen und dunkler Schminke in die Hosentasche steckt, ist ihm klar, wie sein weiteres Leben verlaufen wird: Er will Jura studieren und Anwalt werden.

Kapitel 12

Als er seinen Wagen verriegelt, bietet sich Hanno Meyer vor dem Hauseingang ein Bild, das Hermine Graberts Wohlgefallen finden würde.

Hausmeister Knupper ölt die Bänder der eisernen Gartenpforte, und es scheint ihm Freude zu bereiten. Seine Arbeit wird von fröhlichem Pfeifen begleitet, und mehr noch als diese Tatsache erstaunt Meyer die Melodie, die fehlerfrei über die gespitzten Lippen des kleinen Mannes kommt.

»Our House« ist nun wirklich das Letzte, was der Anwalt zu hören erwartet hätte. Dieses schlichte Lied, Ende der Sechzigerjahre in Los Angeles vom Gesangsterzett Crosby, Stills and Nash komponiert, beschreibt auf dem Höhepunkt des Vietnam-Kriegs die Sehnsucht nach dem privaten Glück. Perfekter dreistimmiger Gesang deuten eine Idylle an, wie sie zu der Zeit in der amerikanischen Gesellschaft kaum noch anzutreffen ist.

Songs wie dieser markieren gleichzeitig das Ende der Hippie-Ära mit all ihrer Sorglosigkeit, ihrem felsenfesten Glauben an eine bessere Welt. Man zog sich zurück in die eigenen vier Wände und ließ den Schlüssel von innen stecken.

Meyer sieht zu, wie der kleine Mann mit zufriedener Miene das überschüssige Öl von der Pforte wischt. So ganz passt das Bild nicht, denkt er, aber es scheint auch nicht ausgeschlossen, dass der emsige Kerl vor ihm eine Vergangenheit als Blumenkind hat. Warum denn nicht?

Knupper pfeift nun wieder den Refrain, und Meyer erinnert sich an die, wie er findet, ziemlich kitschigen Zeilen: »*Our house is a very, very, very fine house, with two cats in the yard, life used to be so hard ...*«

»Ich sehe keine Katzen, Herr Knupper«, unterbricht Meyer lächelnd das Pfeifen des Hausmeisters. »Halten sie ein Mittagsschläfchen?«

Knupper schaut zu ihm hinüber und erwidert das Lächeln. Es scheint ihn nicht zu wundern, dass Meyer die Melodie erkannt hat.

»Die jagen Mäuse«, sagt er. »So vergeblich wie alle Katzen vor ihnen.«

»Mäuse? In diesem Haus gibt es Mäuse?«

Paul Knupper nickt. »Na klar! Es gab sie schon, bevor Sie und ich hier lebten«, sagt er und fährt nach einer kurzen Pause fort: »Wahrscheinlich werden sie noch da sein, wenn wir ausgezogen sind. Also bald.«

»Nun sehen Sie doch nicht so schwarz, Mann!«, versucht Meyer den Hausmeister aufzurichten. »Noch sind wir da. Und wir werden alles tun ...«

Knupper winkt ab. »Geben sie sich keine Mühe, Herr Meyer! Wir haben keine Chance, und das wissen Sie!«

»Warten Sie ab!«, entgegnet der Anwalt knapp und sieht den kleinen Mann eine Weile nachdenklich an. »Und Ihren Laden? Werden Sie den behalten?« Er deutet auf ein kleines Gebäude, das, fernab der Straße und deshalb nahezu unsichtbar, dicht neben dem Hinterhof des Wohnhauses steht.

Wieder nickt Knupper. »Theoretisch ja. Er gehört nicht zum Objekt. Nicht zur ...« verächtlich verzieht er den Mund, »... Verfügungsmasse.« Er fummelt einen leidlich sauberen Lappen aus der Tasche und wischt die Hände darin ab. »Waren Sie überhaupt schon mal da? … Ach, klar! Ich erinnere mich. Der *Blaupunkt*, nicht wahr? Vor … fünf …?«

»Sechs Jahre ist das her«, entgegnet Meyer. »Das weiß ich noch genau. Ich habe ihn damals von einem Freund geschenkt bekommen.«

»Tja! Was gibt es Schöneres als Geschenke von Freunden!« Knupper kichert und verstaut den Lappen wieder in der Tasche. »Eigentlich war der Apparat Schrott. Die meisten Teile musste ich austauschen. Zwei Röhren habe ich neu eingebaut. Danach musste ich lange suchen. Wobei …« nickt er anerkennend, »… war ein feines Gerät! Überaus selten. Von dem haben sie nicht viele hergestellt. – Existiert das Teil noch?«

»Aber ja! Konnten Sie neulich nicht sehen, weil es in meinem Arbeitszimmer steht. Immer noch 'n Blickfang. Leider macht er es nicht mehr. Kommt nur noch Knistern raus.«

Knupper bemerkt den leisen Vorwurf in Meyers Stimme. »Nee, nee, Herr Nachbar! Dafür kann ich nichts. Warum haben Sie nichts gesagt? Der Apparat ist in Ordnung, das können Sie mir glauben. Das Problem ist einfach … die alten Röhrengeräte arbeiteten nur mit Kurz-, Lang- und Mittelwellenfrequenzen, nicht mit UKW. Mittelwellensender werden fast nur noch in den USA betrieben. Bei uns hört man nur Rauschen. – Na, bei der hier ist jetzt gar nichts mehr zu hören«, knurrt er zufrieden, wobei er die Gartenpforte hin und her bewegt. Das lästige Quietschen ist verschwunden.

Er sieht Meyer wieder an. »Ihren Apparat könnten Sie auf UKW umrüsten lassen. Kostet 'n paar Euro. Wenn Sie wollen, erledige ich das für Sie. So was mach ich häufiger. Kostet Sie dann 'n paar Euro weniger. Außerdem sollte das schöne Gerät nicht so stumm in der Gegend herumstehen.«

Meyer überlegt nicht lange. »Sehr gern, Herr Knupper. Wann soll ich es vorbeibringen?«

Der Hausmeister schraubt den Verschluss der kleinen Ölkanne zu. »Ja … also … das würde am … ach, wissen Sie was? Wenn

Sie Zeit haben … ich bin hier fertig … wir könnten gleich rüber gehen. Passt Ihnen das?«

Meyer denkt kurz nach. »Dann lassen Sie uns doch … ich wäre sowieso auf Sie zugekommen. Ich war gerade bei einem Bekannten. Der arbeitet bei der Sozialbehörde und hat mir einen sehr interessanten Vorschlag gemacht. Und den würde ich Ihnen gern erläutern.«

»Mir? Nanu!«

»Ist eigentlich noch ein bisschen unausgegoren, aber …« Meyer sieht den kleinen Mann eindringlich an. »Es geht um den Hausverkauf. Mein Bekannter hat folgende Idee …«

»Warten Sie! Das besprechen wir am besten im Laden.«

»Gut. Ich hole eben das Radio.«

Der kleine Eingangsbereich, den Meyer von seinem damaligen Besuch schon kennt, hat alles zu bieten, was ein Elektrogeschäft im Allgemeinen führt. In den Regalen finden sich Lampen, Rasierapparate, Zahnbürsten und andere technische Kleingeräte, Glühbirnen, Stecker, Sicherungen, Kabel. Das alles in überschaubarer Auswahl, aber kaum ein Kunde würde, wenn seine Wünsche nicht zu ausgefallen wären, den Laden mit leeren Händen verlassen müssen.

»Kommen Sie!«, winkt Knupper dem Anwalt zu, »Kommen Sie! Gehen wir in den Nebenraum. Da hab ich was für Sie.«

»Oh!!«, staunt der Besucher, als er die alten, teilweise antiken Radiogeräte in den Regalen dieses Raumes sieht, der um einiges größer ist als der Eingangsbereich. Und man muss keinen Kennerblick haben, um die ungefähr ein Dutzend zusätzlicher Exemplare, die hinter den Scheiben abschließbarer Vitrinen stehen, als besonders wertvoll auszumachen.

»Ja, Herr Meyer, das sind meine Babys! Meine wahre Leidenschaft!« In Knuppers heiserer Stimme liegt etwas Ehrfürchtiges.

Sein Nachbar, der den Hausmeister bei ihren seltenen Begegnungen im Flur immer nur geschäftsmäßig und mit knappen Worten erlebt hat, ist überrascht, eine andere Seite an ihm kennenzulernen.

»Stellen Sie den Apparat dort auf den Tisch, bitte. – Schauen Sie! Schauen Sie!« Ungeduldig und voller Begeisterung weist Knupper auf eines der Geräte, die ihr Dasein hinter Glas fristen. »*Bang und Olufsen*. Sagt Ihnen das was?«

»Aber ja! Dänische HiFi-Firma, nicht wahr?«

»Genau. Dieses Radio hier wurde ungefähr 1958 gebaut. Eine absolute Rarität! Und voll funktionstüchtig!«

Bewundernd guckt Meyer auf ein wahres Schmuckstück – das Gehäuse aus dunkelbraunem Holz, eingefasst in goldfarbene Leisten. Die obere Hälfte des Gerätes wird beherrscht von einer fast über die ganze Front laufenden Lautsprecherreihe hinter einer weißen Stoffblende, die von einem hölzernen Gitter gebrochen wird. Eine große, weiße Senderskala dominiert die Zierblende im unteren Teil des Apparats, in dessen Mitte ein ebenso weiß umrahmtes, magisches Auge prangt.

»Leuchtet bei Betrieb goldgelb«, haucht Knupper, »wie Honig von glücklichen Bienen.« Er lacht leise. »Reine Poesie.«

Meyers Achtung vor dem Hausmeister wächst. »Was für eine Schönheit!«, entfährt es ihm.

Der stolze Radiobesitzer nickt. »Da drüben …«, er wirbelt zu einem weiteren Glaskasten herum, »… haben wir einen *Grundig* von 1952, eher anspruchslos, aber stilvoll. Auch sehr selten. Ihm gegenüber …«, weiter saust der Zeigefinger durch den Raum, »… steht ein *Loewe Opta* aus den Sechzigern und …«

»Und der hier?« Meyer deutet auf ein kleines Gerät. »Macht einen sehr schlichten Eindruck. – Was steht da? *Krups*. Ah ja! Ungewöhnlich wenig Knöpfe, nicht?«

»Das ist …«

»Die Lautsprecher sind nach oben ausgerichtet. So was habe ich noch nie …«

»Den muss ich noch ins Lager bringen. Das ist ein Toaster. – Daneben aber ein Meisterwerk der Radiobaukunst, eine *Siemens Kammermusik-Schatulle P 48*. Auffallend die Schwenktüren, die mit der Skalenbeleuchtung gekoppelt sind.« Plötzlich klingt Knupper wie ein Verkäufer.

Meyer hakt nach. »Veräußern Sie die Geräte auch?«

»Das war ursprünglich mein Plan«, lächelt Knupper. »Sie werden sich wundern, aber es gibt da draußen eine Menge Leute, die erwerben solche alten Radios ihrer Schönheit wegen, rüsten sie dann um und auf. Einbausätze und Steckverbindungen für Smartphones, ipods, mp3-Player, alles kein Problem. Moderne Stereoanlagen sind eben meistens potthässlich. – Warten Sie!«

Er geht zu einem der Regale und schaltet ein kleines, flaches Gerät ein, dessen Senderskala hellgrün aufleuchtet. Es erklingt flotte Jazzmusik.

»Na! Was sagen Sie?«, sagt Knupper. »Ist das 'n Klang?«

Meyer lauscht eine Weile und nickt. »Gestreamt?«

»Nein. Das ist *Radio Elbe*, ein Hamburger Sender. Gibt's noch nicht lange. Musik aller Richtungen, viele Oldies, gutes Kulturprogramm. Da lohnt sich das Zuhören.«

»Radio Elbe?« Meyer zuckt mit den Schultern. »Nie gehört.«

»Ist ja auch neu. Die wollen wieder mehr Pep in die Hörfunkszene bringen. – Wie gesagt, eigentlich wollte ich die Geräte instandsetzen und weiterverkaufen. Aber …«, liebevoll streicht er über das Gehäuse des Siemens-Radios, »… ich bring es nicht übers Herz, mich von meinen Babys zu trennen.« Dann verdunkelt sich sein Gesicht. »Ich befürchte, ich werde es jetzt tun müssen. So, wie es aussieht, bleiben mir demnächst nur die Einnahmen aus Reparatur und Elektroartikeln, und damit komme ich nicht über die Runden.«

Vertrauensvoll legt Meyer dem kleinen Mann die Hand auf die Schulter. »Genau deshalb wollte ich …«

»Warten Sie mal!« Knupper hebt den Finger und lauscht. Beide schauen zum Radio.

»… die Polizei mitteilt, ereignete sich der Vorfall schon gestern Abend. Demnach wurden die jungen Leute am Jungfernstieg von einer Gruppe Männer offenbar ohne Grund aufgehalten. Es kam zu einem Wortgefecht, in dessen Verlauf einer der Männer ein Messer zog und mehrfach auf einen 17-jährigen einstach. Zeugen hörten, wie jemand aus der Gruppe den Hitlergruß rief. Der Jungfernstieg war um diese Zeit sehr belebt, trotzdem kam niemand den jungen Leuten zu Hilfe. Der Schwerverletzte wurde von sofort am Tatort

eintreffenden Rettungskräften versorgt und in eine Klinik gebracht. Nach Angaben der Ärzte schwebt der junge Mann immer noch in Lebensgefahr. Die Täter konnten unerkannt entkommen. – Charkiw, Ukraine. In den vergangenen 24 Stunden wurden …«

»Das ist jetzt schon der dritte Zwischenfall in den letzten Wochen«, sagt Knupper.

»Und keiner schreitet ein. Die Halunken können machen, was sie wollen.« Der Anwalt schüttelt den Kopf. »Ich versteh das nicht. Gerade auf dem Jungfernstieg sollte die Polizei doch präsent sein.«

»Da brennt es ständig an allen Ecken«, entgegnet Knupper. »Die können nicht überall sein. – Das war mal 'ne Prachtmeile, inzwischen gehört die Straße zu den sozialen Brennpunkten von Hamburg.«

»Und immer sind's Rechte. Oder Osteuropäer.«

Knupper nickt. »Und Südländer, hab ich gehört. Türken, Maghrebiner, so was. Heißsporne.«

»Ist Ihnen mal aufgefallen, wieviel Bettler auf dem feinen Pflaster sitzen? Früher kannte man die Leute fast beim Namen. Denen konnte man leicht ausweichen.« Meyer bemerkt den Blick des Hausmeisters, zaubert ein schnelles Lächeln auf die Lippen. »Ha, ha! 'tschuldigung! War 'n Witz!« Er räuspert sich. »Heute kommen immer mehr Menschen dazu, die einfach keine Wohnung finden oder sich keine mehr leisten können. Menschen aus der Mitte der Gesellschaft. In Deutschland! Unfassbar!«

Aus dem Radio klingt jetzt Swingmusik aus den Vierzigerjahren.

»Was wollten Sie mir denn eigentlich sagen?«, fragt Knupper.

Meyer nickt. »Wohnung ist genau das passende Stichwort. Was ich Ihnen erzählen wollte, Herr Knupper, ist …«

»Sagen Sie doch einfach Paul zu mir.«

»Und Sie sagen Hanno«, lächelt Meyer.

»Dann könnten wir uns eigentlich gleich duzen«, schlägt der kleine Mann vor.

»Machen wir, Paul.« Der Anwalt reibt sich die Hände. »Also, was ich dir sagen will, ist folgendes: Wir haben die Chance, wenn schon den Verkauf unseres Hauses auf lange Sicht nicht zu verhindern, so ihn doch erheblich zu verzögern.«

»Ich bin gespannt.«

Meyer sieht den Hausmeister fragend an. »Meines Wissens gibt es unserem Haus Bereiche, die nie jemand betritt, weil keiner sie nutzt.«

»Richtig. Kellerräume und den Dachboden«, antwortet Paul Knupper.

»Warst du schon mal in den Räumen?«

Knupper hebt die Schultern. »Wozu? Sind nicht meine. – Das heißt: Einen Kellerraum nutze ich. Für meine Schallplatten. Die krieg ich hier nicht mehr unter.«

»Schallplatten?«, staunt Meyer. »So richtig Vinylscheiben?«

»Sind wieder im Kommen«, nickt Knupper. »Ich habe da einige sehr seltene Exemplare in der Sammlung. So als Wertanlage. Die passenden Plattenspieler stehen hier. Teilweise uralt. Den da in der Ecke …«, er zeigt auf einen klobigen Apparat mit einem großen Schalltrichter, »… ein original *His Masters Voice Modell 101,* habe ich Doktor Cohen versprochen. Auch er sammelt alte Schellackplatten.«

»Schön! – Die anderen Räume? Hast du sie dir mal angesehen?«, fragt Meyer.

»Klar.« Knupper grinst. »Flüchtig. Sind groß. Sehr groß.«

Meyer nickt. »Verstehe. – Sind die groß genug, um … na ja, … dass Leute drin wohnen könnten?«

Knupper sieht sein gegenüber fragend an. »Leute? Ich verstehe nicht.«

»Herr Knupp … äh … Paul!« Meyer legt seinem neuen Duzfreund die Hand auf die Schulter. »Seit Ende Februar sind Tausende Ukrainer auf der Flucht und brauchen dringend eine Unterkunft.«

»Richtig!«, bestätigt der Hausmeister. »Dankwart Waller hat mich auch schon gefragt, ob …« Dann hellt sich seine Miene auf. »Aaah! Ich verstehe. Du willst …«

Meyer schlägt eine geballte Faust in die offene Hand. »Ein Versuch wäre es doch wert.« Er berichtet dem Hausmeister vom Gespräch mit dem Sachbearbeiter der Sozialbehörde und dessen dringenden Appell, Flüchtlinge aufzunehmen. Man habe auf diese Weise andernorts ganz nebenbei den geplanten Verkauf eines Hauses verhindern können. Dem Interessenten sei das Geschäft unter solchen Umständen zu riskant gewesen.

Paul Knupper überlegt. »Keine schlechte Idee. Für eine gewisse Zeit könnte man sicher ein paar von den armen Menschen dort einquartieren. Wenn der Senat dafür sorgt, dass die Leute verpflegt werden. Ich kann sie schlecht jeden Tag zum Essen in meine Küche einladen.«

»Zu kurz gesprungen, Tiger!«, lächelt Hanno Meyer. »Die sollen sich selbst verpflegen.«

Knupper wirft die Stirn in Falten. »Ich verstehe nicht ...«

»Wir werden ihnen helfen, sich häuslich einzurichten. Mit allem Pipapo. Wohnbereich mit Küche, Bad, Schlafraum.« Meyer nickt. »Zwei oder drei Familien könnten wir sicher unterbringen. – Familien ist auch zu viel gesagt. Halbe Familien. Es geht meistens um Frauen und ihre Kinder. Die Männer müssen ja in der Ukraine bleiben und kämpfen.«

Nach einer kleinen Pause fragt Knupper: »Du meinst – richtige Wohnungen?«

»Ja! Und wir brauchen nicht mal Handwerker von außerhalb.« Meyers Stimme wird verschwörerisch leise. »Davon muss der neue Käufer ja erstmal nichts wissen.«

»Ohne Handwerker?«, staunt Knupper. »Ich verstehe nicht ganz.«

»Na, Fachleute haben wir doch im Haus! Überleg mal: ...« Hanno Meyer zählt an den Fingern ab. »Ralf Bertram – Metallbauer. Willi Okonyo – Tischler. Paul Knupper – Elektriker.«

Knupper sieht ihn überrascht an. »Du hast einen vergessen, Hanno«, bedenkt er nach kurzer Zeit.

»Ja? Wen denn?«

»Ansgar Jablonski«, sagt Knupper mit breitem Grinsen. »Maler.«

»Und wie!«, feixt Meyer zurück. »Vergleicht sich gern mit Picasso. Ha, ha! Hat dessen blaue Periode zum Vorbild genommen.

Blau, blau, alles blau. Inzwischen macht er in Kubismus.« Der Anwalt lacht. »Aber gut, warum soll man die Wände nicht …«

»Ich bin auch kein Elektriker«, beschwichtigt der Hausmeister. »Elektrobastler höchstens.«

»Reicht doch! Ihr sollt ja keine Appartements bauen.«

Zweifelnd wiegt Knupper den Kopf. »Na, ich weiß nicht!«

»Es geht um unser Haus, Paul!«, sagt Meyer eindringlich. »Wir müssen alles versuchen, den Verkauf zu verhindern.«

Paul Knupper sieht den Anwalt lange an. Dann nickt er langsam. »Wenn ich bedenke, mein Freund, dass du bei unserem ersten Treffen noch von Recht und Gerechtigkeit gesprochen hast, davon, dass du eventuell eine Sammelklage vorbereiten wolltest … Du glaubst auch nicht mehr, dass …«

Meyer unterbricht ihn. »Ich will ehrlich sein, Paul. Ich kenne das Mietrecht, und ich weiß, welcher Schindluder damit getrieben wird. Gerade bei Umwandlungen von Miet- in Luxuswohnungen bestehen überhaupt keine Hemmungen und leider auch kaum Möglichkeiten, dagegen anzugehen.«

»Trotz Mieterschutz«, nickt Knupper traurig. »Da fragt man sich, wozu es den überhaupt gibt.«

»Leider stehen die Gerichte vorwiegend auf der Seite der Investoren. – Es war alles schon mal besser. Es gab eine Zeit, in der die Politik wirklich Geld für Wohnungsbau in die Hand genommen hat. Bezahlbare Wohnungen. 1972 wurden allein in der BRD über 800 000 Wohnungen gebaut!« Meyer sieht aus dem kleinen Fenster, wo er die Rückseite ihres Hauses erblickt. »Alles kommt wieder. Grundstücksspekulanten, Miethaie, Wohnungsmangel. Eine regelrechte Immobilienmafia hat sich etabliert, der niemand in den Arm fällt. Wie in den Achtzigern. – Die guten Seiten des Lebens – sie haben keinen Bestand.« Dann lächelt er und zeigt auf die *Siemens Kammermusik-Schatulle P 48*. »Ganz anders deine Radios. Zum Glück gibt es auch schöne Dinge, die bleiben. Oder wiederkommen. – Das Einzige, was bei diesem Apparat hier stört, ist dieses große Geflecht obendrauf. Die Antenne, nehme ich an?«

»Das ist der Korb für die Toastscheiben«, erklärt Knupper.

»Oh! – Bei all dem, was ich hier sehe, Paul, frage ich mich, wie Frau Grabert auf die Idee kommt, du seiest ein … na ja …«

Knupper lacht schallend. »Ein fauler Sack, sag es ruhig.« Belustigt fährt er fort: »Tja, die Hermine. Meine spezielle Freundin. Nun, vielleicht meint sie es nicht böse. Die Erwartung an einen Hausmeister ist ja bei vielen so, dass er immer und sofort auch bei kleinen Mängeln greifbar ist. Wie der Rettungsdienst.« Schnarrend ergänzt er: »*Hallo? Eins, eins, zwo. Knupper. Sie wünschen?*«

»Wenn ich mich recht erinnere«, sagt Meyer, »weiß sie, dass du neben deiner Hausmeistertätigkeit auch ein Geschäft betreibst.«

Knupper nickt. »Auch wenn sie den Laden noch nie von innen gesehen hat. Wenn Hermine eine neue Glühbirne braucht oder so, wirft sie mir einen Zettel in den Postkasten. Bezahlt hat sie noch nie etwas. Sache des Vermieters, heißt es dann kurz und knapp.« Er zwinkert Meyer zu. »Und wenn die Birne Eins zwanzig kostet. – Nein, im Laden war sie noch nie. Sie weiß aber von meiner Plattensammlung. Die hat sie sogar bereichert.«

»Nanu!«

Knupper lacht. »Seit dem Tag ist sie nicht mehr gut auf mich zu sprechen.«

»Was? Lass hören!«

»Ja, das mit den Platten hatte ich ihr mal im Vorbeigehen erzählt. Da waren wir noch gut miteinander.« Knupper schmunzelt. »Na, jedenfalls besser. – Am nächsten Tag überreicht sie mir mit strahlendem Gesicht eine Schellackplatte. Die Texte auf dem Cover waren komplett in Kyrillisch gedruckt, aber es war unverkennbar ihr Gesicht, das mir entgegenlächelte. Da war sie noch blutjung.«

Hermine Grabert hätte ihm gesagt, fährt Knupper fort, sie sei vor langer Zeit, kurz nach dem Krieg, Leiterin eines Chors gewesen. Ihr Repertoire hätte von Volksmusik zu Chansons gereicht, und sie wären mehrfach auf Tournee gewesen. In ganz Europa. Sie hätten es sich zur Aufgabe gemacht, die Völker mit Deutschland wieder zu versöhnen. Besonders ein Auftritt im fernen Lemberg wäre ihr erinnerlich geblieben.

»Sie hatte Tränen in den Augen, als sie mir erzählte, dass Hunderte von Ukrainern den Markplatz säumten, auf dem der Chor auftrat, und ihm zujubelten.«

»Schön!«, nickt Meyer. »Und was passierte mit ihrer Platte?«

»Hermine wollte sie so gern noch einmal hören«, antwortet Paul Knupper. »Das klappte, weil Schellackplatten auch mit einem herkömmlichen Tonabnehmer zu bespielen sind. Du musst nur eine dicke Nadel einwechseln, eine normale geht kaputt.«

»Und?«

Knupper wiegt den Kopf. »Na ja. Klang eigentlich nicht schlecht. Wenn man die Qualität solcher alten Aufnahmen bedenkt.«

»Wie ist die denn entstanden, die Aufnahme?«, fragt Meyer.

Hermine Grabert hätte ihm erzählt, entgegnet Paul Knupper, es habe damals in Kiew ein Tonstudio gegeben, das spezialisiert auf Volksmusik gewesen wäre, vornehmlich ukrainische, russische, polnische und andere Musik aus dem slawischen Raum. Natürlich hätte man dort dem Projekt zunächst skeptisch gegenübergestanden – der Krieg war schließlich erst seit ein paar Monaten zu Ende. Aber Hermines Engagement wäre ansteckend gewesen, und so hätte man ihren Chor als erstes deutschsprachiges Ensemble vor die Mikrofone gebeten.

»Im Unterschied zu den späteren Vinylplatten ist die Bespielzeit von Schallplatten aus Schellack deutlich begrenzter, sodass dieses Exemplar nur zwei Gesangsstücke enthält«, erklärt der Radiosammler. »Eines davon ist *Am Brunnen vor dem Tore*. Hermine ist eine große Verehrerin von Franz Schubert.« Er wäre zwar Österreicher gewesen, hätte sie Knupper gesagt, aber durch seine Adern sei viel deutsches Blut geflossen.

»Dann hab ich eine unbedachte Bemerkung gemacht. ›Da war er nicht der einzige‹, habe ich geantwortet. ›Der andere hat das Blut aber eher fließen *lassen*.‹ Daraufhin hat sie mich ganz seltsam angesehen. Ich dachte erst, sie hätte den Witz nicht kapiert. Aber … ich weiß nicht.«

»Und?«

»Auf einmal fängt sie an zu singen. *Am Brunnen vor dem Tore da steht ein Lindenbaum. Ich träumt in seinem Schatten so man-*

chen süßen Traum … na, und so weiter, lächelt und guckt mich an.«

Ja, sage ich ihr, das Lied kenn ich.

Sie, Herr Knupper??, staunt Hermine.

Schule. Auswendig.

Gesungen?

Nö, nur gepaukt. Als Gedicht.

Sie überraschen mich, Herr Nachbar, sagt sie.

»Und dann kam's! Ganz plötzlich und ich weiß nicht warum, kippte die Stimmung. Der Krieg begann!«, sagt der Hausmeister.

»Krieg?«, fragt Hanno Meyer.

Knupper nickt. »Da sich mir das Lied … das Gedicht vielmehr, tief in mein Gedächtnis eingebrannt hat, kenne ich natürlich jede Zeile aus dem Effeff. In der zweiten Strophe heißt es:
Ich mußt auch heute wandern vorbei in tiefer Nacht,
Da hab ich noch im Dunkeln die Augen zugemacht,
Und seine Zweige rauschten, als riefen sie mir zu:
Komm her zu mir, Geselle, hier findst du deine Ruh.«

»Paul, ich bin beeindruckt.«

»War Hermine auch. Ihr Studierten und Künstler dürft nicht denken, dass ein Handwerker kulturell auf dem Schlauch steht. Ganz im Gegenteil! Ich habe dem alten Drachen …«

»Du meinst nicht Frau Grabert, oder?«

Knupper lacht. »Du hast keine Ahnung, was sie mir schon alles an den Kopf geworfen hat. – Jedenfalls habe ich diese Dame darauf hingewiesen, dass sie sich bei ihrer Aufnahme an einer Stelle vertan hat. Da bekam ich ein Problem.«

»Nanu!«

»Vertan ist auch nicht das richtige Wort. Es geht mehr um eine eigenwillige Interpretation. ›Herr Knupper‹, sagte sie, ›warum fragt man zu Weihnachten seit Jahr und Tag den Tannenbaum: … *wie treu sind deine Blätter?* Nadeln hat so ein Baum! Also solche Dinger, die Sie überall herumliegen lassen. *Tannenblätter* gibt es nicht!‹«

»Das waren ihre Worte?«, lacht Meyer.

Knupper fällt ins Lachen ein. »Ich schwör's dir!«

»Und dann?«, kichert Hanno Meyer.

»Beim Schubert-Lied, meinte Hermine, verhalte es sich genau anders herum. ›Haben Sie schon mal gehört, guter Mann, dass Zweige rauschen? *Zweige?* So ein Unfug! Schubert war ein grandioser Komponist, aber von der Flora hatte er keine Ahnung. An dieser Stelle muss es tatsächlich *Blätter* heißen. *Blätter rauschen, Zweige nicht!*‹ – ›Heißt es nicht Rascheln?‹, hab ich sie gefragt. Sie überlegt einen Moment. ›Aber nicht *rauschen!*‹ Dazu schlägt sie mit ihrem Handstock auf den Fußboden. ›Schubert hat aber nun mal die Zweige rauschen lassen!‹, habe ich gesagt. ›Wollen Sie wirklich alles so hinbiegen, wie es Ihnen passt?‹« Knupper legt eine kurze Pause ein, in der er einmal kräftig durchatmet.

»Und dann?«, fragt Meyer.

»›Was richtig ist, muss richtig bleiben!‹, faucht sie mich an. ›Nein, Frau Grabert‹, schnauz ich zurück, ›man darf den Menschen das Wort nicht im Mund umdrehen, nur damit es einem gefällt. Das ist in diesem Land viel zu lange passiert.‹«

»Genau! Und?«

»Tja, was dann geschah, war sehr seltsam. Hermine reißt unvermittelt die rechte Hand an die Stirn und schreit: ›Zu Befehl, Herr General!!‹ Und plötzlich fängt sie an zu weinen. Ich habe sie noch nie weinen sehen. Ich hätte darauf gewettet, dass sie dazu überhaupt nicht in der Lage ist.«

Meyer sieht den Hausmeister stumm an. Er weiß nicht, was er sagen soll.

»Tja!«, murmelt Paul Knupper. »Das war es dann.«

Ab diesem Tag lernte Hausmeister Knupper Hermine Grabert von einer ganz unnachgiebigen, ja geradezu feindseligen Seite kennen. Was er ihr auch entgegenhielt, sie blieb in ihrem Blätterrausch. Was er auch am Haus machte, ob er den Gartenzaun strich oder nicht, die Wege vom Schnee befreite oder ihn liegen ließ – Hermine hatte an allem etwas auszusetzen.

»Verstehen tu ich das nicht!«, seufzt er.

Hanno Meyer lächelt. »Es gibt Kriege, die werden wegen geringerer Anlässe geführt. Vielleicht warst du der Erste, der sie hat weinen sehen. Das war ihr sicher unangenehm.«

»Da magst du recht haben.«

Ihre Platte landete später trotzdem in seinem Postkasten. Knupper hat sie als Dreingabe zum Grammophon für Doktor Cohen schon bereitgelegt.

Kapitel 13

Sie hören Nachrichten von Radio Elbe.

Corona-Bekämpfung: RKI-Chef fordert gesetzlichen Rahmen. Angesichts einer möglichen neuen Corona-Welle im Herbst hat sich der Chef des Robert Koch-Instituts, Lothar Wieler, für Vorkehrungen ausgesprochen. Er forderte einen wirksamen gesetzlichen Rahmen zur Bekämpfung des Virus. »Die gesetzlichen Rahmenbedingungen müssen natürlich stimmen«, sagte er im Bayerischen Rundfunk mit Blick auf das Infektionsschutzgesetz. Die derzeit geltende Fassung des Gesetzes läuft bis zum 23. September. Die rot-grün-gelbe Bundesregierung ringt derzeit darum, wie die Corona-Schutzvorgaben für den Herbst aussehen sollen.

Neues Vorkaufsrecht für Städte soll Mieterschutz verbessern. Bundesbauministerin Klara Geywitz will das kommunale Vorkaufsrecht in veränderter Form wiederherstellen und so den Schutz von Mietern stärken. Die SPD-Politikerin gab am Freitag einen ersten Gesetzentwurf zum Vorkaufsrecht in die Abstimmung mit weiteren Ministerien der Bundesregierung. Der Entwurf sieht vor, den Städten und Gemeinden ein umfassendes Vorkaufsrecht in sogenannten Milieuschutzgebieten zu geben, also in Vierteln, in denen der Wohnungsmarkt als besonders angespannt gilt.

Dieses Vorkaufsrecht kann demnach künftig nur dann abgewendet werden, wenn sich ein Käufer in einer Abwendungsvereinbarung den Zielen der Milieuschutzsatzung ausdrücklich verpflichtet. Die Abwendungsvereinbarung soll höchstens 20 Jahren gelten. Konkret kann einem Käufer zum Beispiel die Pflicht auferlegt werden, in dieser Zeit keine Luxussanierungen oder Umwandlung in Eigentumswohnungen vorzunehmen.

René Asbahr senkt das Fernglas, das er zu Beobachtungszwecken inzwischen gegen das Zielfernrohr eingetauscht hat, geht zum Radio und dreht es leiser. Freddy Mercury singt »*We are the champions*« und Asbahr lacht verächtlich. Vorkaufsrecht? Abwendungsvereinbarung? Milieuschutz? So ein Blech höre ich alle paar Jahre wieder. Und? Was wird daraus? Nichts! Mietenspiegel? Für'n Arsch! Ändert sich irgendwas? Na klar! Die Mieten steigen und steigen.

Angespannter Wohnungsmarkt? Bitte?? Na, klar! Jemand überrascht? Hat sich da irgendwas seit den Achtzigern geändert? Nein!

Abermals geht er zum Fenster und setzt das Glas an die Augen. Sofort verschwimmt das Bild. Ich muss mir eine Pause gönnen, denkt er missmutig.

Er setzt das Glas ab und reibt sich die müden Augen.

Sein kranker Zahn hingegen verrät keine Anzeichen von Müdigkeit.

Während er eine Tablette hinunterspült, verharrt sein Blick auf dem Haus gegenüber. Was für ein Scheiß! Tagein, tagaus dasselbe. Charlie sitzt am Fenster und knüpft. Ja, sie knüpft. Es hat einige Zeit gedauert, bis ihm klar wurde, was sie da macht. Sie fertigt Textilteile, die größer und größer werden. Irgendwann erhebt sie sich, hält das Resultat ihrer täglichen Arbeit mit erhobenen Händen vor die Augen, lässt den Blick einmal rüber wandern und nickt nach einiger Zeit, offenbar zufrieden mit ihrem Handwerk. Dann verschwindet sie mit dem Geknüpften aus seinem Blickfeld.

Ihrer Größe nach zu urteilen, bastelt die Alte Decken für ihre Möbel. Oder Wandbehänge oder so was.

Der Blick durch das Fernglas hat ihm verraten, dass Charlotte Finn übliche Motive bevorzugt. Die man auch auf Kalendern sieht. Blumen, Landschaften, Tiere.

Ein ganz normales Hobby also, das die alte Frau pflegt. Sie knüpft und knüpft und wenn sie eine Decke fertig hat, fängt sie mit der nächsten an.

Wenn es Wandbehänge werden, hat sie eine Menge zu tun. Wände ohne Ende, reimt er. Oder? Oder hängt schon alles voll?

Inzwischen ärgert es ihn, dass seine Wohnung im fünften Stock liegt und die Finn im Erdgeschoss wohnt. Das verengt sein Blickfeld.

Der Postbote hat ihm mal erzählt, dass die Wohnungen im Haus der Alten um die 120 Quadratmeter haben. Hundertzwanzig! Für eine Person! Michaelis meinte, dass dieses Missverhältnis gang und gäbe sei. Gerade in den gefragten Lagen.

Gab es nicht in früheren Zeiten eine Fehlbelegungsabgabe?, wendet Asbahr ein. Ich meine, sowas mal …

Gab es, ja! Das ist zwanzig Jahre her und galt nur für öffentlich geförderten Wohnraum.

Ein Fuchs, der Michaelis. Immer auf dem Laufenden. Postbüdel eben. So einer kommt rum.

Kann man den Leuten nicht mal übelnehmen, sagt der jetzt. Die kleineren Wohnungen sind heutzutage teurer als die großen Behausungen, in denen die Mieter ihr ganzes Leben verbringen. Mieterhöhungen sind da nicht das Allheilmittel der Investoren. Besser aufkaufen, umwandeln und raus mit dem Pack! Das fördert die Rentabilität.

Asbahr wirft einen Blick zurück in seine Wohnung. 45 Quadratmeter hat dieses Loch, ärgert er sich. Wenn der Job hier gemacht ist, hau ich ab. Aufs Land oder Ausland.

Fünfundvierzig! Ein Drittel von dem, was die Nazitante da drüben hat. Trotzdem zahl ich mehr als sie! Weiß er auch von Michaelis.

Außerdem fünftausend Euro Schmiergeld, nur um die Bude zu kriegen. Das ist doch nicht normal! Kapitalismus in Reinkultur.

Charlie hat sich jetzt wieder an den Tisch gesetzt. Auf ein Neues. Zur Abwechslung vielleicht mal etwas ganz anderes? In Erinnerung an die glorreichen alten Zeiten? Einen kackbraunen Wandteppich zum Beispiel. Ganz oben in gebogener Zeile, altdeutsche Schrift: »Früher war alles …«. Nee! Anders: »*FÜHRER WAR ALLES BESSER!*« Wenn überraschend Besuch kommt, lässt sich der Dreher bequem mit einem Versehen entschuldigen.

Das Kreuz darunter? Ist halt etwas zu groß geraten, deshalb musste ich die Enden abknicken! Ha, ha! Asbahrs Laune bessert sich bei dieser Vorstellung. Lässt ihn für einen Moment sogar die Zahnschmerzen vergessen. Auch zu diesem leidigen Thema hat ihm Michaelis einen Tipp gegeben. »Neben der Frau Grabert«, sagte der und zeigte auf das Haus gegenüber, »wohnt ein gewisser Ibrahim Cohen. Ist Zahnarzt mit Praxis in Altona. Bei dem bin ich auch. Sehr fähiger Mann. Und absolut nett.«

Bei diesen Worten hat Asbahr bedauert, dass der Doktor seine Praxis nicht im Wohnhaus hat. Wäre *die* Gelegenheit gewesen, sich vor Ort mal umzusehen.

Was ist das jetzt? Der Sprinter, der gegenüber vor der Tür geparkt hat, was macht der da? Wie lange steht der da schon?

Drei Männer stehen an der geöffneten Seitentür und laden … Ja, was laden die aus?

Holzwände. Bohlen. Rohre. Baumaterial. Werfen dabei verstohlene Blicke in alle Richtungen. Was soll das?

Jetzt taucht auch Hanno Meyer auf. Was macht der da?

Der Zahnschmerz meldet sich zurück und Asbahr nimmt schnell eine Tablette. Ich muss nachdenken, sagt er sich, dafür brauche ich einen klaren Kopf.

Sobald die Tablette wirkt, arbeitet das Hirn wieder auf Hochtouren. Natürlich!! Das ist es! Es ist *kein* Zufall, dass Hanno in dem Haus wohnt. Er muss Charlie schon lange auf der Spur sein.

Und jetzt macht er Ernst! Wie immer er die Alte abmurksen will – er hat schon einen Plan, sie zu entsorgen. Sie loszuwerden, ohne Spuren zu hinterlassen.

Er baut eine Gruft! Einen Sarkophag aus Holz! Wow! So was Abgefeimtes! Echt raffiniert!

Wo er die letzte Ruhestätte installiert, ahnt Asbahr sofort. Michaelis hat ihm verraten, dass das Riesenhaus – ist auch keine Überraschung – über große Dach- und Kellerräume verfügt, die kein Mensch nutzt. Da kann Charlie verfaulen, bis nur noch Staub von ihr übrig bleibt.

Vorsichtshalber ein Abluftrohr, damit es nicht so stinkt wie bei der toten Wegner drei Etagen unter ihm.

René Asbahr hat Hanno Meyer nie sonderlich leiden können, aber jetzt zollt er ihm doch Respekt.

Der Zahn meldet sich wieder. Nur immer Tabletten reicht nicht mehr. Zeit, zu härteren Maßnahmen zu greifen.

Zum Glück hat ihm der Zusteller die Telefonnummer von Cohens Praxis aufgeschrieben.

Kapitel 14

Sie hören weitere Nachrichten von Radio Elbe.

Berlin und Brüssel wappnen sich im Gaskonflikt. Nach dem russischen Lieferstopp für Polen und Bulgarien versprechen Berlin und Brüssel Solidarität. In Deutschland, so Wirtschaftsminister Habeck, sei die Abhängigkeit von russischem Gas in den vergangenen Wochen rapide geschrumpft. Stammten vor Beginn des Krieges noch 55 Prozent der Gasimporte aus Russland, seien es mittlerweile noch 35 Prozent. Wie schnell es gelinge, die Importe komplett zu ersetzen, hänge nun vom Ausbau entsprechender Infrastrukturen ab – etwa für den Import von Flüssigerdgas.

Schweden und Finnland erwägen, gemeinsam den Nato-Beitritt zu beantragen. Schweden war in der Nato-Debatte bislang zögerlich. Noch im März schloss Ministerpräsidentin Andersson eine Mitgliedschaft ihres Landes im westlichen Militärbündnis aus. Nun hat sich die Stimmung gedreht, auch weil sich im benachbarten Finnland eine Mehrheit dafür abzeichnet. Schon im Mai könnte es eine

…

Famos, denkt Hanno Meyer, als er das Radio ausschaltet. Was für ein satter Klang! Eine tolle Arbeit von Paul! Nun dient das alte Gerät nicht mehr nur als Blickfang, sondern packt mir auch noch die neuesten Informationen auf den Schreibtisch. Und die Musik von Radio Elbe trifft genau seinen Geschmack. Unterscheidet sich deutlich vom Einheitsgedudel anderer Sender.

Er geht auf die Straße, wo schon emsiges Treiben herrscht.

Paul Bertram hat den weißen Sprinter an der Bordsteinkante geparkt. Ansgar Jablonski und Willi Okonyo springen aus dem

Führerhaus, ziehen die Seitentüren des Transporters auf und schauen sich vorsichtig zu allen Seiten um.

Bertram zeigt ins Innere des Sprinters. »Das ist schon der Rest für die Kellerwohnungen«, sagt er zu Paul Knupper, der den Platz mit mehreren Verkehrsleitkegeln freigehalten hat.

Ohne zu zögern, laden die drei Männer Holzwände, Ständerwerke aus Aluminium, Metallträger, sanitäre Gegenstände, Leitungen und Rohre aus dem Wagen und tragen sie ins Haus.

Dort nehmen Rita Alvarez, Wiebke Voss, Meyer, Szepanek und Waller die Sachen entgegen und schaffen sie in den Keller.

Wieder hatte Hanno Meyer die Hausgemeinschaft zu einem Treffen gebeten. Im *Erastos* herrscht nach wie vor Flaute und man konnte sich ausbreiten. Wiebke Voss war vorher von Wohnung zu Wohnung gegangen und hatte für die Restaurant-Betreiber einen beachtlichen Geldbetrag gesammelt, um ihre Unkosten decken zu helfen.

Das Ansinnen des Sozialamts, Unterkünfte für ukrainische Flüchtlinge herzurichten, stößt auf breite Zustimmung.

Ohne dass er sie näher begründete, kamen Bedenken von Ömer Korkmaz. Man ging zunächst davon aus, dass er vielleicht nicht alles richtig verstanden habe und redete beschwichtigend auf ihn ein.

Die männlichen Mieter, die Meyer und Knupper für die Umbauarbeiten auserwählt haben, erklärten sich damit sofort einverstanden. Allen Beteiligten ist klar, dass sie nicht nur etwas für die Flüchtlinge tun, sondern womöglich die geplante Umwandlung ihrer Unterkünfte in Luxuswohnungen hinauszögern können.

Dankwart Waller richtet seinen Blick hinauf zum Dach. »Ich mag gar nicht daran denken, dass wir die nächsten Sachen nach oben schaffen müssen.«

»Also, einen Fahrstuhl könnten wir jetzt wirklich gebrauchen«, entgegnet Meyer.

»Gibt es schon was Konkretes? Aus der Sozialbehörde?«

»Es kommen immer mehr Flüchtlinge aus der Ukraine und sie

wissen schon gar nicht mehr, wohin mit denen«, fährt Hanno Meyer fort. »Zum Glück sind wir nicht die einzigen, die Nägel mit Köpfen machen. Viele Privatleute engagieren sich und stellen Unterkünfte zur Verfügung. – In drei Wochen stehen zwei Familien aus Lemberg vor unserer Tür. Eine Kataryna Melnik und eine Natalia Bondarenka. Beide Mütter. Eine mit zwei Söhnen, die andere mit Tochter und Enkelkind.« Er lächelt. »Und Opa Ilya. 95.«

»Wahnsinn, was dieser verdammte Krieg anrichtet.« Waller schüttelt den Kopf. »Drei Wochen, sagst du? Wissen unsere Handwerker das auch schon?«

»Ralf Bertram hat sogar drei Kollegen aus seinem Betrieb organisiert plus einen Klempner aus seinem Bekanntenkreis. Die kommen übermorgen dazu. Der Bertram scheint richtig Feuer und Flamme für die Aufgabe zu sein.«

»Hoffentlich sind seine Kollegen hetero. Sonst wird's schwer für ihn.«

»Lass gut sein, Dankwart. Einige brauchen eben ein bisschen länger, bis sie was begreifen.«

Mit Freuden nimmt Hanno Meyer wahr, wie sich in diesen Tagen ein neues Zusammengehörigkeitsgefühl in der Hausgemeinschaft entwickelt. Die zuvor eher seltenen Begegnungen der Nachbarn werden häufiger, verbindlicher. Höflichkeitsfloskeln weichen interessierten Nachfragen, man bleibt stehen und fragt, ob man dem anderen helfen kann. Tipps werden ausgetauscht, mehr und mehr lernen die Menschen einander kennen.

Das Fehlen eines Fahrstuhls ist jetzt unfreiwillig Anlass für Gespräche im Treppenhaus, der flüchtige, zufällige Moment beim Hinauf- oder Herunterfahren, der die Konversationen auf Sekundendauer begrenzt, entfällt – so bleiben die Menschen stehen, hören einander zu und geben mehr aus ihrem Leben preis als sie jemals gedacht hätten.

»Meine Schwester hat ihren Krebs überstanden. – Sie hat ein ganzes Schraubensortiment, das sie nicht braucht. Soll ich …?«

»Her damit! Und … freut mich zu hören, das mit Ihrer Schwester.«

Hauptsächlich aber kreisen die Gespräche um handwerkliche und praktische Maßnahmen.

»Meine Mutter hat noch ein altes Doppelbett im Kell …«

»Adresse? … Zack, zack! Der Sprinter ist gleich leer! Nimm Torsten mit!«

Man versucht, sich auf kommende Eventualitäten vorzubereiten.

»Wie sprechen die eigentlich? Russisch? Meine Schwägerin hat russisch gelernt.«

»Lass gut sein, Ansgar! Ich schätze, das Einzige, was Ukrainer im Moment nicht hören wollen, ist Russisch.«

Es sind die gemeinsamen Aufgaben, die die Menschen in diesem Haus zusammenschweißen. Die Bedrohungen von außen und die Möglichkeit, ihnen solidarisch begegnen zu können. Ob am Ende ein Erfolg steht, ist fraglich, aber es wird alles versucht. Dazu die Chance, etwas Gutes für die Gemeinschaft zu tun, vom Krieg bedrohten Menschen unmittelbar zu helfen und nicht nur mit einer anonymen Spende, die binnen kurzem im großen Ganzen versickert.

Die regelmäßigen Zusammenkünfte im *Erastos* bekommen einen zunehmend professionellen Charakter; war es vorher die ungehemmte Begeisterung für die Aufgabe, die zu manchem planerischen Leerlauf führte, gewinnt zunehmend die Erkenntnis die Oberhand, eine Strategie entwickeln und ihr diszipliniert folgen zu müssen.

Die Aufgaben werden an die Mietpartien delegiert, jeder bekommt seine eigene Zuständigkeit, Überschneidungen versucht man tunlichst zu vermeiden.

Hanno Meyer zieht sich mehr und mehr aus der planerischen Phase zurück; er weiß sie bei den Nachbarinnen und Nachbarn in besten Händen.

Seine nächsten Aufgaben würden schwer genug werden. Die Mitglieder der Erbengemeinschaft hatten Manfred Wasmuth, den ältesten Sohn des verstorbenen Eigentümers, zu ihrem Sprecher bestimmt. An den wendet er sich sofort, erklärt ihm das

Vorhaben und bittet ihn, den Vertrag mit der Immobilienfirma noch nicht zu unterzeichnen.

Meyer, dem die Mieter des Hauses eine schriftliche Vollmacht erteilt haben, ermahnt *Wohntraum,* rechtliche Fristen penibel einzuhalten, bevor man dort zur Tat schreitet. Er weiß, dass er damit schlafende Hunde weckt, aber eine andere Vorgehensweise könnte bedeuten, dass die Makler sie überraschen und die Mieter vor vollendete Tatsachen stellen würden.

Und Meyer geht noch einen Schritt weiter. Es scheint ihm wichtig, Öffentlichkeitsarbeit zu betreiben, zumindest diesen Schritt vorzubereiten. Eine gute Presse kann für die Hausgemeinschaft ein ganz entscheidender Faktor sein, im Eventualfall die Bevölkerung auf ihre Seite zu ziehen.

Kapitel 15

Als sie den Korken mit einem heftigen Ruck aus der Flasche zieht, klingelt das Telefon. Vor Schreck macht sich der Korkenzieher selbstständig und kommt erst auf dem Teppich zum Halten.

»Ja? Famke Heinrich hier.« Ihre Stimme bleibt beherrscht. Darin hat sie Übung.

»Hallo, Famke. Hier spricht Hanno Meyer. Mein Name sagt dir jetzt sicher nichts. Es ist lange her. Wir kennen uns von einer Party bei …«

»Bei Merle Schuster«, unterbricht sie ihn. »Ich erinnere mich. Ist wirklich lange her. Nuller Jahre, richtig?« Sie kichert. »Du bist doch dieser neunmalkluge Anwalt, der die Hafenstraße gerettet haben will.« Sie nimmt den Hörer in die linke Hand und gießt Wein ins Glas. Vorsichtig. Das Glucksen ist nicht für jedermanns Ohren bestimmt.

Hanno lacht ins Telefon. »Du hast ein sehr gutes Gedächtnis. Aber ganz so war es wohl nicht.«

»War es wohl nicht. Aber du hörtest dich so an. Ab dem fünften Whisky jedenfalls.«

»Oh! Hat man dir gar nicht angemerkt!«

Sie stutzt kurz und kichert weiter. »Ich sprach von *deinem* Konsum. – Du hast damals ganz schön an mir rumgebaggert.«

»Ehrlich? Daran erinnere ich mich nicht. Äh … tut mir leid … das mit der Anmache, meine ich. – Tja, ohne Eis vertrage ich keinen Whisky«, lacht Meyer.

»Offensichtlich nicht. Ich war an dem Abend auch nicht die einzige, bei der du es versucht hast«, kichert die Journalistin.

»Und? War ich bei einer erfolgreich?«

»Keine Ahnung. Ich befürchte aber, nicht. Gerade, als ich gehen wollte, hast du einer Blonden mit dickem Busen einen Eiswürfel in den Ausschnitt gesteckt.« Famke lacht wiehernd. »Den hättest du wirklich lieber in dein Getränk geben sollen.«

»Ach, du Scheiße!«

»Machst du sowas immer noch?«

»Inzwischen landen Eiswürfel brav in meinem Glas«, versichert Meyer schmunzelnd. »Ich rette auch keine Straßen mehr. Hatte mich zwischendurch auf einzelne Häuser spezialisiert. War ja früher auch mal dein Thema.«

Während er spricht, hat sie einen schnellen Schluck genommen. Aaah! Das tut gut!

»Ist es noch. Die Situation hat sich nicht entschärft. Im Gegenteil. Ich kämpfe nur nicht mehr in vorderster Front.« Kurze Pause. »Habe zu viele Narben davongetragen.«

Meyer nickt dem Telefon zu. Er erinnert sich, dass Famkes Artikel im *Blick* damals für viel zustimmende Wut und Aufmerksamkeit gesorgt hatten. Wut bei unmittelbar Betroffenen und Aufmerksamkeit bei einer Leserschaft, die mit hohen Mieten eigentlich keine Probleme hat. Aber die Stories lasen sich so aufwühlend und zugleich spannend, dass auch deren Mitgefühl geweckt wurde.

In Hausbesitzer- und Investorenkreisen sorgten die Artikel für Furore und Ärger. Ohne falsche Rücksicht streute Heinrich Salz in offene Wunden, prangerte Missstände an und nannte Ross und Reiter. Die Anwälte ihres Verlags konnten über mangelnde Beschäftigung nicht klagen, aber die blutjunge Autorin bekam stets

Rückendeckung – zu genau forschte sie, hakte nach, zu kenntnisreich waren ihre Recherchen.

Der Verlag selbst, erinnert sich Meyer, musste damals kräftige Anzeigeneinbußen hinnehmen. In der Bevölkerung erntete der *Blick* großen Respekt, weil er nicht klein beigab. Famke erhielt Morddrohungen, die Reifen ihres Autos wurden aufgeschlitzt, ihre Wohnungstür mit Buttersäure bespritzt. Mehr als einmal wurde sie unter Polizeischutz gestellt.

Da Meyer eine Zeitlang schweigt, will sie die Pause für einen Schluck Rotwein nutzen, stellt erstaunt fest, dass ihr Glas leer ist und fragt: »Und? Warum rufst du an?«

Meyer erklärt ihr, dass er und seine Mitmieter Flüchtlinge einquartieren wollen, verschweigt den geplanten Hausverkauf nicht. Er sagt ihr aber nichts von den Umbaumaßnahmen.

Kurzes Schweigen. Rauschen in der Leitung. »Und ihr nehmt die Leute in eure Wohnungen auf?«, fragt Famke Heinrich. »Wie groß sind die?«

Meyer räuspert sich. »Unsere Wohnungen? 120 Quadratmeter. So ungefähr.«

»Super! Platz genug.«

Kluge Frau! Es ist an der Zeit, denkt er, mit der ganzen Wahrheit herauszurücken. »Genau gesagt … wir … die Leute … sie finden es sicher besser … man hört immer wieder, dass diese Menschen nicht gern von anderen abhängig …«

Die Wahrheit in Scheiben schmeckt ihr aber nicht so gut wie der Wein. »Hanno! Hanno ist richtig, ja?«, fällt sie ihm ins Wort. »Hör zu! Ich habe einen vagen Verdacht, was der Zweck deines Anrufs ist. Wenn ihr möchtet, dass ich euch unterstütze, und das ist sicher das, was ihr wollt, muss du mir die Wahrheit sagen. Von A bis Z.« Auf einmal stört sie sich am Nachgeschmack des Roten. »Als nützliche Idiotin sehe ich mich nicht, okay? Also, ihr wollt die Flüchtlinge nicht in eure Wohnungen einquartieren, sondern braucht sie in erster Linie als Mittel, den Verkauf zu verhindern.« Sie schenkt neu ein, ohne jetzt auf das laute Gluckern zu achten. »Ferner braucht ihr mich, um eure Aktion medial begleiten zu lassen. So ungefähr richtig?«

Ihre entwaffnende Ehrlichkeit sorgt umgehend dafür, dass er sie ins Vertrauen zieht.

»Das ist genau richtig. Fast genau. Es ist nur nicht so, dass wir kein Herz für die Menschen aus der Ukraine haben. Haben wir nämlich.«

»Das heißt, ihr würdet auch welche aufnehmen, wenn euer Haus *nicht* verkauft würde.« Dieses Glas schmeckt wieder besser.

»Wir würden nicht nur«, berichtigt Meyer und erzählt ihr jetzt die ganze Wahrheit.

»Ganze Wohnungen für die Leute? Toll!«, sagt Famke. »Und was erwartet ihr nun von mir?«

»Wenn der Verkauf über die Bühne geht, hieße das auch, dass die alten und neuen Besitzer von Flüchtlingen nichts wissen wollen«, sagt Meyer, während er am Telefon vernimmt, wie Glas auf Glas trifft. »Davon gehen wir jedenfalls aus.«

»Da könntet ihr recht haben. Und das wäre etwas, das man anprangern sollte, richtig?«

»Na klar.«

»Dann sind wir im Geschäft. Ich sitze mit zwei Mitarbeitern zufällig an einer Story, einer ganzen Serie, die genau das zum Thema hat.« Kurze Pause. Er hört leises Schlucken. »Seitdem die ersten Menschen aus der Ukraine in Deutschland sind, ist das Interesse der Leser riesengroß. Viele von denen helfen den Flüchtlingen und wollen wissen, wie andere mit der Situation umgehen. Und sie mögen auf keinen Fall Leute, die jetzt aus Profitgier Geschäfte machen.« Meyer hört sie leise lachen. »Die zum Beispiel riesengroße Wohnungen haben und sie den Flüchtlingen vorenthalten. Das passt nicht in die Zeit. So große Unterkünfte sollte man im Moment brüderlich teilen.«

Meyer lächelt. »Ich merke, du bleibst skeptisch.«

»Der Unterschied ist: …«, fährt Famke fort, »… ihr verlangt keine Mieten für die Unterkünfte. Richtig?«

Sie ist vielleicht nicht nüchtern, denkt er, aber ihr Gehirn arbeitet einwandfrei. »Richtig.«

»Dann lass dir was sagen: Andere haben nicht diese Skrupel«, sagt sie. »Für sie haben sich jetzt neue Geschäftsfelder aufgetan und wenn man erfährt, welche Fantasie diese Leute an den Tag legen, kann man nur staunen.«

»Erzähl«, bittet Meyer.

»Gern, aber nicht am Telefon. Ich würde …«

»Glaubst du, dass du abgehört wirst?«, fragt Hanno Meyer erschreckt.

Famke lacht. »Wir wollen es jetzt nicht dramatischer machen, als es ist. Nein, was ich dir zu erzählen habe, dauert wahrscheinlich etwas länger. Ich würde vorschlagen, wir treffen uns persönlich.«

Er atmet auf. »Gute Idee. Wann …«

»Ich könnte heute Abend zu dir kommen. Wenn's dir passt, heißt das. Dann könnte ich mir vor Ort ansehen, wovon wir sprechen.« Meyer merkt, wie einige ihrer Worte leicht schleifen. »Hast du einen freien Parkplatz für mich?«

Wieder erschrickt er. »Parkplatz … äh … oder soll ich lieber zu dir kommen?«

»Wieso das?«

Sie muss ja wissen, was sie tut, denkt Meyer. »Nee, alles gut! Ich dachte nur. Um sieben? Ich würde uns eine Kleinigkeit kochen. Kleinigkeiten kann ich.«

»Okay. Ich bringe Eis mit. – Und ziehe mir was Hochgeschlossenes an.«

Hanno Meyer ist nicht sicher, ob er Famke Heinrich wiedererkannt hätte, wenn sie unangemeldet vor der Tür stünde. Sie wirkt deutlich gealtert, ihre Bemerkung, Narben davon getragen zu haben, hat offensichtlich ihre Berechtigung.

»Ich habe mich etwas gewundert«, sagt sie, während er ihr aus der Jacke hilft. »In deinem Internetauftritt habe ich gelesen, dass du Anwalt unter anderem für Mietrecht bist …«

Eine unauffällige Geruchsprobe bleibt ohne Ergebnis. Sie spricht jetzt klar und akzentuiert.

»Ich muss meine Homepage gelegentlich aktualisieren«, grinst Meyer verschämt. »Inzwischen habe ich mich auf Strafrecht spezialisiert. Ich berate meine Mitmieter nur noch nebenbei in Mietfragen. Außerdem möchte ich als Betroffener im Hintergrund bleiben.«

»Verstehe.« Sie zeigt auf den Herd. »Riecht gut. Bami Goreng? Der Klassiker, wenn Gäste kommen. Schnell gemacht. Dreißig Minuten und fertig, nä?«

»Zehn. Steht auf der Tüte.«

Sie grinst. »Okay. Kochst du auch was anderes?«

»Klar! Ente mit Nudeln. Huhn mit Nudeln. Chili Reis. Alles zehn Minuten. Plus fünf für Tüte öffnen. – Der hier ist aber aus der Flasche. Die öffnet sich leichter.« Er drückt ihr ein Glas Wein in die Hand. Was er eigentlich nicht tun sollte. »Willkommen und Danke.«

»Danke mir, wenn's soweit ist. Versprechen kann ich nichts. Zum Wohl.« Sie leert ihr Glas in einem Zug und Hanno Meyer sieht seinen Verdacht bestätigt, ihre welke Haut und die tiefen Falten in ihrem Gesicht rührten nicht nur von einem anstrengenden Arbeitsleben. Die Tatsache aber, dass sie nahezu ungeschminkt vor ihm steht, sagt ihm, dass sie sich nicht versteckt und sich so gibt, wie sie ist.

Nach zwei Stunden weiß Hanno Meyer, dass die Frau, die ihm am Küchentisch gegenübersitzt, alles erfahren hat, was man auf diesem Sektor erfahren kann und mit allen Wassern gewaschen ist. Und er ist bestürzt von den Geschichten, die sie ihm mit tonloser Stimme erzählt.

Er selbst hat zwar vergleichbar erschreckende Erfahrungen gemacht, die aber ausschließlich in seine Studienzeit fallen.

»Wenn *Wohntraum* so handelt, wie es den Anschein hat, gehört die Gesellschaft sogar noch zu den seriöseren Playern auf dem Markt.« Sie dreht ihr Weinglas, das Meyer zum dritten Mal gefüllt hat, in der Hand. »Andere treiben es richtig perfide. Sie nutzen die Gunst der Stunde und schieben die Umbaupläne für ihre erworbenen Häuser auf die lange Bank. Warum jetzt schon investieren und verkaufen? Kann man später immer noch. Erstmal für einen sozialen Ruf sorgen und ukrainische Flüchtlinge einquartieren.«

»Und die Behörden unternehmen nichts.«

Famke lächelt nachsichtig. »Du solltest es besser wissen, Hanno. Wir leben in einem Rechtsstaat mit all seinen Vorzügen und Nachteilen. Selbst wenn man diese Leute eines Tages an den Wickel bekommt – die Mühlen der Justiz mahlen sehr lange.«

»Wem sagst du das.«

»Siehst du. Du glaubst gar nicht, wie oft wir von der Presse gegen die Wand laufen. Investoren, die nicht in Wohnungen investieren und ihre Anwälte, die lapidar erklären: *Wir geben zu schwebenden Verfahren keine Auskünfte. Wir stehen zu einem Gespräch nicht zur Verfügung.* Und so weiter und so fort.« Sie lacht abschätzig. »Sie sind gesetzlich dazu verpflichtet, ihre Wohnungen wieder benutzbar zu machen – die Stadt kommt ihnen mit dem Wiederherstellungsgebot, eigentlich eine scharfe Waffe! ...«

»Wiederherstellungsgebot?«, fragt er neugierig. »Da klingelt bei mir was. Kannst du das noch mal erklären?«

Sie lächelt. »Es gibt unter den Investoren findige Leute, die versuchen, die Behörden auszutricksen. Sie sorgen zum Beispiel in den betreffenden Gebäuden durch Umbaumaßnahmen dafür, dass der gesetzliche Brandschutz nicht mehr gewährleistet ist.«

»Ach ja! So war das.«

»Die Behörde setzt saftige Zwangsgelder fest – die Eigentümer ziehen vor Gericht, wodurch es zu extrem langen Wartezeiten kommt. Manchmal dauert es Jahre, bis über so ein Verfahren entschieden ist. In der Zeit wird frech weiter ›zurückgebaut‹. Alle Aufforderungen der Behörden werden ignoriert, die Leute sitzen es einfach aus.« Sie dreht ihr Glas in den Händen. »Es gibt tatsächlich einige wenige Politiker, die die Behörden ständig auffordern, doch endlich einen Treuhänder einzusetzen, einen mit weitreichenden Befugnissen, der sich um die Gebäude kümmern könnte. Aber davor wird zurückgeschreckt. Die konservativen Parteien halten dann ihre schützende Hand über die Verantwortlichen dieser Schweinereien.«

Hanno nickt. »Eigentlich ist alles ganz einfach, sagt unser schönes Grundgesetz: Eigentum verpflichtet.«

»Sein Gebrauch soll zugleich dem Wohle der Allgemeinheit

dienen. Ha!« Sie hält ihm das Glas hin. Zögernd schenkt er nach.

»Der Gebrauch sieht dann so aus: Diese Spitzbuben lassen Häuser über Jahre leer stehen, zögern in dieser Zeit die Zahlungen von Zwangsgeldern hinaus und plötzlich quartieren sie Leute in die Wohnungen ein, die sie vorher haben verkommen lassen. Sie lassen jede Person einen eigenen Mietvertrag unterzeichnen, was ihnen in der Summe Einnahmen bis in fünfstellige Höhe einbringt. Pro Haus, Hanno!«

»Unfassbar!«

»Und das Sozialamt trägt diese Mieten. Die wissen, was da für eine Schweinerei läuft, halten aber still, denn im Moment ist es nicht opportun, Maßnahmen zu ergreifen, die sich vermeintlich gegen Flüchtlinge wenden«.

»Diese Drecksäcke sollte man enteignen!«

Famke lacht schallend. »Das sagst du als Anwalt? Du solltest es besser wissen.«

»Ich weiß es besser«, grinst Meyer. »Ab und zu leiste ich mir trotzdem eine menschliche Reaktion. Sonst werde ich verrückt.«

Die Journalistin nickt ernst. »Wenn man bedenkt, dass es durchaus geeignete Maßnahmen gäbe … Aber diese Methoden sind politisch gewollt, und solange das so ist, läuft man immer gegen eine Wand. – Sag mal, hast du ein Glas Wasser für mich?«

»Na klar.« Meyer erhebt sich aus dem Stuhl. »Mit Kohlensäure oder …«

»Einfach Leitungswasser wäre gut.«

Während er zum Küchenschrank geht, sagt er: »Die Lobbyarbeit in der Immobilienbranche, muss man sagen, ist perfekt organisiert …«

»… und immer, fast immer, gesetzeskonform. Was weniger für die Lobbyisten spricht, sondern mehr gegen die Gesetze … Danke … Okay, Hanno, ich habe mir jetzt ein Bild gemacht und finde, dass ich die Fakten gut in meiner Serie unterbringen kann. – Sag mal, die Merle, hast du eigentlich noch Kontakt zu ihr?«

»Leider nicht«, sagt Meyer und setzt eine trübe Miene auf. »Sie hat sich damals für meinen besten Freund entschieden.«

»Du meinst Jörg Dallmann, nicht?«

Hanno Meyer verschlägt es einen Moment die Sprache. »Woher kennst du den Namen?«

Famke Heinrich lacht. »Ganz einfach. Merle arbeitet schon seit Jahren in meinem Verlag und gehört zu den beiden Rechercheuren meiner Serie. Du wirst sicher Gelegenheit bekommen, sie wiederzusehen.«

»Was für ein Zufall! Und Dallmann?«

»Die beiden sind immer noch zusammen, verheiratet und haben zwei erwachsende Kinder.«

»Donnerwetter! Hab ich ihm gar nicht zugetraut. – Okay. Freut mich irgendwie. Auch, ihn wiederzusehen.«

»Die Frage ist …«, sagt Famke, »… ob er sich auch freut.«

»Was meinst du damit?«

»Na ja, ich hab so einiges erfahren. Von Merle.« Glasige Augen sehen Meyer intensiv an. »Ganz im Vertrauen.«

Kapitel 16
(1988)

»Hast du schon gehört?«, fragt Jörg Dallmann. »Dohnanyi ist zurückgetreten.«

»Was? Scheiße!« Hanno Meyer ist entsetzt. »Dann geht alles wieder von vorn los. Wir waren doch soweit. Halb Hamburg hat mit angepackt, die Barrikaden zu beseitigen. Alles wäre in geordnete Bahnen geraten. Der ganze Stress wäre vorbei gewesen. – Hast du gehört, warum er hinwirft?«

»Gesagt hat er nur, dass er lange genug im Amt gewesen sei. Aber ich denke, da stecken tatsächlich die Ereignisse an der Hafenstrasse hinter.«

Meyer nickt. »Steht zu vermuten. Und ganz besonders ein gewisser Herr.«

»Ich glaube, ich weiß, von wem du sprichst«, antwortet Dallmann.

Die Verhandlungen um den Mietvertrag waren zäh und mühsam gewesen. Der Pachtvertrag stand vor der Unterschriftsreife, der Bürgermeister hatte mit seinem Amt gebürgt und die Hausbesetzer setzten sofort alle Hebel in Bewegung, seinen Forderungen, die Barrikaden innerhalb weniger Stunden zu beseitigen, nachzukommen.

Meyer denkt zurück an die Anfänge der Auseinandersetzungen zwischen Stadt und Besetzer. Fast sieben Jahre ist es jetzt her, und er erinnert sich mit Wehmut an die Silvesternacht 1981, in der er die kleine Elfie kennengelernt hatte. Damals war alles ein großes Abenteuer für den jungen Hanno; die Vorgänge um die Hausbesetzungen waren ihm fremd gewesen, aber dank des Mädchens reifte zu der Zeit in ihm der Entschluss, Rechtsanwalt zu werden. Er hatte sich all die Jahre selbst gewundert, dass er dieses Ziel nie aus den Augen verlor.

Nach dem Studium und dem ersten Staatsexamen steht er nun vor dem Abschluss seines Referendariats, und die zweite Prüfung rückt näher. Meyer hat die geforderten Stationen durchlaufen und nimmt gerade die praktische Arbeit in einer Anwaltskanzlei auf.

Gleich seine erste Bewerbung bei Schröder, Schröder, Dierkes & Volland hat Erfolg, und der erste Fall, mit dem man ihn betraut, hätte ihm nicht passender erscheinen können.

Es geht um ein Verfahren, das auf dem Aktendeckel den Vermerk trägt: *Andreas Hansen gegen Wolfram Meisner. Widerspruch gegen Eigenbedarfskündigung gemäß § 564b BGB.*

Es ist nicht das erste Verfahren, in dem die Kanzlei tätig wird. Die Möglichkeit der Kündigung wegen Eigenbedarfs wurde 1974 gegen den massiven Widerstand von Mietervereinen und Sozialverbänden in das Bürgerliche Gesetzbuch aufgenommen.

Wie von denen befürchtet, öffnete der neue Paragraf vielen Vermietern Tür und Tor, unliebsame Mieter nach einer längeren Wartefrist loszuwerden, und es wurde reichlich Gebrauch davon gemacht.

Unter normalen Umständen wäre Hanno Meyer nicht erbaut gewesen von diesem Fall; die Chancen für einen Anwalt, eine

Klage gegen eine Eigenbedarfskündigung für seinen Mandanten erfolgreich zu gestalten, liegen statistisch bei fünf Prozent.

Das eigentliche Problem: Selbst, wenn dem Vermieter der Eigenbedarf als vorgeschobenes Argument zweifelsfrei nachgewiesen wird – der Mieter ist erstmal raus aus der Wohnung und hat in der Regel weder die Nerven noch das Interesse, in dieselbe wieder einzuziehen. Schadenersatzforderungen scheitern in der Regel an immer den gleichen Ausreden: Der Vermieter habe überraschend eine andere Wohnung gefunden, die ihm, dem Sohn, der Tochter oder dem Großvater mehr zusagt. *Es tut mir leid, dass ich dem Ex-Mieter … usw. usw.* Dass der nächste erheblich mehr zahlt, tut ihm nicht leid.

Es ist eine Notiz, die Meyer auf der ersten Seite der Akte liest und die ihn sofort elektrisiert: Verfahrensbevollmächtigter seitens des Beklagten: Alfred Bergmann.

Kein Zweifel möglich. *Der* Alfred Bergmann.

Was für eine Anmaßung! denkt Meyer. Makler, Vermieter und Anwalt in einer Person. Gleichzeitig aber zollt er dem Mann widerwillig Respekt, denn nach allem, was man hört, ist Bergmann allen Sätteln gerecht.

Sofort kommt ihm die kleine, zarte Elfie wieder vor Augen, das verzweifelte Mädchen auf der Apfelsinenkiste, das sich mit seinem Taschentuch die verlaufende Wimperntusche abtupfte. Sie haben sich tatsächlich nicht aus den Augen verloren; Hanno bewies, dass er keine leeren Versprechungen gemacht hatte, als er ihr versicherte, ihr zu helfen (manchmal fragte er sich, ob es wirklich so gewesen war oder ob *sie ihm* nicht vielmehr versicherte, dass *er ihr* helfen würde. Na, wie auch immer).

Elfie rief ihn eines Tages an, und sie klang außerordentlich glücklich. Zufällig habe sie, während sie ihre Schwester im Rollstuhl durch die Mansteinstraße schob, einen Mann kennengelernt, der gerade aus der Tür eines großen, weißen Hauses trat.

Die Sozialbehörde hatte es zuvor geschafft, die Schwestern aus ihrer finsteren Souterrainwohnung in St. Pauli zu holen und in eine deutlich bessere Unterkunft in Eimsbüttel zu vermitteln. Es waren immerhin drei Zimmer mit einem großen Bad und – einem Fahrstuhl. Das Problem war die Außentreppe. Elfies Schwester war nach langen Reha-Maßnahmen soweit wiederhergestellt, dass sie ihre Arme leidlich gebrauchen konnte. Von der Hüfte abwärts allerdings trat keine Besserung ein. Aber ihr Drang, wieder am Leben vor der Tür teilzunehmen, verstärkte sich von Tag zu Tag. Und so klingelte Elfie bei den Nachbarn, wenn sie mit Corinna einen Rundgang durch das Viertel unternehmen wollte. Anfangs half man ihr gern, zu zweit trug man den Rollstuhl die fünf Stufen hinunter bis zur Straße. Mit der Zeit allerdings hatte Elfie das Gefühl, die Hilfsbereitschaft der Nachbarn lasse nach; nicht selten klingelte sie umsonst, so manche Tür blieb verschlossen.

Der Tag, an dem sie auf den erwähnten Mann trafen, wurde zum Wendepunkt im Leben der leidgeprüften Schwestern.

Er begleitete sie eine Weile und zeigte ehrliches Interesse an ihrem Schicksal. Zu keinem Zeitpunkt beschlich Elfie das Gefühl – sie hatte auch in dieser Hinsicht schlechte Erfahrungen gemacht –, der Mann, der wohl um die Mitte vierzig war, habe unredliche Absichten. Seine Augen waren sanft, die tiefe Stimme hatte einen melodiösen Klang, der in ihren Ohren hallte wie fernab die weichen Glockenschläge vom Turm des Michels.

Der Mann, der sich den jungen Frauen als Eugen Wasmuth vorstellte, hörte sich ihre traurige Geschichte an, nickte mehrfach, ohne Fragen zu stellen. Plötzlich blieb er stehen und sagte: »Warten Sie!«

Was er dann sagte, hörte sich so unglaublich an, dass Elfie meinte, zu träumen. Eugen Wasmuth fragte sie, ob sie Lust hätte, mit ihrer Schwester in das weiße Haus, aus dem sie ihn hatten kommen sehen, einzuziehen. Dort gäbe es zwar keinen Fahrstuhl, aber die Wohnung läge im Erdgeschoss, und er könne sofort dafür sorgen, dass vor der Eingangstür eine Rampe gebaut würde. Er nämlich sei der Besitzer des Hauses.

Die Wohnung sei nicht klein, versicherte er, sie hätten dort wohl genug Platz. Die Mieter, die gerade auszogen, täten dies aus beruflichen Gründen, sie bedauerten sehr, die Wohnung verlassen zu müssen.

Corinna, die das Gespräch wortlos verfolgt hatte, sagte nichts, sah ihre Schwester aber mit leuchtenden Augen an und lächelte.

Drei Monate später zogen die Schwestern ein und stellten fest, dass Wasmuth mit seiner Bemerkung, die Wohnung sei »nicht klein« kräftig untertrieben hatte. Sie kam Elfie und Corinna vor wie ein Palast, so groß und weitläufig waren die einzelnen Räume. Elfie war klar, dass sie neben der Pflege für ihre Schwester nun auch noch riesige Flächen zu putzen hatte, aber das schreckte sie nicht.

Die Sachbearbeiterin der Sozialbehörde, die die jungen Frauen nach einiger Zeit aufsuchte, zeigte sich überrascht. Sie wunderte sich über die Größe der Wohnung; noch mehr aber erstaunte sie die überaus günstige Miete, die der Hausbesitzer verlangte. Die war deutlich geringer, als man für die vorherige Wohnung hatte zahlen müssen. Und so gab sie mit Freuden ihr Placet und wünschte den jungen Frauen für die Zukunft alles Gute.

»Stell dir vor, Hanno«, sagt Elfie, als sie sich zu dritt in einem Café gegenübersitzen und den Erfolg bei einem Glas Sekt feiern, »um das Glück vollkommen zu machen, bekommen wir auf Betreiben der Behörde eine Pflegerin für drei Tage in der Woche. Ist das nicht phantastisch?«

Hanno Meyers Anteil an Elfies Glück ist zwar eher mentaler Art, trotzdem freut er sich für sie und ihre Schwester.

»Das war doch die Kleine von der Silvesterfeier damals, richtig?« Jörg Dallmann ist überrascht, als sein Freund ihm die Geschichte erzählt. Er hat nicht gewusst, dass die Verbindung noch existiert. Meyer hat das Mädchen nie mehr erwähnt.

Der wiederum ist erstaunt, Dallmann an der Seite einer sehr attraktiven Frau zu sehen.

Merle Schuster, so ihr Name, arbeitet bei einem großen Verlag an der Außenalster. Jörg Dallmann hat sie gerade vor kurzem kennengelernt. Hannos Hoffnung, seinen Freund länger als fünf Minuten an der Seite eines weiblichen Wesens zu sehen, waren schon kurz vor dem Schwinden gewesen. Jörg versuchte es ja immer wieder, aber er stellte sich bei Frauen zu täppisch an, als dass es eine länger mit ihm aushielt.

Und nun das.

»Wie gefällt's dir beim *Immobilien-Anzeiger*?«, fragt Meyer, nachdem Dallmann ihm die junge Frau vorgestellt und sie ihm erklärt hat, für welches der zahlreichen Produkte des Verlags sie tätig sei.

»Sehr gut!«, antwortet sie mit betörendem Lächeln. Meyer lächelt zurück und hebt die Braue des linken Auges, ein untrügliches Zeichen, dass es ihm herzlich egal ist, wie es ihr beim *Immobilien-Anzeiger* gefällt, sondern wie sehr *sie ihm* gefällt. Außerordentlich nämlich. Das Lächeln der bezaubernden Merle verstärkt sich weiter, und Dallmann tut seinem Freund jetzt schon leid. Das mit euch beiden wird nicht lange halten, denkt Meyer und sucht in seinem Innersten vergeblich nach einem schlechten Gewissen.

»Wo wir gerade beim Thema sind …«, sagt Dallmann, dem der intensive Blickkontakt zwischen Freund und Freundin entgangen ist, »… die suchen da einen … einen, der sich mit der Materie auskennt.« Er schaut zu Merle, die zustimmend nickt. »In rechtlicher Hinsicht. Wäre das nichts für dich?«, fragt er seinen alten Freund.

»Dein Verlag hat doch Anwälte genug, oder?«, wendet sich Meyer an die junge Frau, wobei er wieder die Braue hebt.

»Aber nicht speziell für die Immobilienbranche«, antwortet sie.

»Und da denkst du an mich, ja?«

»Das war jetzt erstmal so 'n Gedanke, den *ich* hatte«, versichert Dallmann. »Na, komm! Du hast dich ganz schön eingefuchst. Immobilien und die Rechtsprechung drumherum. Mietgeschichten, so was.«

Meyer zögert kurz und hebt die Schultern. »Du weißt aber schon, dass ich jetzt in einer Kanzlei arbeite.«

»Und? Spricht das gegen eine beratende Funktion? Während eines Praktikums? Dein Arbeitgeber wird sicher nichts dagegen haben. – Mann, Hanno! Es geht um Studenten, Lehrlinge. Junge Leute, die ihre ersten Schritte ins eigenständige Leben wagen. Denk mal zurück an die Erfahrungen, die du während deines Studiums gemacht hast. Ist ja nicht so lange her. Und die waren auch nicht immer schön, stimmt's?«

Damit liegt Dallmann richtig. Hanno Meyer war bei der Suche nach einer günstigen Studentenbude nahe der Universität auf erhebliche Ungereimtheiten gestoßen. Zwar stachen ihm die endlos langen Schlangen der Wohnungssuchenden täglich ins Auge, aber dass man zum Beispiel schon für ein WG-Zimmer horrende Mieten zahlen sollte – diese niederschmetternde Erfahrung machte er jetzt zum ersten Mal.

Diese Wuchermieten waren noch das Mindeste, was er erlebte. Wohnungen, die diesen Namen nicht verdienten, erwiesen sich als winzige Kammern, dreckig und verlaust. An den Wänden Schimmel. Waschräume in desolatem Zustand. Stechender Geruch nach Ammoniak.

Er erkundigte sich nach den Mietverhältnissen. Es war wie ein Gang durch einen Dschungel. In den Verträgen waren meist undurchsichtige Wohnungsgesellschaften als Vermieter aufgeführt mit Namen, die in keinem Telefonbuch zu finden waren.

Erstaunt nahm er zur Kenntnis, dass die Studenten die hohen Preise bezahlten, zähneknirschend zwar, aber froh, einen Unterschlupf gefunden zu haben. Die schwarzen Bretter an den Universitäten waren täglich umlagert von Wohnungssuchenden, die Kontaktadressen reduzierten sich auf eine Telefonnummer, nach deren Anwahl in der Regel das Besetztzeichen zu hören war.

Meyer stellte nun tiefergehende Recherchen an und stieß auf ein Geflecht von Immobiliengesellschaften, Firmen, Privatpersonen, Maklerbüros. Sie alle hatten irgendwie die Finger im lukrativen Geschäft Wohnungsvermittlung und -vermietung. Er traf auf mafiöse Strukturen, auf Firmen, die es nicht nur auf das Geld der Wohnungssuchenden abgesehen hatten, sondern ihre Finger auch tief in die Töpfe der staatlichen Fördereinrichtungen steckten.

Natürlich gab es auch eine Vielzahl an seriösen Wohnungsanbietern – und es war sicher die Mehrzahl – aber auch sie unterlagen den Gesetzen des freien Markts und trieben die Mieten in die Höhe.

»Okay!«, nickt er Merle jetzt zu. »Der Kontakt zum Verlag läuft dann über dich, nehm ich an?«

Sie lächelt gewinnend und hebt die linke Augenbraue. »So ist es. Lass deinen Kontakt über mich laufen.«

Kapitel 17
(1988)

Zeitgleich mit der Pressemeldung im *Immobilien-Anzeiger*, den Merle Schuster ihrem neuen Mitarbeiter in seine kleine Wohnung in Altona bringt, erreicht Hanno Meyer der verzweifelte Anruf von Elfie Kadach.

Beim Klingeln des Telefons schiebt er Merle von sich, die sich achselzuckend erhebt und in ihren Slip steigt.

»Hanno!« Elfies Stimme bebt vor Empörung. »Er versucht es immer wieder, der Schweinekerl! Oh, ich könnte ihn ...«

»Beruhige dich, Elfie! Was ist denn los?«

»Bergmann! Er hat Herrn Wasmuth bei der Behörde angeschissen! Wegen der Rampe, die der für Corinna hat bauen lassen.« Meyer hört Elfie Kadach schwer atmen. »Die passe nicht in das Gesamtbild der Mansteinstraße. Keines der Häuser dort habe eine Rampe. Nun soll Wasmuth sie abreißen. – Dieses Arschloch! Warum gönnt er uns die Wohnung nicht? Warum ist der so versessen auf das Haus?«

Die junge Frau ereifert sich dermaßen und ihre Stimme ist so laut, dass Merle das Gesagte mithören kann. Sie greift zum Nachttisch, schlägt das mitgebrachte Exemplar des *Immobilien-Anzeigers* auf und tippt Meyer auf die Schulter. Sie zeigt auf einen Artikel. »*Baubehörde verweigert Umgestaltung des historischen Generalsviertels.*«

Während er Elfies Worten weiter lauscht, überfliegt Hanno

Meyer den Artikel. Ihm wird schnell klar, dass Bergmann einen enormen Einfluss auf die hamburgische Immobilienszene hat. Sein Wort ist offenbar Gesetz und weder moralische noch rechtliche Vorgaben scheinen ihn zu kümmern.

Es wird Zeit, denkt der Anwalt, dass ich mich einschalte. So geht es nicht weiter! Er hatte dem jungen Mädchen damals etwas versprochen, und diesem Versprechen fühlt er sich heute noch verpflichtet. »Komm erst mal runter, Elfie! Keine Angst, wir kriegen das hin«, sagt er und versucht, seiner Stimme einen beruhigenden Ton zu verleihen. »Gib mir doch bitte mal die Telefonnummer von Herrn Wasmuth.«

Nachdem er das Gespräch beendet hat, sieht er auf die fast vollständig bekleidete Merle und knurrt: »Hab ich dir erlaubt, dich anzuziehen? Komm sofort wieder her!«

»Ja«, sagt Eugen Wasmuth am Telefon, »der Mann versucht es immer noch und immer wieder. Es ist jetzt acht Jahre her, dass ich dieses Haus erworben habe, aber … es scheint sich bei Bergmann um eine Obsession zu handeln, und niemand weiß, wieso. Warum ausgerechnet mein Haus?« Meyer hört seine beschwörenden Worte. »Gibt es denn keine Möglichkeit, diesen Kerl zu bremsen?«

»Rein rechtlich ist da schwer was zu machen«, antwortet er. »Das Gesetz bietet solchen Leuten große Lücken. Aber Sie sollten trotzdem klagen. Wer weiß.«

»Das habe ich auch schon überlegt«, sagt Wasmuth. »Aber ich habe dieser Tage etwas erfahren, was mich für den Moment davon Abstand nehmen lässt.«

»Aha.«

»Es ist noch nicht spruchreif. Wenn ich Näheres weiß, sage ich es Ihnen.«

»Sie sollten trotzdem nicht aufgeben. Dieser Halunke. Wenn ich bedenke, wie er mit Elfie und Corinna Kadach verfahren ist – ich könnte speien!«

»Genau um die beiden geht es. Wie gesagt, Näheres hören Sie später.«

»Okay.«

Meyer hört für kurze Zeit nur Rauschen in der Leitung. Wasmuth scheint nachzudenken. »Gleichwohl. Herr Meyer ...«, sagt er dann, »... Sie arbeiten in einer großen Kanzlei. Haben Sie sich schon mit dem Gedanken getragen, sich irgendwann selbstständig zu machen?«

»Wenn ich mein Referendariat erfolgreich abgeschlossen habe – ich denke schon. Ja.«

»Dann wäre ich gern einer Ihrer ersten Klienten. Ich würde Sie gern als meinen Anwalt verpflichten. Ist dagegen etwas einzuwenden?«

»Überhaupt nicht, nein. Wie gesagt, das wird sicher noch eine Zeit dauern.«

»Das spielt keine Rolle. Ich möchte gewappnet sein, falls Bergmann nicht lockerlässt. Und ich befürchte, das wird auch noch ein paar Jahre so weitergehen.«

»Einverstanden, Herr Wasmuth. Geben Sie mir bitte Ihre Adresse. Wenn ich irgendwann so weit bin, werde ich Ihnen ein Formular mit meinen Modalitäten zukommen lassen.«

Kapitel 18
(1988)

Der verlorene Prozess in Sachen Eigenbedarfsklage gegen Andreas Hansen kommt Alfred Bergmann vor wie eine zweite persönlich erlittene Niederlage.

Nach dem vergeblichen Bemühen, das Haus an der Mansteinstraße zu erwerben, um endlich aus den Fußstapfen seines Vaters zu treten, ist das ergangene Urteil ein weiterer herber Rückschlag.

Die Branche wird sich scheckig lachen über ihn. Eigenbedarf! Normal eine sichere Sache. Wie hat er diesen Fall nur verlieren können?

Er schaut hinüber zu Hansens Anwalt. So sehen die heute aus, ja? Keine Krawatte vorn, dafür langer Zopf hinten. Lächerlich!

Seinen Namen hat er vergessen – wie üblich. In der Regel sieht er solche Typen nicht wieder. Eintagsfliegen! Nicht des Nachdenkens wert. Dieser ist dazu auch noch in der Lehrzeit. – Ach, richtig! Meyer. Allerweltsname. Bleibt nicht hängen. Kann so einer nicht *Fitzebummel-Scharfenklapp* heißen? Steht nicht in jedem Telefonbuch, brennt sich aber ins Gedächtnis. Ha, ha, versucht Bergmann sein Elend wegzulachen.

Wie konnte ich diesen Fall nur verhauen? denkt er. Das Ding war doch sicher! Irgendwo muss ich geschlampt haben.

Ich muss mich besser konzentrieren! Muss auch die Manstein-wohnung fürs Erste aus dem Kopf bekommen. Das Beste wäre ohnehin, sich nicht mehr um den Kleinkram zu kümmern. Können die anderen machen, statt sich nur die Eier zu schaukeln. Wondratschek zum Beispiel! Immer 'ne große Klappe, aber noch nichts gerissen, der Kerl! – Moment! Was aber, wenn der mal in der Berufung gewinnt? – So ein Mist!

Egal!, denkt Bergmann. Die ganze Konzentration muss jetzt der Hafenstraße gelten. Mein Gott, was für eine Perlenschnur! Was für eine Gelegenheit! Eine ganze Straße! Die Elbe von Teufelsbrück bis zum Grasbrook im Blick. Millionenwerte!

Unsere Leute im Rathaus haben den Bürgermeister endlich geschafft. War 'n harter Brocken. Aber irgendwann kriegen wir sie klein, die verdammten Sozis! Dohnanyi, Reemtsma und wie sie alle heißen. Dohnanyis wahrscheinlicher Nachfolger, dieser Voscherau, ist ein ganz anderes Kaliber. Auch SPD, hat aber mit den Anarchisten nichts am Hut. Kehrt bestimmt mit eisernem Besen. Mit dem Mann kann man doch Geschäfte machen!

Genau das versucht Alfred Bergmann über die nächsten Jahre wieder und wieder und seine Bemühungen scheinen zum Erfolg zu führen. Aus dem Senat erhält er ermunternde Signale; der Bürgermeister persönlich macht ihm Hoffnungen. Der zeigt den Hausbesetzern die kalte Schulter und lässt sich von ihnen nicht provozieren. Ich habe den Mann genau richtig eingeschätzt, denkt Bergmann.

Zu den Prozessen, die die Mieter der umkämpften Häuser

gegen die Stadt Hamburg führen, erscheint er mit *Reiters* besten Anwälten – als Nebenkläger. In eigener Sache!

Mehrfach versucht Famke Heinrich im *Blick* auf diese Missstände aufmerksam zu machen – Bergmann lässt sich nicht beirren und stellt immer neue Anträge.

Dieser Krieg zieht sich über Jahre hin; die Hausbesetzer erleiden eine gerichtliche Niederlage nach der anderen. Die Situation gipfelt 1993 in einem Urteil des Hamburgischen Oberlandesgerichts, nach dem der zwischen Senat und Mietern geschlossene Pachtvertrag für null und nichtig erklärt wird.

Alfred Bergmann sieht sich kurz vor dem Ziel.

Und wenn ich diese Grundstücke erstmal im Sack habe, denkt er, werde ich noch einmal zu einem Sturmangriff auf das Haus an der Mansteinstraße ansetzen. Wäre doch gelacht!

Vater, du wirst da oben auf deiner Wolke anerkennen müssen, dass ich der Bessere von uns beiden bin. Und das wird dich maßlos ärgern. Aber irgendwann wirst du stolz auf deinen Sohn sein.

Die Meldung, die er ein knappes Jahr später in den Abendnachrichten vernimmt, sorgt dafür, dass Alfred Bergmann mit hochrotem Gesicht eine kostbare alte Vase (Ming-Dynastie) gegen eine Wand seiner Villa wirft: Völlig überraschend hat Voscherau eine Kehrtwendung vollzogen und den Hafenstraßen-Bewohnern angeboten, auf Räumung und Abriss zu verzichten, wenn sie dafür die Bebauung von angrenzenden Freiflächen akzeptieren.

Bergmanns Zorn steigert sich ins Maßlose, als er hört, dass der Bürgermeister sich der Unterstützung des jungen Anwalts Hanno Meyer versichert hat, dem er die Ausarbeitung dieses Kompromisses anvertraute.

Meyer! Schon wieder dieser Meyer! Von wegen *Fitzebummel-Scharfenklapp*!

Schon zwei Monate später wird mit dem Bau von 55 Sozialwohnungen begonnen.

1995 verkauft die Stadt die Häuser für rund zwei Millionen Mark an die eigens zu diesem Zweck gegründete Genossenschaft »Alternativen am Elbufer«.

Der lange Kampf an der Hafenstraße ist beendet und Alfred Bergmann schaut in die Röhre. Verdammt! Er hat es schon immer gewusst: Sozi bleibt Sozi! Einer wie der andere. Die taugen alle nichts!

Kapitel 19

»Überleg noch mal, ob das so richtig ist, Ole«, sagt Maja Voss und zeigt kurz auf eine Stelle im Schulheft des Siebenjährigen. Als es an der Wohnungstür klingelt, steht sie auf und eilt durch den langen Flur. Nanu, denkt sie auf dem Weg, hat die *Eule* heute geschlossen oder wieso kommen die Bertrams schon wieder zurück? Mama wird's nicht sein, die hat einen Schlüssel.

Wiebke Voss hat ihre Tochter gebeten, das Abendessen für sie beide und die Bertram-Kinder vorzubereiten, weil die Kleinen wieder einmal allein zu Hause sind. Sie selbst würde ungefähr gegen halb sieben da sein. Die Eltern der beiden Kinder treffen sich mit ihrer Skatrunde in der *Eule*, wo sie mit Hingabe reizen und stechen und aller Erfahrung nach nicht vor Mitternacht zu Hause eintreffen werden.

Maja erreicht die Tür, als es ein zweites Mal läutet. Wer hat es denn da so eilig?, denkt die Sechzehnjährige, schaut durch den Spion und erblickt drei Männer, die ihr unbekannt erscheinen. Vorsichtig öffnet das Mädchen. »Ja, bitte?«

»Na, endlich mal jemand zu Hause. Guten Tag, junge Dame«, grüßt ein großer Mann in einem blauen Anzug. »Ist ... äh ... ist deine Mutter wohl da?«

»Die kommt bald. Was kann ich für Sie tun?« Ihr Blick fällt auf die zwei anderen Männer. Obwohl der eine von ihnen etwas im Schatten der Flurbeleuchtung seht, erkennt Maja ihn sofort wieder. Bevor sie etwas sagen kann, spricht der große: »Oh! Welch ein wohlerzogenes Kind! Das lob ich mir. Es tut mir leid, dass wir so unangemeldet ...«

»Vati?« Das Mädchen hat die Augen nicht von dem Mann im

Schatten gelassen. Vier Jahre, denkt es. Ja, ich war zwölf. Vier Jahre ist es her.

»Maja?«, bekommt es zur Antwort. Die Überraschung steht dem Mann ins Gesicht geschrieben. »Was machst du denn hier?«

Seine Begleiter wechseln ratlose Blicke zwischen Vater und Tochter hin und her.

Maja Voss hat ihre Verblüffung schnell überwunden. »Ich wohne hier.«

»Was? Seit wann das denn?«

»Anderthalb Jahre. Ungefähr.«

»Aber …« Frank Forster wird seiner Verwirrung kaum Herr. Er schaut noch einmal auf das Türschild. Dann versteht er. »Was ist denn mit eurer Wohnung in … bist du ausgezogen?«

Maja weiß immer noch nicht, warum ihr Vater mit den zwei anderen Gestalten vor der Tür steht, hat sich jetzt aber im Griff. »Nö. Um.«

Es dauert, bis Forster begreift. »Was? Wieso weiß ich denn das nicht?«

»Ich schätze«, antwortet sie, »das ist nicht das Einzige, was du nicht weißt.«

»Äh … ist deine Mutter nicht da?«

»Ich glaube, die Frage hab ich heute schon mal gehört.«

In Forsters Hirn summt es jetzt wie in einem Wespennest. Langsam versteht er, was vor sich geht und welche Auswirkung das auf ihn hat. Verdammt, denkt er, verdammt! Das könnte … das *wird* teuer werden! Nicht nur den Unterhalt für seine Tochter muss er bestreiten. Bei der Scheidung haben sie sich darauf verständigt – *verständigt* ist gut!, denkt er, diese verfluchte Richterin! – dass der Schuldige, also er, neben dem Unterhalt auch noch die Hälfte ihrer Mietzahlung übernimmt.

Und das alles für zehn Minuten Spaß an der Freude. Musste Erika, diese Plaudertasche, gerade in dem Moment in die Wohnung kommen? Warum muss eine Schwiegermutter auch einen eigenen Schlüssel haben? Als sie kreischend in der Schlafzimmertür stand, zog sich bei ihm alles zusammen. Sein Magen und auch sonst so einiges.

Wiebke hatte ihm später in ihrem mitunter seltsamen Humor vorgeworfen: *Warum gehst du nicht fremd wie jeder normale Mann und vögelst deine Sekretärin im Büro? Und wieso muss es ausgerechnet Melanie sein, diese dumme Nuss? In meiner Wohnung!* Meiner, hatte sie wörtlich gesagt.

Überhaupt – warum hatte sie alles so souverän weggesteckt? War sie sexuell umgeschwenkt? Er hatte doch gemerkt, dass der Scheidungsrichterin fast die Augen aus den Höhlen gefallen waren, als Wiebke, im kürzesten Rock, den ihre Garderobe hergab, den Weg zum Zeugenstand mit wiegendem Hüftschwung hinter sich legte. Auf ihren makellosen Beinen. Die Frau hatte ihr doch aus der Hand gefressen!

Zu spät!, denkt Forster. Aus der Nummer komme ich nicht wieder raus. – Ausgerechnet in dieses Haus zieht sie ein! Was für ein vermaledeiter Zufall!

Zornesröte steigt in sein Gesicht. Na, klar! Wiebke kann es sich leisten. 120 Quadratmeter, davon die Hälfte auf seine Kosten. Zum Glück ist die Hütte preisgünstig. Vielleicht, denkt er, sollte ich mal ab und zu auf meine Kontoauszüge schauen. Die Ratenzahlung für den *Lamborati Gran Sportivo* ist womöglich nicht der einzige schwerwiegende Posten. (Zum Glück gabs einen gehörigen Preisnachlass, weil sie beim Lackieren Mist gebaut hatten. Blassgelb! Ein Lamborati GSP! Limitierte Auflage! Und dann so eine scheiß Farbe!)

Aber die Wohnung kaufen wird sie nicht. Oder? Der ist alles zuzutrauen!

»Ich möchte ja nicht stören«, sagt der Mann im blauen Anzug. »Wenn ich das richtig verfolgt habe, erleben wir hier das Wiedersehen eines Vaters mit seiner Tochter, richtig? Das freut mich sehr, aber wir sollten vielleicht den Zweck unseres Besuches nicht aus den Augen verlieren.«

Der dritte Mann vor der Tür, der einen sympathischen Eindruck auf Maja macht, wendet sich an sie. »Du sagtest, deine Mutter käme bald.« Er schaut zur Uhr. »Wir würden gern so lange warten. Ist das okay für dich? – Übrigens, mein Name ist Martin Schombach. Ich arbeite bei der Firma *Wohntraum* und bin ein Kollege deines Vaters. Und der Herr dort heißt Manfred Wasmuth.«

»Ich bin der Sohn des Besitzers ... äh ... verstorbenen Besitzers dieses Hauses.«

»Mein Beileid«, sagt Maja und wendet sich an den Sympathischen. »Dann ist mein Vater nicht mehr bei *Müller und Söhne*?«

Um ein Haar hätte Schombach laut herausgelacht. So ein Früchtchen!

»Tu nicht so!«, knurrt der Übergangene verärgert. »*Moritz und Partner*. Das weißt du ganz genau.«

Maja zuckt nur mit den Achseln. »Ist halt lange her. – Wie spät ist es?«, fragt sie Forsters Kollegen.

»Zwanzig nach sechs.«

»Dann sollte Mama in gut zehn Minuten da sein. Wollen Sie mir nicht schon mal sagen, warum Sie hier sind?« Das Mädchen vermeidet den Blickkontakt mit ihrem Vater.

Clever, die Kleine, denkt Schombach. Spielt die Ahnungslose. Und sehr selbstbewusst. *Das* jedenfalls dürfte sie von Frank haben.

Die Männer wechseln einen kurzen Blick. »Das würden wir gern mit deiner Mutter besprechen«, lächelt Wasmuth. Er hebt entschuldigend die Hände. »Nur, damit wir nicht alles zweimal erzählen müssen. Einverstanden?«

Maja zuckt mit den Achseln. »Wenn Sie meinen.«

»Sag mal ...«, beginnt Martin Schombach. Da Frank Forster immer noch den Beleidigten spielt, beschränkt sich das Gespräch im Moment auf drei Teilnehmer. »... in der untersten Etage wohnen ein Doktor Cohen und eine Frau Grabert.« Er sieht auf einen kleinen Zettel. »Hermine Grabert. Wir haben bei beiden geklin...«

»Der Doc ist noch in der Praxis ...«, fällt ihm Maja Forster ins Wort, »... und Frau Grabert, schätze ich, ist beim Einkaufen.«

Die Besucher sehen sich an. Alle grinsen verschämt, auch der Vater des Mädchens.

»Ist sie nicht.« Zum ersten Mal spricht Frank Forster wieder. Er hat sich mittlerweile vom Schrecken erholt, seine Verflossene und die gemeinsame Tochter ausgerechnet in diesem Haus wiedersehen zu müssen und ist entschlossen, das Beste aus der Situation zu machen. Es gibt immer Wege, denkt er, ich habe schon ganz andere Probleme gemeistert. »Sie hat kurz geöffnet, gesagt: *Ich kaufe nix!* und die Tür wieder zu gedonnert. Dabei hat sie vorher den Haustüröffner betätigt.«

Maja lacht. »Das macht sie täglich. Da musst du dir nichts bei denken.«

»Und im Stockwerk drüber war auch niemand«, klagt Forster.

»Gut, mit dem Anwalt hatte ich noch telefoniert. Der ist bei einem Klienten.«

Schombach ergänzt: »Und die Herren Szepanek und Waller sind auch nicht ...«

»Die sind im *Erastos*«, kommt es wie aus der Pistole geschossen. »Ihr Restaurant.« Sie zeigt in eine ungefähre Richtung. Gut ist, denkt Maja in dieser Sekunde, dass Herr Meyer uns auf diesen Fall vorbereitet hat. Schlecht ist, dass die Typen ausgerechnet mich an den Wickel kriegen. »Sie brauchen 's auch bei Herrn Jablonski nicht versuchen. Der ist Koch in dem Restaurant.«

Mit leicht angesäuerter Miene dreht sich Wasmuth zu seinen Begleitern um. »Ich habe Ihnen gleich gesagt: Wir hätten uns anmelden sollen.«

Forster lacht kurz auf. »Dann wären wir auch nicht erfolgreicher gewesen. Ganz und gar nicht. Die Leute hier scheinen ...« Sie hören, wie unten die Haustür zufällt.

»Das wird Mama sein«, sagt Maja. Sie warten ab, hören erschöpfte Schritte auf der Treppe. Wiebke Voss scheint einen langen Arbeitstag hinter sich zu haben.

»Ich könnte mir vorstellen, dass der eine oder andere hier sich über einen Fahrstuhl freuen würde«, sagt Frank Forster.

Die Schritte brechen ab. »Hallo?«, erklingt eine überraschte Stimme von unten.

»Besuch, Mama!«, ruft die Tochter zurück.

Wiebke geht weiter. Sie schaut an der letzten Biegung der Treppe hinauf. »Guten Abend.« Als sie ihren Ex-Mann erkennt, schreckt sie zusammen. »Frank?«

»Hallo, Wiebke.«

Sie erklimmt die letzten Stufen, stellt mehrere Taschen ab und bleibt schwer atmend stehen. Wortlos sieht sie die anderen Männer an, die höflich grüßen.

»Entschuldigen Sie, dass wir hier so formlos hereinplatzen«, sagt Wasmuth. »Aber es geht um den … äh … den geplanten Verkauf des Hauses. Sie sind ja bereits informiert, hat man mir gesagt.«

»Wir haben ein Schreiben der Maklerfirma bekommen, ja.«

»Wir würden gern mit Ihnen …«, ergänzt Schombach.

»Wieso hast du nichts gesagt?« Frank Forster hat vergessen, dass er eigentlich eine andere Strategie verfolgen wollte. Seine Worte klingen mehr aggressiv als vorwurfsvoll.

»Wozu gesagt?«

Herrgott!, denkt er. Da haben wir es wieder. Das kann sie so gut! Sich dumm stellen gehört mit zu ihren herausragenden Merkmalen. Wie ihre Tochter. »Wieso wohnst du hier, Wiebke? Warum?«

Maja fährt ihm in die Parade. »Wollt ihr das hier vor der Tür ausdiskutieren?«, sagt sie lässig. »Dann geh ich schon mal essen. Deins stell ich warm, Mama.«

Schombach lächelt. Ganz schön cool, die Kleine, denkt er.

»Sagen Sie das noch einmal, bitte.« Wiebke Voss schüttelt den Kopf. »Das ist ja ein Bandwurmwort.«

»Gern«, antwortet Martin Schombach geduldig. »Vorkaufsrechtsverzichtserklärung.«

»Und was heißt das genau?«

»Das kannst du dir doch wohl denken«, schnaubt Frank Forster. »Ich nehme stark an, dass niemand in diesem Haus … äh … daran denkt, seine Wohnung zu kaufen. Um das verbindlich zu erklären, brauchen wir es schriftlich. Du verzichtest auf dein gesetzliches Vorkaufsrecht und unterschreibst eine entsprechende Erklärung. Ist das so schwer?«

Es ist Wiebke alles andere als recht, dass diese Typen in ihrem Wohnzimmer sitzen und sie fortwährend anstarren. Aasgeier!, denkt sie.

Natürlich war es ihr Ex, der darauf bestanden hat, zu bleiben. Er kommt ihr ziemlich geladen vor, und das jedenfalls gönnt sie ihm von Herzen. Selbst schuld, Mann! Natürlich hat sie sich zusammenreimen können, warum Frank so aggressiv ist. Es ist wohl der Job, der ihn so hat werden lassen, denkt sie. Kennengelernt hat sie ihn anders.

»Damit ihr das Haus schneller verkaufen könnt, richtig?« Sie sieht Schombach an.

Der schaut ihr kurz in die Augen und nickt zögernd. »Es tut mir leid, Ihnen als Betroffene …«

»Das muss Ihnen nicht leidtun«, schüttelt Wiebke Voss den Kopf. Ihre ernste Miene weicht einem verschmitzten Lächeln. »Ich schätze, ich werde kaufen«, wobei sie ihren Blick auf Frank richtet.

Binnen Sekunden setzt der Makler ein wutentbranntes Gesicht auf. »Das wirst du nicht!!«, poltert er. »Das wirst du ganz und gar nicht!«

»Wer will mich daran hindern? Du?«

»Langsam, Herr Forster!« Manfred Wasmuth hebt beschwichtigend die Hand. »Sie sagten selbst, dass Ihre Frau …«

»Sie ist nicht meine Frau!«, faucht er wütend. »Das war sie mal! Heute hält sie nur noch die Hand auf.«

»Alles okay, Mama?« Forsters Gebrüll hat Maja aus der Küche geholt, wo sie mit den Kindern Spaghetti isst. Sie ist total sauer auf ihren Vater, weil der ihre hungrige Mutter vom Essen abhält.

»Hört mal!«, sagt sie zu den Männern, »Meine Mutter ist platt nach dem langen Arbeitstag. Sie möchte gern …« Aber nicht mal ein forsch auftretender Teenager schafft es, seinem Vater ein Mindestmaß an Respekt abzuringen. Der ist jetzt in seinem Element und spuckt Gift und Galle. Es ist ihm auch egal, seine Begleiter in etwas hineinzuziehen, was sie nichts angeht und auch kaum interessieren dürfte. Manfred Wasmuth allerdings ist erstaunt, den sonst so höflichen Makler von einer unangenehmen Seite kennenlernen zu müssen.

»Deine Mutter wird ihren Hunger noch ein paar Minuten bändigen müssen«, fährt der seine Tochter an. »Ich habe noch was mit ihr zu klären.« Er wendet sich an seine Ex-Frau. »Hör zu, Wiebke! Du wirst mir nicht auf der Nase herumtanzen! Du wirst diesen Wisch da unterschreiben und in Kürze hier ausziehen. Haben wir uns verstanden? Ich lasse mir dieses Geschäft von dir nicht kaputt machen, klar?«

Forsters Aggressivität lässt die Anwesenden verstummen.

Wiebke Voss atmet tief durch und sagt ganz ruhig: »Das liegt an dir. Wir müssen nicht in einer Wohnung bleiben, die viel zu groß für uns ist. Besorge uns eine gute Unterkunft und du bist uns los.«

Staunend sieht ihr geschiedener Mann sie an. »Ach? Auf einmal? Warum bist du überhaupt hier eingezogen, wenn die Wohnung doch zu groß ist? Die andere war doch sehr hübsch und geeignet für zwei.« Er wirkt jetzt etwas ruhiger.

»Ja, das war sie. Mein Vermieter hat mir allerdings wegen Eigenbedarf gekündigt. – Ihr Vater ...«, sie wendet sich an Wasmuth, »... war so freundlich, mir diese Wohnung zu überlassen. Er war ein sehr liebenswürdiger und sozialer Mensch.«

»Woher kannten Sie ihn?«, fragt der Sohn des verstorbenen Immobilienbesitzers.

»Er war Patient in meiner damaligen Praxis. Ein sehr freundlicher Mann. Nichts hat darauf hingedeutet ... woran ist er gestorben?«

»Er hatte vor vielen Jahren Hodenkrebs, der eigentlich geheilt war. Vor zwei Jahren ist er wiedergekommen. Wir waren auch überrascht.«

»Oh! Das tut mir leid.«

»Was meinst du mit *damalige* Praxis?«, fragt Forster. »Hast du die nicht mehr? Ach, ich verstehe! Du hast es nicht mehr nötig, richtig? Dein Ex zahlt ja alles.«

Wiebke schaut ihn an und ihre Augen werden tränenfeucht. Maja setzt neben sie und schlingt ihren Arm um die Schultern der Mutter. Dabei sieht sie ihren Vater kopfschüttelnd an.

»Mit meiner Praxis war es dasselbe wie mit dieser Wohnung«, erklärt Wiebke Voss mit bitterer Stimme. »Sie war zu groß. Deshalb ist sie an ein Ärztekonsortium verkauft worden. Eine andere habe ich zu einem vernünftigen Preis nicht gefunden. So wenig wie eine kleinere Wohnung. Die sind alle viel zu teuer.« Forster merkt, wie in ihren feuchten Augen ganz kurz der Schalk blitzt.

Frank Forster sieht sie lange an und es ist zu merken, dass er mit sich kämpft. Flunkert sie, oder … »Und was machst du jetzt?«

»Ich bin Stationsärztin im UKE. In einer Station, wo ich es den lieben langen Tag mit Corona-Patienten zu tun hatte. Und Kollegen, die sich täglich ansteckten. Ständig unterbesetzt. Ein harter Job. Trotzdem, ich mag ihn. In letzter Zeit ist die Lage etwas entspannter.« Forster ist klug genug, ihr an dieser Stelle nicht ins Wort zu fallen. Ihm ist klar, dass Wiebke die ungeschminkte Wahrheit erzählt. »Trotzdem bin ich im Moment kaum zu Hause und habe das Glück, eine Tochter zu haben, die den Haushalt schmeißt und sich nebenher noch um Nachbarskinder kümmert.«

»Wieso eigentlich? Die haben doch selbst Eltern, oder?«

Wiebke tauscht einen kurzen Blick mit Maja. »Die sind … die müssen auch viel arbeiten.«

Jetzt lügt sie, merkt Forster, bohrt aber nicht weiter. Er sieht hinüber in die Küche, wo die beiden Kleinen in ihren Tellern rühren. Der Junge hält dabei den Kopf in die Hand gestützt.

Woher er die plötzliche Eingebung hat, wird Frank Forster später nicht mehr sagen können. Aber er rühmt sich gern selbst für seinen untrüglichen Instinkt. »Ob ich mir wohl ein Glas Wasser nehmen kann?«, fragt er seine Ex-Frau. Die nickt müde, fragt aber: »Sonst noch jemand?« Wasmuth und Schombach lehnen dankend ab. »Gläser sind im Schrank über dem Herd, Frank. Eine Flasche Wasser steht …«

»… neben der Spüle. Mit wenig Kohlensäure. Ich weiß.« Zum ersten Mal an diesem Abend bringt er Wiebke gegenüber ein Lächeln zustande.

»Wir werden Sie nicht mehr lange aufhalten«, sagt Wasmuth und sieht Forster hinterher, der in die Küche geht. »Lassen Sie sich die Sache einfach mal durch den Kopf gehen«, rät er Wiebke. »Ich bin sicher, Ihr Geschiedener kann Ihnen helfen.«

»Wir haben das eine oder andere Objekt im Bestand«, ergänzt Schombach, hebt dann die Achseln. »Ob etwas für Sie dabei ist, kann ich allerdings nicht sagen. Sie wissen – die gegenwärtige Situation auf dem Wohnungsmarkt … wenn man die Politik so hört, nicht? 400 000 Wohnungen wollte die Regierung bauen, und was ist? Mit Mühe zwanzig sind's geworden. Es ist für uns …«

Frank Forster hört die Worte seines Freundes und Kollegen auf dem Weg in die Küche leiser werden. Er geht am Tisch mit den essenden Kindern vorbei. »Hallo. Guten Appetit.« Das Mädchen bedankt sich artig, der Junge sieht ihn mit rot verschmiertem Mund an.

Forster lächelt. »Na, euch scheint es zu schmecken.« Er beugt sich vor und fährt leise fort: »Besser als zu Hause, was?«

Die Kinder werfen ihm einen verschmitzten Blick zu, sagen aber nichts.

Forster geht zum Herd, holt ein Glas aus dem Schrank und schenkt sich Wasser ein. »Eure Eltern sind auf der Arbeit und lassen euch ganz allein?«

»Nein«, antwortet das Mädchen. »Die sind beim Kartenspielen in der *Eule*. Aber Maja macht uns gern was zu essen.« Sie schlürft die letzten Nudeln vom Teller, macht das so geschickt, dass ihr Mund sauber bleibt. »Ist ja auch nur donnerstags.«

»Und am Sonnabend«, ergänzt ihr Bruder eifrig.

»An den anderen Tagen kocht unsere Mama. Burger und so«, sagt die Kleine.

»Burger«, nickt Forster. »So, so. Wie heißt ihr denn?«

»Ich heiße Svenja, und mein Bruder heißt Ole.«

»Und außer euch und Maja – gibt's noch mehr Kinder im Haus?«

»Nur die von Herrn Korkmaz über uns. Fünf Mädchen. Alles Türken«, antwortet Svenja.

Oha, denkt Frank Forster. Das auch noch. »Und ihr mögt keine Türken.«

»Doch. Aber bis auf Yonca sind die zu alt für uns. Und die daddeln den ganzen Tag nur aufm Smartphone«, klagt das Mädchen.

»Hoffentlich sind die Neuen nachher besser«, sagt Ole. »Die Ukrainer, die hier einziehen.«

»Ole!!« Svenja fährt ihren Bruder scharf an und schlägt ihm

auf den Arm, sodass sich weitere Soßenspritzer in sein Gesicht gesellen.

Forster, der gerade trinkt, muss aufpassen, dass er sich nicht verschluckt. Er braucht einige Sekunden, um die Nachricht zu verdauen. Dann fängt er sich und lächelt. »Ach ja. Die Ukrainer. Richtig.«

»Du weißt das?«, staunt Svenja.

Er nickt. »Aber ja.« Er zeigt Richtung Wohnzimmer, wo noch diskutiert wird. »Hier ist ja auch reichlich Platz.«

»Hier doch nicht«, lacht Svenja. »Im Keller. Und auf dem Boden. Wird alles neu gebaut.«

Ihr Bruder nickt. »Die sind bald fertig, sagt Vati.«

Schau, schau, denkt Forster. Das ändert einiges. »Na, wunderbar!«, lächelt er. »Ich lass euch jetzt mal allein.« Er nimmt sein Glas in die Hand und geht Richtung Wohnzimmer. Dann dreht er sich noch einmal um. »Spült ihr gleich noch euer Geschirr ab? Das muss Maja nicht auch noch machen, oder?«

Er erntet verständnislose Blicke der Kinder.

Kapitel 20

»Willi Okonyo und Freundin waren natürlich gerade in ihrem Striplokal beschäftigt, Korkmaz und Frau unabkömmlich in ihrem Laden.« Frank Forster verzieht sein Gesicht zu einem höhnischen Grinsen.

»Und Hausmeister Knupper hatte zu dieser Zeit überraschend Kundschaft in seiner Klitsche«, lächelt Martin Schombach. »Das passiert ihm nicht so oft, habe ich gehört.«

»Das heißt, die Aktion mit der Verzichtserklärung war ein Schlag ins Wasser«, resümiert Alfred Bergmann. Mühsam erhebt er sich aus seinem Bürostuhl und geht zu einem kleinen Beistelltisch in der Ecke des Konferenzraumes. Dort schenkt er sich einen Cognac ein. »Und was ist das für eine Geschichte mit diesen Ukrainern?«

»Nach allem, was mir meine Ex erzählt hat, ist das Sozialamt an die Mieter herangetreten, ob sie nicht Platz für Flüchtlinge hätten«, erklärt Forster.

»An die Mieter? Wäre nicht dieser Wasmuth der erste Ansprechpartner?«, fragt Bergmann zweifelnd. »Dem gehört das Haus schließlich noch.«

»Ja«, nickt Forster. »Immer noch! Und wenn wir nicht auf die Tube drücken, wird sich daran nichts ändern.«

»Wie meinen Sie das?«

»Leider konnte ich nicht verhindern, dass er unserem Gespräch lauschte und auf einmal hellhörig wurde.« Frank Forster räuspert sich. »Bisher konnte die Erbengemeinschaft das Haus nicht schnell genug loswerden, aber inzwischen ändern sich die Vorzeichen. Der Senat zahlt einen ganzen Batzen an Leute, die Unterkünfte zur Verfügung stellen.«

Bergmann winkt lässig ab. »Richtig. Wie immer eine Sache des Geldes.« Er breitet die Arme aus. »Dann werden wir den Wasmuths eben ein verbessertes Angebot machen.« Er kichert und versucht sich an einer heiseren Parodie. »Eines, das sie nicht ausschlagen können.« Mit normaler Stimme fährt er fort: »Der bisherige Preis ist ja eine Lachnummer. Wir kommen immer noch auf unsere Kosten.«

»Das Problem sind die Umbauten unterm Dach und im Keller«, flicht Martin Schombach ein. »Wenn die professionell ausgeführt worden sind, ist neuer Wohnraum entstanden, und ich könnte mir vorstellen, dass Wasmuth das in den Preis mit einfließen lässt.«

Bergmann sieht die Makler nachdenklich an. »Dann müssen wir mit härteren Bandagen vorgehen. Ich denke, die Umbauten sind ohne baurechtliche Genehmigungen vorgenommen worden, oder? Da werden wir …«

»Vergessen Sie's!«, seufzt Forster. »Wenn's um die armen Flüchtlinge aus der Kriegsregion Ukraine geht, zieht sogar die Bürokratie den Kürzeren. Da geht die Regierung über Leichen.«

Bergmann überlegt. Er ist hin und her gerissen. Von dem Immobilienhai, der er in früheren Zeiten mal war, ist seit den aufreibenden Jahren mit der Hafenstrasse nicht mehr viel übriggeblieben. Er hält sich zugute, inzwischen eine gesunde Balance zwischen dem knallharten Geschäft mit Wohnobjekten und sozialverträglichen Verkaufsabschlüssen hinbekommen zu haben und sich nicht mehr als Außenseiter in dieser Branche fühlen zu müssen.

Auf der anderen Seite: Er ist immer noch Geschäftsführer dieser Firma und gedenkt, diese Funktion weiterhin zu bekleiden. Keineswegs möchte er Leuten wie Frank Forster das Feld überlassen, will an der Spitze bleiben, solange seine Gesundheit es zulässt.

Außerdem: Die Aussicht, ein solch begehrtes Objekt wie das in der Mansteinstraße zu erwerben, mit der Vorgeschichte, die ihn und das Haus verbindet – er muss das Gebäude in seine Hände bekommen! Er muss einfach!

Trotzdem. Nicht er ist es, der eine neue Idee in den Raum wirft. Ausgerechnet Martin Schombach, der bedächtige Mitarbeiter, auf den Bergmann, der neue Bergmann, so viel gibt, ausgerechnet Schombach kommt dieser Satz, vielleicht etwas unbedacht, mehr so hingeworfen, über die Lippen:

»Und wenn man diese armen Flüchtlinge gar nicht erst einziehen lässt?«

Sekunden, Augenblicke, die sich zu Minuten auswachsen, herrscht Stille im Raum. Jeder der drei Männer greift jetzt diesen Gedanken auf, der ganz unvermittelt in eine neue Richtung weist.

»Wie meinen Sie das genau?« Es ist mehr ein heiseres Flüstern, das Bergmann von sich gibt.

Frank Forster hält sich nicht damit auf, wie sein Freund Schombach seine Bemerkung wohl gemeint haben könnte. Sofort packt er die Idee beim Kragen. Treffer!, denkt er. Das ist es! Die Leute dürfen gar nicht erst ins Haus.

Martin Schombach ist auf einmal selbst erschreckt über seinen Gedanken und versucht jetzt, der Bemerkung die Schärfe zu nehmen. Sie klang, denkt er, etwas hartherzig. »Ich glaube … überlegen wir doch mal … ich meine, es wird kaum eines schönen Tages an der Tür des Hauses klingeln: Hallo, wir kommen aus Kiew. Habt ihr nicht einen Platz für uns?« Er ist erleichtert, dass ihm eine doch eher menschlich anmutende Wendung gelingt. »Es wird wohl vielmehr so sein, dass das Sozialamt Herrn Wasmuth die Leute zuweist, oder? Es existieren bestimmt schon Namenslisten mit den Personen, die für die Mansteinstraße vorgesehen sind.«

»Und dann?«, fragt Bergmann interessiert, denn Schombachs Ideen fallen bei ihm gern auf fruchtbaren Boden.

»Ich habe erfahren«, erklärt der Makler, »dass die soziale Einrichtung *Hausen und Schmausen* in einem früheren Seniorenheim in der Hagenbeckstraße, ebenfalls in Eimsbüttel, noch freie Plätze vorrätig hat.« Er lächelt. »Wir haben doch unseren Mann im Senat. Vielleicht kann der mal seine Beziehungen zur Behörde spielen lassen.«

Bergmann und Forster sehen sich überrascht an. Mit so einem Einfall seines Freundes hat Frank Forster nicht gerechnet. Auch Bergmann zeigt sich angetan. »Glänzende Idee, Schombach! Aber … verraten Sie mir eines: Warum sollten die Flüchtlinge nicht für ein Weilchen in dem Haus Unterschlupf finden?«

»Weil, Herr Bergmann, dieser Krieg nicht so schnell zu Ende sein wird. Putin wird nicht eher Ruhe geben, bis die ganze Ukraine in seine Hände gefallen ist. Und: Nehmen wir dann mal an, Herr Wasmuth verkauft tatsächlich an uns – ich befürchte, es gibt kein gutes Bild ab, wenn wir die Wohnungen in Luxusappartements umwandeln, während irgendwo in Hamburg verzweifelte Menschen warten, dass sie endlich wieder zu ihren Liebsten dürfen.«

Bergmann wirft einen wohlgefälligen Blick auf seinen Angestellten. Großartig, der Mann. Klug, weitsichtig. Ich habe es immer gewusst, denkt der Geschäftsführer der Firma *Wohntraum*, Schombach hat das Zeug, mein Nachfolger zu werden. Später. Irgendwann. Nur nicht heute.

Kapitel 21

Zuerst der Luxus, dann die Moral – wie Hamburger Immobilienbesitzer Flüchtlingsunterkünfte verhindern.

Schon ein flüchtiger Blick auf die ersten Zeilen des Artikels überzeugt Hanno Meyer, mit Famke Heinrich eine gute Wahl getroffen zu haben.

Sie ist so schnell, dass er sich nur wundern kann. Trotz ... na ja ... gewisser Umstände. Sie hat nichts von ihrem Elan eingebüßt, schreibt mit beißender Schärfe, wobei der Leser nie das Gefühl hat, sie hätte schlampig oder übereifrig agiert, die Klarheit ihrer Worte zeugt von sauberen Recherchen.

Und Meyer merkt wieder, über welch einen Reichtum an Hintergrundwissen sie verfügt, was für einen großen Fundus an Informationen und Informanten sie sich im Laufe ihres Arbeitslebens zugelegt hat.

Wütende Reaktionen diverser Hausbesitzer und Investoren stapeln sich während der nächsten Tage auf Heinrichs Schreibtisch, die davon allerdings vollkommen unbeeindruckt bleibt. Die sozialen Netzwerke sind voll von Beleidigungen und Schmähungen, ein deutlicher Hinweis, dass sie in der Sache ins Schwarze getroffen hat.

Auch Hanno Meyer erhält ein erbostes Schreiben, als einziger außerhalb des *Blick*-Verlags.

Frank Forster, der dem Anwalt seit seiner ersten Intervention bei *Wohntraum* bekannt ist, bezichtigt ihn als Urheber der, wie er schreibt, Schmutzkampagne.

Wie kommt er darauf?, grinst Meyer und erfährt von Forster, dass seitens des Senats freie Plätze in einem früheren Seniorenheim frei gehalten worden seien, extra zum Zweck, die avisierten Ukrainer dort einzuquartieren.

Auch Wasmuth als Mitbesitzer der Immobilie in der Mansteinstraße sei erbost über bauliche und andere Maßnahmen.

Was den allgemeinen Tenor in der Berichterstattung des *Blick* betreffe, kommentiere man diesen nicht, behalte sich aber im Hinblick auf das Wasmuth-Haus rechtliche Schritte vor. Ein Kollege Meyers würde sich in Kürze bei ihm melden.

Sofort ruft Hanno Meyer bei Famke Heinrich an, bedankt sich und lobt ihren Artikel in höchsten Tönen.

Zu seinem Erstaunen warnt sie ihn ausdrücklich vor Forster. Der sei ein durchtriebener Zeitgenosse, schließlich sei Alfred Bergmann sein Lehrmeister gewesen. Während ihres Treffens in seiner Wohnung hatte Meyer Famke Heinrich von seinen Begegnungen mit dem damals in der Szene verhassten Makler erzählt.

Drei Tage später zeigt sich, wie treffend die Warnung war. Ein Hamburger Amtsgericht übersendet Meyer ein Unterlassungsurteil für die Baumaßnahmen, die der *Wohntraum*-Anwalt dort erwirkt hat. Bei Zuwiderhandlung drohe der Mietervereinigung, für die Meyer jetzt offiziell die Rechtsgeschäfte führt, ein hohes Bußgeld.

Umgehend ruft Meyer Manfred Wasmuth an und erkundigt sich nach dem Stand der Dinge. Er erhält die Antwort, dass sich Wasmuth mit seinen Geschwistern beratschlagt und man die Vertragsunterschrift in Anbetracht der Lage noch nicht geleistet habe.

Tja, Forster, da bist du etwas übereifrig, denkt Meyer und ficht das Urteil im Schnellverfahren erfolgreich an. Er weiß aber auch, dass er nur eine Galgenfrist erwirkt hat.

Sofort trommelt er die Nachbarn zusammen und macht ihnen die Lage unmissverständlich klar. Das Treffen, das im *Erastos* stattfindet, wird später durch einen Zufall zum Wendepunkt in der, wie Restaurantbetreiber Dankwart Waller sie später flachsend nennt, *zivilen Spezialoperation*. Schließlich führe man keinen wirklichen Krieg gegen andere. Dabei erwähnt er ganz nebenbei, dass ihm als überzeugtem Pazifisten jeder Gedanke an militärische Auseinandersetzungen, Aufrüstung und so weiter fremd sei. Er sei sich bewusst, dass er in der gegenwärtigen Situation im Osten Europas zu einer Minderheit gehöre. Trotzdem.

Die hausinterne *Zeitenwende* beginnt mit Weinflaschen. Leeren Weinflaschen. Die Mieterinnen und Mieter des weißen Gebäudes an der Mansteinstraße sind nach ihrer ersten Euphorie auf den Boden der Tatsachen zurückgekehrt und betäuben ihren Frust mit größeren Mengen an Rebensaft. Als die bereitgestellten Vorräte zur Neige zu gehen drohen, beruhigt Torsten Szepanek die Gesellschaft, man könne natürlich aus dem Keller für Nachschub sorgen.

Wenige Minuten später steht ein lächelnder Wirt in der zum Gastraum hin offenen Küche, ruft: »Achtung!«, und zeigt auf eine metallene Tür in der Wand, hinter der es vernehmlich klirrt und scheppert. Szepanek wartet das Ende der Geräusche ab und zieht die beiden Flügel der Tür auseinander. Dort erblickt die begeisterte Mietergemeinschaft vier Kartons mit Weinflaschen, zwei mit Weiß-, zwei mit Rotwein.

Von einem langgezogenen »Aaaahh!!« der Anwesenden begleitet, räumt Szepanek die Ware aus und stellt sie in die Durchreiche.

In den erwartungsfrohen Tumult hinein ruft, nein, schreit plötzlich jemand: »Das ist es! Genau das ist es!!« Ralf Bertram ist aufgesprungen und zeigt auf den kleinen Versorgungslift in der Küche. »So was brauchen wir! Einen Fahrstuhl!«

Umgehend kehrt Ruhe ein und die Beteiligten schauen den Nachbarn aus dem dritten Obergeschoss rechts fragend an.

Ansgar Jablonski ist der erste, der sich vom Schrecken erholt. »Einen Lift? Spinnst du, Ralf? *(Es sei an dieser Stelle erwähnt, dass die Zusammenarbeit während der Umbaumaßnahmen zu einem Kulturwandel im Haus geführt hat, der das Duzen zum Normalfall auf allen Etagen hat werden lassen. Mit wenigen Ausnahmen.)* Das hatten wir doch schon! Ich dachte, wir hätten uns hier versammelt, um genau das zu verhindern. Ich will keine Luxusmoder…«

»Nein, nein, nein!« Vor lauter Aufregung bleibt Bertram stehen. »Ganz anders! Hört zu, Freunde! Vielleicht erinnert sich der eine oder andere: 2018 ist ein Hamburger Doktorand in einer alten Publikation auf einen Bauplan gestoßen – für einen *Paternoster*!« Er greift zum Glas, muss aber feststellen, dass es leer ist. Sofort eilt Dankwart Waller herbei und schenkt ein. »Danke, mein Lieber! – Und der wurde 1908 ins Flüggerhaus eingebaut, am Rödingsmarkt. Ja, hier in Hamburg, Leute! Und gilt jetzt als der älteste Paternoster der Welt.«

»Hab ich gelesen, ja.« Jablonski bleibt skeptisch. »Und?«

»Dieser Paternoster wurde vom Denkmalamt sofort unter besonderen Schutz gestellt. Das heißt, am Gebäude darf nichts mehr verändert werden.«

»Einwand, Ralf.« Willi Okonyo hebt die Hand. »Ich habe einen Artikel im *Abendblatt* darüber gelesen. Das Flüggerhaus ist ein Kontorhaus, sprich ein gewerbliches Gebäude, in dem es ausschließlich Büroräume gibt. Ich ahne ja, was du beabsichtigst. Aber ich habe noch nie von einem Wohnhaus gehört, durch das ein Paternoster läuft.«

»Das ist richtig«, grinst Bertram. »Aber das ist dem Denkmalschutzamt bestimmt schnurz.«

»Langsam, langsam!« Jetzt schaltet sich Hanno Meyer ein. »Du möchtest also gern einen Paternoster. Frage ist: Woher nehmen?«

»Moment! Sag ich euch!« Ralf Bertram erhebt sein Glas und prostet genießerisch in die Runde. Seiner entschlossenen Mimik ist zu entnehmen, dass er einen Plan hat, von dem er absolut überzeugt ist. »Wir haben im Haus eine Crew, die, wie ich meine, ganz hervorragende Arbeit bei der Erstellung von Flüchtlingsunterkünften geleistet hat. Ich schließe mich ausdrücklich ein.« Er grinst spitzbübisch. »Da die Umbauten bis auf wenige Handgriffe erledigt sind, aber noch reichlich Baumaterial übriggeblieben ist, wäre diese famose Mannschaft reif für neue Aufgaben. Nämlich einen Paternoster einzubauen!«

In der Gaststube verbreitet sich lautes Gelächter. »Klasse, Ralf!«, klingt es höhnisch. »Nichts leichter als das!« »Ist morgen Abend fertig.« »Kein Problem!«

Mit erhobenen Händen gebietet der Maschinenbauer Ruhe. »Natürlich keinen neuen! Keinen echten! Sowas baut heute niemand mehr.« Die Anwesenden lauschen jetzt gespannt. Irgendwas in Bertrams Stimme lässt sie aufhorchen.

Der wendet sich zur Seite. »Willi!«

Der Farbige sieht ihn fragend an.

»Du bist Kulissenbauer. Ein guter, hab ich gehört. Traust du dir zu, aus ein paar Brettern und 'nem Pott Farbe etwas herzustellen, was – nicht nur entfernt – an einen Paternoster erinnert?«

Der Angesprochene überlegt keine Sekunde. »Ich dachte schon, du fragst gar nicht mehr«, grinst er. »Brauch ich nicht zu bauen. Hab ich auf meiner Arbeitsstelle vorrätig.«

»Gut. Unser Treppenhaus, Leute, ist sehr weitläufig. An der Nordseite ist überaus viel freier Platz. Vielleicht hatte man ja tatsächlich mal die Absicht, einen Fahrstuhl einzubauen. Ich könnte mir vorstellen, das Erdgeschoss mit einem Paternosterschacht zu versehen, der …«

Willi Okonyo nickt. »Du meinst ein Potemkin'sches Dorf.« Wieder lächelt er. »Nur zum Begucken.«

Bertram nickt. »Nur für das Denkmalschutzamt.« Beifall heischend schaut er in die Runde. »Wie findet ihr das?«

Hanno Meyer sieht in die Gesichter der Anwesenden. Mag es am Alkoholkonsum liegen oder an der Komplexität des geplanten Vorhabens – niemand sagt etwas, aber man scheint bereit, sich mit dem Gedanken anzufreunden.

Mit Genugtuung wendet der Anwalt seinen Blick wieder auf Ralf Bertram. Welch eine Entwicklung dieser Mann genommen hat! Als Rabenvater hat Meyer ihn kennengelernt, als intoleranten Schwulenhasser. Seit Beginn ihrer *Aktion Flüchtlingshilfe* hat Bertram eine Kehrtwendung um 180 Grad vollzogen und seine Ehefrau auf diesem Weg mitgerissen. Beide verzichten seit Wochen auf ihre Skatabende, engagieren sich jede freie Minute für das Projekt, und ihre Kinder bekommen neuerdings gesunde Kost auf den Teller, mit vitaminreichem Gemüse.

Nach längerer Zeit des Schweigens löst sich die Anspannung bei den Mietern. Erste Fragen prasseln auf Ralf Bertram ein. »Ein Paternoster, der sich nicht bewegt – meinst du wirklich, die Leute vom Amt lassen sich so leicht an der Nase herumführen?«

Der Mann, der sich zu Recht als Mittelpunkt fühlen darf, beantwortet die Fragen geduldig. »Wir dürfen uns nichts vormachen«, ergänzt er. »Natürlich wäre die Aktion nur dazu geeignet, uns eine Frist zu verschaffen. Irgendwann würden wir auffliegen.«

»Aber bis dahin«, grinst Willi Okonyo zustimmend, »hat sich vielleicht eine ganz neue Entwicklung ergeben und der Verkauf an *Wohntraum* platzt.« Er schaut in die Runde. »Also? … Hand hoch, wer für Ralfs Plan ist.«

Nach und nach strecken sich die Hände aller Anwesenden in die Höhe.

Daraufhin wendet sich Ralf Bertram an Rita Alvarez, die Tänzerin und Frau an Willi Okonyos Seite: »Rita, auf dich wartet eine ganz besondere Aufgabe.«

Kapitel 22
(2017)

An einem warmen Sommertag fünf Jahre vor den geschilderten Ereignissen rollt eine überfüllte S-Bahn vom Hamburger Hauptbahnhof aus Richtung Westen.

Willi Okonyo hat Mühe, sich stehend mit der linken Hand an einer Haltestange festzuhalten, um die aufgefaltete Zeitung in der anderen zu studieren. Den Kugelschreiber zwischen die Zähne geklemmt, scannen seine müden Augen die Immobilienseiten Spalte für Spalte ab. Findet er ein Inserat von Interesse, klemmt er die Zeitung mit der Linken gegen die Stange, um einen schnellen Vermerk neben das Angebot zu kritzeln.

Das Wohnungsangebot im Hamburger Westen ist nicht unbedingt auf seinen Geldbeutel zugeschnitten, der in den letzten Jahren deutlich an Gewicht verloren hat. Ritas kleiner Table-Dance-Schuppen hatte einer Überholung dringend bedurft, und Willi bot ihr seine finanzielle Beteiligung an. Sie sagte nicht nein und war ihm sehr dankbar. »Das ist nur ein vorübergehender Engpass, Willi. Du wirst sehen, wenn Corona vorbei ist, brummt der Laden wieder.«

Die Wohnungen, die in Othmarschen, Groß-Borstel, Bahrenfeld und noch weiter entfernt angeboten werden, sind ihnen eigentlich viel zu teuer, aber er hat andernorts alles versucht, die

Stadt in jede Himmelsrichtung abgegrast – vergeblich. Absage um Absage hat er kassiert.

»Pass doch auf, ey!«, faucht ein rundlicher Mann, als Okonyo ihn mit dem Arm streift, so leicht, dass er es selbst kaum merkt. »Entschuldigung«, antwortet er und zieht die Augenbrauen hoch. Der Blick, dem ihn der andere zuwirft, veranlasst Willi, ein Stück von ihm abzurücken, wobei er einer Frau fast auf den Fuß getreten wäre. Sie sagt nichts, sieht ihn nur genervt an und dreht sich von ihm weg.

Leise seufzt Okonyo. Er ist erfahren genug, nicht jeden kleinen Zusammenstoß mit den Mitreisenden persönlich zu nehmen. Nicht jede dieser Begebenheiten deutet er als Zeichen von latentem oder offenem Rassismus. Die Bahn ist brechend voll und kleine Rempeleien sind unvermeidlich.

Trotzdem – es wäre ihm lieber gewesen, wenn Rita die Wohnungssuche übernehmen oder ihn jedenfalls dabei unterstützen würde. Sie aber zieht es vor, die Umbauarbeiten vor Ort zu beaufsichtigen. Und so vergeht Tag um Tag und die beiden müssen, solange Willi keinen Erfolg hat, mit einem Verschlag unter dem Dach vorliebnehmen, sind gezwungen, ihr Leben vorläufig auf neun Quadratmeter zu fristen. Räumliche Enge sind sie gewohnt, die kleine Wohnung, die an den Laden grenzt und auch nach der Renovierung kaum größer werden wird, zwingt sie, zu improvisieren und sich einzuschränken.

»Kannst du deine Zeitung nicht solange einstecken?«, faucht der dicke Mann neben ihm, dem der Schweiß von der Stirn tropft und feuchte Flecken auf dem Kragen hinterlässt. »Du siehst doch, dass du anderen den Platz an der Stange wegnimmst. Das ist doch kein Zeitungsständer!«

Also doch! Wieder mal! Die Wut packt den Farbigen. Sag es doch, denkt er, sag es doch einfach, du übelriechender Fettsack! Du magst keine Schwarzen, stimmts? Was haben, denkst du, Neger in meiner Bahn, auf meiner Strecke, verloren? Geht doch dahin zurück, wo ihr hergekommen seid!

»Hörst du schlecht?«, keift der Dicke. »Hast du überhaupt einen Fahrschein, Mann?«

Immer dasselbe! Wie oft muss er solche Erfahrungen machen. Es sind nicht alle, immerhin. Aber diese Leute, die ihm unter Vorwänden ihren blanken Rassismus Tag für Tag ins Gesicht speien, die sind ... Es nützt nichts, denkt Okonyo, auf einen groben Klotz gehört ein grober Keil. Darin hab ich Übung.

Er sieht den Dicken mit verständnislosem Blick an. »Sorry. Nix verstehn.«

»Typisch!«, schimpft der. »Wollen sich hier breit machen und können nicht mal ...«

»Was is Fahrschein?«, unterbricht ihn der Schwarze.

Die Augen des anderen wachsen auf Tellergröße. Wutentbrannt greift er in die Brusttasche und fördert sein Ticket zutage. »Das hier is Fahrschein! Das hier! Verstehen du, Buschmann?«

»Kommen Sie, mein Herr«, klingt es plötzlich aus einer Bankreihe, wo die Glücklichen sitzen, die früh zugestiegen sind und einen Sitzplatz ergattert haben. Ein Mann steht auf und zupft den korpulenten Fahrgast am Ärmel. »Das Stehen muss für Sie doch sehr anstrengend sein. Nehmen Sie meinen Platz.« Er winkt energisch. »Kommen Sie. Setzen Sie sich.«

Willi Okonyo sieht den Sprecher an. Der trägt ein feines Lächeln im Gesicht und kommt Okonyo deutlich älter vor als der Angesprochene. Auch der bemerkt diesen Umstand und weiß für einen Moment nicht, wie er sich verhalten soll. Hat der Mann da wirklich Mitleid mit einem Übergewichtigen? Oder will er die Situation deeskalieren? Hält er etwa zu dem Bimbo? Dann aber obsiegen seine Pfunde und zwingen ihn unter Aufstöhnen in die Bank. »Danke«, brummt er dem Älteren kaum vernehmlich zu und nickt.

In seiner Erregung bemerkt der Dicke nicht, dass der Fahrschein, den er zwischen den Fingern hält, von Okonyo blitzschnell und fingerfertig gegen ein aus der Tasche gezaubertes Eintrittsticket für eine Bauausstellung getauscht wird. Die haben er und Rita vor einigen Tagen besucht, um sich Tipps für den Umbau zu holen.

»Gern geschehen.« Lächelnd nickt der andere dem Korpulenten zu, stellt sich neben Willi und ergreift die Haltestange, wobei er Okonyos Hand berührt. Der zieht sie zurück. Der ältere Mann schüttelt den Kopf. Sein Blick hat etwas Beruhigendes, etwas Sanftes.

Nach einiger Zeit – die S-Bahn hat sich nach mehreren Haltestellen etwas geleert, ohne dass ein Sitzplatz frei geworden wäre – spricht der hilfreiche Fahrgast Willi an: »Wohnungssuche?« Dabei schaut er auf die Zeitung in dessen Hand. Seine Augen vermitteln dem Farbigen, dass er es zur Abwechslung mit einem vorurteilsfreien Menschen zu tun hat. Willi lächelt und nickt.

»Nicht einfach, stimmts?« Der Tonfall des Fremden macht Okonyo klar, dass die Frage nicht primär auf die Situation am Wohnungsmarkt abzielt.

»Nee«, antwortet er. »Ganz und gar nicht.«

Statt einer weiteren Bemerkung nickt der Mann ernst. Dann legt er einfach seine Hand auf die des Schwarzen. Er fühlt mit, denkt Willi und lässt es geschehen.

»Was suchen Sie?«, fragt der Mann. »Allein? Für die Familie?«

»Wir sind zu zweit. Zwei, drei Zimmer. Nichts Dolles.«

»Gibt es da Angebote?«

»Wird von der Nachfrage übertroffen«, grinst Willi achselzuckend.

»Ich heiße übrigens Wasmuth. Eugen Wasmuth. Verraten Sie mir Ihren Namen?«

»Okonyo. Willi Okonyo.«

Wasmuth nickt. Er sieht seinen Gesprächspartner einige Augenblicke schweigend an und sagt: »Sie wissen, dass Sie keine Wohnung bekommen werden, nicht wahr? Ich meine – mit Ihrem Namen bekommen Sie nicht mal telefonisch einen Kontakt. Und mit ihrer Hautfarbe bekommen Sie keinen, wenn Sie vor einer Haustür stehen. Oder vor dem Schreibtisch eines Maklers. Richtig?«

Willi schießt das Blut in den Kopf. Noch nie hat ihm jemand so unverblümt die Wahrheit gesagt. Er nickt bekümmert.

Wasmuth lächelt. »Woher kommen Sie, Herr Okonyo?«

»Eimsbüttel.«

»Oh! Ich auch. Also ... nicht wohnhaft. Ich hab dort gerade

mein Auto in die Werkstatt gegeben. – Sie sind dort geboren? 'n echten Hamburger, wa?«

»Jo!«, lacht Willi. »Bevor Sie weiter fragen: Mudder Eimsbüttel, Vadder Nigeria.«

»Und was …?« Bevor Wasmuth die nächste Frage loswerden kann, hören Sie Fluchen aus dem Mittelgang. Zwei Jungen schauen aus dem Fenster, als die Bahn den nächsten Stopp einlegt. Eine Traube einheitlich blau-grau uniformierter Männer wartet auf dem Bahnsteig. »Mist! Kontrollettis!«

»Was ist da los?«, fragt Wasmuth, der mit dem Rücken zu den Türen steht.

»Fahrscheinkontrolle«, erklärt Okonyo und im Unterschied zu seinem Mitreisenden durchfährt ihn unvermittelt ein Hochgefühl. Kommen wie gerufen, die Jungs.

»Ach herrje!« Der alte Mann klopft seine Brusttaschen ab. »Ich … ich habe keinen … ich fahr doch sonst nur mit dem Auto … Gott, ist das peinlich!«

Eine Wohnung habe ich heute tatsächlich nicht gefunden, denkt Willi Okonyo, schaut in die Bankreihe, in der der Dicke sitzt und das aus der Brusttasche kramt, was er für seinen Fahrschein hält. Der junge Schwarze ist überzeugt, trotz allem einen Glückstag erwischt zu haben.

Der Zug verlangsamt die Fahrt und kommt zum Stehen. Drei der Kontrolleure steigen in den Wagen, die anderen bleiben draußen vor den Türen und beaufsichtigen den Bahnsteig, damit ihnen niemand durch die Lappen geht.

»Ich fürchte, das wird teuer«, stöhnt Wasmuth. Er fragt Okonyo: »Wissen Sie, wieviel …?«

Als Antwort drückt der ihm grinsend eine Fahrkarte in die Hand.

Nachdem der dicke Mann sich geweigert hat, das Strafgeld für die erschlichene Beförderung zu zahlen, wobei er zuvor *an Eides statt* beteuert, er habe sehr wohl einen Fahrschein gelöst, wird er genötigt, die Bahn nebst zweier Halbwüchsiger an der nächsten Station zu verlassen.

Nicht mal der mitfühlende Hinweis eines der Prüfer, die Eintrittskarte für eine Bau-Ausstellung sei kein Kombiticket für eine Freifahrt mit dem HVV, kann den renitenten Kerl besänftigen.

»Wie haben Sie das gemacht, Herr Okonyo?« Wasmuth sieht seinen Reisebegleiter ungläubig an.

Lächelnd klärt Willi Okonyo den Mann auf.

Der lacht. »Sie wissen sich wirklich zu helfen. Und mir. Danke.«

»Sie sind es wert, Herr Wasmuth.«

Der schaut aus dem Fenster. »Wir sind gleich in Blankenese. Dort wohne ich. Haben Sie's noch weit?«

»Eigentlich habe ich noch ein Angebot in Wedel.« Okonyo lächelt schwach. »Ich befürchte nur …«

»Wissen Sie was, Willi? Ich darf Sie doch Willi nennen?«

»Natürlich. Ich weiß, was Sie mir sagen wollen.«

»Nämlich?«

»Dasselbe, was Sie mir schon vorhin so deutlich vermittelt haben.« Okonyo reibt sich mit dem Finger über die Wange und schaut auf die Fingerkuppe. »Geht nicht ab.«

Wasmuth nickt mit ernster Miene. »Manche Menschen wollen nicht begreifen, Willi.« Er löst die Hand von der Haltestange und klopft dem Farbigen auf die Schulter. »Bleiben Sie Optimist, mein Junge. – Wissen Sie was? Ich möchte Sie zum Dank auf eine Tasse Kaffee einladen. Bei mir zu Hause. Einverstanden?«

Okonyo überlegt kurz. Was habe ich zu verlieren? Eine Wohnung werde ich auch heute nicht finden. Und wenn, sie nicht bekommen. Er nimmt sich vor, Rita vorzuschlagen, dass sie diesen Part übernimmt. Verdammt, sie hat den Pkw und ist daher viel flexibler als ich. Und sie ist noch jung, hübsch und … weiß. Er grient. Mein Arsch ist zwar auch knackig, aber das nützt mir nichts. Zweifelnd sieht er Wasmuth an. Oder? Ist der Mann vielleicht …? Nein, er sieht nicht so aus.

»Warum lächeln Sie?«, fragt Eugen Wasmuth.

»Ach, nur so. – Um die Wahrheit zu sagen, ich freue mich, dass Sie mir die Entscheidung so leicht machen.«

»Willi, Sie gefallen mir außerordentlich. Und sollten Sie Befürchtungen haben, ich hätte ein sexuelles Interesse an Ihnen, vergessen Sie's.« Wasmuths Lächeln ist von ein sehr offenen Art. »Andererseits soll es mit einem Kaffee nicht getan sein. Ich würde Ihnen gern ein Angebot machen.«

»Ein Angebot. Oh!«

»Keine Sorge, mein Junge. Nichts Kriminelles.« Wasmuth lacht. »Da kennen Sie sich ohnehin besser aus als ich.«

Okonyo grinst zurück. »Sie wollen also kein Kurzlehrgang im Schwarzfahren.«

Wasmuth zwinkert ihm zu. »Wir sind da, Herr Okonyo. Begleiten Sie mich?«

»Hundertzwanzig?« In der Angst, dass sie ihm vor Schreck aus der Hand gleitet, stellt Willi Okonyo schnell seine Tasse ab. »Aber ... Eugen! Und dann *so* eine Miete? Das ist ja Wahnsinn!« Dann überlegt er. »Warum ziehen Sie eigentlich nicht selbst in das Haus? Ich meine ... hier haben Sie ja nicht gerade ...«

»... viel Platz, wollten Sie sagen.« Wasmuth nickt. »Das ist richtig. ... Einen Keks? ... Gern. – Es ist so, Willi: Die Wohnungen in der Mansteinstraße sind mir einfach zu groß, und ich liebe dieses Häuschen. Vor allem den atemberaubenden Blick auf die Elbe.« Er zeigt auf die kleine Terrasse an der Südseite. »Viel mehr als das brauche ich nicht. Mehr als das hat auch meine Frau nicht gebraucht.« Er lächelt. »Und eine große Küche. Die habe ich. Ich koche leidenschaftlich gern.«

Okonyos Blick hinüber zur geräumigen Wohnküche bestätigt die Worte seines neuen Freundes. Dann fällt ihm etwas anderes ein. »Sie sagten, Ihr Auto sei in der Werkstatt. Ich kann hier keinen ...«

»Richtig!«, lacht Wasmuth. »Einer der wenigen Nachteile an dieser Lage. Sie werden in Blankenese kaum einen Parkplatz in der Nähe eines Hauses finden. Und schon gar nicht hier im Treppenviertel. Wir müssen alle rüber zur Straße, und selbst da gibt es Probleme.« Er wartet ab, dass sein Gast die Tasse leertrinkt, um nachzuschenken. »Geschätzt hat die Siedlung insgesamt 5000 Treppenstufen ...«

»Oha!«

»… von denen jeder, der hier wohnt, täglich einen Gutteil zu Fuß bewältigen muss. Rauf und runter.« Wasmuth kichert. »Der Vorteil ist: Mit meinen 74 Jahren bin ich fit wie ein Turnschuh.« Er zieht ein Hosenbein hoch. »Schauen Sie! Sind das Waden oder sind das keine?!«

»Ich bin beeindruckt, Eugen.« Okonyo bohrt weiter. »Eine andere Frage ist: Warum vermieten Sie die Wohnungen in der Mansteinstraße so billig? Das Generalsviertel ist doch eine Spitzenlage.«

Wasmuth hebt die Schultern. »Ich will mich nicht besser machen als ich bin, aber … ich habe nach dem Krieg das unverschämte Glück gehabt, dieses Häuschen hier günstig erwerben zu können, als sich kaum einer das leisten konnte. Es gab keine Bomben auf Blankenese, alles war heil geblieben, die Bewohner waren dieselben wie zuvor. Dieses Viertel gehört seit jeher den Leuten der Seefahrt. Sie haben ihre Häuser von Generation zu Generation weitervererbt und bis heute leben hier die Kinder und Kindeskinder der alten Seeleute.« Lächelnd fährt er fort: »So gesehen bin ich hier ein Außenseiter.« Dann zeigt er zur Elbe. »Dort ist das Wasser, Willi, jeden Tag zieht es an deinen Augen vorbei und du willst den Blick nicht missen. – Dieses Gefühl hat mich dazu gebracht, anderen Menschen, normalen Menschen, die nicht über großen Reichtum verfügen, an meinem Glück teilhaben zu lassen. Ich möchte ihnen ermöglichen, gut zu leben, gut zu wohnen, ohne ständig daran denken zu müssen, ob sie es sich auch morgen noch leisten können.«

Willi Okonyo sieht seinen Gastgeber eine Weile schweigend an. Dann schüttelt er den Kopf. »Dem Zufall also habe ich es zu verdanken, dass ich …«

»… weniger dem Zufall als ihrer Cleverness, Willi. Ich hasse Rassisten und ich habe große Hochachtung davor, wie elegant Sie diesen Deppen ausgetrickst haben.« Wasmuth lacht. »Das soll Ihnen mal einer nachmachen. – Außerdem: Sie sind ein feiner Kerl und ich freue mich, Ihnen die Wohnung überlassen zu können. Und ein schlechtes Gewissen brauchen Sie auch nicht zu haben.

Wie ich Ihnen vorhin schon sagte, den beiden alten Leuten ist die Wohnung inzwischen auch zu groß, sie gehen in ein Altersheim.« Er schenkt die Tassen noch einmal voll. »Darüber hinaus bin ich gespannt, Ihre Freundin kennen zu lernen. Ihr beiden habt ja einen nicht gerade alltäglichen Broterwerb.«

»Eugen, Sie werden Ihr Leben lang freien Eintritt bei uns haben.« Wasmuth lacht schallend. »Schade, dass wir uns nicht schon vor Jahren getroffen haben. Als meine Frau noch lebte, hat sie öfter gesagt: Mein Lieber, wir müssen sehen, dass wir wieder ein bisschen Schwung in unsere Beziehung kriegen. – Euer Laden wäre bestimmt das Richtige gewesen.«

Kapitel 23

Ansgar Jablonski sieht die Blicke der beiden Männer und weiß: Heute ist unser Glückstag! Lächelnd stellt er die Schnittchen-Platten auf den kleinen Tisch im Erdgeschoss. Bravo, Ralf Bertram! Alles richtig gemacht!, denkt er vergnügt.

Die Gutachter vom Denkmalschutzamt wirken tatsächlich so, als seien sie statt an alten Gemäuern mehr an jüngeren Objekten interessiert.

Rita Alvarez ist von einer gnadenlosen Professionalität. In einem gewagten Outfit sorgt sie dafür, dass der eigentliche Gegenstand der Expertise relativ wenig Beachtung bei den Herren findet. Ein Röckchen, das einen Gutteil von Ritas jugendlichen Reizen preisgibt, nimmt bei ihnen mehr Aufmerksamkeit in Anspruch als der Paternoster.

Wobei – der hätte wirklich Anerkennung verdient! Willi Okonyo hat ganze Arbeit geliefert; der Personenumlaufaufzug, wie er im Beamtendeutsch heißt, sieht täuschend echt aus.

Die breite Verschalung für die Doppelkabinen, die passgenau bis zur Decke reicht, schließt an den Wänden bündig ab. Die umlaufenden Blenden sind in dunklem, grobgemasertem Holz gehalten, die Standflächen hat der Erbauer aus Sicherheitsgründen in hellerem Ton abgesetzt. Um einen gefahrlosen Ein- und Ausstieg zu gewährleisten, sind an den Seiten der Fahrschächte große, silberfarbene Griffe verschraubt. *(In der Tat hat Okonyo die Einzelteile aus Ritas Revue-Theater nur herbeiholen und zusammensetzen müssen. Die Chefin hat mit diesem Gebilde große Erfolge gefeiert. Mal was anderes als immer an der Stange.)*

»Das Chaos tut uns wirklich leid«, hat Hanno Meyer die Männer begrüßt, deren Gesichter ein wenig an Ernie und Bert erinnern, nur in Fleisch und Blut und nicht so bunt. Eher grau kommen sie daher, grau in Kleidung und Wesen.

Meyer zeigt auf das Baumaterial, das überall im Flur herumliegt. An die Wände gelehnt stehen die großen Holzplatten, hinter denen der Aufzug entdeckt worden sei, wie der Anwalt versichert. »Wir haben schon mit dem Gedanken gespielt, unseren Termin zu verlegen, aber …«, er macht eine unterwürfige Geste, »dann haben wir gedacht: Die Herren haben bestimmt eine Menge zu tun und …«

»Kein Problem!«, unterbricht Ernie, wobei seine Augen weniger auf den Brettern und Rohren ruhen als vielmehr auf dem großzügigen Ausschnitt der hübschen Blondine, die den Gutachtern gerade Sekt in ihre Flöten gießt. »Bitte schön!«, turtelt sie und streift den zweiten Mann ganz zufällig mit ihrem nackten Arm.

»Es ist nämlich zurzeit leider nicht möglich …«, fährt Hanno Meyer fort, »… Sie in die oberen Etagen zu führen und Ihnen den ganzen Paternoster zu zeigen. Sie sehen selbst – auch die Treppe ist zugestellt mit Baumaterial.«

»Deshalb können wir den Lift auch noch nicht in Betrieb nehmen«, ergänzt Ralf Bertram. »Es fehlen ein paar wesentliche Anschlüsse.«

»Das ist nicht notwendig«, lächelt Bert. »Wir sehen schon auf den ersten Blick …«, dieser Blick ruht gerade auf den wiegenden Hüften der Blondine, als sie die Schnittchen-Platten vom Tisch holt, »… dass es sich um ein Bauwerk kulturhistorischer Tragweite handelt …«

»… das wir ohne die Umbauarbeiten nicht entdeckt hätten«, erinnert Meyer ergänzend.

»Wir werden dem Denkmalamt dringend empfehlen, dieses Haus unter besonderen Schutz zu stellen«, sagt Ernie bestimmt. »Außerdem werden wir uns dafür verwenden, dass dieses Meisterwerk von einem Personenumlaufaufzug in die Liste der UNESCO-Weltkulturerben aufgenommen wird.«

»Wir sind froh und glücklich«, reibt sich sein Partner die Hände, »dass Sie ein weiteres Beispiel hanseatischer Handwerkskunst der Vergangenheit entreißen konnten. Weiß man schon, aus welchem Jahr der Lift datiert?«

Allgemeines Achselzucken.

»Wie alt auch immer er sein mag«, schmunzelt Ernie dem Fräulein zu, »Sie können zu dem Zeitpunkt noch nicht auf der Welt gewesen sein, schönes Kind!« Er wirft ein meckerndes Gelächter um sich, in das die Umstehenden fröhlich einstimmen.

Der zweite der Gutachter schaut noch einmal mit wohlgefälligem Blick auf den Paternoster. »Ich sehe es im Geiste vor mir«, sagt er in gebotener Ehrfurcht, »wie er seine Runden dreht, wie seine Kabinen durch den Schacht gleiten, wie er sanft den Fahrgast von Etage zu Etage geleitet. Lauschen Sie, meine Damen und Herren, lauschen Sie! Spüren Sie, wie er sich sachte schüttelt, wie er kaum merklich vibriert?« Ein Seufzen entweicht seinem Mund. »So was Schönes gilt es zu erhalten und zu bewahren. So etwas kommt nicht wieder.«

Die Anwesenden senken demütig das Haupt. Und, ja, ein leichtes Vibrieren scheint auch sie zu erfassen.

»Was aber«, fragt Jablonski nachdenklich, nachdem die beiden Experten des Denkmalschutzamtes gegangen sind, »wenn man unserem Schwindel auf die Schliche kommt? Irgendwann gibt es Meldungen in der Zeitung und …«

Ralf Bertram winkt ab. »Ach! Bis dahin haben die *Wohnträumer* den Vertrag zerrissen, und fertig.«

»Wenn das nur so einfach wäre«, lacht Ansgar Jablonski.

»Im ungünstigsten Fall erreichen wir einen Aufschub«, sagt Hanno Meyer. »Außerdem – jede Medaille hat zwei Seiten. Vielleicht sind es ja nicht Bergmann und Forster, die den Vertrag ad acta legen.« Er setzt ein verschmitztes Lächeln auf. »Vielleicht kann man an anderer Front noch etwas bewegen …«

Kapitel 24

»Die haben wirklich gedacht, sie könnten uns auf den Arm nehmen«, lacht Walter Kollo. »Und ich muss gestehen, sie haben sich große Mühe gegeben.« Vergnügt gießt er sich einen Kaffee aus einer großen Kanne ein. Suchend schweifen seine Augen über den Tisch. »Haben Sie Milch?«

»Oh! Moment!«, sagt Frank Forster, erhebt sich und geht zur Anrichte.

»Junge, Junge! Diese Blondine!« Arthur Ahlfeld schnalzt mit der Zunge. »Mit der würde ich gern mal eine Runde im Paternoster drehen.«

Alfred Bergmann bringt ein verkniffenes Lächeln zustande, als er den Mann mit dem enorm breiten Mund ansieht. Übernimm dich nicht, Mann!, denkt er. Wir sind im gleichen Alter und sollten nicht von Dingen reden, die Jahrzehnte hinter uns liegen. Du würdest schon die Fahrt im Paternoster nicht überleben. Mit oder ohne Blondine.

Kollo schüttelt den Kopf. »Wir sind einfach zu lange im Geschäft. Uns kann man nichts mehr vormachen … Danke.«

Ahlfeld wendet sich an Frank Forster, der sich wieder auf seinen Stuhl setzt. »Sie hatten das richtige Gespür. Aber es war von vornherein klar, dass es sich um einen Fake handelt.«

Forster nickt lächelnd.

Ahlfeld lacht kurz auf. »Das Ding sieht wirklich echt aus. Aus der Ferne hat man nichts … Also, jemand, der nicht unser geschultes Auge hat … Tolle Arbeit! Muss man den Leuten lassen.«

»Es gibt nur eben kein Wohnhaus und hat es auch noch nie gegeben, in das ein Paternoster eingebaut wurde«, sagt Kollege Kollo.

»Sind Sie ganz sicher?«, fragt Alfred Bergmann.

Kollo schaut den Geschäftsführer der *Wohntraum-Immo* verdutzt an. »Aber ja!«, antwortet er nach einer Sekunde der Unsicherheit. Sein Blick geht in die Runde und hält hilfesuchend bei seinem Kollegen. »Das … das …« Er richtet sich im Stuhl auf. »Nein! Das wüsste ich.«

»Das wüssten wir«, sagt Ahlfeld mit Bestimmtheit.

Trotzdem bohren die Blicke des alten Mannes weiter.

»Das ist doch auch egal, Herr Bergmann, ob es sowas gibt«, sagt Frank Forster. »Tatsache ist, *dieser* Paternoster ist eine raffinierte Fälschung.«

»Und wenn die Herren sich täuschen und er ist doch echt? Ich will auf jeden Fall verhindern, Forster, dass wir das Haus kaufen und nachher eine böse Überraschung erleben.«

»Es gibt eine Möglichkeit, das herauszufinden«, überlegt Forster. »Wir müssen in die oberen Etagen gelangen.«

»Das darfst du nur mit Genehmigung der Bewohner, Frank«, gibt Martin Schombach zu bedenken. »Alles andere wäre Hausfriedensbruch.«

Forster lehnt sich in seinen Stuhl zurück und verschränkt die Hände hinterm Kopf. »Richtig, Martin. Aber niemand kann einem Ex-Ehemann verwehren, seine Ex-Ehefrau zu besuchen, zwecks Klärung gewisser offener Fragen, oder?«

»Wenn Sie wollen,« sagt Walter Kollo eilfertig, »begleite ich Sie. Dann werden wir genau wissen …«

»Die Blondine, guter Mann, wohnt aber eine Etage *über* meiner Gewesenen.«

»Also gut, Forster«, sagt Alfred Bergmann, als die Gutachter der Denkmalschutzbehörde gegangen sind, »wenn Sie die Chance bekommen, schauen Sie sich noch einmal um. Wir müssen auf Nummer sicher gehen.«

Forster nickt grinsend. Dann sieht er zu seinem Freund Schombach. »Was ist, Martin? Immer noch Bedenken? Du siehst so besorgt aus.«

»Äh … nein, nein! Nicht deshalb. Ich überlege nur die ganze Zeit … irgendwie erinnern die Typen mich an jemanden …«

»Das geht mir ebenso«, lächelt Alfred Bergmann. »Ich glaube, wir denken beide an die Sesamstraße, nicht wahr?«

Kapitel 25

Als die Nachricht von der Sozialbehörde kommt, steigt die Spannung im Haus. Hanno Meyer, Torsten Szepanek und Wiebke Voss werden von der Hausgemeinschaft beauftragt, die ukrainischen Flüchtlinge an der Zentralen Erstaufnahmestelle in Rahlstedt abzuholen.

Da sie einen festen Bestimmungsort haben, bleibt den Reisenden eine langwierige Aufnahmeprozedur erspart, und sie können sofort die Weiterfahrt zu ihrer vorübergehenden Unterkunft antreten.

Auf Wunsch von Wiebke begleitet ihre Tochter die Gruppe. Unter den neuen Mitbewohnern sollen zwei Jungen in Majas Alter sein, und so verspricht sie sich eine leichtere Kontaktaufnahme.

Wiebkes Versuch, die Töchter von Aylin und Ömer Korkmaz einzubeziehen, scheitert. Den Mädchen wird die Mitfahrt unter fadenscheinigen Gründen, wie es Wiebke vorkommt, verwehrt. Sie werden im Laden gebraucht, sagt Ömer. Alle fünf. Einschließlich Säugling.

»Da!«, ruft Szepanek, der ein Schild mit der Zieladresse hochhält. »Das könnten sie sein.« Er zeigt auf ein kleines Grüppchen etwas abseits des langen Stroms von Flüchtlingen.

Wiebke Voss nickt, um dann mit Blick auf die unendlich lange Menschenschlange den Kopf zu schütteln. »Mein Gott! Das ist ja furchtbar!«, seufzt sie. »Wo kommen die nur alle unter? Die Armen!«

»Und das wird erst der Anfang sein«, entgegnet Szepanek. »Ich wünschte, Dankwart wäre hier und könnte sich das ansehen. Ich weiß nicht, ob von seinem Pazifismus noch viel übrigbliebe.«

Wütend schlägt er gegen das Schild. »Dieser verfluchte Putin! Ich hasse ihn! Der Verbrecher!«

Hanno Meyer hat den Flüchtlingen zugewunken, und die kommen vorsichtig näher. Den drei erwachsenen Frauen sind die Strapazen der langen Fahrt anzusehen. Die beiden Jungs hingegen wirken frisch. Einer von ihnen führt einen sehr alten, gebückt gehenden Mann am Arm.

Wie selbstverständlich eilt Maja Voss herbei, begrüßt den Greis mit einer Verbeugung und hakt sich bei ihm unter. Sie lächelt dem Alten zu, der mit misstrauischen Augen zurückblickt. Dann schaut sie zu den Jungs hinüber. »Hey! My name is Maja. Nice to meet you.« Der eine sieht sie einige Sekunden an, um mit verhaltenem Lächeln zu erwidern: »Hello. My name is Oleksander.« Sofort dreht sich der zweite Junge um. »And I am Jaroslaw! I am his brother.«

Oh!, denkt Wiebke, was für hübsche Jungs! Und gleich zwei! Arme Maja! Wird nicht einfach für sie, aber sicher spannend. Lächelnd betrachtet sie ihre Tochter, die förmlich aufblüht. Sie wirft strahlende Blicke von einem Jungen zum anderen, und die tauen nun langsam auf. Was für eine gute Idee von mir, denkt Wiebke Voss, meine Kleine mitzunehmen.

»Guten Tag!«, klingt es hinter ihr. Sie dreht sich um und schaut in das erschöpfte, aber lächelnde Gesicht einer Frau, die wohl Mitte vierzig sein mag. »Ich heiße Natalia Bondarenka. Wir sind sehr erfreut, hier in Hamburg zu sein.« Ihr Deutsch klingt etwas holprig, aber gut verständlich.

»Herzlich willkommen, Frau Bondarenka«, grüßt Torsten Szepanek. Er stellt ihr seine Nachbarn vor. »Ich hoffe, Sie hatten eine gute Reise. Sie sprechen unsere Sprache ja erstaunlich gut.«

Natalia lächelt. »Ich bin Deutschlehrerin, aber meine Kenntnisse sind eigentlich ziemlich bescheiden. In Lemberg denkt man, ich spreche gut Deutsch, Sie aber werden merken, dass dazu eine Menge fehlt.«

»Untertreiben Sie nicht«, sagt Szepanek. »Sie reden sehr verständlich. Uns erleichtert es die Kommunikation. Es ist gut, dass wir nicht extra einen Dolmetscher auftreiben müssen.«

»Darf ich Ihnen meine Mitreisenden vorstellen?«, fragt Natalia Bondarenka.

Mitreisende. Szepanek fällt auf, dass diese Frau ihre Worte mit Bedacht wählt, außerdem sehr geschäftsmäßig redet, sehr sachlich, als seien sie und ihre Angehörigen auf einer Dienstreise. Dazu dieser freundlich-nüchterne Ton. Er vermutet, dass sie ihren Leuten damit Zuversicht vermitteln und ihren Gastgebern gegenüber ein Zeichen setzen möchte. Schaut her, wir kommen als Gäste, nicht oder nicht nur als Hilfebedürftige und schon gar nicht als Bittsteller. Der Krieg bei uns ist auch euer Krieg, wir haben ihn so wenig gewollt wie ihr, und wir kommen nicht, um euch zur Last zu fallen. Es ist Torsten Szepanek klar, dass er eine sehr selbstbewusste Frau vor sich hat, die sich hier als Gleiche unter Gleichen sieht.

»Das ist …«, Natalia sieht zur Frau, die neben ihr steht und wohl einige Jahre jünger ist als sie selbst, »… Kataryna Melnik, eine Nachbarin von uns. Ihre Söhne haben sich dieser hübschen jungen Dame ja schon vorgestellt.« Sie lächelt Maja zu. »Du kannst übrigens Deutsch mit ihnen sprechen. Sie sind beide Schüler in meiner Klasse und sprechen deine Sprache fließend.« Dann dreht sie sich zur anderen Seite, wo eine bildschöne junge Frau ein Baby auf dem Arm hält. »Das ist meine Tochter Oksana Kovalenka, und das kleine Wesen auf ihrem Arm ist meine Enkelin Larissa«, wobei sie dem Kind mit dem Finger zart über die Wange streichelt. »Und nicht zuletzt«, sie geht auf den alten Mann zu und legt ihm die Hand auf die Schulter, »haben wir hier Großvater Illya.« Sie spricht ihn sanft in ihrer Muttersprache an. Die Augen des Alten verraten weiterhin Misstrauen. Auch er hält etwas im Arm, was er ebenso behütet wie Oksana ihre Tochter. Es ist ein kleiner, mit grobem, zerschlissenem Leder ummantelter Kasten. Der verfügt über eine Trageschlaufe, die Illya sorgsam um seinen Handteller gewickelt hat. Bei genauerem Hinsehen wird Szepanek klar, dass es sich um einen Apparat handelt – ein Transistorradio. Er sieht das schlichte Skalenrad und daneben die in mehreren Reihen ins Leder gestanzten Löcher – wohl die Aussparung für den Lautsprecher.

Natalia Bondarenka lächelt, als sie Szepaneks erstaunten Blick bemerkt. »Ein Relikt aus alten Tagen. Ein *Lastochka-2* aus ukrainisch-russischer Produktion.« Sie nickt versonnen. »Ja – auch das gab es mal. Ein Gemeinschaftswerk beider Länder. Gebaut direkt vor der Kuba-Krise und ein Geschenk zu Illyas 25jährigem Dienstjubiläum.« Bevor der Gastwirt nachfragen kann, fährt sie fort: »Funktioniert zwar nicht mehr, aber Opa kann nicht von ihm lassen. Das Gerät begleitet ihn überall hin. «

Dem, was ihre Mutter gerade auf Deutsch erzählt, kann Oksana Kovalenka gut folgen, denn auch sie gehörte zu Natalias Schülerinnen. Währenddessen schaut sie sich vorsichtig um. Seitdem sie Lwiw verlassen hat, fühlt sie die Blicke der Menschen auf sich gerichtet. Zuerst hat sie das für bloße Neugier gehalten, gedacht, ihr Baby sei der Grund für das Interesse, aber irgendwann wird ihr klar, dass es ihre eigene äußere Erscheinung ist, die dafür sorgt, dass die Augen ihrer Landleute an ihr haften bleiben wie Magneten am Stahl. Dutzende junger Frauen entsteigen den Bussen, attraktive Frauen, trotzdem ist es Oksana, die ausgiebiger betrachtet wird als alle anderen. Aber da es ausschließlich Frauen, Kinder und Greise sind, die sie begleiten, stört sie das nicht.

Schlimmer war es zu Hause, wo ihr die Männer lüsterne Blicke zuwarfen, obwohl sie ihr Neugeborenes auf dem Arm trägt. Seit ihr Mann im Donbass an der Front ist, fühlt sie sich schutzlos und ausgeliefert.

Als sie jetzt durch den Drahtzaun neben der Erstaufnahmestelle schaut, sieht sie wieder Männer, die sie unverhohlen anstarren. Diese sehen aber anders aus als die in Lwiw. In Maßanzügen stehen sie neben ihren teuren Autos, und obwohl der Himmel an diesem Tag bedeckt ist, tragen die schweigsamen Zuschauer Sonnenbrillen mit pechschwarzen Gläsern, die ihnen ein unheimliches Aussehen verleihen. Was machen diese Männer hier?, denkt Oksana, die in ihrem Innersten spürt, dass sie und ihre Landsleute nicht im Paradies gelandet sind. Unruhe und Angst erfassen sie. Sprich nur nicht mit den anderen darüber!, sagt sie sich. Nur keine Furcht verbreiten! Und immer Zurückhaltung üben. Hamburg nimmt mich auf, ich sollte nicht undankbar sein.

Zu den Männern, die mehr als neugierige Blicke auf die weiblichen ukrainischen Neuankömmlinge werfen, gehört auch Rechtsanwalt Hanno Meyer. Ihm geht es aber nicht um die aparte Oksana. Es ist die attraktive, selbstbewusste Natalia, in deren Nähe es ihn zieht. Er bestaunt ihren eleganten, westlich anmutenden, hellbeigen Hosenanzug, der die lange Reise in dem engen Bus offenbar unbeschadet überstanden hat. Keine Falte zu sehen, denkt er, wie frisch aus der Reinigung. Er schämt sich ein wenig, in knittrigem Hemd und ausgebeulter Kordhose vor ihr zu stehen und wundert sich, wieviel er diesem Umstand auf einmal beimisst. Trotzdem ärgert es Meyer, dass ihn die Dame kaum zur Kenntnis nimmt und nur mit Szepanek und Mutter und Tochter Voss redet.

Erst als sich die Gruppe auf den Heimweg macht, kommt es Hanno Meyer vor, als werfe sie ihm einen, wenn auch kurzen, so doch verheißungsvollen Blick zu. Oder – sollte er sich getäuscht haben? Er schafft es in den nächsten Minuten nicht, einen zweiten Kontakt herzustellen.

Die zwei Pkw und der Lieferwagen mit der Aufschrift *Restaurant Erastos* halten vor dem Haus, wo alle Mieter, die es zeitlich haben einrichten können, die Flüchtlingsfamilien begrüßen.

Hausmeister Knupper hat eine Girlande, von Willy Okonyo gebastelt, über die Eingangstür drapiert.

»Welcome, dear guests from Ukraine« steht da.

Marlene Bertram und Dankwart Waller überreichen den drei Frauen Blumensträuße. Oksana Kovalenka übergibt nach kurzem Zögern ihr kleines Töchterchen an Maja, die es vorsichtig und mit stolzem Lächeln an sich nimmt. Waller drückt der jungen Mutter ihren Blumenstrauß achtlos in die Hände, während er mit einem verzückten Blick auf das kleine Bündel Mensch sieht. »Mein Gott! Wie süüüß!!« Er tätschelt der Kleinen die Wange, und sie lässt ein fröhliches Krähen hören.

»Ich würde vorschlagen«, sagt Hanno Meyer, »wir bringen unsere Gäste gleich in ihre Wohnungen, damit sie sich mit den Räumlichkeiten vertraut machen können.« Eigentlich richtet er diesen Vorschlag an Natalia Bondarenka, die aber gerade interessiert an der Fassade ihrer zukünftigen Unterkunft emporschaut. Hat sie was gegen mich?, denkt er verwirrt.

»Und später …«, murmelt Dankwart Waller, wobei er die Augen nicht vom Säugling lösen kann, »und später …«, dann reißt er sich zusammen, räuspert sich und sieht lächelnd in die Runde der Flüchtlinge, »… darf ich Sie als Gast in unserem bescheidenen Lokal begrüßen.«

Natalia dankt mit einer knappen Verbeugung und übersetzt ihrer Nachbarin und ihrem Großvater die Einladung. Dann werden sie in ihre Unterkünfte geführt, Kataryna Melnik und ihre Söhne in die Dachzimmer, die Familie Bondarenka nimmt ihre großzügigen Kellerräume in Beschlag.

Beide Familien sind erkennbar angetan von ihren Quartieren; um ihren Gastgebern das zu vermitteln, hätte es ohnehin keines Dolmetschers bedurft.

Die stolzen und gerührten »Bauherren« verzichten darauf, sich mit ihren Leistungen zu brüsten, wobei sie in der Kürze der Zeit wirklich Erstaunliches bewerkstelligt haben. Die Schwierigkeiten bestanden nicht im Innenausbau der Räume – die Wände waren größtenteils schon vorhanden – sondern im Anschluss der Zimmer an die vorhandene Infrastruktur des Hauses. Wasserleitungen mussten neu gezogen werden, nicht vorhandene Heizkörper installiert und angeschlossen. Die Stromversorgung funktionierte gottlob nach der langen Zeit auf Anhieb. Zudem wurden die ausgekühlten Räume neu isoliert, was von den Neubewohnern besonders registriert wird. Zwar ist ihre Heimatstadt Lwiw bis zu diesem Tag selten Opfer von Bombenangriffen geworden, aber von Verwandten und Bekannten im Osten des Landes hat man schon erfahren, wie die Energieversorgung durch die russische Artillerie leidet und dass die Menschen nicht nur im Freien frieren.

Die ersten Tage zeigen, wie sehr die ukrainischen Flüchtlinge unter dem Angriffskrieg leiden und welche Traumata sie erdulden mussten. Während die Menschen im Keller sich einigermaßen sicher fühlen, wagen die auf dem Dachboden in den ersten

Tagen selten einen Blick aus den Luken, und wenn, dreht man die Köpfe in alle Himmelsrichtungen in der Angst vor russischen Flugzeugen. Das Ausbleiben nächtlichen Sirenengeheuls führt zunächst zur Schlaflosigkeit.

Es ist Großvater Kulik, der sich am schnellsten mit der neuen Situation abfindet. Als einziger der Beteiligten hat er schon einen Krieg erlebt, ganz unmittelbar, hat Granaten in der Nähe einschlagen hören und Tote gesehen. Sehr bald erkennt er, dass er sich in Hamburg sicher wähnen kann und beschäftigt sich nun mit Dingen, die ihm neu und ungewohnt sind. Früh drängt er darauf, sein kleines Radio immer an der Hand, die Gegend zu erkunden und findet in Maja Voss und den Melnik-Söhnen bereitwillige Führer.

Die Jungen achten darauf, Opa Illya immer zu zweit zu begleiten – »dann fühlt er sich sicherer«, sagt Jaroslaw –, was bei Wiebke Voss stille Heiterkeit hervorruft. Die beiden nehmen Maja bei den Spaziergängen stets in die Mitte, und der alte Mann hat Mühe, mit ihnen Schritt zu halten.

So viel Mühe, dass Natalia Bondarenka es doch für besser hält, Großvater Illya beim Arm zu nehmen und den jungen Leuten in gebührendem Abstand zu folgen.

Kapitel 26

Endlich! Es ist so weit.

Die Schmerzen sind schier unerträglich geworden. Trotzdem hat er den Termin so lange hinausgezögert.

Der Mensch neigt mitunter zur Hoffnung, seine Krankheiten durch reinen Willen kurieren zu können. Eines Morgens wacht man auf, und der Schmerz ist weg. Einfach so.

Nein. Ist er nicht. Den Gefallen tut dir ein kaputter Zahn nicht.

Die Arzthelferin hat am Telefon gesagt, er möge nicht ewig warten. … Eine Woche? Sie können gern früher … es ist nicht viel los … Na, wenn Sie meinen. Gut, ich trage Sie ein. … Warten

Sie … Haben Sie am kommenden Mittwoch um zehn Uhr Zeit? … Fein.

Ein vorläufig letzter Blick durchs Fernglas zum Haus gegenüber. Der Stuhl am Fenster ist verwaist. Die Zeitung liegt zusammengefaltet auf dem Tisch, daneben eine Nadel und eine Rolle Garn oder was man zum Knüpfen so braucht. Ihm fällt auf, dass die Brille fehlt.

René Asbahr nimmt die Jacke von der Garderobe und schließt die Wohnungstür. Der Fahrstuhl ist wieder einmal defekt, so muss er die Treppen von der fünften Etage hinunterlaufen. Jeder Schritt verstärkt den pochenden Schmerz im Kiefer. Petra, die Assistentin in der Praxis Cohen, hat ihm gesagt, dieses Puckern sei ein zuverlässiges Indiz, dass es sich um eine Zahnwurzelentzündung handele … Reagiert Ihr Gebiss empfindlich auf kalte oder heiße Getränke? … Sehen Sie? Passt.

Die junge Frau hat Asbahr davon abgeraten, mit dem eigenen Pkw zu fahren. Der Arzt werde betäuben müssen und die Nachwirkungen könnten sich im Straßenverkehr als gefährlich erweisen.

Auf dem Weg zur Metrobus-Station an der Hoheluftchaussee kommen Asbahr drei junge Leute entgegen – zwei Buben und ein Mädchen. Die Kleine hat er schon öfter gesehen, auch sie wohnt in Charlottes Haus. Die Jungs sieht er zum ersten Mal. Die Teenager lachen und scherzen und nehmen ihn kaum wahr.

Einige Dutzend Meter dahinter folgt ihnen eine attraktive dunkelhaarige Frau, untergehakt bei einem alten, gebückt gehenden Mann. Der trägt einen seltsamen kleinen Kasten an der Hand. Sieht aus wie ein antikes Radio.

Ganz kurz treffen sich ihre Blicke, die Dunkelhaarige lächelt freundlich und unbefangen. Hohe Wangenknochen, die großen, dunklen Augen, zudem eine üppige Figur – all das lässt ihn auf slawische Herkunft schließen. Sie dürfte zu den ukrainischen Flüchtlingen zählen, von denen ihm der Postbote Michaelis inzwischen erzählt hat. Die logieren vorübergehend als Gäste im weißen Haus. Genug Platz bieten die Wohnungen ja allemal. Asbahr fragt sich, ob auch Hermine Grabert zu den Samaritern gehört. Eher nicht. Würde auch nicht zu ihr passen. Gesehen hat er in ihrer Behausung außer ihr jedenfalls noch niemanden. Allerdings ist sein Blickfeld auch ziemlich eingeschränkt.

Ob die Ukrainer etwas mit dem Baumaterial zu tun haben, das vor Tagen angeliefert wurde – wer weiß? Jedenfalls hat René Asbahr den Gedanken verworfen, Hanno Meyer bereite Charlotte Finn eine letzte Ruhestätte, einen Sarkophag. Es scheint sich wirklich um einen Zufall zu handeln, dass sein alter Weggenosse im selben Haus wohnt wie Asbahrs Opfer in spe.

Er erwidert das Lächeln der Frau. Die Blicke des Alten hingegen erscheinen ihm misstrauisch und skeptisch. Na, kein Wunder, denkt René Asbahr, was mag der Mann schon alles erlebt haben. Tja, wenn dein Präsident rechtzeitig die weiße Flagge gehisst hätte – dir wäre viel erspart geblieben.

Plötzlich, von einer Sekunde auf die andere, reißt der Greis die Augen auf und sein Blick bekommt etwas Ängstliches, Furchtsames. Wie Asbahr, der jetzt wenige Schritte vor dem Greis steht, hat auch der ein paar Meter entfernt ein Geräusch vernommen. Es ist das leise Surren der gläsernen Eingangstür zur Sparkasse, als sie sich öffnet. Der Schrecken lässt den Alten zusammenzucken, als eine ebenfalls betagte Frau heraustritt. Es ist niemand anderes als *sie*. Charlotte Finn!

Verdammt! Sie ist mir entwischt, denkt Asbahr. Wieder ein spontaner Gang von ihr – entgegen jeder von ihm sorgfältig dokumentierten Gewohnheit.

Charlotte registriert den erschreckten Blick des Alten; sie sieht ihn sekundenlang an, scheint kurz nachzudenken, wendet sich dann aber ab und geht ihren Weg weiter.

Hassverzerrt ist jetzt das Gesicht des Greises, als er auf die alte Frau zeigt, die sich mit zunehmend eiligen Schritten entfernt. Er redet mit aufgeregter, aber leiser Stimme auf seine Begleiterin ein. Die Attraktive nickt, und Asbahr, die sich jetzt fast auf der Höhe des Paares befindet, hört, wie sie ihm in einer fremden Sprache eine Frage stellt. Das muss Ukrainisch sein, denkt er. Er lag also richtig.

Der Mann nickt wieder, diesmal kräftig und bestimmt. Die Frau wendet den Kopf und schaut Hermine Grabert hinterher. Ihr Blick bekommt jetzt etwas Hartes, Entschlossenes.

Plötzlich beginnt der Alte, zu zittern. Er taumelt auf die Sparkasse zu und hält sich an der Hauswand fest. »Ilya!«, ruft die Dunkelhaarige besorgt und stürzt auf ihn zu. Mit kräftigem Griff nimmt sie ihn beim Arm.

René Asbahr widersteht dem Impuls, einfach weiterzugehen. Irgendwas passiert hier, denkt er. Irgendwas, das ihn an diesen Ort fesselt.

»Excuse me«, sagt er zu der Frau. »Ist alles in Ordnung? May I help you? Kann ich helfen?«

In fließendem Deutsch antwortet sie: »Nein, nein, es ist alles gut.« Sie lächelt. »Großvater ist ein bisschen zu viel gelaufen, fürchte ich.« Wieder wendet sie sich an den Greisen und redet beschwichtigend auf ihn ein. Der nickt kaum merklich und der Blick, den er Asbahr jetzt zuwirft, scheint wie aus einer anderen Welt.

»Danke noch einmal«, nickt die Begleiterin des alten Mannes Asbahr zu. »Aber es ist alles in Ordnung.«

Asbahr lächelt und zögert kurz. Die Ukrainerin spricht jetzt wieder mit sanfter Stimme mit ihrem Großvater. Es klingt, als stelle sie ihm eine weitere Frage. Er nickt und löst sich von der Wand. Sie stützt ihn und vorsichtig gehen sie weiter.

René Asbahr dreht sich nach ihnen um. Charlotte Finn ist jetzt weit voraus, hat sogar die jungen Leute überholt und wird in Kürze das Haus erreichen.

Was ist das? Was passiert da? Es liegt etwas in der Luft und René Asbahr weiß nicht was.

Der Alte hat Charlotte wiedererkannt, das ist ihm klar. Oder glaubt er das nur? Woher kennt er sie?

Er ist in ihrem Alter. Es ist möglich, dass er früher schon mit ihr zu tun hatte. Vielleicht sogar viel früher.

Er stammt aus der Ukraine. Aus dem Land, in dem Charlotte Finn vor Urzeiten mit einem Chor aufgetreten ist und in dem sie eine Schallplatte aufgenommen hat.

Es scheint zu passen, denkt Asbahr. Der Alte muss sie schon lange kennen. Und er hat Angst vor ihr. Er war komplett entgeistert, als er sie gesehen hat. Kennt er sie aus Plaszow? Kennt er Charlotte Finn aus dem KZ bei Krakau?

Er denkt an den harten Blick, den seine Begleiterin aufgesetzt hat, als er auf ihre Frage nickte. Der Blick, der nicht zu ihren schönen Augen passte.

Ich muss mit ihr reden, denkt René Asbahr. Ich muss wissen, welche Verbindung es zwischen den beiden Alten gibt.

Womöglich gibt es auch eine Verbindung zwischen uns, überlegt er. Zwischen mir und dieser schönen Frau.

Vielleicht ist es nicht Hanno Meyer, der in Sachen Charlotte Finn die gleichen Absichten verfolgt wie ich. Vielleicht ist *sie* es.

Wenn die Ereignisse der vergangenen Minuten ihn den Zahnschmerz auch haben vergessen lassen – mit einem Schlag meldet er sich wieder und treibt René Asbahr Richtung Busstation.

Kapitel 27

Während die Ankunft der Flüchtlinge von den Bewohnern des Hauses an der Mansteinstraße mit Wohlwollen aufgenommen wird, gibt es einen unter ihnen, der den Aufmarsch der Ukrainer mit Skepsis betrachtet, um nicht zu sagen mit Ablehnung.

Ömer Korkmaz versteht es, sich den solidarischen Aktionen der Nachbarn mit immer neuen Ausflüchten zu entziehen. Seiner Familie schärft er ein, sich auf keinen Fall an der Hilfe bei Einzug, Umbauten und Ähnlichem zu beteiligen.

Der Gemüsehändler sieht nicht ein, dass diese Leute kostenlos in extra für sie erschaffenen Unterkünften wohnen dürfen, wo er doch Miete zahlt.

Korkmaz hat nichts gegen Ausländer als solche, aber … Schließlich entrichtet er nicht nur den Mietzins für seine Wohnung, sondern berappt auch noch Steuern und Abgaben für seinen Laden, und das nicht zu knapp. Die wegen der Coronaepidemie versprochenen Hilfsgelder vom Staat fließen eher zäh als regelmäßig, die Leute aber, die jetzt scharenweise aus dem Osten kommen, kriegen den Zaster sofort. Und bar Kralle, ne.

Ömer Korkmaz ist Gastarbeiter der dritten Generation, schon sein Baba und vor ihm der *Büyük Baba* machten in Obst und Gemüse.

Großvater hatte damals in der *Norddeutschen Affinerie* angefangen, Metallverarbeitung, aber gemerkt, dass die schadstoffhaltige Luft dort für ihn nichts war. Also streifte er durch die Äcker im Umland, grub Kartoffeln und Rüben aus und verkaufte sie auf den Wochenmärkten in Wilhelmsburg und auf der Veddel, wo die Kundschaft überwiegend aus Landsleuten besteht. Dort legte er den Grundstein für einen gut laufenden Laden, den später sein Sohn übernahm. Der zog nach einigen Jahren aus der sozial schwachen Gegend südlich der Elbe weg und siedelte sich im gutbürgerlichen Eimsbüttel an, wo er sein Geschäft neu aufmachte. Sein Filius Ömer wurde folgerichtig der nächste Betreiber.

Den Ortswechsel hatte Ömers Vater in erster Linie einem überraschenden Angebot zu verdanken. Er durfte eine günstige Wohnung mitten in gefragter Lage beziehen.

Zunächst war Baba Korkmaz in Sorge gewesen, dass die Waren, die er anbot, in diesem Teil der Hansestadt nicht angenommen würden, aber er irrte sich. Schnell bekam er heraus, dass sich die Hamburger mit gehobenem Einkommen, wenn sie nicht gerade zu Hause sind, gern an der türkischen Mittelmeerküste herumtreiben und sich dort von genervten Einheimischen den Gaumen verwöhnen lassen.

Kaum wieder zu Hause, versuchen die Ex-Urlauber sich an der Herstellung mediterraner Kost, so wie man sie ihnen vor Ort vorgesetzt hatte, und reden sich ein, die Mysterien der türkischen Kochkunst durchschaut zu haben.

Und so besorgen sie sich die erforderlichen Zutaten bei *Korkmaz Obst und Gemüse.*

Der hanseatische Hobbykoch verlangt nach immer neuen, raffinierteren Beigaben, und Ömer beschafft sie ihm, verbunden mit den geheimsten Geheimrezepten türkischer Küche *(erdacht vom Leibkoch Atatürks – unvergleichlich lecker und gesund, ne)*.

Nein, Ömer Korkmaz kann wirklich nicht klagen. Das Geschäft läuft wie geschmiert, mit vorübergehenden Einbußen durch das Virus.

Schade nur, dass seine Idee mit den geschlachteten Schafen *an blöde Hausmeister Knupper* und leider auch an der eigenen Familie gescheitert ist, es hätte ein schönes Zubrot gegeben. Die Zusammenarbeit mit Ansgar Jablonski, Chefkoch im *Erastos*, hatte bis dahin hervorragend funktioniert.

Aber na ja.

Während also geschäftlich alles in Butter ist, wird Ömer Korkmaz privat von einigen Sorgen geplagt.

Es sind seine Töchter, nach der Geburt der kleinen Feride nun fünf an der Zahl, die ihm Kummer bereiten. Nein, nicht alle! Jale, die älteste, hat ein Einser-Abi in der Tasche und will Politologie studieren. Die neunjährige Yonca ist ein pfiffiges, aufgewecktes Wesen, das seinen Eltern viel Freude macht. Manchmal vergisst Baba sogar, dass sie kein Junge ist.

Aber!! Die anderen beiden! Die dazwischen! Kader und Selin. Oh, Allah!!

Ömers Frau Aylin hat ihm erzählt, dass die beiden mit ihren fünfzehn und vierzehn Jahren noch in … wie sagte sie? … ach ja, Pubertät nennt Aylin das. Da stecken sie noch drin, meint *Anne* Korkmaz, und das macht die Mädels nicht nur ziemlich zickig, sondern auch … wie soll man sagen? … ein bisschen begriffsstutzig. Das mit der Pubertät scheint ein typisch deutsches Phänomen, eines, das leider auf die beiden Mädchen abfärbt. Aus der Türkei hat Ömer von so etwas noch nie gehört.

Im Schneidersitz, Rücken an Rücken gelehnt, tauschen sich seine beiden Töchter auf der großen Couch im Wohnzimmer aus; ihre Unterhaltungen spannen einen Bogen von spätkindlichen bis zu frühfraulichen Empfindungen, Erwartungen und Eingebungen.

»Baba!«, spricht Kader ihren Vater an. »Wir müssen umziehen. Unsere Wohnung ist zu klein.«

Wenn Ömer ausnahmsweise nicht im Laden steht und sich zwecks Erholung im Kreise der Familie aufhält, laufen ihm selbst an kalten Tagen nicht selten Sturzbäche von Schweiß den Rücken hinab. Angstschweiß. Dies ist so ein Moment. »Wie kommst du darauf, *Kiz*?«

»Ja, überleg doch mal! Bisher haben wir jeder ein eigenes Zimmer. Weil wir waren vier, und hier sind vier eigene Zimmer, ne.«

»Genau!«, ergänzt Selin. »Vier eigene, ne.«

»Und?«, fragt Baba ahnungsvoll.

»Ja, ich meine nur«, sagt Kader. »Jetzt ist Feride auch noch da. Und das ergibt, dass wir fünf Zimmer brauchen müssen.«

»Ja. Fünf Zimmer«, bestätigt Selin.

Ömer Korkmaz hat mal in einer verzweifelten Minute seine Ehefrau gefragt, ob sie vor vierzehn, fünfzehn Jahren irgendwie … nun, ja … es gibt auch bei Gemüse Perioden, wo das Wachstum nicht so … manchmal liegts am Wasser, mal ist nicht ordentlich gedüngt … ob sie da irgendwie im Bauch was gemerkt hat … Du weißt schon, was ich meine.

Sie hat ihn nur angesehen und geantwortet, nee, mit meinem Bauch war da schon mal gar nichts. Vielleicht ist einfach *dein Samen* in der Zeit nicht so gut gewesen. Du hattest doch damals Ärger mit der Prostata, erinnerst du dich?

Hör zu, Frau! Doktor hat gesagt, ist nicht Rede wert, geht wieder vorbei, nehmen Sie von den roten hier zwei Stück am Tag.

Siehst du!, nickt Aylin. Bestimmt liegt es daran.

An den roten?

In der Eigene-Zimmer-Frage präsentiert Kader die Lösung für das Problem. »Feride ist jetzt neun Wochen alt. Bei *Insta* hab ich gehört, dass man noch zwölf Wochen abtreiben kann. Dann kommen wir mit den Zimmern wieder aus.«

»Kader meint …«, unterstützt Selin ihre Schwester, »… dass Mama gut in der Zeit ist. Dann wäre das Problem aus der Welt.«

Aylin schaut geduldig auf ihre Töchter. »Ich glaube, ihr solltet bei eurem Insta noch mal richtig nachgucken. Die meinen bestimmt, Abtreibung bis zwölf Wochen *nach der Empfängnis. Auf jeden Fall vor der Geburt.«*

Entgeistert wirft Ömer einen Blick in die Runde. Was reden die da?! In seinen vier Wänden! Er hofft, dass die dick genug sind und Allah das nicht gehört hat.

Es ist ja nicht so, dass er seine Töchter nicht alle liebt. Aber gewiss doch! Sie sind zwar keine Jungs, aber von Kind zu Kind fällt ihm auf, dass weibliche Nachkommen auch einen Vorteil haben: Sie lassen sich leichter tragen. Wenn er seinen Bruder Ünal sieht – gut, auf der einen Seite hat der Mann Glück. Drei Jungen und zwei Mädchen. Aber wenn der seine fetten Söhne im Arm hält! Junge, Junge! Der hat echt zu asten! Das hörst du noch in Istanbul, wie der am Schnaufen ist.

»Was?« Kader sieht die Felle schwimmen. »Oh, nee! Das gibt's doch nicht!«

»Das 's echt scheiße!«, stimmt Selin zu.

»Ist doch kein Problem«, spricht Aylin mit weiter ruhiger Stimme und der schweißgebadete Ömer bewundert sie für ihre Geduld. »Wenn Feride so weit ist, dann kommt sie zu Yonca ins Zimmer. Und nach der Hochzeit von Jale wird wieder eins frei.«

»Jale heiratet?«, fragt Kader interessiert. »Wen denn? Cousin Kaplan?«

»Jale heiratet?«, fragt Ömer überrascht. »Wieso weiß ich das nicht?«

»Habe ich dir das nicht erzählt?«, fragt Aylin. »Großonkel Salih hat für seinen Enkel Taner um ihre Hand angehalten.«

»Salih? Weinladen in Harburg, ne?«

»Und einen in Winterhude.«

»Dann geht das klar. Äh … wieso bei dir um Hand angehalten? Bei dir? So läuft das nicht! Vater entscheidet!«

»Vater war nicht da«, zuckt Aylin die Achseln. »Außerdem – Jale will Taner nicht. Die will Bilge.«

»Bilge?«, staunt Ömer. »Wer ist Bilge?«

»Starbuck's«, erklärt Aylin.

»Oh!« Die Augen ihres Gatten leuchten.

»Drüben am Grindelhof. Hinterm Tresen.« Ömer verzieht das Gesicht. Hastig ergänzt sie: »Aber Vollzeit.«

Er sieht sie sprachlos an.

»Wenn ich heirate …«, sagt Kader, »… nehm ich Cousin Hamza. Vier Autohäuser.«

»Ich auch!«, nickt Selin.

Ömer fällt die Kinnlade herunter. Was ist das für ein Tag heute?, denkt er. Wäre ich nur im Bett geblieben! Eine Tochter, die einfach heiratet, wer ihr einfällt, und zwei Töchter, die nicht heiraten werden, weil niemand sie will. Schon gar nicht einer mit vier Autosalons.

»Ich weiß sowieso nicht, was ihr mit eigenen Zimmern wollt«, nimmt Aylin den Faden wieder auf. »Den ganzen Tag sitzt ihr hier im Wohnzimmer herum, und wenn ich sauber machen muss, weil die Verwandten kommen, seid ihr nur im Weg. Anstatt mal mit anzupacken.« Aus Gründen der Sitzordnung können die Mädchen keine schuldbewussten Blicke tauschen. Aylin bezweifelt, dass sie sowas überhaupt im Repertoire haben. Sie schaut um sich. »Eigentlich müssten wir umziehen, weil *dieses Wohnzimmer* zu klein ist.«

»Wie kommst du darauf?«, fragt Korkmaz.

»Überleg doch mal, Ömer. Meine Brüder und Schwestern, deine Brüder und Schwestern. Kinder, Onkel, Tanten und, und, und. Ich weiß sowieso nicht mehr, woher mit den Möbeln, damit die alle einen Platz haben.«

Ihr Mann winkt ab. »Sollen sie mitbringen, ne.«

Ömer Korkmaz weiß, dass die Überlegung seiner Frau nicht ernst gemeint ist. Ihr ist ebenso wie ihm bewusst, dass sie keine größere Wohnung bekommen würden. Schon gar nicht zu dieser Miete.

Sein Vater hat ihm vor Jahren die Geschichte von dem Mann erzählt, den er – es war noch im alten Laden unten auf der Veddel – eines Tages durch das Schaufenster draußen an der Auslage stehen sieht, wo er ihr mit sicherem Griff verschiedene Sorten Früchte und Gemüse entnimmt.

»Das waren drei Äpfel, eine Gurke, Haselnüsse … äh … ein halbes Kilo Erdbeeren … nein … 300 Gramm, glaub ich … oder waren das …?«

»Ist nicht so wichtig, Baba. – Und dann?«

»Ich gehe raus und erkläre dem Herrn, dass alles ganz frisch vom Felde ist ... Ach! Jetzt weiß ich wieder! Ein *ganzes* Kilo Erdbeeren hat er genommen. Und *zwei* Gurken ... warte ... Haselnüsse nicht. Dafür ...«

»Baba! Ist nicht wichtig.«

»Unterbrich mich nicht, Sohn! ... Dafür Kirschen. – Er war Deutscher. Trotzdem hat er gut gewählt. Ein Deutscher auf der Veddel. Hab ihn zum ersten Mal gesehen. Ich sage ihm, er hat gut gewählt. ›Alles frisch. Und sehr günstig. Bei *Korkmaz Obst und Gemüse* ist alles sehr günstig. Und immer frisch.‹« Baba macht eine Pause und trinkt von dem honiggelben Tee aus dem Glas. »Der Deutsche nickt mit dem Kopf und sagt: ›Das weiß ich wohl, Herr Korkmaz. Sie haben in Hamburg einen guten Namen.‹ *Guten Namen!* Hat er wirklich gesagt!«

»Da hat er einfach recht, Baba«, sagt Sohn Ömer. »Du *hast* einen guten Namen.« Er überlegt einige Sekunden, warum *Korkmaz* in Hamburg ein guter Name ist. Womöglich besser als Dohnanyi? Aber dann versteht er und ist mächtig stolz auf seinen Vater.

Der nickt. »Der Deutsche hat sich dann vorgestellt und gesagt, er heißt Wasmuth. Eugen Wasmuth.«

»Eugen?« Ömer lacht. »Echt? Er heißt Eugen?«

Sein Baba lacht auch. »Ja, Deutsche haben manchmal komische Namen. Egal. Er war ein sehr freundlicher Mann, den ich zu einem Glas Tee eingeladen habe. Wir sprechen über Essen, türkisches, deutsches, und mir ist bald klar, dass der Mann viel davon versteht und gern kocht. Er sagt zu mir: ›Mein Problem, Herr Korkmaz, ist: Ich wohne draußen in Blankenese und da gibt es weit und breit keinen Gemüsehändler, dessen Produkte eine so hohe Qualität haben wie Ihre. Verstehen Sie?‹ Ich antworte: ›Ja, ich verstehe.‹« Vater Korkmaz nimmt noch einen Schluck von dem honiggelben Tee. »Dann fragt Eugen mich, wie groß unsere Wohnung ist und wie viele Kinder wir haben. Ich sage 55 und 7. Er nickt mit dem Kopf und sagt: ›Lieber Herr Korkmaz, es wäre mir sehr daran gelegen, wenn Sie in meiner Nähe wohnen und dort Ihr Geschäft betreiben würden. Sagt Ihnen Eimsbüttel etwas?‹«

Ömer runzelt die Stirn. »Die Deutschen haben nicht nur komische Namen. Sie reden auch so seltsam. … *mir* wäre *daran* gelegen … ich wäre *an* der Badewanne gelegen …«

Sein Vater prustet. »… wenn *an der* nicht schon tote Lämmer wären, ne? – Schenk mir noch einen Tee ein, Sohn. – ›Eimsbüttel?‹, sage ich. ›Na klar!‹ ›Generalsviertel?‹, fragt er. Ich nicke mit dem Kopf. ›Kenn ich.‹« Baba kichert und sagt: »Ich habe am Abend gleich deinen Onkel Mehmet gefragt. Der arbeitet ja in Altona. Zum Glück kennt er alle diese Namen.« Ömers Vater setzt ein ernstes Gesicht auf. »Herr Wasmuth erklärt mir, dass er in der Mansteinstraße – kennt Mehmet, gute Gegend, teures Pflaster, sagt er – eine riesengroße Wohnung für mich hätte, die ihm selbst gehört, und im Haus gegenüber würde gerade ein großer Laden frei werden. ›Was meinen Sie, Herr Korkmaz, klingt das nicht gut? Wäre das nichts für Sie?‹« Er trinkt von dem frischen honiggelben Tee. »Ich war natürlich sprachlos. ›Die Wohnung überlasse ich Ihnen zu einem günstigen Mietpreis.‹ Eugen lächelt. ›Es ist ja für mich zum Vorteil. Als Vermieter bin ich mindestens dreimal in der Woche im Haus und schaue nach dem Rechten.‹ Er zwinkert mir zu. ›In diesem Zuge könnte ich natürlich noch ein wenig fürs Essen kochen einkaufen. – Was sagen Sie dazu?‹«

Ömer ist verwirrt. »Im *Zuge*? Was für ein *Zug*? Ich denke, es ging um den Laden.«

Baba winkt ab. »Ich habe ihm natürlich gesagt, dass ich sehr interessiert bin. ›Was verstehen Sie unter günstig Miete, Herr Wasmuth?‹ Er beugt sich zu mir vor und flüstert mir den Preis ins Ohr. Es war die Hälfte von der Miete, die ich auf der Veddel gezahlt habe! – Bei Allah, wir wohnen hier wirklich verdammt billig, Sohn.«

Der nickt und sieht seinen Vater stirnrunzelnd an. »Warum macht er das, Baba? Warum gibt er uns eine so große Wohnung zu so einem Spottpreis?«

»Ich weiß es nicht«, bekommt er zur Antwort. »Ich habe oft darüber nachgedacht. Herr Wasmuth ist vielleicht …« Baba zuckt mit den Schultern. »Man soll es ja nicht so sagen, aber vielleicht ist ein neuer Prophet auf die Welt gekommen und …«

»Ein Prophet nicht, ein Gesandter. Imam Salah Schulze sagt: *Ein Gesandter ist mit der Verkündung dessen beauftragt, was Gott ihm offenbarte, ein Prophet jedoch nicht.* – Aber ein Gesandter, der *Eugen* heißt?« Ömer lacht. »Das glaubst du doch selbst nicht.«

Baba hebt respektvoll die Hände. »Die Wege des Herrn sind unergründlich.«

So wie auch die Wege von Ömer Korkmaz' Eltern. Sie wohnen noch ein paar Jahre mit im weißen Haus. Als Ömers Geschwister nach und nach ausziehen, packen auch *Baba* und seine *Kari* die Koffer und gehen zurück in die Türkei.

Kapitel 28

Sie hören Nachrichten von Radio Elbe. Zunächst der Überblick.
Mehr als 600 000 Kriegsvertriebene suchen Schutz in Deutschland. Von den Geflüchteten sind gut zwei Drittel Mädchen und Frauen. Russland kündigt eine Feuerpause an, damit Menschen das belagerte Stahlwerk in Mariupol verlassen können.
Die Ukraine meldet weitere Angriffe auf Bahnanlagen, die USA sollen sie mit Geheimdienst-Informationen bei gezielten Anschlägen auf russische Generäle unterstützt haben.
Die US-Notenbank erhöht den Leitzins um einen halben Prozentpunkt. Die Währungshüter räumen nun dem Kampf gegen die Inflation Vorrang ein vor dem Ziel, die Konjunktur zu stützen. Für die kommenden Monate sind weitere …

Hanno Meyer schaltet das Autoradio aus. Dann macht er sich auf den langen Weg hinauf zu dem kleinen Häuschen.

Merkwürdig, denkt er, als er davor stehen bleibt und eine Weile nach Luft ringt. Irgendwie habe ich mir was anderes vorgestellt. Blankenese. Top-Wohnadresse. Schmucke Kapitänshäuser aus einer Zeit, in der die Seefahrt noch der bestimmende Erwerbszweig der Hamburger Oberschicht war.

Der Handel, mit dem die sogenannten Pfeffersäcke reich geworden waren, führte immer über die Elbe und endete in den Kontorhäusern, die inzwischen ebenfalls zu schicken Wohnquartieren umgewandelt worden sind.

Der gewinnträchtige Hafen ist immer noch da, aber seine Erlöse kommen heute auch der breiten Bevölkerung zugute und nicht mehr nur einer Handvoll Kaufleuten.

Teppiche, Gewürze, Kaffee gehören immer noch zu den meistimportierten Waren, die Mineralölindustrie ist stark vertreten, und weil die Logistik endlich auch im Hamburger Hafen auf Container umgerüstet wurde, konnte die Metropole an der Elbe den Anschluss an die großen Welthäfen halten.

Hier oben auf dem Berg, den man nur über endlose verschlungene Wege erreicht, die in erster Linie aus Treppen bestehen, haben sie sich zur Ruhe gesetzt, die alten Seeleute, die Kapitäne und ihre Offiziere; für die Schauerleute, Ewerführer, Kesselreiniger und Tallymänner war hier kein Platz, sie konnten sich diese Häuser nicht leisten.

Das habe ich mir anders vorgestellt, denkt Meyer noch einmal. So ein kleines, unauffälliges Haus! Passt irgendwie nicht zwischen all die anderen Juwelen.

Aber Eugen Wasmuth hat eigentlich auch nicht hierher gepasst. Hatte mit Seefahrt nichts am Hut, nur, dass die Spedition, die er Mitte der Siebziger gegründet und mit großem Erfolg betrieben hat, auch Reeder bediente.

Sein Sohn Manfred hatte Meyer am Telefon beiläufig erzählt, dass er das kleine Haus hoch oben am Hang geerbt hat, als sein Vater vom Krebs hinweggerafft worden war.

Er starb vor einem halben Jahr, und Manfred hatte sich kurzzeitig mit dem Gedanken befasst, in das Haus an der Mansteinstraße zu ziehen. Seine Schwestern allerdings überredeten ihn, das Haus an einen Investor zu verkaufen. Kunststück, die beiden waren schon vor Jahren aus Hamburg weggezogen, die eine, Isadora, nach Lübeck, Martha, die zweite, folgte ihrem Mann nach Rostock. Sie kamen nur gelegentlich in ihre Heimatstadt. Die Abwicklung des Verkaufs überließen sie ihrem Bruder.

Mit diesen Informationen gerüstet, bedient Hanno Meyer jetzt einen antiken Türklopfer aus Messing und erschrickt über den lauten hohlen Klang.

Manfred Wasmuth öffnet ihm und bittet ihn herein. Sie trinken auf der Veranda eine Tasse Kaffee, plaudern eine Weile und Meyer genießt den Blick über die Elbe, wo gerade ein gewaltiges Containerschiff im Schneckentempo den Weg Richtung Hafen nimmt.

Auf Bitten des Anwalts zeigt Wasmuth ihm das Haus und Meyer stellt fest, dass die Räume noch kleiner sind als von ihm erwartet.

»Vater hat keinen Wert auf ein repräsentatives Wohnhaus gelegt«, erklärt Wasmuth, als sie wieder auf der Veranda sitzen. »Das erklärt auch die freigiebige Veräußerung der Mietwohnungen in der Mansteinstraße. Mein Gott! 120 Quadratmeter! Platz genug, um im Flur Tennis zu spielen.« Er lacht. »Und der Besitzer haust in einer kleinen Kate in einer immerhin malerischen Umgebung.« Darauf sieht Wasmuth Meyer an, erwartungsvoll, wie der merkt.

Hanno Meyer zieht die Schultern hoch. »Natürlich, Herr Wasmuth. Ich weiß, was Sie denken. Die Wohnungen sind in der Tat sehr groß.« Er trinkt von dem Kaffee, den Wasmuth inzwischen bereitet hat. »Mir persönlich passt das gut. Ich spare die Kosten für ein externes Büro und …«

»Entschuldigen Sie, aber braucht ein Anwalt ein Büro dieser Größe? Geht's nicht auch kleiner?« Dann macht er eine knappe Handbewegung, wie um dieses Thema abzuhaken. »Aber deshalb sind Sie ja nicht hier. Sie möchten mich und meine Schwestern vom Verkauf abbringen.«

Freimütig nickt Meyer. »Niemand im Haus, Herr Wasmuth, kann und will sich eine Luxuswohnung leisten. Zugegeben, wir wohnen alle sehr günstig, die Mieten sind vergleichsweise niedrig …«

»Sehr niedrig, Herr Meyer, sehr!« Das Lächeln, das Wasmuth jetzt aufsetzt, kommt dem Anwalt seltsam hilflos vor. »Wissen Sie, ich habe mich bis heute nicht näher mit den Mietverträgen befasst. Einmal habe ich einen Blick draufgeworfen, und mich gewundert, *wie* günstig Sie wohnen. Das widerspricht allen …«

»Sie haben recht«, fällt ihm Meyer ins Wort. »Gespräche mit den Nachbarn haben ergeben, dass da noch Luft nach oben ist. Alle wären einverstanden …«

Wasmuth fällt ihm ins Wort. »Soll ich Ihnen sagen, wie hoch das Angebot ist, das *Wohntraum* uns gemacht hat?«

»Ich bin nicht neugierig. Mir ist bewusst, dass es in der Summe deutlich über den Mieteinnahmen liegen wird.«

Der Sohn des verstorbenen Hausbesitzers lächelt. »Kommt darauf an, von welchem Zeitraum wir reden. – Aber wir sollten uns nicht mit Zahlen aufhalten.« Er steht auf und wandert mit gesenktem Kopf an der Fensterfront der Veranda hin und her. Dann bleibt er stehen und sieht Meyer an. »Kennen Sie die Geschichte des Hauses? Und die meines Vaters? Wissen Sie, warum Sie und Ihre Mitbewohner so günstig wohnen?«

»Ich weiß nur, wie ich an die Wohnung gekommen bin, und das war in der Tat ziemlich ungewöhnlich.«

»Ich bin gespannt. Vater hat mir einiges erzählt, aber das nicht. Wollen Sie es mir verraten?«

Meyer nickt. Er erzählt Manfred Wasmuth von dem Tag, als dessen Vater ihn bat, als Anwalt für ihn tätig zu werden, was aus seinen Erfahrungen mit dem rücksichtslosen Makler Alfred Bergmann resultierte.

Er erzählt dessen Sohn auch vom Plan Eugen Wasmuths, eine Rollator-Rampe für Corinna Kadach bauen zu lassen und dass wiederum Bergmann ihm in die Quere kam. Und dass Meyer ihm riet, zu klagen, was aber Wasmuth erstaunlicherweise ablehnte. Obwohl der Anwalt sicher war, den Fall gewinnen zu können.

Alfred Bergmann war, so verrät Meyer dem Sohn Eugen Wasmuths, auch der hauptsächliche – nein, eigentlich der *einzige* – Anstoß für ihn gewesen, eine Laufbahn als Rechtsvertreter einzuschlagen. Lange sei das her. In den Achtzigerjahren war das.

Und er berichtet Manfred Wasmuth von einem Angebot, das dessen Vater Eugen ihm viele Jahre später macht …

Kapitel 29
(2012)

Der Anruf erreicht Hanno Meyer nachmittags um drei. Der Anwalt hat gerade zu zweit gefrühstückt und seinen weiblichen Gast verabschiedet. Sie war ihm während einer Verhandlung aufgefallen, bei der sie als Schöffin neben dem Richter saß. Bevor Meyer sie später in sein Auto bat, machte er die junge Frau darauf aufmerksam, dass es eigentlich verboten sei, Kontakt mit einem Rechtsvertreter aufzunehmen, wenn beide am selben Fall beteiligt sind.

Ihr Job, sagte er, sei es, dieselbe Person zu verurteilen, die *er* verteidigt. Schwierige Geschichte.

Ihr, Heidemarie mit Namen, war dieser Umstand ziemlich wurscht gewesen. Es würde sich auch nichts ändern, meinte sie schulterzuckend, wenn sie den Angeklagten freispräche.

Nun ja.

Am Apparat meldet sich überraschend Eugen Wasmuth.

Seit der Zeit, als sie sich gemeinsam der ständigen Attacken Alfred Bergmanns erwehrt hatten, war der enge Kontakt abgerissen. Wasmuths seltene Besuche im weißen Haus beschränkte er auf seine Funktion als Vermieter, ansonsten bei *Korkmaz Obst und Gemüse* einzukaufen. Bergmann hatte von einem Tag auf den anderen Ruhe gegeben. Anwaltlicher Beistand schien nicht mehr erforderlich zu sein.

Heute bemüht sich Wasmuth, zu erklären, warum er sich so rar gemacht hat. Meyer fällt die brüchig gewordene Stimme seines früheren Klienten auf. »Ich habe einige Zeit im Krankenhaus verbracht. Hodenkrebs. Keine angenehme Geschichte, aber die Ärzte meinen, ich hätte das Schlimmste hinter mir.« Wasmuth seufzt. »Fürs Erste, sagen sie.« Er kichert. »Fürs Erste!«

»Es tut mir leid, Herr Wasmuth.«

»Ich will Sie mit meinen Leiden auch nicht nerven, Herr Meyer.

Was passieren soll, passiert. Zu ändern ist da nichts. – Ich möchte Ihnen nur sagen, was ich im Krankenhaus erfahren habe. Wenn ich Ihnen jetzt verrate, dass mein Bettnachbar den Namen Andreas Hansen trug – was würden Sie sagen?«

»Ich würde sagen, dass mir der Name bekannt vorkommt, ich nur nicht weiß ...«

Wasmuth erinnert Meyer an einen Fall Ende der Achtzigerjahre. »... Eigenbedarfsklage. Wissen Sie nicht mehr? Sie haben damals gewonnen. Sie haben Hansen vertreten – gegen die Firma Reiter & Co. Bevollmächtigter: unser gemeinsamer Freund Alfred Bergmann. Erinnern Sie sich jetzt?«

»Ehrlich gesagt: kaum. Bergmann sagt mir etwas, klar. Es ist wirklich einige Jahre her, nicht wahr?«

»Dieser Prozess war das letzte, was ich von Bergmann hörte. Danach war er wie vom Erdboden verschluckt«, sagte Wasmuth und Meyer bemerkte Zweifel in seiner Stimme. »Nun – Herr Hansen konnte mich aufklären. Danach hat Bergmann *Reiter & Co.* verlassen und eine eigene Maklerfirma gegründet. Und jetzt kommt's: Seit dieser Zeit hat Alfred Bergmann offenbar jedes Interesse an meinem Haus verloren. Von einem Tag auf den anderen. Hansen sagte mir, unser alter Feind sei plötzlich ganz handzahm geworden. Keine Tricks mehr. Er wickelt seine Geschäfte inzwischen auf die übliche Tour ab. Hat jetzt den Ruf eines ehrlichen Maklers.«

Meyer lacht. »Ich dachte immer, der letzte ehrliche Makler habe Bismarck geheißen.«

»Irgendwas muss da vorgefallen sein. Er war doch dermaßen versessen auf die Mansteinstraße. Merkwürdig. Na, vielleicht hat er ...« Wasmuths Worte wurde von einem heftigen Hustenanfall unterbrochen. »Entschuldigung. – Herr Meyer, nachdem Sie mich so lange vertreten und in Rechtsfragen beraten haben – ich würde zur Abwechselung gern etwas für Sie tun.«

»Aber Herr Wasmuth! Sie haben doch immer ...«

»Hören Sie zu! Ich kenne ja Ihre Kanzlei in Altona und habe mich immer gewundert, wie Sie all die Jahre mit so wenig Platz ausgekommen sind. Also, wirklich, Sie hausen in einem Kämmerlein! Die kleine Arbeitsecke! Diese winzige Küche! Sie sollten meine sehen, Herr Meyer! In der kann man wirklich kochen. Das einzige größere Möbel, das ich bei Ihnen gesehen habe, ist Ihr Bett. Das hat ja enorme Ausmaße!«

»Na ja, ich …«

»Wollen Sie nicht in die Mansteinstraße kommen? Ganz zufällig wird die Wohnung über der, in der die beiden Kadachs gewohnt hatten, in drei Monaten frei. Im ersten Obergeschoss also. Dort hat ein alter Herr gewohnt, dem der Weg dort hinauf zu beschwerlich geworden ist. Das Haus hat ihm sehr gefallen, es hat eben nur keinen Fahrstuhl. – Herr Benedikt geht jetzt in ein Altersheim. Das heißt *Villa Zielgerade* und ist …«

»*Wie* heißt das?«, staunt Meyer.

Wasmuth lacht. »Sie hören richtig.« Dann ergänzt er kichernd: »*Zielgerade* in *einem* Wort.«

»Ein Name von erfrischender Doppeldeutigkeit«, schmunzelt Meyer.

»Nicht wahr? Das ist an der Hagenbeckstraße ganz neu gebaut worden. Ein sehr nettes … aber ich schweife ab.« Wasmuth räuspert sich. »Kurzum – was würden Sie davon halten, Herr Meyer, in mein Haus zu ziehen? Sie hätten, glaube ich, genug Platz zum Wohnen und um dort auch Ihre Kanzlei einzurichten.«

»Oh!«, sagt Meyer, »das wäre ja … ich habe die Wohnung der Kadach-Schwestern ja gesehen … sie bietet nicht nur reichlich Platz, Herr Wasmuth, sie ist riesig! Wenn die erwähnte genauso …«

»Alle Wohnungen im Haus sind von gleicher Größe. – Na, was sagen Sie?« Meyer hört Wasmuth am anderen Ende der Leitung leise lachen. »Ihnen ist sicher auch bekannt, wie hoch die Miete der Damen war. Dann kennen Sie auch die, die Sie zu entrichten hätten.«

»Wahnsinn!«

»Es macht also nichts, wenn Sie in Zukunft den einen oder anderen Ihrer Fälle vor Gericht vergeigen«, lacht Wasmuth und fährt schnell fort: »Was ich mir nicht vorstellen kann. – Aber Sie würden diese Wohnung in jedem Fall halten können.« Dann fährt der Hauseigner in ernstem Ton fort. »Ich will ehrlich sein. Wie Sie sich denken können, ist das, was ich mache, nicht ganz uneigennützig. Meine ständigen Kämpfe mit Herrn Bergmann haben sehr an meinen Nerven gezehrt. Selbst wenn Herr Hansen recht behält und unser Freund den Pfad der Untugend verlassen hat – wer sagt mir, dass er es sich nicht noch einmal anders überlegt? Es wäre schön, jemandem in meinem Haus zu wissen, der schon aus Eigeninteresse dafür sorgt, dass es auch unser Haus bleibt.« Mit leiser, matter Stimme ergänzt Eugen Wasmuth: »Die wenige Zeit, die ich noch habe, möchte ich anders füllen als mit der Abwehr von Bergmanns Attacken.«

Kapitel 30

Sie hören die neuesten Nachrichten von Radio Elbe.
Moskau. Der russische Oppositionspolitiker Alexej Nawalny wird aus seinem bisherigen Straflager in ein strengeres Gefängnis für Schwerverbrecher verlegt. Das Stadtgericht Moskau wies die Berufung gegen ein Urteil vom März am Dienstag ab, wie die Nachrichtenagentur Interfax berichtete. Damit tritt eine neunjährige Haftstrafe unter anderem wegen angeblichem Betrug in Kraft. Infolgedessen soll Nawalny verlegt werden. In russischen Gefängnissen für Schwerbrecher dürfen die Insassen seltener Angehörige treffen, Päckchen und Briefe empfangen oder zum Ausgang an die frische Luft. Nawalny nutzte das Berufungsverfahren für Kritik an Russlands Krieg gegen die Ukraine.
Rom. Die italienische Regierung bereitet sich …

Frank Forster dreht das Radio aus und fährt im Schritttempo hinter dem Mädchen her, passt auf, ihm nicht zu nahe zu kommen. Den Wagen hat er vor einem Jahr neu erstanden, den kann es nicht kennen.

Obwohl – auffällig ist der *Lamborati GSP* (besonders in dem ungewöhnlichen Gelb) schon, selbst in diesem gutbürgerlichen

Stadtteil. Im benachbarten Eppendorf wäre er keiner Beachtung wert. Eimsbütteler machen gern in Understatement, schon Mercedes-Cabrio ist hier ein Exot. Dafür reichlich SUVs, irgendwie muss man schließlich zeigen, dass man sich nicht nur die teuren Wohnungen in dieser Gegend leisten kann.

Nach einiger Zeit weiß Forster, dass er sich keine Sorgen machen muss, Maja könnte ihn wahrnehmen – ihre Kopfhörer drängen die langen Haare weit ins Gesicht, die Augen sind ständig auf ihr Smartphone gerichtet. Sie wirkt in sich versunken, so als wolle sie den heutigen Schultag mental abstreifen.

Sein ursprüngliches Vorhaben, seine Tochter vor dem Gymnasium Hoheluft abzufangen, hat Forster verworfen; er will nicht für einen *Mitschnacker* gehalten werden, einen Kerl, der unterwegs kleine Mädchen aufliest. Sein Auto wäre Garant, sich die entsprechenden Blicke der Passanten einzuhandeln.

Maja bummelt den Wiesingerweg hinunter und Forster trägt sich mit der Absicht, sie auf ein Eis ins *La France* einzuladen. Das Café dürfte um diese Zeit geöffnet haben.

Das Zusammentreffen soll wie zufällig wirken, seine Tochter darf nicht auf den Gedanken kommen, er hätte ihr aufgelauert.

Die Idee, einfach an der Tür zu klingeln und Wiebke unter einem fadenscheinigen Grund in ihrer Wohnung aufzusuchen, hat Forster aus den gleichen Gründen fallen lassen. Seine Ex kennt ihn genau und hätte den Braten gerochen.

Als Maja die Gärtnerstraße überqueren will, fährt Frank Forster das Seitenfenster herunter und ruft sie. Offenbar hat sie laute Musik laufen, denn sie reagiert nicht. Forster ärgert sich einen Moment, dann schmunzelt er. Wie früher, denkt er. Die Kleine hat noch nie gehört, wenn ihr Vater sie gerufen hat.

Also drückt er auf die Hupe, einmal, zweimal. Sie hört immer noch nicht. Eine Frau nimmt sie beim Arm, und zeigt, als Maja sich erschreckt umdreht, in Richtung *Lamborati*. Dann schüttelt die Alte den Kopf, empört, wie es scheint.

Die Tochter erkennt den Vater, streift die Kopfhörer auf die Schultern und kommt über die Straße geschlendert. »Meine Fresse!«, sagt sie zur Begrüßung, »was fährst du denn für 'ne Protzkarre?« Sie zeigt auf die Kühlerhaube und kichert. »Sag mal, hat da einer raufgepinkelt?«

Jetzt reicht's!, denkt Forster missmutig. Ich lass ihn umlackieren! Scheiß auf den Rabatt!

»Guten Tag, liebes Kind«, grinst er verkniffen. »Was für ein Zufall, dich hier zu treffen. Kommst du von der Schule?«

»Vom Elternabend«, entgegnet sie trocken. »Ist 'n bisschen länger geworden.«

»Sehr witzig!«

»Und du?«, fragt Maja vorsichtig.

»Hatte in der Gegend zu tun.« Er schaut auf die Uhr. »Wie sieht's aus – darf ich meine Tochter zu einem Eis einladen? Ich meine … ist ja schon 'n bisschen her.«

Ihr Blick ist skeptisch, denkt er. Schmale Augen. Sei vorsichtig, Frank! Auch sie ist mit allen Wassern gewaschen.

Nach einem kurzen Blick auf ihr Smartphone zuckt sie mit den Schultern, und er atmet auf. »Warte mal«, nuschelt sie. Nach sekundenbruchteilschnellem Wischen mit dem Zeigefinger ist Maja dort angekommen, wo sie hinwollte. Sie tippt mit zwei Daumen ihre Nachricht in den nächsten Sendemast. »Muss Bescheid geben«, murmelt sie.

»Deiner Mutter?«, fragt er misstrauisch.

»Nö«, schüttelt sie den Kopf, und ihre schlanken Daumen klickklickklicken weiter.

Forster steuert in die nächste Parklücke und steigt aus. Er betrachtet seine sechzehnjährige Tochter und ihm ist, als lägen tausende von Jahren zwischen ihnen. Sie kommt ihm vor wie ein Wesen von einem fremden Stern. Das Kabel zwischen ihrem Hals und dem kleinen Gerät, das sie auf den Fingern balanciert, ersetzt die Nabelschnur, ohne die sie verloren wäre.

Das Handy ist das *Survival-Kit* der Jugend. In dem winzigen Kasten ist alles vorhanden, was ein junger Mensch zum Leben braucht: das Telefon, die Schreibmaschine, der Fernseher, das Radio. Und die Uhr. Das beigelegte Internet ist ein großes Kaufhaus, in dem sich alles finden lässt, was teuer und nutzlos ist. In den *social networks* lassen sich Freunde, Feinde wie Lehrer und Klassenkameraden ungefragt bepöbeln, auf dass man seinen eigenen Frust loswerde.

Millionen von *apps* verkürzen die Pubertät, den *kids* werden Programmchen aufgedrängt, ohne die das Dasein offenbar zum Verzweifeln überflüssig wäre. Ratgeber: *Schokolade allein tut's nicht – Wege aus der Magersucht;* Workshop: *Ponies richtig satteln;* Chatter-Treffen: *Ich bin verliebt in meinen Lehrer – was tun?* Für jeden Geschmack ist was dabei, gegen alle Leiden gibt es ein *tool.*

Das Handy wird an der Steckdose geladen, das Gerät selbst aber ist die Batterie, die die Kinder am Laufen und am Leben hält.

Forsters Überraschung ist groß, als seine Tochter es tatsächlich schafft, den Zauberkasten in der Gesäßtasche verschwinden zu lassen, natürlich ohne die Nabelschnur zu kappen.

Als sie ihn endlich wieder ansieht, ist ihm, als hätte er in der Zwischenzeit ihre Augenfarbe vergessen.

»Auf 'n Eis mit meinem Alten«, lacht sie und schüttelt den Kopf. »Hast was nachzuholen, wa?«

»Ja«, nickt er, und für eine Sekunde fühlt er sein Herz stechen. »Ja«, wiederholt er ernst, »das habe ich.« Sein Gewissen meldet sich und er hat Mühe, es zum Schweigen zu bringen.

Tatsächlich hat Forster während der letzten zwei Jahre oft an seine Tochter gedacht, häufiger als für gewöhnlich jedenfalls. Die Nachrichten, die er in der Corona-Zeit aus den Schulen vernahm, hatten ihn erschüttert. Stoßlüftung im Winter! Vor seinem geistigen Auge sah er Maya bibbernd am offenen Fenster sitzen, mit dicken Fäustlingen über den Fingern eine Klassenarbeit schreibend.

Er selbst hatte sich beim Umgang mit seinen Kunden eine Maske hinter die Ohren geklemmt, das war's. Den Aufwand, der in den Lehranstalten getrieben wurde, konnte er nicht nachvollziehen. Arme Kinder! Homeoffice mit vierzehn. Jahre ihres jungen Lebens wurden ihnen geraubt – ohne Gewähr, dass die ausufernden bürokratischen Maßnahmen Früchte tragen würden.

Zum ersten Mal verstand er, dass ein Smartphone für die jungen Leute ein unerlässliches Werkzeug ist, um ihre Kontakte zu pflegen. Jedenfalls *ein* technisches Gerät im digital unterversorgten Deutschland, das wirklich von Nutzen ist.

Aber warum zum Teufel hat er fast ausschließlich bei solchen Gelegenheiten an sein Kind gedacht?

In der Tat, denkt er, ich habe vieles nachzuholen. Deine Tochter ist jetzt sechzehn, sagt er sich, und ein Viertel ihres Lebens hast du versäumt. Ein Viertel? Nein, du hast Maja komplett aus den Augen verloren, kaum, dass sie auf der Welt war. Er hat sich früh entscheiden müssen zwischen Karriere und Familie, der Job hat ihn – darauf war er so nicht gefasst gewesen – komplett aufgefressen. Ein halb und halb gibt es nicht, man muss am Ball bleiben, zu jeder Sekunde erreichbar für Vorgesetzte, Mitarbeiter und Kunden. Gerade für Kunden, die sich nicht entscheiden können und nicht entscheiden wollen. Er hält sich für verdammt gut in seinem Job, aber diese unsicheren Kantonisten rauben ihm den letzten Nerv. Sie melden sich ständig und buchstäblich zu nachtschlafender Zeit.

Seine beiden Mädchen haben lange Geduld mit ihm gehabt, aber irgendwann war sie erschöpft. Den Ausschlag für die Trennung gab letztlich nicht der tägliche Stress, denn den erfuhr auch seine Frau. Er hat sich zum Ausgleich für den harten Job die eine oder andere Liebelei gegönnt, oder um es anders zu nennen, diverse Sexabenteuer, um den Druck loszuwerden, unter dem er steht. Denn mit Liebe hatte das alles nichts zu tun. Tatsächlich hat er Wiebke geliebt, und ihm wäre nie in den Sinn gekommen, dass er mit solchen Leichtfertigkeiten die familiären Bande aufs Spiel setzen würde.

Seine Frau aber erwies sich als knallhart konsequent, kaum dass ihre Mutter ihr von der Verfehlung ihres Mannes berichtete.

Zum Glück war Maja zu diesem Zeitpunkt schon zwölf; das ersparte ihr viel von dem Leid, dem jüngere Kinder in einer solchen Situation meist ausgesetzt sind.

Frank Forster schaut seine Tochter, als sie Richtung Eiscafé gehen, von der Seite an, dieses hübsche, gertenschlanke Mädchen, das, wie er inzwischen erfahren konnte, die Großherzigkeit und die Empathie ihrer Mutter geerbt hat. Wie gern hätte er ihr in diesem Moment den Arm um die Schulter gelegt und ihr gesagt, dass er sein Leben für einen großen Irrtum halte, den er am liebsten sofort vergessen machen möchte.

Allein – er weiß, dass dieses Leben ihn gefangen hält und er keine Chance hätte, ihm zu entfliehen. Wahrscheinlich will er es auch nicht. Bei aller Liebe zu Maja und Wiebke nicht.

»Mademoiselle, Ihr Eisbecher *Sommerschmelz*«, schmachtet der Kellner und stellt Maja einen mächtigen Glaskrug vor die Nase, hinter dem sie kaum noch zu sehen ist.

»Oh, Mann!«, lacht sie, »der reicht ja bis zum Herbst.«

»Da ist doch noch Platz«, lächelt Forster und zeigt auf den Bauch seiner Tochter. »Im Ernst. Du musst mal was auf die Rippen kriegen. Wenn du Shoppen gehst, treibt der Wind dich sonst durch das Schaufenster.«

Sie hebt kurz ihre Mundwinkel. Dann widmet sie sich der ersten Eisschicht. »Maracuja. Geil!«

»Die haben die Waffel vergessen«, stellt Forster fest.

»Gehört da eine bei?«, nuschelt sie mit sahnenassem Mund.

»Eis ohne Waffel geht gar nicht. – Herr Ober!«

»Herr Ober?«, quetscht sie.

»Ja. Wieso?«

Mit kurzem Schlucken befreit sie die Kehle. »Hab ich noch nie gehört. Sagt man das?«

»Ich schon«, nickt Forster. »Zu meiner Zeit sagte man sowas … Siehste? Der reagiert … Hätten Sie eine Waffel für meine Tochter?«

Maja hebt abwehrend die Hand. »Du, ich mag überhaupt keine Waffeln. Schmecken wie Amazon-Verpackungen.«

»Danke, Herr Ober«, winkt Forster dem Kellner zu. »Hat sich erledigt.« Der junge Mann nickt und versucht, mit Maja zu flirten. »Ich mag auch keine Waffeln.«

»Schön für dich«, entgegnet sie. »Ich glaube, da drüben winkt jemand.«

»Mit dem Zaunpfahl?«, lächelt er dünn und enttäuscht. Dann geht er Richtung Tresen.

Während Maja den Löffel immer tiefer in den Eisberg versenkt, fragt ihr Vater, der vor einem Milchkaffee sitzt: »Und – wie geht's zu Hause?«

Aha, denkt sie, es geht los. Er will's wissen. »Geht.«

»Hm. – Alles in Ordnung mit deiner Mutter?«, fragt er in beiläufigem Ton.

»Jepp.«

»Und die Nachbarskinder? Was gibt's heute? Wieder Spaghetti?«

»Heute ist Montag«, sagt Maja nach kurzem Zögern. »Die sind donnerstags bei uns. Aber nur noch selten.«

»Und samstags«, nickt er wissend.

Sie legt ihren Löffel beiseite. »Sag mal – das ist doch kein Zufall, dass wir hier sitzen und du mir Löcher in den Bauch fragst, oder? Du willst mir doch was aus den Rippen leiern.«

Achselzucken auf der Gegenseite. »Ich will wissen, wie es dir und Wiebke geht. Das ist doch normal, oder? Schließlich bin ich dein Vater und der Ex meiner Ex.«

»Schön, dass du das noch weißt.«

Seine Hand senkt sich auf den Tisch und tastet beschwörend in ihre Richtung. »Du glaubst gar nicht, wie oft ich an euch denke … Ich …«

»Da hast du uns was voraus«, fährt sie ihm ins Wort. »Du bist bei uns kein Thema.«

Mit einem Ruck zieht Forster die Hand zurück. »Nur mein Geld.«

Maja wischt den Mund an der Serviette ab und lehnt sich in ihren Stuhl zurück. »Vati, du solltest dir mal ernsthaft Gedanken darüber machen, was du eigentlich angerichtet hast. Mama hätte es bestimmt verschmerzt, wenn du dich in eine andere verliebt hättest – das kommt in den besten Familien vor. Aber …«, ihr Blick kommt ihm verachtend vor, »… mal eben die blöde Melanie in eurem Schlafzimmer zu pimpern und Oma auch noch zugucken zu lassen, das ist …«

»Ach, Maja!« Es klingt wie ein Jammern. »Das war ein Ausrutscher. Ich hab nie wieder …«

»Ha!!« Du hast doch keine Ahnung, Frank Forster, denkt sie und sieht ihren Vater mit ungläubiger Belustigung an. Wenn du gewollt hättest, dass dir niemand auf die Schliche kommt, hättest du keine Tochter in die Welt und damit mitten in die Generation Smartphone setzen dürfen. Du glaubst doch nicht im Ernst, dass mir irgendwas von dem verborgen bliebe, was du auf deinem Handy versteckt hältst. Ohne, dass ich auf den Gedanken kommen würde, zu schnüffeln. Ein Handy, alter Herr, ist für eine Zwölfjährige wie ein Goldfischglas – ich schau einmal hinein, und meine Augen dringen durch die Tiefen der Dateien wie durch klares Wasser. Es hat nicht lange gebraucht, um auf all die Isabells, die Evas, die Josefines zu stoßen. (Sogar eine *Möpsi* war dabei. Ich muss nicht raten, wie die zu ihrem Kosenamen gekommen ist, richtig?) Vergiss es, Mann! Sowas kannst du vor deiner Frau geheim halten, aber doch nicht vor einem Mädchen, dem das Handy ab dem Alter von drei zum Lebensmittelpunkt geworden ist.

»Wirklich!« Krampfhaft klingt sein Versuch, sich aus der Schlinge zu befreien. »Das war das erste und einzige Mal, dass ich ...«

Wenn es das erste und einzige Mal gewesen wäre, Frank Forster, würdest du mir jetzt in die Augen sehen und nicht in deinem schon lange kalten Kaffee rühren. Da löst sich nichts mehr auf.

»Lass uns von was anderem reden, Vati.« Komm endlich auf den Punkt. Ich bin sechzehn. Ich habe keine Zeit zu vertrödeln.

»Okay«, stöhnt er erleichtert. Nach kurzem Zögern: »Du hast dein Eis nicht aufgegessen. Schmeckt es dir nicht?«

»Doch«, antwortet sie. »Ist zu viel. Mein Bauch ist schon viel dicker geworden.«

Er trinkt den Rest seines Kaffees. Der ist inzwischen kalt, denkt er, und ich bin keinen Schritt weiter. Zeit, zurück in die Spur zu finden. »Kein Problem. Nimmst du halt weiter die Treppe und lässt den Paternoster aus. Ist der inzwischen fertig?« Geschickter Schlenker, Frank!, gratuliert er sich.

Na endlich, denkt Maja. Er kommt zur Sache. »Fehlt nicht mehr viel.«

»Ich würde mir den gern mal ansehen«, hakt er nach. »Was meinst du? Darf ich dich nach Hause bringen? Du bist bestimmt noch nie in einem *Lamborati* gefahren, stimmts?«

Was für ein verschlagenes Grinsen, denkt Maja. Irgendwie peinlich. »Äh … tut mir leid. Ich geh noch nicht nach Hause. Ich habe gleich ein Date.« Sie macht sich an ihrer Schultasche zu schaffen.

Er hält sie am Arm. Kräftiger, als er es eigentlich vorhat. »Sag mir die Wahrheit! Das Ding ist ein Fake, richtig? Den gibt's nur im Erdgeschoss.«

»Aua! Du tust mir weh!«

»Maja! Ich warne dich!«, zischt er. »Wenn ihr meint, ihr könnt mir mit solchen billigen Tricks das Geschäft versauen …«

Rasch rutscht sie von der Bank, schnappt ihre Tasche. »Danke für das Eis. Tschüss.«

»Maja!« Er schießt von seinem Stuhl hoch und läuft ihr hinterher. »Warte!«

Da ist sie schon aus der Tür.

»He!«, ruft der Kellner. »Sie müssen noch bezahlen.«

Forster ignoriert seinen Ruf und folgt seiner Tochter. »Halt!«, hört er hinter sich. »Verdammter Zechpreller!«

Maja Voss rennt die Straße hinunter und stößt mit einem Mann zusammen, der gerade aus der Tür einer Textilreinigung kommt. »Was …? … Pass doch auf!«, poltert er. »Dummes Ding!«

»'tschuldigung! – Sie müssen mir helfen! Ich werde verfolgt. Ein Perverser!«

Der Mann sieht in die Richtung, in die sie zeigt. Da hat Frank Forster sie auch schon erreicht.

»Halten Sie das Mädchen fest!«, ruft er. »Das ist meine Tochter!«

»Ach! Tatsächlich?«, entgegnet der Angerufene. »Ihre Tochter, was?« Er packt Forster am Ärmel. »Bleib mal schön stehen, du …!«

»Da ist er ja!«, stellt der junge Mann aus dem Café fest, als er die Gruppe erreicht. »Ich werde Sie … ah, das trifft sich gut!« Er winkt zur Straße, auf der sich gerade ein Polizeiwagen gemächlich nähert. »Hallo! Polizei! Hier!«

Der Streifenwagen hält und zwei Uniformierte steigen aus.

»Was ist hier los?«, fragt der eine, der vier Sterne auf der Schulterklappe trägt.

»Dieses Mädchen ist belästigt worden!«»Der Mann da hat seine Zeche nicht bezahlt!«

Der Beamte hebt die Hände. »Langsam! Nicht alle durcheinander.« Er wendet sich an Maja. »Wollte der Mann was von dir?«

Sie nickt. »Erst hat er mich zum Eis eingeladen, dann hat er mir ans Bein gelangt.«

»Hör auf!« Forster versucht, sich loszumachen. »Lüg doch nicht!« Er wendet sich an den Polizisten. »Das stimmt nicht, Herr Kommissar!«

»Polizeihauptmeister. Ich möchte Ihren Ausweis sehen.«

»Der schuldet mir 14,80!«, erklärt der Kellner. »Ein Milchkaffee und ein Eisbecher *Sommerschmelz*. Ohne Waffel.«

»Ruhe!« Zu Maja: »Deinen Ausweis möchte ich auch sehen.«

»Hab keinen. Ich bin fünfzehn.«

»Und Sie?«, herrscht der Beamte nach links.

»Ich bin älter«, sagt der Mann, der Forster geschnappt hat. »Wieso Ausweis?«

»Nicht fragen, mein Herr«, zischt der Hauptmeister energisch. »Zeigen.«

Der zweite Beamte schaltet sich ein. »Kennst du den Mann da?«, fragt er Maja und zeigt auf Frank Forster.

Sie schüttelt den Kopf. »Nie gesehen. Hat mich angeschnackt und gefragt, ob ich in seinem Auto mitfahren will.«

Der Polizist sieht Forster angeekelt an. »Wo steht sein Wagen?«, fragt er das Mädchen.

Dessen Zeigefinger schnellt Richtung Parkbucht. »Da. Der Schlitten da. Der pieschgelbe.«

»Ja! So sind sie!«, sagt der Polizeihauptmeister und schüttelt angewidert den Kopf. »Führerschein und Fahrzeugpapiere. Aber plötzlich!«

»Das ist nicht so, wie Maja sagt«, jammert Forster. »Ich ...«

»Maja?«

»Ja. Das Mädchen heißt Maja und ist meine Tochter.«

Die Beamten sehen sich an. Einer bringt ein Grinsen zustande.

»Und Ihr Sohn heißt Willi, richtig? Unglaublich, was euch so alles einfällt, ihr Wüstlinge!«

»Bitte, Herr Wachtmeister!«, klagt Forster. »Sie müssen mir glauben!«

»Obermeister!« Der Streifenpolizist deutet auf seine Schulter. »Drei Sterne heißt Obermeister.«

»Ich schätze, wir klären das mal alles auf dem Revier«, sagt der mit den vier Sternen. »Möchtest du Anzeige erstatten?«, fragt er Maja.

»Wie geht das?«

»Wie gesagt«, erklärt der Beamte, »ihr kommt alle mit aufs Polizeirevier und …«

»Nee, lassen Sie mal«, winkt Maja ab. »Ich hab echt keine Zeit und …«

»Also – keine Anzeige?«

Sie schüttelt den Kopf. »Lassen Sie ihn doch einfach laufen. Ich glaube, der ist bestraft genug. – Sie können ja seinen Schlitten einkassieren. Geht das?«

»Ich bekomme noch 14,80 von dem Typ«, beharrt der Kellner aus dem Eiscafé.

»Keine Anzeige?«, fragt der Polizist auch ihn.

Der Junge sieht Forster feixend an. »Tja …«

Der zieht sein Portemonnaie hervor und entnimmt einen Zwanziger. »In Ordnung so?«

»Keine Anzeige!«, sagt der junge Mann zu den Beamten.

»Gut!«, sagt der Polizeihauptmeister. »Dann hätten wir das geklärt. – Wir haben Sie auf dem Kieker!«, droht er Forster. »Sie sollten unser Revier in Zukunft tunlichst meiden, okay?«

»Wenn ich etwas hasse«, sagt der Polizeiobermeister mit geringschätzigem Lächeln zu seinem Kollegen, »dann sind das pissgelbe Sportwagen.« Er sieht Forster an. »Ich kann die einfach nicht ausstehen!«

»Na ja. Schön ist er nicht«, antwortet der. »Dafür hat er 620 PS.«

»Oh! Schon so spät!« Maja schaut auf ihr Smartphone. »Ich

muss dann mal.« Sie stöpselt das Gerät an die Kopfhörer. »Echt gutes Eis bei dir«, sagt sie zum Ober des *La France*, der sie hocherfreut anlächelt. »Denk beim nächsten Mal dran: Keine Waffel! – Tschüss, Leute«, grüßt sie in die Runde.

Der Kellner strebt mit verträumtem Blick seiner Arbeitsstelle entgegen, und auch der Zeuge des Vorfalls geht seiner Wege, erkennbar verärgert, dass der Perverse nicht hinter Gitter kommt. In was für einem Staat leben wir eigentlich?

»Wieviel PS, sagten Sie?«, fragt der Hauptmeister.

»620.«

»Donnerwetter!« Der Beamte ist beeindruckt. »Muss man sich leisten können, nä?«

»Da wird's bei Ihnen eng, was?«, nickt Forster nachsichtig.

Schulterzucken. »Frau, zwei Kinder. 'ne größere Wohnung wäre dringlicher.«

»Tatsächlich?« Frank Forster reibt sich die Hände. »Da sind Sie bei mir aber sowas von richtig! Gestatten: Forster, Immobilienmakler.«

»Ich weiß.«

»Dass ich Makler bin? Woher?«

Der Hauptmeister schüttelt den Kopf. »Dass Sie Forster heißen.«

Der stutzt ganz kurz und lacht dann. »Ach ja, richtig. Personenkontrolle.«

Sie lachen jetzt alle drei.

Der Vater von zwei Kindern räuspert sich. »Und Sie könnten echt was für mich tun?«

Forster wiegt den Kopf. »Eventuell. Kommt drauf an. Äh … Polizeihauptmeister … das ist … A 9. Stimmts?«

Der Gefragte nickt. »Sie kennen sich aus, was?«

Forster hebt kurz die Schultern. »Na ja, so ungefähr. Unter meinen Kunden sind auch Kollegen von Ihnen.«

»Oh!«, sagt der Beamte interessiert. »Wirklich?«

»Jepp! – Was schwebt Ihnen vor?«, fragt Forster. »Lage? Größe? Das waren … zwei Kinder, richtig? Drei Zimmer sollten es schon sein. Kleiner Garten oder Balkon. Okay … ich überleg gerade …«

»Vier Zimmer wären besser«, lautet die Antwort. »Und meine

Frau hätte gern einen Hauswirtschaftsraum. Vielleicht auch noch
…«

»Vier Zimmer??« Forster sieht ihn ungläubig an und lacht
schallend. »Mann! Dies ist Hamburg und Sie sind A 9! Merken
Sie was?« Er breitet die Arme aus. »Sooo weit auseinander! Verstehen Sie?«

Der Kollege meldet sich. »Ich *habe* vier Zimmer. Obermeister.
A 8.«

Forster nickt. »Glück gehabt! Hat aber auch was mit der Lage
zu tun. Drüben in Eppendorf kriegen Sie bei Ihrem Gehalt sicher
'ne schmucke Garage. Aber ohne Rolltor.« Er schlägt sich vor Vergnügen auf den Schenkel.

Als er aber in die verdrossenen Gesichter der Beamten schaut,
empfindet er Mitleid. »Ach, Freunde! Ist doch nicht der Weltun-
tergang. Irgendwann klappt es auch bei euch. – Wisst ihr was? Ich
geb euch meine Karte, und ihr ruft von Zeit zu Zeit mal durch,
einverstanden?« Er lässt ein aufmunterndes Lächeln folgen. »Wär
doch gelacht!«

Die Polizisten bedanken sich.

»Sagen Sie …«, fragt der Hauptmeister, »… das Mädel. Das ist
wirklich Ihre Tochter, was?«

Forster nickt. »Das ist sie, ja.«

»Tzz! Diese kleinen Biester heutzutage! Du ziehst sie groß, in-
vestierst in sie, und wie danken sie es dir? Meine Lütte ist jetzt
fünf. Da werd ich aber 'n Auge drauf werfen, dass die nicht so
wird wie Ihre. – Also, Herr Forster, besten Dank nochmal für Ihre
Hilfe und ansonsten einen schönen Tag.«

»Hab ich gern gemacht, Freunde. Euch auch 'n guten.«

Kapitel 31

»Entschuldigen Sie bitte.«

Erschreckt schaut Natalia Bondarenka auf. »Ja? … Äh … Sie
wünschen?«

»Ich möchte Sie wirklich nicht belästigen«, sagt René Asbahr.
»Aber darf ich Ihnen eine Frage stellen?«

Sie nickt zögernd.

»Wir sind uns vorgestern begegnet«, fährt Asbahr fort. »Erinnern Sie sich?«

Sie schaut den Mann, der vor ihrem Tisch im *La France* steht, genauer an. Dann nickt sie. »Richtig. Es war im Eppendorfer Weg, nicht wahr?« Ein Lächeln folgt. »Sie haben sich verändert. Ihre Backe ist deutlich dünner geworden.«

Das Lachen, das er erwidert, fällt ihm heute leichter. Doktor Cohen hat gute Arbeit geleistet. »Ja«, bestätigt er. »Der schlimme Zahn ist raus. – Sie waren in Begleitung eines alten Mannes. Ihr Großvater, wenn ich richtig gehört habe. Geht es ihm besser?«

Natalia braucht ein paar Sekunden, um zu verstehen. »Ach so, ja. Er hatte einen kleinen Schwächeanfall.« Sie lächelt. »Genau genommen ist er der Bruder meines Großvaters. In der Familie wird er aber Opa genannt. – Ich habe ihm so oft gesagt: Übernimm dich nicht! Du bist kein junger Hupfer mehr.«

»Hüpfer.«

»Hüpfer, richtig. Danke.« Sie schüttelt den Kopf. »Ihr Deutschen mit euren Umlauten.« Darauf sieht sie ihn zweifelnd an. »Das ist aber bestimmt nicht die Frage, die Sie mir stellen wollten, oder?«

Asbahr lächelt verlegen. »Sie haben recht. Ich … äh … es ist nicht so einfach …«

»Na los! Keine Hemmungen! Ich will eine ordentliche Frage! Oder soll ich den Eindruck gewinnen, Sie würden ständig fremde Frauen in Cafés anquatschen?« Sie grinst und macht eine einladende Geste. »Setzen Sie sich doch.«

Entschuldigend hebt Asbahr die Hände. »Aber wirklich nur, wenn ich Sie nicht störe.«

»Keineswegs.« Natalia Bondarenka rafft den Stapel Anträge, den sie von der Sozialbehörde geholt hat, zusammen und steckt die Blätter in eine Stofftasche.

»Oh!« Asbahr gibt sich zerknirscht. »Ich halte Sie von der Arbeit ab.«

»Kein Problem. Das hat Zeit.«

Der Kellner kommt an den Tisch. »Einen Kaffee bitte«, sagt Asbahr, »und …?« Er wendet sich an Natalia.

»Vielen Dank«, lächelt sie. »Ich habe schon … ach, wissen Sie was? Ich würde gern ein Eis essen. Das Wetter lädt dazu ein.«

»Gute Idee«, sagt Asbahr. »Ich würden Ihnen den Eisbecher *Sommerschmelz* ans Herz legen. Er ist vorzüglich.«

Natalia Bondarenka folgt seiner Empfehlung.

»Mit Waffel?«, fragt der junge Kellner.

»Gern. – Sie sind also nicht zum ersten Mal hier«, bemerkt die Frau aus der Ukraine und sieht Asbahr mit freundlichen Augen an.

»Stimmt.« Um ein Haar hätte René ihr verraten, dass er von hier aus eine gute Sicht auf die Textilreinigung schräg gegenüber hat. Hermine Grabert, das weiß er mittlerweile, ist sehr pingelig, was die Pflege ihrer Garderobe angeht. Asbahr hat den kleinen Lieferwagen des Ladens des Öfteren vor ihrer Wohnung gesehen. »Ich mag den Kaffee hier.« Vorsicht!, denkt er. Nur nicht mit der Tür ins Haus fallen. Vielleicht täusche ich mich ja doch. »Sie sind Ukrainerin, richtig?« Vorsichtig beginnen, René, sagt er sich. Ganz vorsichtig.

»Hört man das?«

»Kaum. Ihr Deutsch ist sehr gut. – Kann es sein, dass Sie in dem großen weißen Haus in der Mansteinstraße wohnen? Vorübergehend, meine ich.«

Ihr Blick verfinstert sich. »Aha! Habe ich mich in Ihnen doch geirrt? Sie beobachten mich?«

Jetzt war ich eindeutig zu unvorsichtig, denkt er. Na ja.

»Das bleibt nicht aus. Ich wohne Ihnen gegenüber. Ganz oben. Fünfte Etage.«

»So, so. Ich etwas tiefer. Im Souterrain. – Sie haben mich dort also schon gesehen. Und woher wissen Sie, dass ich in dem Haus einquartiert bin?«

Asbahr sieht sie eine kurze Zeit schweigend an. Was soll's?, denkt er. Jetzt oder nie! Er hat den Blick ihres Großonkels vor Augen, als der Charlotte Finn ansah. Und den düsteren Blick seiner Enkelin, als Illya – richtig, so nannte sie ihn – ihr vermutlich erzählte, welche Entdeckung er gerade gemacht hatte. So muss es gewesen sein! Ich kann mich nicht irren! Der Alte kennt Charlie!

Asbahr dreht sich in alle Richtungen um. Außer dem Kellner und zwei jungen Mädchen ein paar Tische weiter sind sie allein. »Sie wissen, wer direkt über Ihnen wohnt?«, fragt er mit leiser Stimme.

Sie sieht ihn ausdruckslos an. »Ja. Ein Zahnarzt.«

Tu nicht so!, denkt er. Du kannst mir vertrauen. Wir haben beide dasselbe im Sinn.

»Ich meine: nebenan.«

Achselzuckend antwortet Natalia: »Eine alte Dame, soweit ich weiß.«

»Und … Sie wissen, wie die alte Frau heißt, nicht wahr? Ihr … äh … Großvater hat es Ihnen verraten.«

Ihre Augen drücken zunehmend Ablehnung aus.

Vertrauensvoll legt er seine Hand auf ihren Arm. »Er hat ihnen gesagt, dass es sich um Charlotte Finn handelt. Charlotte Finn, die Ihrem Großonkel damals Böses angetan hat. Deshalb sind Sie hier. Sie wollen die Frau zur Rechenschaft ziehen.«

Sie räuspert sich. »Wer sind Sie?«

»Jemand, der das gleiche Ziel verfolgt wie Sie. – Übrigens: Mein Name ist Asbahr. René Asbahr.«

Sie nickt langsam. »Ich heiße Natalia Bondarenka.«

Das Eis ist gebrochen, denkt er. Und ich bin auf der richtigen Spur. Alles passt zusammen.

In der Folgezeit erzählt René Asbahr seinem Gegenüber in aller Offenheit von seinem Vorhaben und den Umständen der Entstehung seines Plans.

Sie hört schweigend zu, unterbricht selten. Ihr Pfirsich-Maracuja-Eis rührt sie kaum an; nach einiger Zeit gleicht der Inhalt des Bechers einem weißgelben See. Die dekorative Waffel beginnt zu welken und senkt sich in diesen See hinab.

Als Asbahr endet, sieht sie ihn eine Weile wortlos an. Dann ruft sie den Kellner und bestellt zwei Kaffee. Enttäuscht räumt der junge Mann die traurigen Überreste des sonst so hochgelobten

Eisbechers ab. Schon wieder! Wie gestern. Ganz gleich, ob mit Waffel oder ohne. Was läuft falsch?

»Dazu bitte zwei Cognac«, ruft Asbahr ihm hinterher. »Ist es recht?«, fragt er Natalia. Sie nickt nur.

»1948 hat meine Großmutter einen Mann namens Radomir Kulik geheiratet, und ihrer beider Sohn, mein Vater also, mit Namen Danylo, heiratete 1973 meine Mutter Margaryta. Und Illya ist der jüngere Bruder meines Großvaters Radomir. Eigentlich also mein Großonkel. Ich sage Opa zu ihm, weil er quasi die Stelle meines verstorbenen leiblichen Großvaters eingenommen hat. Verstehen Sie?«

Asbahr nickt. »Und Sie haben auch geheiratet?«

»Ja. Mein Mann heißt Wolodymyr«, lächelt sie säuerlich, »wie unser Präsident. Im Unterschied zu dem ist mein Mann an der Front im Donbass.« Ihren Worten entnimmt Asbahr, dass sie eventuell nicht uneingeschränkt hinter der Politik ihres Landes steht.

Anschließend erläutert Natalia ihm die komplette Familienstruktur bis hin zu ihrer Tochter. »… und dann ist da noch die Allerjüngste. Mein Goldstern Larissa.« Sie lächelt aus einem betrübten Gesicht. »Vor neun Monaten auf die Welt gekommen. Mitten hinein in die ganze Scheiße. Ein Kriegskind.«

Rene Asbahr verkneift sich einen Kommentar. »Und was hat Ihr ›Opa‹ Illya mit Charlotte Finn zu tun?«

Umgehend verdüstert sich das schöne Gesicht Natalias und Asbahr sieht, wie ihre Wangenknochen mahlen. »Bevor Sie mir antworten, Frau Bondarenka – ich wundere mich ein wenig, dass Hermine Grabert Ihnen im Haus noch nicht begegnet ist.«

»Äh … Wer ist Hermine Grabert?«

»Ach, richtig! Das wissen sie ja gar nicht.« In kurzen Sätzen klärt Asbahr sie auf.

»Das ist ja … Danke, dass Sie mir das sagen. – Charlotte Finn heißt jetzt also Hermine Grabert. Ich habe sie ein-, zweimal gesehen. Und einmal auch gesprochen. Ich fand sie … ich finde sie nett. – Aber … warum wohnt sie in dem Haus?«

Er zuckt mit den Achseln. »Keine Ahnung. Vielleicht … weil sie irgendwo wohnen *muss*?«

Natalia schüttelt den Kopf. »Das wäre ein Zufall. Und ich glaube nicht an Zufälle.«

Kapitel 32

»Würden Sie sich bitte auf das Wesentliche konzentrieren!«, brüllt Alfred Bergmann aufgebracht. »Es ist nicht Ihr Job, kleinen Beamten zu einer Absteige zu verhelfen. Dafür haben wir andere Leute. – Außerdem: Was wollen die mit 'ner Wohnung? Polizisten sollten nicht wohnen, die sollen da draußen für Ordnung sorgen! Es läuft genug Gesindel in der Gegend herum.«

Frank Forster sieht den Geschäftsführer mit großen Augen an. Mit einer so heftigen Reaktion hat er nicht gerechnet. Was ist denn mit dem Alten los?, denkt er. Der tobt ja wie zu seinen besten Zeiten.

»Ich will die Hütte an der Mansteinstraße!«, fährt Bergmann in derselben Lautstärke fort. »Und wenn Sie es über ihre Tochter nicht schaffen, müssen Sie es anders …« Wutschnaubend lässt er die Faust auf den Tisch sausen. »Mann! Lässt sich von einer Halbwüchsigen abkochen! Vielleicht sollte ich die junge Dame auf Ihren Platz setzen. Die macht es sicher besser als Sie.«

Forster sinkt in seinem Stuhl zusammen. Noch nie hat ihn der alte Mann mit einem solchen Kübel Häme übergossen.

»Es ist wirklich nicht so einfach, an …«

Bergmann fällt Martin Schombach beim Versuch, seinen Freund aus der Schusslinie zu nehmen, harsch ins Wort. »Hören Sie auf! Ich kann doch wohl von dem Mann da erwarten, dass er es schafft, ins Haus zu gelangen, um mal nach dem Rechten zu sehen.«

Paradoxerweise sorgt ein Kurzschluss im Konferenzraum bei Frank Forster für die Erleuchtung. Martin Schombach ruft sofort den Hauselektriker herbei, der in wenigen Augenblicken das Problem behoben hat.

Ein fähiger Mann, denkt Forster, und das fällt ihm nicht erst heute auf.

Bergmann, dem der plötzliche Stromausfall einen Schrecken eingejagt hat, verabschiedet sich grummelnd und ohne noch weiter auf sein Problem einzugehen.

Forster hält Fritz Severin, den Elektriker, zurück, als der seinen Werkzeugkoffer zuklappt.

»Wie lange sind Sie jetzt schon bei uns, Herr Severin? Sie waren schon da, bevor wir beide angefangen haben, nicht wahr?« Er zeigt auf sich und Schombach.

»Ich arbeite seit achtzehn Jahren für Herrn Bergmann.«

Die Nennung des Namens lässt Forster aufhorchen. Er spricht nicht primär von der Firma, denkt er, sondern von ihrem Geschäftsführer. Sehr aufschlussreich!

Blitzartig nämlich ist ihm eine Idee gekommen, wie sie sich Zugang zu den oberen Stockwerken in Wiebkes Haus verschaffen könnten – allerdings auf nicht ganz legale Weise.

Aber okay! Wenn denn Severin einen besonderen Draht zum Chef hat – umso besser! Er wird alles daransetzen, seine Aufgabe zu Bergmanns Zufriedenheit zu erledigen.

Zudem: Bergmann ist derart versessen auf das Haus – der sollte froh sein, dass Forster einen Plan B hat. Und was für einen Plan B! Mit Sternchen!, denkt Forster, zufrieden mit sich.

»Und – Sind sie glücklich in Ihrem Job? Verdienen Sie gut?«

Severin nickt kurz, ohne das Gesicht zu verziehen. Redet nicht viel, denkt Forster. Echter Hamburger Handwerker. Vom alten Schlag noch. Und seinem Chef treu ergeben. Jetzt sickert beim Makler endgültig die Erkenntnis durch, dass genau das sein größtes Pfand ist.

»Sie hätten sicher trotzdem nichts dagegen«, sagt er, »sich ein paar Euro dazu zu verdienen, richtig?«

Ein verschämtes Grinsen auf den Lippen des Elektrikers zeigt Forster, dass er einen wunden Punkt getroffen hat. Ganz so doll scheint der Alte ihn doch nicht zu bezahlen.

Trotzdem! Weiter vorsichtig bleiben, Frank!, denkt er.

»Ich hätte da eine Aufgabe für Sie, die … äh … mit deren Erledigung Sie Herrn Bergmann eine große Freude bereiten würden. Verstehen Sie?«

Severin nickt bedächtig und sieht Forster fragend an.

»Es geht um Folgendes: Sie sollen … äh … Kennen Sie einen Kollegen, der Ihnen helfen könnte? Sie werden Hilfe brauchen. Und, Herr Severin, es müsste jemand sein, der so zuverlässig ist wie Sie.« Forster schaut dem Handwerker fest in die Augen. »Und so verschwiegen. Zum Wohle der Firma *Wohntraum*. – Kann ich mich da auf Sie verlassen?«

Severin runzelt die Stirn. Forster sieht, wie es in ihm arbeitet. Der Mann ahnt, dass das, worum er gebeten wird, nicht ganz koscher ist. Er kämpft mit sich. Er kämpft, bis ihm Forster die Summe nennt. Den Lohn für seine Bemühungen. »Natürlich nicht für Sie beide zusammen. Sondern jeder von euch. Was meinen Sie dazu?«

Für Geld machen die Menschen halt alles, denkt Forster, als er sieht, wie Severins Miene sich aufhellt und er zustimmt, ohne zu wissen, was auf ihn zukommt.

Alles macht der Mensch für Geld, denkt Forster grimmig. Wenn die Summe stimmt, ist jeder dabei. Der Mann vor mir, Schombach, Bergmann. Alle. Auch ich.

Kapitel 33

Die alte Frau sitzt wieder an ihrem Platz am Fenster und knüpft. Das Motiv ihres neuen Werkes ist noch nicht genau zu erkennen, aber gewisse Merkmale …

»Ha! Sie macht Ernst!«, ruft René Asbahr. »Ich glaube … das wird … ja! … Das wird ihr Herr und Meister!« Er setzt das Fernglas ab und nickt.

»Wer?«, fragt Natalia Bondarenka.

Asbahr sieht sie an und grient. »Hitler.«

»Was??« Sie hält ihm die offene Hand hin und er reicht ihr das Glas.

»Hm …«, macht sie, nachdem sie eine Weile durchgeschaut hat. »Ich weiß nicht … Das Haar … es ist zu hell.«

»Meinen Sie?« Asbahr winkt ab. »Egal. Sie wollten mir erzählen, was Illya Kulik mit Charlotte Finn zu tun hat.«

Natalia setzt das Glas ab. »Richtig. Großonkel Illya hat Ende des Zweiten Weltkriegs in Krakau für die *Tscheka* gearbeitet, den russischen Geheimdienst. Spionage und solche Sachen.«

Asbahr lauscht interessiert. »Aha.«

»Ja. Er gehörte zur ukrainischen Wachmannschaft und war für das Frauenlager zuständig. Eines Tages kamen sie ihm auf die Schliche und er wurde eingesperrt.« Sinnend schaut Natalia aus dem Fenster. »Zum Glück konnte er von dort flie… Oh! Warten Sie! … Das wird nicht … Moment!« Sie hebt das Fernglas wieder vor die Augen. Sekunden später schüttelt sie den Kopf. »Es wird nicht Hitler, den sie knüpft. Da fehlt der Oberlippenbart.«

»Sie ist ja auch noch nicht fertig«, moniert Asbahr.

Natalia dreht am Okular, um das Glas neu zu fokussieren. »Dann … dann könnten Sie recht haben. Der stechende Blick, die hängenden Mundwinkel …«

»Darf ich noch mal?« Wieder wechselt das Glas den Besitzer. »Mann!«, staunt Asbahr. »Die Frau arbeitet wirklich schnell. Sie hat schon …« Auch er dreht jetzt am Schärferad. »Nein! Ich habe mich geirrt. Das ist nicht Hitler. Der Blick – er ist nicht stechend. Eher trübe. Es ist …« Er reißt das Glas herunter und sieht Natalia entgeistert an. »Das ist *Mücke*!«

»Wer?«, fragt Natalia verständnislos.

»Mücke«, wiederholt Asbahr. »Jürn Mücke.«

»Tzz.« Sie verdreht die Augen. »Umlaute, wohin man schaut. – Mücke? Nie gehört.«

»Kein Wunder«, erklärt er. »Ist ein deutscher Politiker, aber eine kleine Nummer. Er möchte gern in die Fußstapfen des Führers treten. Bei Charlotte scheint es zu funktionieren. – Nehmen Sie sich vor dem in Acht. Der sieht Sie hier nicht gern.«

»Sie sprechen in Rätseln, Herr Asbahr.«

Der nickt. »Erkläre ich Ihnen. Aber vorher erzählen Sie bitte weiter.«

»Ja.« Natalia dreht den Rücken zum Fenster. »Der Bruder meiner Großmutter hat während des Kriegs einen Briefwechsel mit seinem Vater geführt. Und dieser Mann hat zusammen mit seiner Frau und ihrer Tochter, meiner Oma, in einem Versteck gelebt, bis der Krieg zu Ende war.« Sie fährt herum und zeigt auf das Haus, in dem Hermine Grabert weiterhin fleißig knüpft. »Und nach allem, was wir erfahren haben …«, ihr Finger deutet hinauf, »… ist dieses Versteck dort oben gewesen. Dort unter dem Dach.«

Asbahrs Blick folgt ihrem Finger. »Bitte? Das gibt's ja nicht!«

»Ja. In einem der Briefe von Aaron Rosenkranz an seinen Sohn gab er die Mansteinstraße als Ort des Verstecks an, ohne die Hausnummer zu nennen. So wie er das Haus beschrieb, unter dessen Dach die Familie hauste, müsste es das Gebäude gegenüber gewesen sein. Ich habe ein paar Worte mit dem Hausmeister Knupper gewechselt und der hat mir versichert, dass das Haus noch genauso aussieht wie vor hundert Jahren.«

»Das ist ja ein Ding!«, staunt Asbahr. »Und … Ach! … Jetzt verstehe ich! Sie meinen, die Finn ist aus diesem Grund dort eingezogen?«

»Ich weiß es nicht«, antwortet Natalia achselzuckend. »Aber – wie gesagt, ich glaube nicht an Zufälle. Nicht an solche.«

Asbahr nickt. »Fahren Sie fort. Illya …?«

»Ich sagte Ihnen schon, dass meine Großmutter Rebekka Rosenkranz kurz nach dem Krieg einen Radomir Kulik geheiratet hat, und dessen Bruder Illya hat ihm damals von einer Frau erzählt, die ihn im KZ Plaszow foltern ließ, um Informationen aus ihm herauszupressen. Was er den Russen verraten und ob er allein gearbeitet hat. Diese Charlotte Finn war nämlich eine große Nummer in dem KZ. Sie hat als Schreibkraft angefangen, machte später durch ihre Brutalität gegenüber den Gefangenen auf sich aufmerksam und stieg zur Leiterin des Frauenlagers auf.« Natalia macht eine kurze Pause, schluckt, und sieht René Asbahr mit einem verzweifelten Blick an. »Das wirklich Schlimme an der Geschichte ist die Tatsache, dass sie ein Verhältnis mit einem jungen Mann hatte, einem Mann aus der ukrainischen Wachmannschaft. Und dieser Mann war niemand anders als Levy Rosenkranz, der Bruder meiner Großmutter Rebekka.«

»Ein Jude und eine SS-Lagerleiterin?«, fragt Asbahr verblüfft. »Das ist ja nicht zu glauben.«

»Es stimmt leider«, beharrt Natalia. »Und war kein Einzelfall. – Dazu kommt, dass er, der Jude Levy, mein Großonkel also, der in der Ukraine geboren wurde und wie ein durchschnittlicher Einheimischer aussah, sich deshalb den Namen Nicolay Bajul gab, dass der mit der SS kooperierte und sich an seinen Glaubensbrüdern verging.«

René Asbahr schüttelt den Kopf. »Das ist ja unfassbar!«

»Ja. Illya hat seinem Bruder später erzählt, dass Levy einen unheimlichen Eindruck auf ihn machte. Er hätte stechende Augen gehabt, tiefhängende ...« Natalia reißt die Augen auf. »Moment!!« Sie nimmt das Fernglas vom Tisch und hastet zum Fenster. Nach mehreren Sekunden dreht sie sich zu Asbahr. »Es wird weder Hitler noch Mucke ...«

»Mücke. Jürn Mücke.«

Wieder verdreht sie die Augen. »Meinetwegen. – Sie knüpft Levy Rosenkranz! So, wie er heute aussehen würde. Wenn er noch lebte.«

»Sie denken ...«, fragt er, »... sie holt sein Bild aus der Erinnerung zurück und passt es der heutigen Zeit an? – Das würde natürlich erklären, warum Charlotte da drüben wohnt. Um dem Ort nahe zu sein, an dem die Familie ihres Geliebten den Krieg verlebt hat.«

»Geliebter?«, entgegnet sie entrüstet. »Papperlapapp! Sie hat ihn ausgenutzt! Levy ist nicht bewusst zum Verräter an den Juden geworden, sondern ... die Frau da drüben, die hat ihn verhext! Sie hat ihn zum willenlosen Spielzeug gemacht.«

»Meinen Sie?«

»Na klar!«, sagt Natalia Bondarenka entschieden. »In unserer Familie existieren Bilder von meinem Großonkel. Und die zeigen das Gesicht eines klugen und sanftmütigen Jungen. Ein Junge!

Mehr durfte er nicht werden. Er musste früh sterben, weil diese Dame ihn in den Tod getrieben hat.« Sie verzieht das Gesicht. »Ich hasse sie!«

»Vielleicht hat sie ihn aber wirklich geliebt?«, gibt Asbahr zu bedenken.

»Ach was!«, wehrt die Ukrainerin ab. »Sie hat vielleicht den Anschein erweckt, weil … wussten Sie, dass die Finn zusammen mit weiblichen Häftlingen eine …«

»… mit weiblichen *jüdischen* Häftlingen eine Schallplatte aufgenommen hat? Und eine Tournee gemacht?« Er nickt. »Ist mir bekannt.«

»Das hat sie getan …«, ereifert sich Natalia, »… um sich nach allen Seiten abzusichern. Das macht sie heute noch – deshalb auch der geknüpfte Levy. Ihr muss damals früh klar gewesen sein, dass die Deutschen den Krieg verlieren …«

»… und die ruhmreiche sowjetische Armee das Land überrollen würde«, nickt Asbahr.

»Oh!« Natalia sieht ihn erstaunt an. »So wie die ruhmreiche russische Armee heute *uns* überrollt, meinen Sie?«

»Das können Sie nicht miteinander vergleichen! Ohne Stalin hätte Hitler den ganzen Kontinent erobert.«

»Und ohne die NATO würde Putin dasselbe tun«, schimpft sie.

»Putin kommt der NATO nur zuvor«, kontert er.

Sie sieht ihn mit bösem Blick an. »Hätte ich gewusst, dass Sie … Sie sagten vorhin, ich sollte mich vor diesem … äh … Mücke? … Mücke … in Acht nehmen. Es wäre wohl besser, ich nehme mich vor *Ihnen* in Acht.« Ihr Atem geht schwer. »Was ist denn mit Herrn Mücke? Was habe ich von dem Mann zu befürchten?«

Achselzuckend breitet Asbahr die Arme aus. »Eines muss ich ihm zugestehen: Er will Frieden zwischen der Ukraine und Russland – wie ich auch.«

Natalia lacht auf. »Meinen Sie vielleicht, ich nicht? Warum sollte ich Herrn Mucke fürchten, wenn er die gleiche Meinung zum Krieg hat wie ich?«

René grinst. »Weil *er* sich vom Frieden verspricht, dass die ukrainischen Flüchtlinge zu Hause bleiben. Dass nicht das ganze

Gesocks herkommt und unsere Sozialkassen plündert, Natalia. Das ist der Hintergrund.«

Sie sieht ihn zweifelnd an. »Ich weiß zwar nicht, was ›Gesocks‹ bedeutet, aber ich kann es mir lebhaft vorstellen.«

»Gut«, nickt er. »Stammt auch nicht von mir. Ich will Leuten wie Ihnen helfen. Deshalb habe ich auch was gegen die Dame da drüben.«

Sie schauen beide durch das Fenster, wo Charlotte Finn gerade die Brille absetzt und ihr fast fertiges Werk begutachtet. Plötzlich ruckt ihr Kopf nach rechts. Sie scheint etwas gehört zu haben. Das Stoffbild landet neben ihrem Handwerkzeug auf dem Tisch.

»Sie steht auf«, bemerkt Natalia Bondarenka.

Charlotte Finn entschwindet aus dem Blickfeld der beiden Beobachter. Kurze Zeit später kommt sie zurück.

»Sie ist nicht mehr allein. Ein Mann ist da.« Natalia lacht. »Ach, natürlich. Es ist Jörg Dallmann.«

»Was?« Asbahr nimmt das Fernglas wieder an sich und schaut durch. »Tatsächlich! Woher kennen Sie ihn?«

Sie schmunzelt. »Der hat sich ein Buch von mir geliehen. Über Lemberg. Er arbeitet an einem Reiseführer. Er plant eine Tour im nächsten Jahr und sammelt Informationen. – Aber … woher kennen *Sie* ihn?«

Asbahr erzählt ihr von der gemeinsamen Zeit vor vierzig Jahren. »Er ist der beste Freund … Nein, richtig ist: Er *hält* sich für den besten Freund von Hanno Meyer. Wobei der ihm mal seine Freundin ausgespannt hat. Gab sie ihm später allerdings zurück.«

»Ach! Wie nett.« Meyer scheint es bei allen zu versuchen, denkt Natalia. Ich bin da keine Ausnahme. Aber nicht mit mir, mein Herr. Mit mir nicht.

»Was macht der bei Charlotte?«, fragt René Asbahr.

Natalia lacht. »Sie lässt ihn ins Haus. Er wohnt vorübergehend bei seinem … wie sagten Sie? … besten Freund Hanno Meyer. Und der scheint keinen Zweitschlüssel für ihn zu haben. Schöner Freund.«

Asbahr sieht, dass sich Dallmann zu Hermine Grabert an den Tisch setzt. »Beim Hereinlassen scheint's nicht zu bleiben.«

Natalia schüttelt den Kopf. »Nein, nein. Ich weiß nicht, worüber sich die beiden jedes Mal unterhalten, aber ich könnte mir vorstellen, er macht bei ihr dasselbe wie bei mir. Er sammelt Informationen über Lemberg. Und sie scheint über die Stadt einiges zu wissen. Warten Sie ab. Gleich wird sie aufstehen und Kaffee kochen gehen.«

Hermine steht auf und lässt Dallmann allein.

»Aha. Auch Sie treffen sich mit Jörg?«, fragt Asbahr. »Interessant.«

Sie lächelt erstaunt. »Oh! Herr Asbahr! Eifersüchtig?«

Vehement schüttelt er den Kopf. »Quatsch. Es ist nur … ich möchte natürlich wissen, was mein alter Mitstreiter Dallmann so macht.«

»Ah ja.«

Er nickt. »Kein Grund, so zu grinsen. – Äh … Wie nun weiter, Natalia?«

»Weiter?« Sie sieht ihn fragend an. »Was meinen Sie mit weiter?«

»Charlotte Finn, meine ich. Sie sind hier bei mir, damit wir gemeinsam einen Plan entwickeln. Um sie … äh … nun ja …«

»… zu beseitigen«, vervollständigt Natalia Bondarenka. »Sagen Sie es doch.«

»Ich sag es doch!«

»Nein, nein.« Sie schüttelt den Kopf. »Sie drucksen herum.«

Asbahr wirft die Hände hoch. »Mein Gott! Was erwarten Sie? Ich bin kein Profikiller. Von Beruf bin ich Verwaltungsfachangestellter im mittleren Dienst, Bereich Personalwesen.«

»Personalwesen? Dann besorgen Sie uns doch einen Berufskiller.«

Asbahr schüttelt den Kopf. »Tut mir leid. So einer steht außerhalb meiner Bedarfsplanung.«

»Dann passen Sie den Bedarf doch an«, drängt Natalia.

»So leicht geht das nicht, Teuerste.«

»René, ich habe das Gefühl, Sie drücken sich vor Ihrer Verantwortung«, sagt sie. »Sie haben gerade eben noch gesagt, dass Sie mir helfen wollen.«

»Ja, habe ich«, bestätigt er nickend. »Aber … wissen Sie … so einfach mit einem Gewehr …«

»Mein Gott! Nehmen Sie eine Pistole – wenn's das ist. Oder Ihr Auto.« Sie sieht ihn verzweifelt an und Tränen steigen in ihre Augen. »Ach bitte, René. Lassen Sie mich nicht im Stich! Oder wollen Sie, dass ich das selbst mache?« Entschlossen geht sie zum Wohnzimmerschrank und öffnet eine Tür. »Wo, sagten Sie, ist das Gewehr? Wer gegen die Russen kämpfen muss, schreckt vor nichts zurück.«

Asbahr läuft ihr nach und packt sie an der Schulter. »Ist ja gut! Ist ja gut! Hören Sie auf! Ich mach's ja!«

Natalia lächelt ihm zu. »Ich wusste doch, dass ich mich auf Sie verlassen kann, René.«

Kapitel 34

Irgendwann bekommt er seinen eigenen Schlüssel, denkt Natalia Bondarenka, als es pünktlich um 14 Uhr an der Tür der Keller-wohnung klopft. Es ist ihr trotz allem unangenehm, dass Hermi-ne Grabert ständig damit belästigt wird, Dallmann ins Haus zu lassen, nur weil sie die Einzige ist, die tagsüber vor Ort weilt. Hat Hanno Meyer wirklich keinen Zweitschlüssel? Sie nimmt sich vor, mit Dallmann darüber zu reden.

Lächelnd steht er nun im Flur. »Ich möchte Ihnen schon mal diese Broschüre wiederbringen. Sie ist ausgesprochen informativ. Vielen Dank nochmal.«

»Habe ich gern gemacht.« Natalia bittet ihn herein. Sie bringt es nicht übers Herz, ihm zu sagen, dass er im Moment stört, weil sie die Formalitäten für sich und ihre Landsleute fertigstellen will. Niemand drängt, aber solche Sachen hat sie gern vom Tisch.

»Ich hätte da noch ein paar Fragen«, fährt er fort, bevor sie ihm etwas sagen kann. Zögernd nickt sie. »Warten Sie bitte in der Kü-che, Herr Dallmann«, lächelt Natalia. »In zehn Minuten bin ich so weit fertig.«

»Kommen Sie voran, Natalia?« Eine halbe Stunde später tritt Jörg Dallmann an den provisorischen Schreibtisch und stellt vorsichtig eine Tasse Kaffee auf einen Korkuntersetzer ab. »Trinken Sie einen Schluck! Das schärft die Sinne.«

»Danke«, murmelt sie zerstreut. Dann legt sie den Kugelschreiber auf das Blatt vor sich, lehnt sich in ihrem Stuhl zurück, sieht den Besucher an und lächelt. »Sie sollten mich nicht so verwöhnen, Herr Dallmann. Es ist mir unangenehm.«

Er erwidert ihr Lächeln. »Das mach ich gern, Natascha. Einer muss Sie doch bei Kräften halten. Im Ernst: Was Sie alles für Ihre Leute machen, das ist …«, er hebt die Achseln, »… das ist bemerkenswert!«

»Einer muss es ja machen«, seufzt sie. »Ich tu es ja auch gern. Hätte ich allerdings gewusst …« Sie lacht. »Zum ersten Mal erlebe ich die berüchtigte deutsche Bürokratie hautnah. Was die alles wissen wollen!«

»So schlimm? Sie werden doch vergleichsweise schonend behandelt«, sagt Dallmann. »Mit Ihnen und Ihren Landsleuten geht man eigentlich sehr nachsichtig um.«

»Ja, ich weiß«, nickt Natalia. »Trotzdem …«

»Versuchen Sie mal, sich zu normalen Zeiten in Hamburg anzumelden. So viel Kaffee könnte ich Ihnen gar nicht kochen, wie Sie in der Zeit verbrauchen würden.«

Sie lacht. »Sie haben sicher recht.« Sie hebt die Tasse und trinkt einen Schluck. »Mmm! Der ist wirklich gut!«

»Danke.« Dallmann sieht auf das Formular, das sie vor sich hat. »Gibt es irgendwelche Probleme?«

»Ach, das meiste habe ich geschafft. Der Vorteil ist, diesen Anmeldebogen für alle auf ähnliche Weise ausfüllen zu können. Die persönlichen Daten ändern sich natürlich, der Rest ist für alle ziemlich gleich. – Hier habe ich allerdings ein Problem …« Sie klopft mit dem Schreibstift auf eine Zeile des Vordrucks.

»Nämlich?«

»Hier steht: *Wohnanschrift in Deutschland inklusive Name des Eigentümers/Hauptmieters.*« Natalia Bondarenka schaut zu Dallmann hoch. »Was trage ich da ein? Also – die Anschrift weiß ich ja, aber ... wem gehört das Haus denn jetzt? Ihr Freund Herr Meyer erklärte uns ...«

Vehement schneidet Dallmann ihr das Wort ab. »Mein Freund Meyer sollte Sie nicht mit Dingen belasten, die unwichtig für Sie sind, Natascha! Das Haus gehört der Erbengemeinschaft Wasmuth. Genau so würde ich es hinschreiben.«

»Okay.« Sie trägt es in das erste Formular ein.

Dallmann sieht ihr über die Schulter und lacht. »Das da unten ist wirklich typisch deutsch.«

»Was meinen Sie?«

Er tippt mit dem Finger auf ein Fragefeld. »*Grund der Einreise/Zweck des Aufenthaltes.* Nicht zu fassen! Da schreiben Sie am besten: Unbefristeter Urlaub mit abschließendem Dombesuch inklusive Zuckerwatte.«

Sie sieht ihn verständnislos an. »Sie haben einen Dom, in dem es Zuckerwatte gibt? Bei uns werden Oblaten gereicht.«

»Der *Dom* ist ein hamburgisches Volksfest. Findet im Frühjahr und im Herbst statt.«

Natalia lacht herzlich. »Ich merke schon, es gibt keine überflüssigen Fragen in diesem Formular.«

Was für ein schönes Lachen, denkt Jörg Dallmann. Ein schönes Lachen in einem schönen Gesicht. Ihre Augen kreuzen sich und verschmelzen für Sekunden. Natalia!, denkt er. Natascha! Diese Frau ist mit einer Wucht in sein Leben getreten, wie er es so noch nie erlebt hat oder für möglich gehalten hätte. Dallmann ist sicher, für sie alles aufgeben und fortan an ihrer Seite sein zu wollen.

Sein Herz schlägt heftig. Einfach alles vergessen, denkt er, seine Familie vergessen, seine Frau Merle, mit der er all die Jahre so glücklich gewesen ist. Nun, ja. Mit gewissen Ausnahmen. – Verdammt, ich bin jetzt 58 – achtundfünfzig! – und es erwischt mich gerade wie einen Siebzehnjährigen. Mit allem, was dazu gehört.

»Schauen Sie mich nicht so an, Herr Dallmann. Das ...«

»Jörg. Sag Jörg zu mir.«

»Das geht so nicht! Das können wir nicht machen!« Ihre Stimme aber spricht dem Gesagten Hohn. Es ist ein Flüstern, was sie von sich gibt, und der Kontakt ihrer beider Augen reißt nicht eine Sekunde ab.

Jetzt passiert es also, denkt er, wir sind kurz davor, von der Klippe zu springen, in freien Fall zu geraten. Ein Zurück gibt es für uns nicht.

»Herr Dall … Jörg! Sie verrennen sich in etwas. Wir sind beide verheiratet. Wir haben Kinder!« Sie ist noch nicht bereit für den Sprung, denkt er, sie befürchtet, das Wasser da unten ist zu kalt. »Ich bin Mutter! Und Großmutter! Sie und ich, wir …«

»Es spielt keine Rolle, Natascha! Wir lieben uns! Wir können …«

»Jörg! Mein Mann kämpft wenige hundert Kilometer von hier gegen einen grausamen Feind, und ich bete jeden Tag, dass ich ihn lebend wiedersehe!«

Das Klopfen an der Wohnungstür befreit sie und ihn aus ihrem Dilemma, aus ihrer süßen Qual.

»Natalia?«, ruft eine männliche Stimme.

Sie räuspert sich. »Ja? Wer … wer ist …?«

»Ich bin's, Torsten Szepanek.«

»Aah! Komm doch herein, Torsten!«

Der Restaurantbesitzer öffnet die Tür. »Entschuldige! Ich wollte dich nicht … Oh! Hallo, Herr Dallmann!«

»Moin, Herr Szepanek.« Dallmann fühlt sich überrumpelt, ist trotzdem froh über die Störung. Vielleicht war der Augenblick einfach falsch, denkt er. Es war zu früh. Sie braucht mehr Zeit.

Szepanek sieht Dallmann an, einige Sekunden zu lang, denkt der. Er fühlt sein Gesicht brennen. Dann wendet der Gastwirt seinen Blick ab und schaut sich in der provisorischen Wohnung um. »Ist deine Tochter auch hier?«, fragt er Natalia.

Überrascht schaut sie Szepanek an. »Nein. Wieso? Ist sie nicht bei euch? Heute ist Freitag. Da ist sie doch …«

»Normalerweise bereitet sie zusammen mit Kataryna den Service vor, ja. Kati ist da. Sie weiß auch nicht, wo Oksana steckt.«

»Was?« Natalia überlegt. »Mir hat sie nichts …« Der Schreck lässt sie zusammenzucken. »Wo ist denn … wo ist Larissa? Wo ist meine Enkeltochter?«

»Mach dir keine Sorgen!«, lächelt Szepanek. »Sie ist bei Dankwart im Lokal. Er ist ja so verschossen in die Kleine, möchte sie gar nicht wieder hergeben. Stell dir vor, Oksana hat ihm gezeigt, wie Lissi-Baby gewickelt wird. Auch das Fläschchen kann ...«

Natalia reißt die Augen auf. »Lissi-Baby?«

Szepanek nickt. »Eigentlich müsste ich sterbenseifersüchtig auf die junge Dame sein!«, lacht er. »Sie wiederum ist total vernarrt in Dankwarts Hund. ›Su su‹, brabbelt sie immer, ›su su‹. Und er wackelt mit dem Schwanz. – Dein Handy klingelt«, sagt er und zeigt zum Schreibtisch, wo das Smartphone schnarrt.

»Mit neun Monaten kann ein Kind normalerweise noch nicht sprechen«, sagt Natalia. »Also – *Mama* hab ich von ihr noch nie gehört.« Dann stellt sie die Verbindung her. »Na, endlich!«, spricht sie auf Deutsch. »Wo steckst du denn, Oksana? Bist du verrückt? Wie kannst du deine Tochter allein lassen? ... Ja, das hab ich schon gehört. Trotzdem! ... Dankwart hat genug zu tun. Und du sollst eindecken. Heute ist ... was? ... Hat dir freigegeben? Wofür? Was machst du denn? ... Was?? Bei Rita und Willi? Was heißt das? ... Wo? ...« Irritiert wandert ihr Blick von Szepanek zu Dallmann und zurück. Dann lauscht sie den Worten ihrer Tochter. »Nein!«, ruft sie energisch in den Apparat. »Das machst du nicht! Das lass ich nicht zu! ... Was heißt: wenig Geld? ... Das weiß ich selbst! ... Ach, wir werden es auch so schaffen! Irgendwann ist dieser Krieg zu Ende und wir gehen nach Hause ... Präsident Selenskyj hat versprochen ... die Russen, wer sonst? Alles, was sie kaputtbomben, werden sie bezahlen! ... Oksana, du versündigst dich! ... Nein, ich ... Hallo? ... Hallo!! Oksana!!« Wütend drückt sie auf die Trenntaste. »Das kann doch nicht wahr sein!«, flucht Natalia Bondarenka, und wieder sieht sie die Männer der Reihe nach an. Wütend, hilflos.

»Was ist denn los, Natalia?«, fragt Torsten Szepanek.

»Sie ist verrückt! Meine Tochter ist verrückt geworden!« Natalia wirft das Smartphone auf den Schreibtisch, von wo es von der Wucht des Aufpralls auf den Fußboden geschleudert wird. »Sie will im Laden von Rita Alvarez anfangen. Als Striptease-Tänzerin!«

Die beiden Männer sehen sich ratlos an. »Äh …« macht Szepanek. »Oh!«, schließt Dallmann sich an.

»Was anderes habt ihr nicht zu sagen?« Natalia ist erbost. Über die Reaktionen und über ihre Tochter. »Das ist … das gibt es … Ich muss da hin! Die bekommt was zu hören! – Kann mich einer von euch hinfahren?«

»Tja …« Wieder tauschen die Männer Blicke. Dallmann sieht sie fragend an. »Meinen Sie?« »Hältst du das für richtig?«, ergänzt Szepanek.

»Schöne Freunde seid ihr! Was ist jetzt?«

»Okay!« Dallmann sieht Szepanek an. »Fahren wir alle drei?« Der nickt.

Leise Musik schleicht durch den kleinen Raum, der in rotes Licht getaucht ist. Gelegentlich huschen weiße Laserstrahlen über die Bühne, die höchstens fünf mal fünf Meter misst.

Das *Pole Position* ist fast menschenleer. An den zwei Stangen aalen sich junge Frauen, die nicht unbedingt glücklich dreinschauen. Es ist kein Spaß, zu tanzen, nur um fit zu bleiben. Ohne Publikum. Bei Gehaltskürzung. Staatliche Ausgleichszahlungen lassen auf sich warten.

Draußen vor der Tür steht ein kräftiger Kerl. Auch er mehr, um in Übung zu bleiben. »Tut mir leid«, sagt er freundlich und sein Ton entspricht so gar nicht seinem finsteren Aussehen, »wir haben bis auf weiteres geschlossen. Corona, wisst ihr.«

Energisch fällt Natalia Bondarenka dem Mann ins Wort. »Ist uns bekannt! Ich will Rita sprechen!«

»Schau, schau!«, lacht der Türsteher. Er sieht sie von oben bis unten an. »Bei allem Respekt: Meinst du nicht, dass du ein bisschen zu alt bist?«

Sie versteht sofort. »Reden Sie keinen Scheiß, junger Mann! Ich will hier nicht auftreten. Ich will aber auch nicht, dass meine Tochter hier auftritt!«

»Aaaah!« Bei ihm fällt der Groschen. »Dein Akzent! Natürlich! Irina, stimmt's? Das ist deine Tochter? Die hast du gut hinbekommen! Alle Achtung!«

Natalia ist verwirrt. »Irina? Wieso Irina? Meine Tochter heißt nicht so.«

»Ist doch klar!«, grinst der Gorilla. »Alle Mädels bekommen hier einen anderen Namen.«

»Äh … na, wenigstens das! Ist Rita jetzt da oder nicht?« Aufgeben kommt für Natalia nicht in Betracht.

»Ich kann ja mal nachsehen«, grinst er. »Passt ihr solange auf? Dass keiner reinkommt?«

»Machen wir!«, nickt Jörg Dallmann eifrig.

Zwei Minuten später kommt Rita Alvarez aus der Tür. »Hallo, Freunde! Das ist ja nett, dass ihr vorbeischaut. Kommt schnell rein, bevor euch jemand sieht! Eigentlich haben wir geschlossen.«

»Sag mal …«, poltert Natalia los.

Rita wehrt ab. »Langsam, langsam! Ich weiß, was du sagen willst. Lass uns das drinnen klären, okay? – Manni, du könntest dich mal nützlich machen und eine Flasche Schampus köpfen. Geht das klar?«

Manni nickt beflissen. Er ist froh, sich nicht weiter die Beine in den Bauch stehen zu müssen.

»Und hol mir mal die Neue aus der Garderobe.«

Nachdem Rita Alvarez eine längere Schimpfkanonade Natalias über sich hat ergehen lassen, legt sie ihr eine Hand beschwichtigend auf den Arm. »Lass es dir erklären. Ich weiß, dass … oh! Hallo, Oksana! Schau mal, wer hier ist.«

»Überrascht mich nicht wirklich. Hallo, Mutter.« Natalias Tochter trägt eine quietschbunte, schlabberige Jogginghose und ein schlichtes T-Shirt.

»Ist das deine Dienstkleidung?«, wird sie von ihrer Mutter gefragt. Natalia scheint für einen Moment erleichtert.

»Nein. Ich trainiere noch. So schnell geht das nicht!«

»Wird aber nicht lange dauern«, sagt Rita lächelnd. »Deine Tochter hat Talent.«

»Talent!«, stöhnt Natalia. »Wenn sie nur genug Talent hätte, auf ihr Baby aufzupassen.«

»Das ist bei Dankwart in besten Händen«, sagt Oksana. »Und er macht das sehr gern«, lächelt sie.

»Trotzdem.« Natalia sieht sich um. »Das ist doch keine Umgebung für …«

Rita unterbricht sie. »Sei froh, dass deine Tochter hier ist. Ich will sie nur vor Unheil bewahren.«

»Ach!«, höhnt Natalia. »Tatsächlich?«

Die Clubbesitzerin schüttelt den Kopf. »Du hast echt nicht gemerkt, was an der Erstaufnahmestelle in Rahlstedt vor sich geht, hä? Da stehen die Luden in Reih und Glied und …«

»Was sind Luden?«

»Zuhälter ist dir aber ein Begriff, oder? Und zwar solche von der übelsten Sorte. Die halten Ausschau nach Frischfleisch aus der Ukraine, verstehst du? Lesen nur die hübschesten auf. Was mit denen passiert, muss ich dir nicht erklären, richtig? … Siehst du. Und deine Tochter gehört zu den allerschönsten. Da lecken sich die Typen die Finger nach.« Rita nimmt einen Schluck Sekt. »Ich habe mir folgendes überlegt, Natalia: Oksana tritt bei mir auf, sobald der ganze Corona-Scheiß endgültig vorbei ist und wir wieder öffnen dürfen. Ich führe einen absolut seriösen Table-Dance-Club! Deine Tochter wird bei ihrem Aussehen eine ganze Menge Kohle machen.« Sie sieht kurz zu Torsten. »Wesentlich mehr als im *Erastos*. Und ich garantiere ihr, dass sie keinerlei Unannehmlichkeiten bekommt. Willi kennt da keinen Spaß und Manni schon gar nicht! Niemand rührt sie an, sie wird sich nicht komplett ausziehen müssen. Okay? Andere Mädchen aus eurem Land sind viel schlimmer dran. Sollte, was ich für euch hoffe, der Krieg schnell vorüber sein – wer weiß, vielleicht … Oksana wird sich hier einige Fähigkeiten aneignen, die sie später bei euch in Lemberg …«

»Hör auf! Du spinnst doch!« Natalia ist aufgesprungen und zeigt Rita einen Vogel.

»Ach ja?«, ruft ihre Tochter. »Ich habe dir vorhin schon gesagt: Wir brauchen das Geld! Unsere Wohnung liegt vielleicht schon in Schutt und Asche, wenn wir wieder da sind. Und unser Präsident nimmt den Mund ganz schön voll. Die Russen werden nämlich keinen Rubel in den Wiederaufbau der Ukraine stecken, und niemand kann sie zwingen. Ich nicht, du nicht und Kanzler Scholz auch nicht.«

Kapitel 35

Nach einem Tag mit durchgehend typischem Hamburger Schmuddelwetter verziehen sich die Regenwolken und machen einem blassblauen Himmel Platz, der sogar noch ein paar lauwarme Sonnenstrahlen zusammensammelt und über das kalte Wasser der Elbe streut.

Im Konferenzraum des Maklerhauses warten Alfred Bergmann, Frank Forster und Martin Schombach voller Ungeduld auf das Eintreffen ihres Spähtrupps.

»Wo bleibt der Kerl denn?«, brummt der Geschäftsführer.

»Die werden nichts finden, Herr Bergmann«, sagt Forster und öffnet eine Flasche Tafelwasser. »Das Ding im Erdgeschoss ist nur eine Attrappe. Nichts anderes. Eine von den Finten Meyers, um den Verkauf zu verhindern.«

Der schaut ihn grimmig an und lässt sich Zeit mit der Antwort. »Mag sein«, brummt er schließlich. »Aber Severin wird jedenfalls für klare Verhältnisse sorgen. Etwas …«, Bergmann erhebt sich ächzend aus seinem Stuhl, »… das ich von meinen hochbezahlten Angestellten wohl nicht erwarten kann.« Er schlurft zum Fenster und schaut hinunter auf den Parkplatz.

Frank Forster ist nicht mehr bereit, die Tiraden seines Chefs widerstandslos über sich ergehen zu lassen. »Ich bekomme langsam den Eindruck, Herr Bergmann, Sie haben nur noch dieses eine Haus im Kopf. Wir haben weiß Gott noch andere Objekte zu betreuen.« Als der Geschäftsführer ihn verärgert ansieht, aber nichts entgegnet, nutzt Forster die Gelegenheit und fährt fort: »Bereiten Sie dem Drama ein Ende und setzen Sie Herrn Wasmuth unter Druck. Er muss endlich unterschreiben.« Er knallt die flache Hand auf den Tisch. »Sonst kann er das Geschäft vergessen. Sagen Sie ihm, einen so hohen Preis bietet ihm kein anderer.«

Langsam dreht Bergmann sich zu seinem Topverkäufer um und will zu einer geharnischten Replik ansetzen, als es an der Tür klopft.

»Herein!«, ruft Schombach schnell, um das aufkommende Gewitter im Keim zu ersticken.

Fritz Severin öffnet die Tür und tritt zögernd in den Raum. Unter dem Arm trägt er eine prall gefüllte Stofftasche.

»Ah! Severin! Endlich!« Bergmann wedelt ihm mit der Hand zu sich. »Wo bleiben Sie so lange? Kommen Sie! Setzen Sie sich. Erzählen Sie. – Schombach! Schenken Sie dem Mitarbeiter 'n Cognac ein. 'n doppelten.« Er würdigt Forster keines Blickes, als er einen Stuhl vom Tisch abrückt und ihn dem Elektriker anbietet. »Na, kommen Sie.«

Nachdem Fritz Severin seinen Bericht beendet hat, herrscht Stille im Konferenzraum.

Aber nicht lange. »Verdammt!« Alfred Bergmann knallt sein Cognacglas mit einer solchen Wucht auf den Tisch, dass die anderen Anwesenden auf das Geräusch splitternden Glases warten. Zum Glück bleibt das aus. Dafür schwappt ein Schwall des teuren Getränks über den Rand und sorgt für kleine Pfützen auf der blankpolierten Tischplatte.

»Ich hab es geahnt!«, faucht der Alte. »Ich … habe … es … geahnt!! Aber alle wussten es besser!« Seine wütenden Augen sind auf Forster gerichtet, aber er verzichtet jetzt darauf, seinen Untergebenen persönlich zu maßregeln. Bergmann sendet seine Flüche an eine andere Adresse. »*Es gibt kein Wohnhaus mit einem Paternoster*«, äfft er den einen der Denkmalschutz-Gutachter nach. »Ha! Von wegen Experten! Diese Penner!!«

Frank Forster wendet sich an Severin. »Und Sie sind ganz sicher? Kein Zweifel möglich?«

»Was ich gesehen habe, habe ich gesehen«, entgegnet der Elektriker in seiner trockenen Art.

»Und Sie glauben wirklich, das Ding ist funktionstüchtig?«

Severin nickt. »Die Räder, die Ketten – macht alles einen tadellosen Eindruck.« Er kratzt sich am Kopf. »Wie es mit der Elektrik beschaffen ist …« Schulterzucken.

»Deshalb habe ich Sie geschickt, Mann! Sie sind doch vom Fach!«

Der Handwerker hebt abwehrend die Hände. »Nee, nee, Herr Forster! Den Fahrstuhl hier im Haus beherrsch ich. Aber mit Paternostern kenn ich mich nicht aus. Solche Kisten hat man vor hundert Jahren gebaut.«

»Die funktionieren doch wohl nach demselben Prinzip wie heute«, wendet Forster ein.

»Wir waren schon froh, dass wir das Teil entdeckt haben. Das war meine Aufgabe. Einen Testlauf können Sie von mir echt nicht erwarten. Wäre ja auch aufgefallen.« Severin hebt sein Cognacglas an den Mund, bevor er merkt, dass es leer ist. Niemand macht Anstalten, nachzuschenken.

»Das heißt …«, resümiert Schombach, »… ihr habt den Antrieb für den Paternoster gefunden, aber die Kabinen selbst sind nicht zu sehen.«

»Nur die im Erdgeschoss«, antwortet Severin. »Der Schacht ist, wie gesagt, auf allen Etagen mit Bretterwänden zugebaut. Scheint immer noch nicht in Betrieb zu sein, das Ding.«

Es macht sich Ratlosigkeit breit im Konferenzraum.

»Also gut«, sagt Bergmann nach einer ganzen Weile. »Also gut. Dann ist der Fahrstuhl tatsächlich vorhanden. – Was machen wir jetzt, Forster?«

Schau an!, denkt der. Auf einmal bin ich wieder gut genug. Er hebt die Schultern. »Tja. Gute Frage. Was machen wir jetzt …«

»Ich würde vorschlagen …«, sagt Schombach bedächtig, an seinen Freund gewandt, »… wir folgen deinem Rat und versuchen, Wasmuth noch einmal zu bewegen, endlich seine Unterschrift unter den Vertrag zu setzen. Wir erhöhen den Kaufpreis und tauschen den Paternoster gegen einen Fahrstuhl aus. Also – genau das, was wir vorhatten.«

»Keine gute Idee, Schombach«, wendet Bergmann ein. »Mit Wasmuth würden wir uns sicher einig werden, aber die Mieter wissen doch von dem Scheißding. Bevor wir die ersten Bretter abschrauben könnten, hätten wir den Denkmalschutz wieder am Hals.« Grimmig verzieht er das Gesicht. »Und ich kann die Modernisierung endgültig vergessen.«

Neuerliches Schweigen. Niemand hat eine Idee, wie man sich aus der misslichen Lage befreien könnte.

»Sagen Sie, Severin, was haben Sie eigentlich da drin?« Frank Forster zeigt auf die Stofftasche, die vor dem Elektriker auf dem Tisch liegt und grinst nachsichtig. »Haben Sie etwa einen Schaltkasten mitgehen lassen?«

Der richtet sich in seinem Stuhl auf. »Tja … ich … also …« Verlegen fährt er sich durchs Haar. »Nee. Sowas nicht.« Er legt die Hand auf den Beutel. »Das sind … äh … Platten.«

»Platten?«, fragt Forster verständnislos. »Aha.« Wieder lacht er. »Vom Gehweg?«, frotzelt er. »Sie sind mir ja einer! Hoffentlich stolpert niemand in die Löch…«

»Schallplatten«, fällt Severin ihm ins Wort.

Die Makler sehen sich ratlos an.

»Schallplatten?«, fragt Bergmann. »So was gibt's noch?«

»Und ob!«, nickt der Elektriker.

»Mann!«, poltert der Geschäftsführer los. »Wir warten und warten und der Elek geht Schallplatten kaufen. Während seiner Arbeitszeit. Ich glaub es nicht!«

Severin duckt sich unter den Worten. »Nein, Herr Bergmann. Ich … die sind …« Er atmet tief durch. »Ich habe doch erzählt, dass wir uns im Keller durch eine Bretterwand Zugang zum Fahrstuhlschacht verschafft haben. Dazu mussten wir erstmal ein Regal mit hunderten von Schallplatten leerräumen und …«

»Moment! Moment!« Bergmann sieht den Angestellten entsetzt an. »Sie wollen jetzt nicht … Sie haben Schallplatten geklaut? Aus dem Haus?«

Energisch schüttelt Severin den Kopf. »Doch nicht … ich klau doch nicht! Geliehen. Ich bring sie ja zurück. Da stehen Regale mit Tausenden von LPs.« Mit seinen großen Händen deutet er die Dimensionen an. »Da fällt das doch nicht auf, wenn mal welche fehlen. Für 'n paar Tage.«

»Was haben Sie denn mit den Platten vor?«, fragt Martin Schombach interessiert.

Endlich jemand, der einen ernst nimmt, denkt der Handwerker und lächelt. »Die werd ich überspielen. Digitalisieren.« Er sieht in die Runde. »Ihr glaubt gar nicht, was da für Raritäten rumstehen. Mann! Was für Werte!« Mit schnellem Griff zieht er eine Platte aus der Tasche. »Hier! *Johnny Cash at Folsom Prison*. Erschienen 1968 bei *Columbia*. Wahnsinnig selten.« Seine Hand rast wieder in den Beutel. »Und hier! *Sex Pistols! Never Mind the Bollocks*. '77 in Japan veröffentlicht. Mit Booklet. Total hochwertig, weil die Japaner ein ganz besonderes Vinyl verwenden.« Er hebt die Scheibe weit über Kopfhöhe. »Schätzt mal, was die Platte kostet. So unter Brüdern.«

»Apropos Japaner …« Mit weit geöffneten Augen beugt sich Martin Schombach über den Tisch. »Haben Sie da vielleicht auch *Surrealistic Pillow* gesehen? *Jefferson Airplane*? '67 bei *Victor* erschienen. In Tokio gepresst. Die such ich wie verrückt!«

»Also, darauf hab ich jetzt natürlich nicht … Aber dann dürfte Sie … wo hab ich sie gleich? … Ach hier!«, wieder fördert Severin eine Scheibe zutage, »… *Cricklewood Green* interessieren. *Ten Years After*. 1970 bei *Deram* erschienen. Hier in Deutschland gefertigt. Davon gibt es nur …«

»Schluss jetzt!!«, brüllt Alfred Bergmann und schlägt mit der Faust auf den Tisch, sodass sein Cognacglas, das den vorigen Anschlag knapp überlebt hat, einen weiten Satz macht und auf dem Fußboden zerspringt. Der Alte ignoriert den Totalschaden und flucht: »Sie sind wohl nicht bei Trost! Klaut einfach Schallplatten. Ein Glück für Sie, dass niemand Sie gesehen hat.«

Severin ahnt jetzt, dass ihm seine Leidenschaft zum Verhängnis werden könnte. Aber es nützt nichts. Die ungeschminkte Wahrheit muss raus. Der Chef kommt sicher sowieso dahinter. »Äh … das stimmt nicht ganz«, sagt er gequält. »Zwei Kinder haben uns gesehen. Zwei türkische Mädchen. Wohnen in dem Haus.« Er macht eine hilflose Geste. »Die haben uns reingelassen.«

»Um Gottes Willen!« Bergmann schlägt die Hand gegen die Stirn. »Auch das noch. Davon haben Sie vorhin nichts gesagt.«

»Das ... das habe ich nicht für wichtig gehalten.«

»Und?«, fragt Schombach. »Was haben Sie denen erzählt, was Sie im Haus machen?«

»Wie mit Herrn Forster besprochen. Dass wir von den Elektrizitätswerken kommen und die neuen Leitungen überprüfen müssen.«

»Und?«

Severin lacht laut heraus. »Die eine – Kater heißt die ... komischer Name für 'n Mädchen – die hat gefragt: Von den deutschen Elektrizitätswerken oder den ukrainischen?«

Schombach fällt in sein Lachen ein. »Schlagfertig, die Kids heutzutage, nicht? Guter Witz!«

»Nee. Das hat die ernst gemeint«, versichert der Handwerker. »Und ihre Schwester sagte: Die benutzen nämlich 'nen ganz anderen Saft da drüben.«

Bergmann sieht den Elektriker mit bösem Blick an. Er findet das Ganze gar nicht zum Lachen. »Mann, Forster!«, wendet er sich an seinen Angestellten. »Was für eine Schnapsidee! Wenn das rauskommt!«

»Ph!«, wiegelt der ab. »Und wenn schon! Dann war es eben ein Einbruchsversuch. Ja, was? Niemand vermisst was und das mit den Platten ... wieviel haben Sie, Severin?«

»Acht. Mehr passten nicht in die Tasche.«

»Die Sie zufällig dabeihatten.«

Ich muss bei der Wahrheit bleiben, denkt Severin. »Die hat mir Kater geliehen.« Er hebt den Beutel an und der Aufdruck *Korkmaz Obst und Gemüse* wird sichtbar. »Die kriegt sie zurück. Sie stellt auch die Platten wieder ins Regal.«

Bergmann hat nun nicht mehr die Kraft, sich aufzuregen. »Severin, Sie sind ein verdammter Idiot!«, flüstert er. »Hatten *Sie auch* einen Aufdruck? So wie der Beutel? Haben Sie etwa einen Blaumann mit unserem Firmennamen angehabt?«

Der Elektriker winkt ab. »Nein, nein. Den hat meine Frau gerade in der Waschmaschine.«

»Heute muss mein Glückstag sein!«, stöhnt Bergmann.

Kapitel 36

»Ich hätte es nicht tun sollen, Hanno. Es war falsch und es wird nicht wieder vorkommen.« Sie steigt aus dem Bett und fährt hastig in ihre Kleidung.

»Aber ... Natalia!« Komplett überrumpelt richtet Meyer sich auf und stützt sich gegen das Kopfteil. »Es ... war es für dich nicht ... es war doch schön! ...« Er krault sich die nackte Brust. »Du warst so ... Also, wenn ich daran denke, wie du mir ...«

»Typisch Mann! Du solltest nicht daran denken, wie wir es, sondern *was* wir hier machen! Ich muss verrückt sein! Hanno, ich habe einen Mann zuhause, der in großer Gefahr ist, erschossen zu werden, ein Gastwirt wechselt meiner Enkelin auf dem Tresen die Windeln, und ihre Mutter hängt vermutlich in diesem Moment kopfüber an einer Stange ... Oh Gott! Ich fass es nicht!«

»Entspann dich, Nadia! Ich wollte es und du ...« Meyers Handy klingelt. Er schaut aufs Display, sagt: »Entschuldige«, und nimmt das Gespräch an. »Hallo? ... Oh, Guten Tag ... Nein, nein, Sie stören nicht!« Er lauscht eine Weile. »Ja, sehr gern ... Ja, morgen würde es mir passen ... Kein Problem, ich habe ein Navi. Ich werde Sie finden ... Wunderbar, Frau Altenbach! ... Ja, dann bis morgen. Danke für den Rückruf. Tschüss.« Er drückt die Trenntaste. »Das war Isadora Altenbach, eine der Töchter des verstorbenen Eugen Wasmuth. Sie hat mich zu sich eingeladen. Nach Travemünde.«

»Wo ist das?«, fragt Natalia.

»In der Nähe von Lübeck.«

»Aha.«

»Soll ich Jörg sagen, dass du morgen allein bist?«, fragt Meyer, als er in die Hose steigt.

»Was soll das?«, fragt Natalia empört. »Ich habe nichts mit deinem Freund.«

Er sieht sie nur lächelnd an.

»Wie kommst du nur auf sowas?«, sagt sie entrüstet. »Glaubst du, ich bin nach Hamburg gekommen, um es hier mit allen Männern zu treiben? *Fuckin' for a free Ukraine*? Du spinnst doch! Ich habe ganz andere Sorgen.«

Natalia Bondarenka hofft, dass sie Hanno Meyer überzeugen kann. Er darf nicht merken, dass sie es tatsächlich auf Dallmann abgesehen hat.

Seit ihrer ersten Begegnung ist ihr klar, dass der Kunsthistoriker ihr aus der Hand frisst. Er scheint bis über beide Ohren in sie verliebt zu sein. Das passt in ihren Plan. Dallmann scheint eine vertrauensvolle Beziehung zu Charlotte Finn aufgebaut zu haben, von der Natalia sich Informationen erhofft. Sie muss dem naiven Kerl ein paar Stichworte unterjubeln, ihm die richtigen Fragen an die Alte vorformulieren – vielleicht plaudert sie ein wenig aus dem Nähkästchen. Wie es damals so war und so …

In diesem Zuge hat sie ihm auch die Briefe ihres Großvaters an seinen Sohn überlassen. Es könnten doch auch darin wertvolle Hinweise stehen.

Natalia schätzt Dallmann als einen naiven, weltfremden Wissenschaftler ein, reichlich unbedarft im Umgang mit dem wahren Leben.

Dabei entspricht seine äußere Erscheinung keineswegs einschlägigen Klischees. Er sieht recht gut aus, kleidet sich ordentlich und zu Anlässen passend (sie nimmt aber an, dass er bekleidet *wird*). Im Umgang mit Frauen entpuppt er sich als charmanter Schussel. Ein wenig täppisch, immer haarscharf an dem vorbei, was Frauen gern von Männern hören. Über sein Fachgebiet Architektur kann er sich stundenlang austauschen. Mitunter hat sie tatsächlich den Eindruck, Dallmann betrachte sie mit demselben wissenschaftlichen Interesse, mit dem er Häuser begutachtet. Die Komplimente, die er ihr macht, könnte er aus einem Bauhaus-Katalog übernommen haben.

Das belustigt sie aber mehr, als dass es sie ärgert. Mehr und mehr ist sie der Meinung, dass Dallmann der Richtige ist. Sie wird sich ihm anvertrauen können, ohne dass er merkt, was gespielt wird.

Natalia wie auch René Asbahr betrachten es als glückliche Fügung, dass Dallmanns Familie, seine Ehefrau und die zwei Kinder, ein paar Tage bei seiner Schwiegermutter weilen, während er sich an die vorübergehende Mitbewohnerin aus der Ukraine wendet, weil er an seinem Band über Lwiw arbeitet.

Hanno Meyer war ziemlich überrascht gewesen, als sein Freund aus früheren Tagen plötzlich vor seiner Tür stand. Er habe gehört, dass sich Menschen aus Lemberg bei ihnen ... und so weiter.

Meyer ist nun keiner, der über ein störend schlechtes Gewissen verfügt und lud Dallmann spontan ein, bei ihm zu wohnen, bis er genug Material hätte.

Ein wenig schämt sich Natalia Bondarenka für ihre Heimtücke. Sie ist überrascht und ehrlich erfreut, dass sich ein Deutscher so für die kulturelle Geschichte ihrer Heimatstadt interessiert. Sie stellt fest, dass Jörg Dallmann in keiner Weise dem Bild des Deutschen entspricht, wie es im Ausland – nicht nur im östlichen – gern gezeichnet wird. Von oben herab, besserwisserisch, am Fremden im Grunde uninteressiert.

Ohnehin muss sie sich nach den ersten Wochen, die sie in Hamburg lebt, eingestehen, dass vieles von dem, was man in ihrer Heimat über die früheren Feinde denkt, nicht oder nicht mehr stimmt.

Sie und ihre Familie haben viel Unterstützung erfahren und ehrlich empfundene Fürsorge. Zum einen scheint die Hilfsbereitschaft von Herzen zu kommen, zum anderen ist die Wut der Deutschen auf Putins Überfall ein wesentlicher Grund dafür. Deutschland und alle seine europäischen Nachbarn machen Front gegen die Russen, ohne direkt in den Krieg einzugreifen, was wiederum in der Ukraine auf geteiltes Verständnis stößt. Man bekommt Geld aus dem Westen, viel Geld, Nahrungsmittel, Kleidung, Medikamente. Das, was man für das Notwendigste erachtet, erhält man kaum – Waffen.

Immerhin, sagen wohlmeinende Stimmen in Kiew, die Europäer, besonders die aus dem Westen, die im Unterschied zu den direkten Nachbarn der Ukraine viel zu lange und noch nach der

Annexion der Krim dem russischen Bären vertrauten – sie scheinen ihre Lektion inzwischen gelernt zu haben.

Es war ihre Großmutter, die Natalia Bondarenka seit frühester Kindheit ein Bild der Deutschen vermittelte, das schwer wie Blei in ihrem Herzen lag. Durch den regen Kontakt, den sie jetzt mit den Einheimischen hat, beginnt dieses Bild, wenn nicht zu erlöschen, so doch zu verblassen.

Oma versucht stets, ihre Jahre in Deutschland zu verschweigen und will von ihren Enkelinnen und Enkeln streng ukrainisch als *Babusya* angesprochen werden. Opa Iliya sei bitteschön als *Didus* zu titulieren. Die deutsche Sprache war im Hause Kulik verpönt, und Natalia musste sich mit aller Energie gegen ihre Großmutter durchsetzen, als ihr klar wurde, dass sie Deutschlehrerin werden wollte. Erst als auch Oksana und die beiden Melnik-Buben fleißig Deutsch paukten, erlahmte Babusyas Widerstand.

Rebekka Rosenkranz hatte sich in Hamburg nie wohlgefühlt. Als Jüdin wurde sie von ihren Mitschülern gehänselt, von ihren Lehrern mit Missachtung gestraft. Sie war heilfroh, als man ihr eines Tages mitteilte, dass sie die Schule zu verlassen habe. Es überraschte sie nicht, als man ihr den vorgeschobenen Grund nannte: Ihr Vater sei ein Verräter und Nestbeschmutzer.

Als der Krieg endlich überstanden und die Familie unversehrt geblieben war, kehrte sie zurück nach Lemberg. Rebekka beschwor die Eltern, sie zu begleiten. Doch die lehnten ab. Sie wollten ihren Freund Ludwig Plath nicht allein lassen, der beim Bestreben, auch andere jüdische Mitbürger vor den Gaskammern zu bewahren, erwischt und ins Zuchthaus gesteckt worden war. Als Plath freigelassen wurde, kümmerte er sich bis Tod um Rebekkas Eltern, die trotz aller düsteren Erfahrungen in Hamburg geblieben waren. Alle drei erreichten ein hohes Alter.

Als Rebekka wieder in Lemberg war, das von den Ukrainern Lwiw genannt wird und an das sie sich kaum noch erinnerte, war sie erschreckt, zu hören, dass von den ursprünglich 100 000 Juden fast alle ermordet worden waren.

Was mit ihrem Bruder Levy geschehen war, blieb lange im

Dunkeln. Es schien ein Ding der Unmöglichkeit, seinen letzten Aufenthaltsort zu ermitteln, trotzdem gelang es ihr nach langer Suche. Zufällig geriet sie an ein Mitglied der OUN, die Organisation Ukrainischer Nationalisten, der bestätigte, dass Levy lange Kontakt zu ihnen hatte und der sich enttäuscht abwendete, als er merkte, dass er ganz andere Vorstellungen vom Widerstand gehabt hatte. Er musste feststellen, dass beide, Deutsche und Russen, die Juden am liebsten vom Erdboden getilgt hätten.

Es war eine russische Spezialeinheit, die ihn in seinem Versteck, eine kleine Dachstube in einem Haus nahe Lemberg, aufspürte und verhaftete. Sie nahmen ihn mit, ließen ansonsten seine wenigen Habseligkeiten unangetastet.

Was dann mit ihrem Bruder geschah, konnte auch der Mann von der OUN ihr nicht beantworten. Immerhin hatte er Levys Eigentum an sich gebracht und es verwahrt.

Rebekka, die 1948 den Wissenschaftler Radomir Kulik geheiratet hatte, raffte alles zusammen und brachte die Sachen ihres Bruders in ihre neue Wohnung an der Horodotska-Straße.

Sie war überrascht, in einer Schachtel die Briefe ihres Vaters an Levy wiederzufinden. Als sie das Bündel in die Hand nahm, war sie sicher, dass keiner fehlte. Ihr Bruder hatte sie alle bekommen. Der Weg der Post war anscheinend bis zum Ende zuverlässig geblieben. Es schien ihr rätselhaft, warum Levy so selten geantwortet hatte.

Wochen später, als die Kuliks sich wohnlich eingerichtet hatte, nahm Rebekka sich die Zeit, die Briefe zu lesen. Sie stellte fest, dass ihr Vater vieles von dem, was er dem Sohn schrieb, seiner Frau und seiner Tochter verschwiegen hatte. Ohne böse Absicht wahrscheinlich. Er hatte ihnen den Inhalt der Schreiben in geraffter Form wiedergegeben, maß den Details offenbar keine große Bedeutung bei.

An einem kalten Wintertag – der Schnee liegt hoch und die wenigen Geräusche von der Straße dringen gedämpft in ihre Küche – gießt Rebekka Rosenkranz heißen Tee in eine Tasse, setzt sich in einen alten, gemütlichen Sessel und nimmt den letzten der Briefe ihres Vaters zur Hand.

20. März 1945

Lieber Sohn,

es mehren sich die Anzeichen, daß dieser grausame Krieg bald ein Ende hat.

Aus London erreichten mich streng geheime Informationen, daß Außenminister Ribbentrop via Schweden versucht hat, Kontakt zur britischen Regierung aufzunehmen, um einen Separatfrieden zu erreichen. Ich hoffe, England läßt sich nicht darauf ein. Deutschland muß die Waffen strecken, kapitulieren und die ganze Härte einer Niederlage spüren! Alles andere würde den Millionen Opfern dieses verbrecherischen Feldzugs nicht gerecht!

Die Sowjetunion hat Polen die Gebietshoheit über die von der Roten Armee besetzten Gebiete östlich von Oder und Neiße übertragen. Der Osten Europas ist nun wieder frei!

Auch die KZ, so ist mein Kenntnisstand, sind befreit, und die englische Presse ist voll von verstörenden Berichten (und Bildern!) über buchstäblich Berge von mißhandelten und verhungerten Häftlingen.

Wir hoffen, daß du zu denjenigen gehörst, die inzwischen das Lager als freie Menschen verlassen konnten. Unser Optimismus begründet sich auf dem Inhalt deines letzten Briefes, in dem du von dieser jungen Frau schreibst, dieser Sekretärin, die in der Verwaltung arbeitet. Ich habe dich so verstanden, daß sie gewusst hat, daß du Jude bist, dir aber trotzdem helfen wolle, deine Tarnung bis zum Schluß aufrecht zu erhalten. Es ist schön zu wissen, daß es in diesen schwierigen Zeiten Menschen gibt, die sich für uns einsetzen und uns unterstützen.

Weiter habe ich deinem Schreiben entnommen, dieses Mädchen sei Leiterin eines jüdischen Frauenchors und auch auf diesem Wege bemüht, Leben zu retten.

Levy, wenn dieser Krieg vorbei ist und wir uns – hoffentlich! – bei voller Gesundheit wieder in die Arme schließen können, seh ich uns verpflichtet, diese junge Dame ausfindig zu machen und ihr auf den Knien zu danken.

Verwirrt senkt Rebekka das Schreiben. Sie hat nie von dieser Frau gehört; mit keiner Silbe hatte Vater sie erwähnt. War es nur Gedankenlosigkeit gewesen?

Deine Frage nach unserer Situation kann ich mit einem Wort beantworten: Unverändert. Natürlich wird die Angst, entdeckt zu werden, mit der Zeit nicht kleiner und zehrt an den Nerven. Gleichwohl klammern wir uns an die Gewißheit des nahenden Friedens und sehen der Zukunft hoffnungsvoll entgegen. Dies ist nicht allein eine emotionale Frage; ihr liegen ganz praktische Überlegungen zugrunde: Wie gern würden wir wieder einmal unter einer Dusche stehen, um uns den Schweiß (auch Angstschweiß) der vergangenen Monate vom Körper zu waschen; wir lechzen geradezu nach dem Komfort einer herrlich duftenden Seife. Und am liebsten möchte ich die kleine Dachluke mit meinen Händen herausreißen, um den immerwährenden Gestank zu vertreiben und frische Luft in unsere Behausung zu lassen. Kurzum: Unser Verlangen, in die Zivilisation zurück zu kehren, bestimmt diese (hoffentlich letzten) Tage unser »Gefangenschaft«.

Lieber Sohn, nach diesen wenigen Zeilen schließe ich den Brief, und wie deine Mutter und deine Schwester habe ich den inständigen Wunsch, dich bald als freien Mann in einer freien Familie begrüßen zu können.

Dein dich liebender Vater

P.S. Es freut mich zu lesen, daß du einen gedanklichen Wandel vollzogen und nun doch die deutschen Faschisten für die wahren und einzigen Täter und Schuldigen an diesem Krieg ausgemacht hast.

Kapitel 37

»Was sagt das Auge dem zukünftigen Architekten?« Jörg Dallmann zeigt auf das Haus, an dessen Gartenpforte er und der junge Oleksander Melnik lehnen und die wärmende Sonne dieses Spätsommertages genießen.

Eine Menge Blätter liegen schon auf dem Bürgersteig. Der Klimawandel, der anhaltende Trockenheit und frühe Stürme mit sich bringt, macht sich Jahr für Jahr mehr bemerkbar.

Oleksander wirft einen abschätzenden Blick auf die Fassade des weißen Hauses, ist sich dann sicher: »Neorenaissance. In der Architektur eine Stilrichtung des Historismus ...«

Dallmann hat den jungen Mann nicht gedrängt, es war dessen Wunsch, mehr über die Architektur des Westens zu erfahren. Und, bei aller Bescheidenheit, denkt Dallmann, einen besseren Lehrmeister wird er nicht finden.

»Welcher bedeutet? ...«

»Welcher bedeutet, dass sich die Baumeister des 19. Jahrhunderts früherer Baustile bedienten. Klassizismus, Barock, Romantik. Und eben der Renaissance.«

Der Kunsthistoriker lächelt beifällig. Viel wird er Oleksander wohl doch nicht mehr beibringen können. »Die Neorenaissance fällt also in diese Zeit.«

»Löste ab 1830 den klassizistischen Baustil ab, ohne sich von ihm eindeutig zu unterscheiden.«

»Wo finden wir die ersten Gebäude dieser neuen Richtung?« Dallmann streicht über den brüchigen Lack der Pforte. So langsam ist hier ein neuer Anstrich fällig, denkt er.

Die Antwort erfolgt wie an der Schnur gezogen. »Der Travellers Club von 1829 und der Reform Club von 1837 in London gehören zu den ersten, in Deutschland der Palais Leuchtenberg von 1821 und der Königsbau der Münchner Residenz, um 1830 fertiggestellt. In Frankreich ...«

Dallmann unterbricht. »Ist gut, Oleksander. – Hervorragende Baumeister der Neorenaissance?«

Wieder lässt die Beantwortung nicht auf sich warten. »Die Semper-Nicolai-Schule in Sachsen. In Wien ragte Rudolf Eitelberger heraus, der Gründer der Kunstgewerbeschule.« Er sieht Dallmann lächelnd an. »Vor zwei Jahren war ich mit meiner Schulklasse drei Tage in Wien. Ich habe mich einmal davongeschlichen, um meine ganz eigene Stadtrundfahrt zu machen. Was für schöne Gebäude!«

»Deren wesentliche Merkmale sind …?«

»Viel Prunk, Zierrat, Schnörkel. Säulen. Hervorspringende Erker. Balkone mit schmiedeeisernen Geländern. Die Fassaden spiegeln das Innere der Häuser wider. Stuck an hohen Decken. In den mehrgeschossigen Häusern reicher Bürger waren die untersten Etagen immer die prachtvollsten. Daher auch der Ausdruck *Bel Etage* für Erdgeschoss und Hochparterre. Je höher die Wohnungen liegen, desto kleiner sind sie.« Oleksander lächelt, runzelt dann die Stirn. »Normalerweise. Dieses Haus hier ist eine Ausnahme. Überall gleichgroße Wohnungen.« Dann schüttelt er den Kopf. »Und ein vollkommen schnörkelloses Treppenhaus. Absolut untypisch.«

So untypisch wie sein geschliffenes Deutsch, denkt Dallmann. Kaum eine Färbung, kein Hinweis, dass der junge Mann nicht im deutschen Sprachraum aufgewachsen ist.

Beide schauen eine Weile wortlos auf das Haus, wie um den Schleier zu lüften, den es umgibt.

»Die Reise nach Wien«, hakt Dallmann nach. »War das auch der Auslöser, einmal Architekt zu werden?«

Oleksander nickt. »Ich denke schon. Ich bin mir nur nicht sicher …«

»… dass du das schaffst?«

Der Junge sieht Dallmann erstaunt an. »Äh … *Natürlich* schaffe ich das! – Ich wollte sagen: Ich bin nicht sicher, ob ich Häuser bauen möchte, wie sie heute gebaut werden. So nüchtern! So sachlich!«

»Ich befürchte, mein Junge, die ersten Häuser, die du baust, *werden* sachliche Häuser sein. Schnelle Häuser.«

»Ich weiß, was du meinst«, nickt Oleksander traurig. »Wenn ich meine Ausbildung fertig habe und Architekt bin, muss ich wahrscheinlich ganze Städte bauen statt einzelner Wohnhäuser. Die verfluchten Russen!«

Dallmann sieht ihn an und lächelt nachsichtig. »Na, immer langsam! So schlimm wird's sicher nicht werden.«

»Schlimmer, Jörg! Viel schlimmer! In Aleppo waren sie auch nicht wählerisch.«

Ein kluger und viel zu ernster Junge, denkt Dallmann. Er hätte sich in seinen schlimmsten Träumen nicht ausmalen können, eines Tages mit einem jungen Europäer über einen Krieg in dessen Heimatland sprechen zu müssen, einem Land zwei Stunden Flugzeit entfernt.

Während sich Oleksander mit dem städtebaulichen Aspekt seiner möglichen zukünftigen Aufgaben befasst, ist sein Bruder Jaroslaw aus anderem Holz geschnitzt. Den ärgert, dass er zu jung ist, um in der Ukraine bleiben und sein Land gegen die Russen verteidigen zu dürfen.

Mehr als einmal hat Dallmann erlebt, wie der Junge sich mit Dankwart Waller in dieser Frage auseinandersetzte. Als rigoroser Pazifist schwört Waller auf Verhandlungen, egal was vorgefallen ist. Die Gräueltaten von Butscha, die zum ersten Mal am 1. April filmisch dokumentiert worden waren, bestärken ihn in der Meinung, gerade deswegen müsse man sich umgehend an den Verhandlungstisch setzen, sonst seien sie nicht die letzten Verbrechen gewesen.

Das Argument der Kriegsbefürworter, alles sei versucht worden, aber Präsident Putin schlage jede Friedensinitiative in den Wind, lässt Waller nicht gelten. »Man muss es wieder und wieder versuchen. Die Politik darf nicht nachlassen. Man sollte nicht alles den Militärs überlassen. Das ist noch nie gut ausgegangen!«

»Anders, Dankwart!«, ist die schneidende Antwort des jungen Ukrainers. »Putin ist der, dem man nicht alles überlassen darf! Der Westen *hat* ihm vieles überlassen. Gegen billiges Gas! Die Krim war nur der Anfang. Aber der Halunke hat sich verrechnet! Wir werden sie uns wiederholen.«

»Ich frage mich«, überlegt Jörg Dallmann, nachdem er und Oleksander ihren Standort ins Innere des Gebäudes verlegt haben, »warum wir ausgerechnet in diesem Haus die typischen Merkmale, die du angesprochen hast, nicht auffinden.«

»Welche meinst du?«

»Die unteren Etagen, die vom Reichtum ihrer Bewohner zeugen und die kleineren, die darüber liegen. Du weißt sicher, dass in den obersten Stockwerken von Herrschaftshäusern oft die Dienerschaft des Hauses einquartiert war oder eben einfach ärmere Leute, die sich mit kleineren Unterkünften bescheiden mussten.«

»Ja, das weiß ich«, nickt Oleksander. »Diese Wohnungen hatten nicht nur eine kleinere Fläche, sondern auch die Wände waren sehr viel niedriger als die in den unteren Etagen. Und der Stuck fehlte.«

Dallmann kratzt sich am Kopf. »Dazu passt deine Bemerkung, auch das Treppenhaus sei ungewöhnlich für die Häuser dieser Zeit.«

»Ich …«, der Junge zögert, weiter zu sprechen. »Ob ich vielleicht …?«

»Nur raus damit!«

»Ich würde gern … ich habe noch keine der Wohnungen von innen gesehen. Ob ich eventuell …«

Dallmann lacht. »Du bist wirklich sehr gründlich. Das gefällt mir, mein Junge. – Weißt du was? Hanno ist auf dem Weg nach Lübeck. Der hätte bestimmt nichts dagegen, wenn wir … wenn du seine Wohnung mal in Augenschein nimmst. Außerdem bin ich im Moment Hannos Untermieter. Und ich erlaube es dir.«

»Wie groß, sagtest du, sind diese Wohnungen?«, fragt Oleksander Melnik.

»Ungefähr 120. Eine wie die andere.«

Der junge Mann lacht. »120 Quadratmeter! Weißt du, wie viele Wohnungen das in Lwiw wären?«

»Du hast recht«, nickt Dallmann. »Solche Größen sind in der heutigen Zeit anormal. Für mich wäre sie viel zu groß. Aber – die hier sind eben günstig. Glück für Hanno, Glück für alle Mieter dieses Hauses.«

Oleksander sieht sich im Wohnzimmer um. Meyer hat kärglich möbliert. Hier eine Couch, dort eine kleine Sitzgruppe – das alles macht im Unterschied zu den vielen Bücherregalen einen jungfräulichen Eindruck. Keine heruntergesessenen Polster, die Zierkissen anscheinend nagelneu. Die wenigen Schränke ohne eine Spur von Abnutzung. Der junge Mann lächelt, als er es sich versagt, mit dem Finger über eine Fläche zu fahren. Ich werde ihm doch nicht seinen mühsam angesammelten Staub aufwirbeln, denkt er.

Augenfällig ist das heillose Durcheinander in den Regalen, die sich ins angrenzende Arbeitszimmer fortsetzen. Die Bücher in ihnen versuchen sich breitzumachen, tun sich hervor, gönnen ihren Nachbarn keinen Millimeter Raum; Meyer überlässt sie offenbar sich selbst und hält ihnen ihre mangelnde Ordnung nicht vor.

Jörg Dallmann bemerkt, dass der Junge vor einer Wand stehen bleibt und sie genau betrachtet. Dallmann denkt, dass er den ausladenden Kamin bewundert, aber Oleksander scheint anderes im Sinn zu haben. Er geht ein paar Meter zurück, dann vier, fünf Schritte zur Seite, steuert wieder auf die Wand zu und dreht den Kopf hin und her. Alles schweigend.

Plötzlich geht er aus dem Wohnzimmer, in den Flur. Dallmann folgt ihm. Auch hier sieht der junge Mann sich länger um. Dann geht er zur Wohnungstür, wobei seine Schritte immer schneller werden. Er tritt hinaus in das Treppenhaus, macht einige große Schritte Richtung Nachbarwohnung. Dallmann vernimmt, dass Oleksander flüstert. Er scheint Distanzen zu messen. Abrupt bleibt der Junge stehen, macht kehrt. Ohne den Historiker zu beachten, geht er zurück in die Wohnung Meyers. Wieder besieht er die Wand, vor der der Kamin steht. Kurz danach geht die Wand in einen Vorsprung über.

»Ich frage mich, was hinter dieser Ecke ist«, murmelt Oleksander.

»Na. Ich nehme an, der Schornstein«, entgegnet Dallmann.

Der Junge nickt schweigend, dreht sich nach einer Weile zu Dallmann um. »So groß?«

Der Kunsthistoriker besieht sich den Vorsprung. Er hat recht, denkt Jörg Dallmann. So viel Platz braucht kein Abluftschacht. Ratlos zuckt er mit den Schultern. »Tja. Keine Ahnung.«

Der junge Ukrainer klopft die Wände neben dem Kamin ab, Meter für Meter. Es klingt nach stabilem Mauerwerk. Dann aber, als er hinter der Ecke weiterklopft, ändert sich das Geräusch, wird heller und hohler.

»Da ist was«, sagt Oleksander. »Das ist keine gemauerte Wand.«
Er dreht sich zu Dallmann um. »Hat Herr Meyer nie was darüber
gesagt, dass hier eine erhebliche Fläche an der Wohnung fehlt?«

»Meinst du? – Nein. Über seine Wohnung hat er mit mir nie
gesprochen.«

Der Junge schaut sinnierend auf die Wand. Jäh dreht er sich
um. »Wer wohnt nebenan?«

Dallmann muss kurz überlegen. »Dankwart Waller und sein …
äh … und Torsten Szepanek.«

»Ob die gerade da sind?«

Dallmann hebt die Schultern. »Keine Ahnung. Warum?«

»Ich möchte mir ihre Wohnung auch ansehen.«

»Tja … wenn du meinst. Fragen kostet nichts.«

Sie haben kein Glück. Auf ihr Klingeln hin tut sich nichts.
»Egal!«, sagt Oleksander. »Wir versuchen es weiter oben. Wer
könnte denn zu Hause sein?«

»Du kannst Fragen stellen«, lacht Dallmann. »Du wohnst hier.
Ich bin nur zu Besuch.«

»Vielleicht ist Herr Knupper ja da. Ein Hausmeister sollte ab
und zu mal in seinem Haus sein.«

»Wenn er nicht gerade in seinem Laden ist.«

Dieses Mal bleibt es nicht beim Versuch. »Oh! Herr Dallmann!
Und der junge Herr Melnik!« Paul Knupper hat seine Brille in
der Hand.

»Ich hoffe, wir stören nicht«, sagt Oleksander. Lächelnd hört
sich der Hausmeister das Ansinnen des Ukrainers an und scheint
nicht wirklich überrascht. »Ein wissbegieriger junger Mann«,
sagt er zu Dallmann. »Gefällt mir. – Kommt herein.«

Aufmerksam lauscht der Hausmeister den Überlegungen des
jungen Ukrainers. Er ist erstaunt über dessen Idee, das Haus ver-
berge vielleicht eine bauliche Anomalie.

»Auf so etwas bin ich noch nie gekommen. Aber … wartet
mal einen Moment.« Knupper geht an einen alten Schrank und
holt eine große Ledermappe heraus. »Ich habe hier Kopien vom

Grundriss des Hauses.« Er lacht. »Ja, tatsächlich existieren Architekten-Zeichnungen. Leider sind sie nicht datiert, aber die Originale müssen über hundert Jahre alt sein. Eugen Wasmuth hat mir die Kopien vor langer Zeit gegeben.«

Er faltet sie auf die volle Größe auseinander, breitet sie auf dem Wohnzimmertisch aus, und die drei Männer beugen sich über die Pläne. Sofort fällt ihnen auf, dass bei aller Liebe zum Detail die Zeichnungen der verschiedenen Stockwerke geringfügig variieren.

Am unteren Rand ist zwar jeweils ein Maßstab verzeichnet, allerdings fehlen auf den Plänen die Längenangaben komplett. Auch der heute übliche Richtungsweiser für die Himmelsrichtung fehlt.

»Ist nicht schlimm«, sagt Oleksander. »Mich interessiert nur, ob die Wohnungen aneinandergrenzen und wo die Luftschächte eingebaut sind.« Sein Finger fährt über die Zeichnungen, er tauscht die Pläne, vergleicht einen mit dem anderen.

Dallmann fällt auf, dass die Angaben sich von Blatt zu Blatt deutlich unterscheiden. Die tragenden Wände passen ziemlich genau übereinander, aber Durchbrüche, Tür- und Fenstergrößen weichen erheblich voneinander ab. »Entweder sind die Zeichnungen ziemlich ungenau ...«

»... oder die Bauweise ist auf allen Etagen sehr individuell«, ergänzt Oleksander.

Dallmann kratzt sich am Kinn. »Das ist wirklich erstaunlich! Und meines Wissens nie genau untersucht worden.«

»Lustige Bezeichnungen gab es damals.« Paul Knupper zeigt auf einen Eintrag. »Hier steht *Leutestube*. Nie gehört.«

»Da kann ich Sie aufklären«, sagt der Kunsthistoriker. »Das war das Personalesszimmer. Wer es sich leisten konnte, hat das Personal nicht in der Küche essen lassen, wie es im Normalfall gemacht wurde, sondern in einem kleinen Extraraum ... Das ist aber ...«

»Ja?«

»Das überrascht mich jetzt schon«, sagt Dallmann. »In der Regel ... hier auch! *Zimmer des Herrn, Zimmer der Dame*. Und hier: *Zimmer des Sohnes*.«

»Auf diesem Plan gibt es nur allgemein ein Kinderzimmer«, bemerkt Knupper mit Blick auf einen anderen Grundriss.

»Tatsächlich!«, staunt Dallmann. »Das heißt, dieses Stockwerk – es ist das … ja … Erdgeschoss – wurde vermutlich von Leuten aus der *upper class* bewohnt. Hätte ich in dieser Wohngegend so nicht erwartet.«

»Dabei sehen die Zeichnungen, finde ich, etwas kindlich aus«, sagt Knupper.

»Kindlich?«, fragt Dallmann.

»Die Beschriftung, meine ich. Und die Legende. Etwas krakelig. Wie von Kinderhand geschrieben.«

»Der Computer war noch nicht erfunden.« Dallmann lächelt. »Sie glauben gar nicht, wie oft Grundrisse heute noch mit der Hand gezeichnet werden. Sogar in professionellen Büros.«

»Aber deutlich genauer«, ergänzt der junge Melnik.

Knupper sieht ihn erstaunt an. »Das will ich doch sehr hoffen!«

Lachend nickt Oleksander. Dann schaut er zur selben Wandseite, die er schon drei Etagen tiefer inspiziert hat. »Herr Knupper«, sagt er, wobei er sich zum Hausmeister umdreht. »Haben Sie einen … wie heißt es bei Ihnen … na, ein Metermaß?«

»Einen Zollstock? Na klar!«

Nachdem Oleksander das Wohnzimmer und den Flur an den entsprechenden Stellen gründlich vermessen hat, fragt er: »Nebenan wohnt Herr Jablonski, richtig?«

»Richtig«, bestätigt Knupper. »Aber der ist jetzt im *Erastos*. Die Beschränkungen sind so weit aufgehoben, dass sie wieder mehr Gäste haben.«

»Ist auch nicht so wichtig. Warum soll es hier oben anders sein als unten?«

»Willst du uns nicht endlich sagen, was du hinter den Wänden vermutest?«, fragt Jörg Dallmann.

Nach kurzem Zögern sagt Oleksander: »Du hast doch von Natalia die Briefe von ihrem Großvater bekommen. Hast du die noch?«

Dallmann sieht den Jungen erstaunt an. »Äh … ja. Warum?«

»Hast du sie schon gelesen?«

Der Historiker nickt. »Einen Teil. Noch nicht alle.«

»Würdest du sie bitte holen?«

Er stößt weiter auf Unverständnis. »Ja ... aber ... wozu? Was haben die Briefe ...«

»Jörg! Bitte! Ich erkläre es dir dann.«

Während Dallmann die Treppen leise fluchend hinunter geht, fragt Paul Knupper den Jungen: »Was hat es mit diesen Briefen auf sich?«

In knappen Worten umreißt Oleksander die Geschichte der Familie Rosenkranz neunzig Jahre zuvor, ihre Flucht erst vor den Russen, dann vor den Nazis, ihr Leben und Überleben in Hamburg. Er erklärt Knupper, dass Aaron Rosenkranz diese Stationen in Briefen an seinen Sohn geschildert hätte und diese Briefe nun wieder aufgetaucht seien.

»Natalia hat sie mir zu lesen gegeben. Ich vermute, Herr Knupper, die Rosenkranzen hatten ein ähnliches Schicksal wie wir. Auch sie haben unter diesem Dach auf das Ende eines Krieges gewartet.«

»Was??« Verständnislos sieht der Hausmeister den jungen Ukrainer an.

Der schaut wieder auf die Wand, die das Wohnzimmer seiner Vermutung nach um ein Stück kürzer macht als auf dem Bauplan verzeichnet. »Allerdings wohnen wir, denke ich, wesentlich komfortabler.«

»Hier.« Unter schwerem Schnaufen überreicht Dallmann dem jungen Ukrainer das Bündel Briefe.

»Seien Sie froh«, lacht Knupper, »dass Sie unten bei Hanno untergekommen sind. Sie sind ja ganz schön außer Atem.«

»Das können Sie laut sagen«, japst der Historiker. »Ich verstehe nicht, wie ihr hier ohne Fahrstuhl leben könnt.«

»Im Erdgeschoss wartet ein Paternoster auf Sie ...«, grinst Knupper.

»... der auch im Erdgeschoss endet«, lacht Dallmann. »Nein, danke.«

»Alles eine Sache der Übung, Herr Dallmann.«

»So einfach ist das? Also … wenn ich an Herrn Jablonski denke …« Dallmann deutet mit den Händen den Bauchumfang des Kochs an.

»Reine Körperbeherrschung!«, feixt Knupper. »Es sind die Beine, die ihn tragen. Beine, die Beschäftigung gewohnt sind.«

»Sie haben wohl recht«, lächelt Dallmann. »Mein Arzt ermahnt mich ständig, öfter mal den PC abzuschalten und ein paar Meter zu gehen.«

»Hören Sie ruhig auf ihn.«

Jörg Dallmann nickt und schaut Oleksander zu, der einen bestimmten Brief zu suchen scheint. »Kann ich dir helfen?«

Der zuckt mit den Achseln. »Vielleicht. – Ich erinnere mich an einen Brief, in dem Aaron Rosenkranz von einer Lebensmittellieferung schreibt. Danach berichtet er, wie er Funksprüche nach London sendet.«

»Das muss Juli 44 gewesen sein. Damals hatten die Russen gerade Galizien befreit.«

»Richtig!«, nickt Oleksander. Er blättert sich noch einmal durch den Stapel. »Hier! Das ist er!« Er überfliegt die erste Seite des Schreibens. »Aha! Ich hab's!« Er sieht die beiden Männer an, senkt den Kopf wieder und liest. »Er schreibt hier, wie der Hausmeister … einer Ihrer Vorgänger, Herr Knupper, … wie der eine Lieferung in Rosenkranz' Versteck bringt, was er zweimal im Monat gemacht hat. *Ich schaue zur Uhr. Es ist jetzt eine Minute vor zwei. Kurze Zeit später betätige ich den Schalter und zähle bis zwanzig. Unter mir rumpelt es vernehmlich. Hoffentlich ist er da! Dann drehe ich den Schalter zurück. Die Sekunden bis dahin treiben mir stets den Angstschweiß auf die Stirn. Zum Glück ist Harry bisher immer pünktlich gewesen.«* Wieder schaut Melnik auf und überlegt. Dallmann und Knupper sehen ihn gespannt an. »Ein Rumpeln, das ihm Angst macht. Was meint er damit?«

»Vielleicht eine Handkarre«, vermutet Knupper. »Ein kleiner Wagen. Wenn der die Treppe hochgezogen wird, dann poltert es. Das erzeugt Lärm und macht Angst.«

»Und der Schalter?«, fragt Dallmann.

»Ganz einfach – er hat vorher das Licht ausgeschaltet. Warum auch immer.«

»Das könnte sein«, pflichtet Oleksander ihm bei. »Aber dann geht es wie folgt weiter: ›Da bin ich.‹ *Harry sieht zu mir herauf und lächelt. Dann wartet er, bis er ganz oben angekommen ist. Sofort macht er sich an die Arbeit und räumt die Sachen in den Raum. Zum Glück ist er sehr schlank. Schlank, aber kräftig. Und er weiß, wo die Waren ihren Platz haben und uns nicht stören.«* Der Junge sieht die anderen wieder an. »Harry sieht zu Rosenkranz *herauf.* Und: Er *wartet,* bis er angekommen ist. Warum wartet er?«

»Das verstehe ich auch nicht«, antwortet Dallmann. »Jedenfalls scheint er ein paar Stufen tiefer auf der Treppe zu stehen, die direkt in einen Raum führt.«

»Dann kann es sich nur um das Dachgeschoss handeln«, erklärt Knupper. »Auf den anderen Etagen landet man zunächst im Flur.«

Oleksander nickt und sieht zur Decke. »Dann gehen wir eine Treppe höher. In unsere Unterkunft.«

Kapitel 38

»Treten Sie näher, Herr Meyer«, sagt Isadora Altenbach. »Es überrascht mich, dass Sie so schnell hier sind.« Die ältere der Wasmuth-Schwestern ist eine große, attraktive Frau, sehr elegant gekleidet. Als sie Meyer an sich vorbei ins Haus lässt, dringt der Geruch eines vermutlich teuren Parfüms in seine Nase.

»Danke. – Die Straßen waren frei, und von Hamburg hierher ist es wirklich ein Katzensprung.«

»Das ist ja sehr spannend, was Manfred erzählt. Ich habe natürlich nicht geahnt, was wir mit dem Verkauf bewirken.« Sie führt Meyer in das Wohnzimmer. »Bewirken *könnten*«, ergänzt sie lächelnd. »Die Umwandlung in Luxus-Appartements – meinen Sie, *Wohntraum* wollte wirklich so verfahren? – Setzen Sie sich bitte.«

Bevor er ihrer Aufforderung nachkommt, lässt Meyer den Blick durch das riesige Wohnzimmer schweifen. Wesentlich größer noch als sein eigenes. In Sekundenschnelle ist ihm klar: Wer so wohnt, der wird es als nachrangig erachten, wieviel Gewinn er mit dem Verkauf eines Hauses erzielen kann. Die Trave vor der Haustür, die Ostsee gleich um die Ecke – man kann schlechter hausen als an der Travemünder Promenade.

»Mein Mann lässt Sie unbekannterweise grüßen. Er ist gerade beim Golf spielen. Handicap 12.«

»Das ist bestimmt gut, oder?«

»Das ist *sehr* gut.« Umgehend erschrickt sie. »Entschuldigen Sie, das war ungeschickt von mir. Es kann ja nicht jeder ...«

»Kein Problem!«, unterbricht Hanno Meyer sie lächelnd. Handicap 12. Könnte schwierig werden, den Kerl zu toppen. Aber ein unauffälliger Blick auf Isadoras schlanke Figur lässt ihm keine Wahl. Sollte sein eigentliches Vorhaben nicht von Erfolg gekrönt sein – sie soll später jedenfalls wissen, wie sich *Handicap 18 plus* anfühlt.

»Was die Umwandlung betrifft – sie *war* nicht nur geplant, man strebt sie weiterhin an«, erklärt Hanno Meyer seiner Gastgeberin. »Das sagt das Schreiben der Firma unmissverständlich aus.«

»Aber jetzt ist sie wohl vom Tisch, nicht wahr? Ich gratuliere Ihnen zu Ihrer Entdeckung!«

»Entdeckung?« Meyer sieht Isadora Altenbach ratlos an. »Was meinen Sie damit?«

»Aber deshalb sind Sie doch gekommen, oder?«, fragt sie, sichtlich verwirrt. »Sie haben bestimmt den Paternoster entdeckt. Das stand ... na, der Brief, den Vater erhalten hat. Da schreibt Walter Dembowski von der Rückumwandlung ... hat Ihnen mein Bruder denn nichts gesagt?«

»Es tut mir leid, Frau Altenbach, aber ich habe keine Ahnung, wovon Sie sprechen.«

Sie schweigt eine lange Zeit, sieht Meyer nur unverwandt an. »Ich habe Manfred den Brief gezeigt. Schon vor Wochen. Ich ...«

»Wollen Sie mir nicht einfach verraten, worum es geht?«

Sie nickt und steht auf. »Warten Sie bitte. – Entschuldigung! Ich bin ganz durcheinander. Ich habe doch Kaffee für uns gemacht.« Ihr Kopfschütteln verrät, dass sie total perplex ist.

Was ist hier los?, fragt Meyer sich. Was für ein Brief? Und wer ist Dembowski? Rätsel über Rätsel und nichts davon ist angetan, ihn erotisch in Stimmung zu bringen. Gut, denkt er, aufgeschoben ist nicht aufgehoben.

Isadora Altenbach kommt mit einem Tablett zurück in das Wohnzimmer und schenkt den Kaffee ein. »Ich bin gleich bei Ihnen«, sagt sie, saust zu einer Anrichte, zieht eine Schublade auf und holt mit einem schnellen Griff einen vergilbten Briefumschlag hervor. Sie faltet den Brief auseinander und drückt ihn Meyer in die Hand.

Das Schreiben ist mit einer Schreibmaschine verfasst, deren Farbband seine besseren Tage deutlich hinter sich hatte. Mit Mühe kann Hanno Meyer die Zeilen entziffern.

Hamburg, den 18. Oktober 1980

Lieber Herr Wasmuth,

jetzt, da unser Vertrag unter Dach und Fach ist, darf ich Ihnen noch einmal gratulieren. Sie haben eine gute Wahl getroffen.

Das Haus ist wirklich in einem sehr guten Zustand, und Sie werden Ihre Freude an ihm haben. Alle Gebäude im Generalsviertel, das, wie ich Ihnen schon erläuterte, Ende des 19. Jahrhunderts entstand, sind von einer soliden Bauweise.

Sie baten mich, Ihnen ein wenig über die Geschichte des Hauses und die seiner Umgebung zu erzählen. Dieser Bitte will ich gern nachkommen.

Ich deutete schon bei der Besichtigung an, was es mit dem Namen Generalsviertel auf sich hat. Nun erkläre ich es Ihnen etwas ausführlicher.

Dieses Wohnviertel gehört zum Stadtteil Hoheluft, der wiederum zum Bezirk Eimsbüttel.

Es wird begrenzt vom Isebekkanal und der Gärtnerstraße. Das Viertel verdankt seine Entstehung der Initiative eines Investors.

Das Generalsviertel besteht aus acht Straßen. Die Grundstraße ist die Bismarckstraße, von der die Moltkestraße, die Wrangelstraße, ferner die Roonstraße, Kottwitzstraße, Gneisenaustraße und nicht zuletzt »Ihre« Mansteinstraße abgehen. Die Tresckowstraße verläuft hingegen parallel zur Bismarckstraße.

Weil es heute so unwahrscheinlich klingt, möchte ich besonders erwähnen, daß anfangs sowohl das Abwassersystem als auch die Straßen im Privatbesitz waren. Erst im Jahre 1912 hat die Stadt Hamburg die Kanalisation und die Wege angekauft und in der Folge auch deren Instandhaltung übernommen.

Wie Sie im Verlaufe unseres Rundgangs erfahren konnten, sind einige Häuser im Krieg zerstört worden. Die Neubauten an diesen Stellen passen nicht unbedingt ins Gesamtbild.

Das Haus, das jetzt in Ihre Hände übergegangen ist, gehört nicht dazu. Es trägt weiterhin die Attribute der historischen Häuser, die im Stil der Neorenaissance erbaut wurden.

Wie Sie sehen konnten, ist das alte Straßenprofil, zum Teil mit Kopfsteinpflaster und Vorgärten, heute noch vorhanden und unterliegt dem Milieuschutz, so daß nicht ohne weiteres äußere Veränderungen an den Häusern und Gärten vorgenommen werden dürfen.

Und das, lieber Herr Wasmuth, bringt mich auf einen weiteren wesentlichen Punkt, den ich kurz angerissen hatte, der aber näherer Betrachtung wert ist.

»Ihr« Haus hat nämlich ein ganz besonderes Alleinstellungsmerkmal unter den Häusern im Generalsviertel. Dazu muss ich zurückblättern in die unselige Zeit des Nationalsozialismus.

Wie ich Ihnen sagte, habe ich das Haus von einem guten Bekannten namens Ludwig Plath erworben, einem Freund schon aus Kindertagen, um es genau zu nehmen.

Dieser Mann, der einen Elektroladen betrieben hatte, geriet Anfang 1945 in den Verdacht, jüdischen Mitbürgern geholfen zu haben und wurde ins Zuchthaus gesteckt. Gottlob war der Krieg kurze Zeit später zu Ende und er kam frei.

Zu seinem Leidwesen hatte man in der Zwischenzeit sein Elektrogeschäft requiriert und verkauft. Beschämenderweise war der neue Besitzer nicht bereit, das Geschäft rückgängig zu machen. Und das, nachdem das NS-Regime aufgehört hatte, zu existieren! (Ich darf Ihnen heute voller Stolz berichten, daß der Verdacht gegen meinen

Freund Ludwig nicht unbegründet war. Er war wirklich einer der wenigen, die sich für Juden eingesetzt haben.)

Kurzum: Ich half dem Mann, seinen Laden zurückzubekommen. Das hielt ich für selbstverständlich.

Ludwig wiederum, als er wieder auf eigenen Beinen stand und einen erfolgreichen Neustart in die junge Republik unternahm (er erweiterte seinen Laden zu einer Kette; seine Artikel waren sehr gefragt), überließ mir voller Dankbarkeit sein Haus in der Mansteinstraße.

Dieses Objekt hatte er zu Beginn des Krieges vermietet und es wurde von den Nazis nicht einkassiert. Erstaunlicherweise, sollte ich sagen, aber es gibt einen Grund:

Das Haus wurde 1944 von der Deutschen Reichsbahn in Beschlag genommen. Man brauchte mehr Räume für die Organisation der Judentransporte in den Osten. Die Mieter wurden quasi hinausgescheucht, die Wohnungen, ohne daß man sie umbaute, als Behördenräume eingerichtet.

Ende des Jahres waren andernorts neue räumliche Kapazitäten geschaffen worden; Hamburg war nicht länger Knotenpunkt der Transporte, und so bekam Ludwig Plath sein Haus wieder – einige Zeit, bevor er in den Verdacht geriet, wegen dessen er inhaftiert wurde. In diesem Zuge wurde es erstaunlicherweise versäumt, Plath als Eigner des Hauses zu verifizieren, und er blieb in dieser Hinsicht unbehelligt.

Und jetzt, Herr Wasmuth, kommts!

Die Reichsbahnbehördenstelle ließ, um die Abläufe von Raum zu Raum zu beschleunigen (es wurde tonnenweise Papier hin und her bewegt), einen Fahrstuhl einbauen – einen Paternoster!

Hanno Meyer lässt den Brief sinken und sieht seine Gastgeberin konsterniert an. Das kann doch nicht wahr sein!, denkt er. Nach langen Sekunden blickt er wieder aufs Papier.

Der wurde nur einige Monate betrieben, dann zog die Behörde wieder aus. Es waren nicht nur traurige, sondern auch verrückte Zeiten damals!

Nun hatte Plath also sein Mehrfamilienhaus wieder, aber eben eines mit einem Paternoster.
Und jetzt beginnt ein Treppenwitz, wie man ihn nicht oft erlebt:
Es war Ludwig Plath rechtzeitig klar, daß die Denkmalschutzbehörde, die während des Krieges im Grunde genommen unbeirrbar so weiter verfuhr wie zu allen Zeiten (das scheint auf fast alle Behörden zuzutreffen), es ihm untersagen würde, das Wohnhaus wieder als solches zu betreiben – wegen des besagten Paternosters!! Und so ließ er den Fahrstuhl mit stabilen Wänden verkleiden. Er verbarg ihn, bevor jemand Wind davon bekam. In den Wirren der Nachkriegszeit hatte er das auch kaum zu befürchten.

Ist der Paternoster etwa noch im Haus? Hätten wir uns die ganze Aktion, die ganze Arbeit, sparen können? Meyer schüttelt den Kopf. Hätten wir einfach nur das Haus absuchen müssen? Ihm wird schwindlig, sodass er Mühe hat, weiterzulesen.

Der Witz, Herr Wasmuth, ist an dieser Stelle noch nicht zu Ende. Die Pointe fehlt noch.
Als Ludwig Plath mir das Haus überschrieb, fassten wir nach einiger Überlegung den Entschluß, den Paternoster hinter der Verschalung zu belassen. Denn wenn ich ihn »freigelegt« hätte, »entdeckt« hätte gewissermaßen, wären wir das Risiko eingegangen, von der Denkmalschutzbehörde ein deftiges Strafgeld aufgebrummt zu bekommen! Also schlummert der Lift heute noch in seinem Versteck. Wenn Sie jetzt, geschätzter Herr Wasmuth, das Haus weiterbetreiben, überlegen Sie gut, ob Sie den Paternoster zugängig machen. Sie werden keine nachträgliche Strafe mehr befürchten müssen, aber Sie sollten bedenken, daß es von Amts wegen nicht statthaft ist, so eine Beförderungseinrichtung in einem Wohnhaus zu betreiben. Verstehen Sie, was ich meine? ...
Eines zum Schluß: Bevor ich mich entschloß, das Haus an sie weiterzureichen, kam eine Immobiliengesellschaft auf mich zu und wollte das Objekt erwerben. Man bot mir ehrlich gesagt einen deutlich höheren Preis als Sie. Meine Wahl stand aber von vornherein fest. Und warum? Ganz einfach: Ludwig Plath war nicht nur ein tap-

ferer Widerständler, sondern auch sonst ein sehr sozialer Mensch. Alle Mieter, die in seinem Haus an der Mansteinstraße wohnten, zahlten ihm einen günstigen, einen sehr günstigen Mietzins. Und so habe auch ich es gehalten. In einer Wohngegend, die sich eigentlich nur betuchte Leute leisten konnten (und können), wollten wir unseren Beitrag leisten, daß sich dort auch Normalverdiener einquartieren dürfen.

Lieber Herr Wasmuth, ich werde garantiert keinen Einfluß darauf nehmen, wie Sie mit dem Haus verfahren werden, aber ich habe Sie als ebenfalls sehr sozial eingestellt kennen gelernt und denke ... Auch an dieser Stelle hoffe ich auf Ihr stillschweigendes Einverständnis ...

Für die Zukunft wünsche ich Ihnen alles Gute und eine glückliche Hand mit den Mietern dieses wunderschönen Hauses.

Mit besten Grüßen verbleibe ich

Ihr Walter Dembowski

P.S.

Als Anhang möchte ich Sie noch auf ein köstliches kleines »Schmankerl« hinweisen, eines, das ich Ihnen in den nächsten Tagen telefonisch nachreichen werde. Es ist ein wenig ...nun ja, jedenfalls möchte ich nicht, daß es im Brief auftaucht. Man weiß nie, ob so ein Schreiben nicht durch einen dummen Zufall in falsche Hände gerät. – Keine Sorge, es ist nichts Ehrenrühriges! Eher das Gegenteil ist der Fall. Es geht um die Abtragung einer Schuld. Nicht meiner Schuld. Nicht der Schuld eines Einzelnen.

Langsam legt Hanno Meyer den Brief aus der Hand. Für einen Moment weiß er nicht recht, ob er lachen oder weinen soll.

»Ihr Kaffee ist kalt«, bemerkt Isadora Altenbach und schenkt nach, wobei ihr Zeigefinger sanft über seine Hand fährt und sie ihm ein bezauberndes Lächeln schenkt.

»Danke«, sagt Meyer mechanisch, schaut aber weiter auf das Schreiben auf dem Tisch vor ihm.

»Und das war Ihnen nicht bekannt?«, fragt die Hausherrin.

»Also – entweder hat mein Bruder vergessen, Ihnen davon zu erzählen …«, auch sie sieht jetzt auf den Brief, »… oder er wollte nicht, dass Sie …«

Meyer zuckt mit den Schultern. »Richtig. Er wollte nicht, dass ich … und auch nicht, dass andere …«

»…von dem Paternoster erfahren«, ergänzt sie.

Er nickt grinsend. »Schließlich will er das Haus verkaufen. Für sich und seine Schwestern.«

Isadora nickt. »Ich hoffe, Sie sind uns nicht böse deswegen.« Sie schickt ein Lächeln hinterher, dass ihn um Verzeihung bittet.

Wie auf Stichwort klingelt sein Smartphone in der Jackentasche. Eine SMS von Jörg Dallmann.

Du musst sofort zurückkommen. Es gibt tatsächlich einen Paternoster im Haus! Wir haben ihn teilweise schon freigelegt.

Meyer blickt auf und sieht in Isadoras betörendes Lächeln.

Sofort? Ist nicht, Freunde.

Wird später.

Kapitel 39

Erst jetzt registriert Oleksander, dass der Dachboden in seiner Mitte ungewöhnlich hoch ist. Weil die ehrenamtlichen Handwerker deshalb neue Decken in die Unterkünfte der Flüchtlinge eingezogen haben, war ihm das beim Einzug nicht aufgefallen.

Wegen der Dachschrägen hat er Mühe, seine Messergebnisse auf diese Etage zu übertragen. Er nimmt neu Maß, schreitet ab, klopft an die Wände. Letzteres erweist sich als nutzlos, weil sie durchgehend aus massivem Holz gefertigt sind, somit das Pochen an jeder Stelle einen ähnlichen Klang erzeugt. Der Ausbau des Dachbodens, der ihm und seiner Familie zugutekommt, bereitet ihm so gesehen jetzt Probleme. Das Material des Provisoriums schließt sich nahtlos an die vorher schon vorhandenen Wände an.

»Wenn es dir hilft: Der Raum auf der Ostseite ist noch nicht ausgebaut«, sagt Paul Knupper. »Wir wollten warten, ob sich noch Bedarf ergibt. So ein Krieg kann ja jeden Tag wieder zu Ende sein.«

Der eisige Blick, mit dem ihn Oleksander bedenkt und das anschließende Kopfschütteln sorgen dafür, dass der Hausmeister seine Worte bereut. Kommentarlos dreht der junge Mann sich um und geht den Gang herunter, bis er eine alte Tür erreicht. Dort wartet er, die Augen auf das Schloss gerichtet.

»Hab ich was Falsches gesagt?«, flüstert Knupper dem Historiker zu. Der antwortet in der gleichen Lautstärke: »Ist nicht schlimm. – Haben Sie einen Schlüssel?«

Endlich schaltet Knupper. »Äh … Moment, Oleksander!«, ruft er dem Jungen zu. »Ich hole eben den Schlüssel.« Er geht Richtung Treppe.

»Herr Knupper! Warten Sie!« Der junge Ukrainer schaut ihn mit nun wieder freundlichen Augen an. »Könnten Sie auch gleich Ihren Werkzeugkasten mitbringen?«

Knupper öffnet die Tür, die sofort gegen eine danebenliegende Wand stößt.

»Nanu!« Oleksander sieht sich in dem kleinen aber sehr hohen Raum um. Er ist bis auf einige Farbeimer und anderem Material der kürzlich erfolgten Renovierung leer. Der Junge schaut auf die Wand, geht wieder hinaus auf den Flur. Dann flucht er. »Ich glaube, Jörg, du hast recht mit deinen Bedenken. Aus mir wird kein guter Architekt.«

»Wie kommst du darauf?«

»Ich habe mich total vermessen.« Der Junge schüttelt den Kopf. »Das kann doch nicht … Warte mal.« Er begibt sich in die Hocke, legt den Zollstock an, misst wieder, schaut um sich. Dann steht er entschlossen auf. »Diese Räume ragen einen knappen Meter weiter in den Flur hinein als in den unteren Etagen. Außerdem ist der Raum hinter den Wänden drei Meter breiter als unten. Merkwürdig!«

»Und das hat niemand bemerkt, Herr Knupper?«, fragt Dallmann. »All die Jahre nicht?«

Knupper hebt die Schultern. »Es hat sich einfach niemand um

diese Räume gekümmert. Wenn du eine so große Wohnung hast wie wir, brauchst du keinen zusätzlichen Stauraum. Außerdem: Wir haben keinen Fahrstuhl, wie Sie wissen.«

Das leuchtet Dallmann ein, und er nickt. »Also?«, schaut er den jungen Ukrainer an.

»Okay! Lasst uns weitermachen«, antwortet der.

Oleksander setzt die Spitze des Schnellschraubers an eine rostige Schraube und sieht den Hausmeister noch einmal fragend an.

Der nickt. »Nur zu!«

Das elektronische Gerät schnurrt, aber nichts bewegt sich. »Zu fest«, stellt Oleksander fest. Knupper eilt mit einem kräftigen Schraubenzieher herbei. »Scheiße!«, knurrt er, als auch seine Bemühungen nicht fruchten und das Werkzeug mehrfach an dem flachen Schraubenkopf abrutscht.

»Tja«, sagt Dallmann. »Kreuzschlitzschrauben gab es damals noch nicht.«

»Sie irren sich«, belehrt ihn Knupper. »Die gibt es schon seit den Dreißigern. Wurden in Deutschland nur noch nicht oft verwendet.«

»Wisst ihr denn, von welcher Zeit ihr sprecht?«, grinst Oleksander.

Die beiden anderen sehen einander verblüfft an. »Na ja«, überlegt Dallmann. »Ich gehe davon aus, dass, wenn hier zusätzliche Wände gezogen worden sind, es nach dem Krieg passiert sein wird.« Knupper nickt zustimmend.

»Und nun?« Jörg Dallmann sieht auf die Schraube, die noch tief im Bohrloch steckt.

»Es sind noch andere Schrauben da«, brummt Paul Knupper, bückt sich und kramt im Werkzeugkasten, bis er eine massive Rohrzange hervorholt.

Mit der Unterstützung Oleksanders macht er sich über eine zweite Schraube her. Einer dreht den Schraubenzieher, der andere unterstützt ihn mit der Zange.

Nach tapferer Gegenwehr löst sich die Schraube quietschend und ächzend.

»Na, bitte!«, triumphiert der Hausmeister.

»Gut gemacht!«, lobt Dallmann. »Damit ihr nicht denkt, ich stünde nur daneben: Ich habe inzwischen die Schrauben gezählt. Es sind genau noch siebzehn Stück.«

Melnik reibt sich die schmerzenden Handflächen. »Herr Knupper?«, sagt er und zwinkert dem Hausmeister zu. »Haben Sie nicht auch auf einmal so einen großen Durst wie ich?«

Diesmal schaltet der sofort. »Klar! Schrauben lösen zieht einem das Wasser aus dem Körper. – Hier ist der Schlüssel, Herr Dallmann. Die Küche ist zweite Tür links. Da steht ein Kasten mit Selter.«

Dallmann gibt sich grinsend geschlagen und nimmt ein weiteres Mal den Weg abwärts. Diesmal zu seinem Glück nur eine Etage.

»Ich werde uns die Sache mal erleichtern«, sagt Knupper zu Oleksander und hält Sekunden später eine kleine Sprühflasche in der Hand.

»Entroster«, nickt der Junge. »Sehr gut!«

Nach einer halben Stunde anstrengender Arbeit können sie zur ersten, zur widerspenstigsten aller Schrauben zurückkehren und auch sie dank des eingewirkten Rostlösers lockern.

»Erstmal noch 'ne Pause und dann geht's los«, stöhnt Knupper und reibt sich die Schulter. »Junge, Junge! Man wird alt.«

»Ich bin gespannt, was uns dahinter erwartet«, sagt Dallmann und reicht den beiden Wasser. Auch die, wenn sie es auch nicht zeigen, sind voller Ungeduld.

Zu dritt entfernen sie nach und nach die Wände. Sie bestehen aus drei gleichgroßen Holzplatten von einigem Gewicht. Vorsicht ist geboten, denn die Platten erreichen eine Höhe von gut vier Metern und neigen zum Kippen.

Die Männer schauen in ein dunkles Loch. Als sich ihre Augen an die Finsternis gewöhnt haben, nehmen sie etwas wahr, mit dem sie nicht gerechnet haben. Oleksander hat inzwischen auch Jörg Dallmann von seinen Vermutungen unterrichtet. Und so erwarten sie einen Raum mit Spuren menschlicher Anwesenheit. Irgendwelche Hinweise auf den Verbleib einer Familie, die versuchte, sich über die letzten Kriegsmonate zu retten. Ein Versteck, eines von der Art, wie sie es aus Erzählungen wie dem *Tagebuch der Anne Frank* kennen.

Stattdessen sehen sie ein Stück über ihren Köpfen ein metallenes Rad von enormer Größe. Ein Zahnrad mit dicken Speichen.

»Nanu!«, entfährt es Oleksander.

Knupper leuchtet mit einer Taschenlampe in den Raum. »Da! Noch eins! Dahinten.« Das zweite Rad ist ungefähr anderthalb Meter vom ersten entfernt. Dazwischen entdecken die Männer eine große Holzkiste, aufgehängt an einem aufwendigen Gewirr aus Metallstangen und weiteren Platten, ebenfalls aus Holz. Die Zähne der Riesenräder fressen sich in eine eiserne Kette, die dick ist wie ein männlicher Oberarm.

Die drei Entdecker können zunächst nur stehen und staunen. Und auch wenn der junge Mann aus der Ukraine so etwas noch nie leibhaftig gesehen hat – wie seine beiden Gefährten weiß er auf Anhieb, was sie vor sich haben.

»Meine Herren«, sagt Jörg Dallmann mit feierlicher Stimme. »Wir befinden uns im vermutlich einzigen Haus auf diesem Planeten, das über zwei – ich betone: zwei!! – Paternoster verfügt.«

Die drei sehen sich an und brechen in lautes Lachen aus.

»Was für ein Wahnsinn!«, ruft Paul Knupper. »Ein Paternoster! Und niemand hat's gewusst. Oder geahnt.«

Für kurze Zeit herrscht Schweigen und Dallmann, Knupper und Oleksander Melnik hängen ihren Gedanken nach.

Dann bricht das Schweigen vehement. »Wisst ihr, was das bedeutet?«, fragt Dallmann. Die anderen nicken, haben aber das Gefühl, sie wüssten es nicht wirklich. Nicht alles. Noch ist sich niemand über die ganze Tragweite der Entdeckung im Klaren.

»Jetzt wird auch deutlich«, sagt Oleksander, »was Aaron Rosenkranz mit dem Rumpeln gemeint hat.«

»Es war das Geräusch des Paternosters«, gibt Knupper die Antwort.

»Und *Harry sieht zu mir herauf* bedeutet, der Mann steht noch im Schacht«, ergänzt Dallmann. »Die Kabine befindet sich noch unter dem Niveau des Fußbodens.« Er greift in seine Hosentasche und fischt sein Smartphone heraus. »Das muss Hanno sofort erfahren. Der wird aus allen Wolken fallen.«

Kapitel 40

Melnik, Dallmann und Knupper betrachten den Paternoster jetzt eingehend und stellen fest, dass er bestens in Schuss ist.

»Wenn die Elektrik noch funktioniert, steht einer Inbetriebnahme nichts im Weg«, versichert der Hausmeister.

»Wisst ihr, was das heißt?«, lächelt Dallmann. »Ihr habt ihr jetzt einen hundertprozentigen Schutz vor der Umwandlung in Luxusappartements. Und wenn ihr das Denkmalschutzamt überzeugt, könnt ihr das Gefährt eventuell verwenden.« Er merkt, dass Oleksander in Gedanken versunken in den kleinen Raum zurückschaut, von dessen Seite sie sich den Zugang zum Paternoster verschafft haben. »Was ist, Junge? Du wirkst so nachdenklich.«

Nach einer ganzen Weile antwortet der Ukrainer: »Dies war nicht das Versteck der Rosenkranz-Familie. Zwischen diesen Rädern können unmöglich drei Leute monatelang gelebt haben. Aber auf der anderen Seite fehlen noch ein paar Meter zwischen unserer Unterkunft und dem Paternoster-Schacht.«

»Bist du sicher?«, fragt Dallmann verblüfft.

»Ich kann mich unmöglich so gewaltig vermessen haben, Jörg.« Er zeigt in die westliche Richtung. »Da ist noch was.«

Kurz entschlossen betritt Paul Knupper den Schacht und klettert vorsichtig auf die unter ihm schwebende Kabine. »Mich hält sie schon mal«, lacht er. »Wir müssen allerdings noch mal einen Test mit Ansgar Jablonski unternehmen.«

»Und? Sehen sie was?«, fragt Oleksander.

»Reich mir mal die Lampe, Junge.«

Nach kurzer Zeit ruft Knupper aufgeregt: »Da ist was! In der anderen Seitenwand, direkt neben dem Fahrstuhl. Wieder eine verschraubte Platte. Ein Meter fuffzig hoch vielleicht. Es ist sehr eng da.«

Die Männer legen eine Pause ein. »In Rosenkranz' Brief steht: *Zum Glück ist Harry sehr schlank*«, sagt Jörg Dallmann. »Jetzt wissen wir, warum.«

»Wir haben den Eingang zum Versteck zweifellos gefunden«, nickt Knupper. »Die Frage ist: Wie kommen wir an die Platte ran? Da ist wirklich kaum Platz.«

»Ich überlege gerade ganz was anderes«, sagt Oleksander. »Mit Paternostern kenne ich mich nicht so gut aus. Die kenne ich nur aus Büchern. So was haben wir in der Ukraine nicht. Aber wenn der hier oben Umlenkrollen hat, wird's unten wohl genauso sein, oder?«

»Und unten heißt: im Keller.« Paul Knupper schüttelt ratlos den Kopf. »Jetzt bin ich hier schon jahrzehntelang Hausmeister – und all das ist mir nie aufgefallen.«

»Machen Sie sich nichts daraus«, tröstet Dallmann ihn. »Dachboden und Keller sind eben von niemandem genutzt worden.«

»Aber beim Ausbau hätten wir es doch merken müssen.«

»Vielleicht wäre es aufgefallen, wenn man auf beiden Seiten des Schachts gebaut hätte.«

»Möglich«, nickt Knupper. Er sieht seine Mitstreiter an. »Machen wir weiter? Ich bin unglaublich gespannt.«

»Ich bin von uns der Schlankste. Ich werde es versuchen.« Oleksander schnappt sich die Taschenlampe und einen Schraubenzieher.

Diesmal hat er es leichter als zu Beginn ihrer Bemühungen. Die Schrauben lassen sich gut lösen und die Platte ist einfach zu handhaben.

Dallmann und Knupper warten ungeduldig, als sie hören, wie Melnik die Holzplatte verschiebt. Eine ganze Weile ist es still.

»Oleksander!«, ruft Dallmann. »Alles klar? Was siehst du?«

Keine Antwort.

»Sag doch mal was!«

Dann hören sie, wie der Junge sich an der Kabine vorbeizwängt und wieder zu ihnen herauskommt. »Unglaublich!«

»Was ist denn?«, fragt Knupper.

»Als wären sie gestern ausgezogen«, antwortet Oleksander. »Bestimmt noch alles da. Etagenbett, Tisch, Schrank. Ganz, ganz eng da drin. Wie haben sie es nur so lange ausgehalten? Nur eine kleine Dachluke für die Frischluft! Stockfinster ist der Raum.«

»Ich will das auch sehen«, sagt Dallmann und zeigt zum Fahrstuhlschacht. »Was meinst du? Kommen wir da durch?«

»Du ja. Bei Herrn Knupper weiß ich nicht.«

»Ich versuch's«, sagt der.

»Haben Sie eine Lampe?«, fragt Oleksander. »Einen Lichtschalter konnte ich nicht entdecken.«

Der Strahl der Taschenlampe erfasst einen Teil des Raumes. Paul Knupper bringt die Baulampe in Stellung, die er per Verlängerungsschnur mit der nächst erreichbaren Stromquelle auf dem Dachboden verbunden hat.

Das Zimmer ist nun hell erleuchtet. Voller Beklemmung schauen die drei auf eine Szenerie, die ihnen nur von Schilderungen aus dieser Zeit geläufig ist.

Diese Familie, denkt Oleksander, muss ja nicht nur Angst vor ihrer Entdeckung durch die Gestapo gehabt haben, sondern auch vor den Bomben der eigenen Verbündeten.

»Mein Gott!«, ruft Knupper plötzlich so laut, dass seine Begleiter einen Schreck bekommen. »Das gibt's doch nicht!« Er geht zu einem kleinen Tisch in der Ecke. Auf dem steht – ein Radio! Sofort weiß der Hausmeister, was er vor sich hat. »Ein *Siemens & Halske 20GW!* Aus den Schuckert Werken. 1940, wenn ich mich nicht irre. Aus bestem Nussbaum. Top Zustand.« Er dreht sich um und Dallmann und Melnik sehen in leuchtende Augen. »Der fehlt mir noch in meiner Sammlung.«

»Was ist das da?« Oleksander zeigt auf einen roten Zettel, der auf der Frontblende des Gerätes klebt.

Dallmann beugt sich über den Tisch und liest die vier Zeilen vor: »*Denke daran – Das Abhören ausländischer Sender ist ein Verbrechen gegen die nationale Sicherheit unseres Volkes. Es wird auf Befehl des Führers mit schweren Zuchthausstrafen geahndet.*«

Er nickt. »Das war in der Zeit obligatorisch und auf allen Radiogeräten zu sehen.«

»Warum haben die hier Empfang gehabt, Herr Knupper?«, fragt Oleksander.

»Pass auf, Junge. Wir machen uns das jetzt leichter und du nennst mich Paul. Einverstanden?«

»Okay. Und du sagst Olek zu mir.«

»Olek?«, fragt Dallmann erstaunt. »Und mich lässt du ewig deinen ganzen Namen runterrappeln?«

»Hättest du drauf kommen können«, grinst der junge Melnik.

»Ich habe gedacht, das hört sich zu sehr russisch an. Wie Oleg. Mit g.«

»Wenn du Olek mit k sagst, nicht.«

»Also gut, Olek mit k«, sagt Knupper. »Um auf deine Frage zu antworten: Wahrscheinlich hängt ganz oben unterm Dach eine leistungsstarke Antenne.«

»Und das haben die Nazis nicht gemerkt?«

»Sie haben sie sogar selbst installiert. Als die Reichsbahnstelle hier im Haus war, hat sie ja ihre Reports an die Zentrale in Berlin gefunkt.«

»Ach, klar.« Oleksander erzählt seinem neuen Duzfreund, dass Rosenkranz Meldungen nach London übersendet hatte und verrät Knupper, mit welchen Mitteln.

»Was?« Der Hausmeister schnappt sich einen Schraubenzieher, dreht das Radio mit der Rückwand zu sich und öffnet das Gehäuse. »Tatsächlich! Ich werd verrückt! Scheinbar alles unverändert.« Er zieht an einer kleinen Metallplatte, die ohne Mühe herausgleitet. »Junge, Junge. Grundsolide Arbeit. Das ist … he! … ein umgebautes SE 98/3. Wehrmachtsbestand. Ha! Den Feind beklaut!« Knupper ist jetzt ganz in seinem Element. »Transmitter, Receiver, alles auf einer Platine! Irre! Hier die Morsetaste … Wo ist …? Kein Kopfhörer? … Ah, da unter! Raffiniert!« Er sieht seine Mitstreiter an. »Spionage vom Feinsten, sag ich nur. Bis London konnte Rosenkranz aber nicht funken. Nicht direkt. Dafür hat das Gerät nicht genug Reichweite. Irgendwo muss eine Zwischenstation gestanden haben. An der Küste, schätze ich.«

»Es ist einfach nicht zu glauben!«, sagte Dallmann. »Monatelang hat der Mann tief aus dem Herzen des Feindes Informationen – brisante Informationen! – an die Alliierten weitergereicht. Und dazu alles genutzt, was die Nazis ihm vor die Nase gesetzt haben. *Ihre* Technik, *ihr* Haus, *ihren* Paternoster.« Er lächelt. »Das erinnert mich an die goldenen Zeiten, als in den Familien noch Brettspiele auf dem Küchentisch standen. Mühle. Halma. Lass den Gegner den Weg bereiten und nutze ihn für deine Zwecke. Genial!«

»Mich würde interessieren«, sagt Oleksander, der nicht jedes von Dallmanns Worten verstanden hat, »auf welchem Weg seine Unterstützer Rosenkranz und seiner Familie die ganzen Sachen gebracht haben, die sie brauchten.«

Es erscheint ihnen unwahrscheinlich, dass die Familie auf einem anderen Weg beliefert worden war als durch den Keller. Also gehen sie, nachdem sie die Verkleidung des Paternosters provisorisch wieder angebracht haben, die Treppen hinab.

Kapitel 41

Die ukrainischen Flüchtlinge, die im Haus einquartiert sind, haben sich vorab damit einverstanden erklärt, dass der Hausmeister über einen Satz Zweitschlüssel für ihre Räume verfügt. Trotzdem klopft Paul Knupper rücksichtsvoll an die Tür. Niemand antwortet.

Oleksander Melnik staunt, als er sieht, wie wohnlich die Bondarenkas, namentlich Natalia, sich eingerichtet haben. Die Stühle sind belegt mit Sitzkissen; gehäkelte Decken – woher immer sie die bekommen hat – zieren Esstisch und Schränkchen. Sie erinnern den Jungen an seine Heimat.

Bilder von Wildblumen auf sattgrünen Feldern – auch sie vermitteln ein Stück Lwiw – hängen an den Wänden. Hinter den Scheiben einer kleinen Vitrine entdeckt Oleksander ein komplettes Teeservice sowie schmuckvolle Essteller mit Goldrand.

Das alles lässt ihn zurückdenken an die heimische Wohnung, in der sich seit Großelterns Zeiten kaum etwas verändert hat und die vielleicht schon bald in Schutt und Asche liegt.

Er löst sich von diesen Gedanken. »Ich würde vorschlagen«, sagt er, nachdem sie die Wände rund um den Fahrstuhlschacht inspiziert haben, »wir versuchen es wieder von der Ostseite.«

»Das wird schwierig. In dem Raum steht meine Plattensammlung.« Und ausgerechnet an der in Frage kommenden Wand, sagt Knupper, sind die Regale befestigt, die Tausende von LPs beherbergen. »Das kannst du vergessen, mein Freund. Die hab ich penibel sortiert. Die räume ich nicht weg.«

»Dann müssen wir diese Wand öffnen«, schlägt Dallmann vor und zeigt Richtung Paternosterschacht. »Wenn Willi und Ralf das sehen, werden sie bestimmt sauer sein«, sagt Oleksander. »Gerade erst renoviert, schon wieder abgebaut.«

»Du hast eine Plattensammlung?«, fragt Jörg Dallmann.

»Oh ja. Ich sammle schon ewig. Sind auch Raritäten darunter.«

»Wow! Hast du vielleicht auch etwas von *Pink Floyd* dabei?«

»Da bist du bei mir genau richtig!« Knupper klopft dem Historiker auf die Schulter. »Wie wär's mit *A Saucerful of Secrets*? Die sagt dir sicher was, oder?«

Dallmann zeigt sich enttäuscht. »Natürlich. Die steht auch bei mir im Plattenschrank. Die hat doch jeder …«

»Ha! Aber nicht die Handsignierte! Von drei Originalmitgliedern. *Waters, Gilmour* und *Mason.*«

»Was??« Dallmann zieht den Hausmeister am Ärmel. »Paul! Die muss ich sehen!«

»Etwas dagegen, Oleksander?«

Der junge Ukrainer schüttelt lächelnd den Kopf. »Wir haben Zeit.«

Knupper öffnet die Tür zum bewussten Raum.

»Nicht abgeschlossen?«, wundert Dallmann sich.

»Wozu? Hier geht schon niemand rein.«

Hellauf begeistert schaut Jörg Dallmann auf die Unmengen von Schallplatten. Knupper hat sich über die Jahrzehnte ein beachtliches Sortiment an Tonträgern angeeignet und präsentiert diese Sammlung voller Stolz. »Hier stehen die Jazzplatten, daneben Blues …«, seine Hand beschreibt einen großen Halbkreis durch den Raum, »… von hier bis dort hinten Rock …«

»Alphabetisch natürlich«, stellt Dallmann fest. »Ah ja … M … N … O … ah, hier! P … Da ist sie!! Tatsächlich! Signiert! Toll, Paul!« Er dreht sich zum Hausmeister und muss feststellen, dass der kreidebleich geworden ist. »Was … was ist das denn?«, stammelt er.

»Was ist los?«

»*The Dark Side Of The Moon*. Die ist nicht da! Da ist eine Lücke. Die ist weg!« Knuppers Augen sausen an den Regalbrettern entlang. »Da! Ach, du Scheiße! *Rolling Stones. Sticky Fingers*. Mit dem echten Reißverschluss. Ein Vermögen! Auch weg!«

»Tut mir leid, Paul«, sagt Oleksander.

»Hättest vielleicht doch besser abschließen sollen«, ergänzt Jörg Dallmann. »Oder … ich meine … wir werden ja alle älter. Hast du die Scheiben vielleicht verliehen?«

»Diese Platten? Verleihst du Goldbarren?« Knupper schüttelt den Kopf. »Hm. Merkwürdig.« Er lässt seinen Blick noch einmal über die Flut von LPs schweifen. »Scheinen ja nicht viel zu fehlen.« Dann sieht er seine Gefährten verlegen an. »Vielleicht habe ich sie ja doch … ich muss noch mal im Laden nachsehen. Du hast recht, Jörg. Man wird alt. – Tut mir leid. Lasst uns weitermachen.«

Nach einer halben Stunde haben sich die drei Männer auch im Keller Zugang zum Paternoster verschafft. Sie finden die gleichen mächtigen Räder vor wie auf dem Dachboden, die gleichen hölzernen Kabinen.

»Ich schätze, wir liegen richtig«, sagt Jörg Dallmann. »Hier wird Harry eingestiegen sein.«

Oleksander nickt. »Ja. Aber nicht durch den Flur. Das wäre zu riskant gewesen. Ich denke, auch die Kellerräume sind damals von den Bahnleuten benutzt worden.«

»Aber wie denn sonst?«, fragt Knupper.

Sie überlegen, und es dauert nicht lange, bis ein Geistesblitz in die Gedanken von Jörg Dallmann schlägt. »Ha!«, macht er. »Natürlich!!« Die anderen sehen ihn überrascht an.

»Jetzt wird mir vieles klar!« Dallmann zeigt auf die Briefe in seiner Brusttasche. »Rosenkranz schreibt, dass Harry ziemlich streng gerochen hätte. Ich habe gedacht, dass er vielleicht … na ja … einen starken Mundgeruch gehabt hat, oder …«

»Sag es ruhig, Jörg. Es gibt halt Menschen, die es mit der Körperpflege nicht so genau nehmen. Viele merken ihren strengen Geruch nicht mal. – Aber … wo willst du hin?«

»Der arme Kerl konnte wirklich nichts dafür, weil … weil er durch die Kanalisation in den Keller gekommen ist!«

»Was?« Melnik und Knupper sehen den Historiker erstaunt an.

»Na, klar!«, bekräftigt Dallmann seinen Gedanken. »Überlegt mal! Die Badezimmer liegen nach Norden, direkt vor den Außenwänden. Das heißt, Zu- und Abwasserrohre verlaufen dicht hinter dem Schacht.«

»Allerdings.« Der Junge hat während Dallmanns Worten den Fußboden dieses Raumes inspiziert. »Da! Eine Luke.«

Paul Knupper zieht mit aller Kraft an einem großen, metallenen Ring, die Bodenplatte hebt sich knarrend und verschafft ihnen so Zugang zur Kanalisation. Ihnen fällt auf, dass der typische modrige Geruch fehlt.

Knupper leuchtet in die Tiefe. »Ich sehe eine Treppe.«

»Moment mal!« Dallmann ergreift Knuppers Arm. »Ein Abwasserkanal unter dem Haus? Das ist …«

»Ich weiß, was du meinst«, nickt der Hausmeister. »Normalerweise verlaufen die unter oder neben der Straße. Die Lösung ist ganz einfach. Dieses Haus ist erst *nach* dem Siel gebaut worden. Damals gab es für die ganze Region nur eine Abwassersammelstelle, das sogenannte Isebek-Stammsiel. Dort wurde das Abwasser geklärt.« Knupper streckte seine Hand gen Norden aus. »Die Entsorgungsstränge liefen nicht immer parallel zu den Häuserreihen, sondern nahmen gern mal eine Abkürzung.« Er räusperte sich. »Erst ab 1967 wurde das ganze Hamburger Sielnetz erneuert. Dieser Kanal ist schon lange stillgelegt. Merkwürdig, dass sie den nicht zugeschüttet haben.«

»Donnerwetter! Da weiß aber jemand Bescheid. – Okay. Also, da ist er aufgestiegen«, sagt Dallmann. »Er muss einen Rucksack verwendet haben. Keine Karre.«

»War trotzdem sehr eng«, stellt Oleksander fest.

»Und nass«, sagt Dallmann. »Und dreckig. Kein Wunder, dass Harry immer so gemüffelt hat.«

Die drei ersparen es sich, den weiteren Anlaufweg des früheren Hausmeisters zu erkunden. Erstens gab es zu viele Möglichkeiten, wo man in das weit verzweigte Netz der Kanalisation hätte einsteigen können, zweitens nimmt es jetzt ja ohnehin einen anderen Verlauf.

»Auf eines kann ich mir keinen Reim machen«, sagt Jörg Dallmann. »Ein Paternoster ist ja ein Perpetuum mobile, ein Dauerläufer. In Behörden wird er morgens ein- und abends abgeschaltet. Dazwischen zieht er pausenlos seine Runden. Wie ein Zehntausend-Meter-Läufer.«

»Und jetzt willst du wissen …«, lächelt Paul Knupper, »… wie es die Verschwörer geschafft haben, ihn zu Punktlandungen zu zwingen.«

»Genau das ist meine Überlegung.«

»Mir sind sowohl hier unten …«, Knupper zeigt hinauf zum Dach der Fahrkabine, »… als auch auf dem Dachboden raffiniert versteckte Kabel aufgefallen. Darunter übrigens auch eins für die Stromversorgung des Radios. Ihr Licht haben sie von Kerzen erhalten. Die waren wahrscheinlich auch ihre einzige Wärmequelle.« Er sieht Dallmann an. »Ich habe mir dieselbe Frage gestellt wie du. Sie müssen einen Schalter integriert haben, der den Fahrstuhl zum Laufen und auch wieder zum Halten brachte. Mit etwas Übung kann man den Nachlauf minimieren, so dass der Lift an der gewünschten Stelle hält.«

»Das bedeutet also der Satz: *Kurze Zeit später betätige ich den Schalter und zähle bis zwanzig,* den Rosenkranz im Brief schreibt. Es geht nicht um einen Lichtschalter. Er verlässt sich darauf, dass dieser Harry den Paternoster betreten hat und setzt ihn dann in Gang. – Das heißt, ein Fachmann muss ihnen geholfen haben.« Dallmann lächelt. »Einer wie du.«

»Und das war Ludwig Plath, der Vermieter«, ergänzt Oleksander. »Der war ja …«

Sie hören einen schwachen Ruf aus dem Flur. »Hallo! Wo seid ihr denn?«

»Es ist Hanno«, sagt Paul und ruft laut: »Hier, Hanno! Geh einfach durch die Wohnung der Bondarenkas.«

»Nicht zu fassen!« Hanno Meyer schüttelt den Kopf, als ihm die anderen den Verlauf der letzten Stunden geschildert haben. Dann hören sie von dem Brief, den er bei Isadora Altenbach gelesen hat.

»Es ist unglaublich!«, sagt Dallmann nach geraumer Zeit. »Da existieren über Jahrzehnte zwei versteckte Räume unabhängig voneinander und die, die von dem einen wissen, haben keine Kenntnis von dem anderen.«

»Es erhebt sich jetzt die Frage, wie wir mit den Informationen umgehen …«, sagt Meyer nachdenklich.

»… und wie wir sie für uns nutzen können«, ergänzt ihn Paul Knupper.

Kapitel 42

»Na, Herr Asbahr!« Ibrahim Cohen zieht das Röntgenbild aus der Halterung im Leuchtkasten. »Das sieht doch alles sehr gut aus. Ihr Kiefer ist kräftig. Es wird keine Probleme geben.« Er wirft seinem Patienten über die OP-Maske hinweg einen aufmunternden Blick zu. »Wir machen jetzt einen Abdruck der Zahnlücke, dann bauen wir ein Provisorium und in ein paar Tagen setze ich das Implantat. Dann haben Sie wieder ein komplettes Gebiss. Nehmen Sie bitte solange im Wartebereich Platz. Meine Mitarbeiterin ruft Sie dann auf.«

René Asbahr dankt dem Arzt, sucht sich einen Stuhl im leeren Wartezimmer und schnappt sich eine aktuelle Tageszeitung. Eine dpa-Meldung erregt seine Aufmerksamkeit.

Bau- und Immobilienpreise stark gestiegen.
Das Statistische Bundesamt teilt mit, dass die Bau- und Immobi-
lienpreise seit 2010 stark gestiegen sind. Diese Preisentwicklung
hängt von vielen demografischen und wirtschaftlichen Faktoren ab.
Zum Beispiel führen eine wachsende Bevölkerung, ein knappes An-
gebot an Immobilien und niedrige Zinsen zu steigenden Preisen.
Der Baupreisindex für Wohngebäude weist die Entwicklung der
Preise für individuell geplante Ein- und Mehrfamilienhäuser nach.
Hierbei wird jedoch nur das Bauwerk einbezogen. Der Index zeigt,
dass sich die Preise für Wohngebäude im Zeitraum 2010 bis 2021
um 41% erhöht haben. Die Inflationsrate stieg im gleichen Zeit-
raum nur um 17%. Bundesweit haben sich die Preise für Ein- und
Zweifamilienhäuser sowie Eigentumswohnungen zwischen 2010
und 2021 um rund 84% verteuert.

Asbahr lässt die Zeitung sinken und schaut aus dem Fenster.

Vierundachtzig Prozent! Wo soll das noch hinführen?

Tatsächlich hat er oft mit der Idee gespielt, sich Wohneigentum zuzulegen, den Gedanken aber stets nach kurzer Zeit verworfen. Sein Einkommen sinkt, das Geld wird knapper. Er wird bald daran denken müssen, seine Ersparnisse anzutasten. Bis zur Rente dauert es noch.

Irgendwann, denkt Asbahr, werden die Mieten soweit gestiegen sein, dass es ohne Nebenerwerb nicht mehr reicht. Vielleicht sollte er sich wirklich erkundigen, was man in der Berufskillerbranche verdienen kann. Gern in Teilzeit.

Er lacht laut auf, sodass Petra am Tresen ihn verwundert ansieht. »Entschuldigung«, schiebt er schnell nach. Das, denkt René Asbahr, sind wahrscheinlich die Nachwirkungen der Narkose.

Eine Viertelstunde später öffnet sich die Tür des Behandlungszimmers und der Arzt saust mit schnellen Schritten durch den offenen Warteraum.

Asbahr will sich gerade erheben, aber Cohen beachtet ihn nicht, sondern strebt dem Empfangstresen zu, hinter dem seine Fachangestellte gerade auf den Monitor schaut.

»Ach, Petra«, seufzt er. »Entschuldigen Sie bitte. Ich habe total vergessen, Ihnen etwas Wichtiges zu sagen.«

»Schießen Sie los.«

»Diese Dame, die mich vorhin besucht hat, die Frau Grabert … Sie wissen? …«

Petra nickt. »Klar.«

Grabert? Asbahr spitzt die Ohren. Hermine Grabert? Sie war hier? So weit weg von Zuhause? Oder gibt es noch eine andere mit diesem Namen?

»Sie unternimmt eine Reise in die Ukraine. Ich habe ihr versprochen, Sie zu begleiten.«

Ukraine! Das ist Charlotte, denkt Asbahr elektrisiert. Niemand anders.

Cohen lässt ein entschuldigendes Lächeln folgen. »Ich möchte die Praxis eine Woche schließen. Kriegen wir das hin?«

»Warum nicht?«, antwortet die junge Frau. »Ist ja nicht viel los im Moment. Wann hatten Sie denn gedacht?«

Aufpassen, René!, denkt der Mann, der dicht am Empfangstisch sitzt. Ukraine!, schießt es ihm durch den Kopf. Hunderte Kilometer entfernt von hier. Ein Land, in dem der Kugelhagel im Moment Alltag ist. Das ist die Gelegenheit!

»In drei Tagen.«

»Oh!«, sagt die Helferin. »So bald? Das ist allerdings sehr kurzfristig.«

»Ich weiß. Haben wir viele Termine in der Zeit?«

»Ich schau mal.«

Wilde Gedanken rasen durch Asbahrs Kopf. Was verbindet Charlotte Finn mit Ibrahim Cohen? Eine ehemalige Aufseherin eines KZ und ein Jude. Schon wieder. Erst Levy Rosenkranz, jetzt Cohen. Die Frau wird immer rätselhafter. Oder ist es nur Zufall? Nur Nachbarschaft? Nein, denkt er. Sicher nicht. Es wird einen triftigen Grund geben.

Ukraine. Wie kommt man da hin? Mit dem Auto zum Beispiel. Individuelle Fahrt ohne Wartezeiten. Warum Cohen? Braucht sie eine Begleitperson oder nur einen Fahrer?

Schneller ginge es mit dem Flugzeug. Gibt es Direktverbin …

»Es sind nur zwei, Herr Doktor. Nichts Dringendes. Könnte ich verlegen.« Petra wendet sich an René Asbahr. »Hätten Sie etwas dagegen einzuwenden, Ihre Behandlung …«

»Ich habe Ihr Gespräch verfolgt«, unterbricht er sie lächelnd, »eine Verlegung ist kein Problem. – Der Zahn läuft mir nicht mehr weg.«

Sie lacht. »Wunderbar. Danke.« An ihren Chef gewandt, fährt sie fort: »Dann rufe ich Frau Michaelis gleich an. Ihr Mann wird jetzt gerade Post austragen.« Sie setzt ein sorgenvolles Gesicht auf. »Ukraine? Das ist doch aber sehr gefährlich im Moment«, sagt sie zu Cohen.

»Ach, Lemberg liegt ganz im Westen. Da ist nicht viel los. Noch nicht. Zum Glück.«

»Wie reisen Sie denn?«, fragt Petra. »Mit der Bahn?«

Achtung!, denkt Asbahr. Gleich weiß ich, wie meine Chancen stehen.

»Mit dem Bus«, antwortet Cohen. »Es gibt eine gute Verbindung bis direkt nach Lwiw.«

»Wie lange sind Sie unterwegs?«

»Knapp 20 Stunden. Nonstop.«

20 Stunden, denkt Asbahr. Da müsste es Gelegenheiten geben. Spätestens vor Ort.

»Oha!«, staunt die junge Frau. »Ist das nicht sehr strapaziös für die alte Dame?«

Cohen lächelt. »Unterschätzen Sie sie nicht. Sie ist sehr fit für ihr Alter.«

»Hm«, macht Cohens Assistentin. »Um welche Uhrzeit fahren Sie?«

Eine sehr aufmerksame junge Dame, denkt Asbahr. Danke, Petra!

»Um fünf Uhr«, sagt Cohen. »Ab ZOB Hauptbahnhof.«

Asbahr faltet die Zeitung zusammen. Sofort ab ins Reisebüro und ein Ticket besorgen!

»Herr Asbahr«, ruft die zweite Helferin. »Gehen Sie bitte noch einmal ins Behandlungszimmer. Wir sind gleich bei Ihnen.«

Kapitel 43

Beruhigt schaut Ibrahim Cohen auf die schlafende Frau im Sitz neben sich. Sie hat den Kopf gegen das Polster gelehnt, aus dem leicht geöffneten Mund dringt ein leises Röcheln. Sie macht einen gelösten Eindruck.

Er hat sich zuvor Sorgen gemacht, ob die alte Dame den Strapazen der langen Fahrt gewachsen sei. Aber das Holz, aus dem sie geschnitzt ist, scheint von besonderer Qualität. Und es ist nicht das erste Mal, dass er diese Feststellung trifft.

Cohen fragt sich, ob sie wohl träumt. Ihr faltiges Gesicht ist ruhig, unbeweglich, keine Zuckungen laufen über ihre Wangen, kein Flattern bewegt ihre Lider. Erstaunlich für eine Person, denkt er, die sich im hohen Alter unvermittelt in ein Abenteuer stürzt. Sie hat ihm verraten, dass es lange her sei, eine Reise vergleichbaren Ausmaßes unternommen zu haben. Sehr, sehr lange.

Ganz kurz bewegt sie jetzt die Lippen, als verspüre sie Durst. Dabei hat sie ausreichend getrunken, ganz im Unterschied zu den meisten alten Menschen, denen es nicht an Einsicht fehlt, die aber den häufigen Gang zur Toilette scheuen.

Dieser Bus ist komfortabel ausgestattet, der Weg zum Sanitärbereich ist kurz, die Kabine selbst nicht sehr geräumig, aber sauber. Auch deshalb haben sie auf Anraten des Mediziners den Reisebus dem schnelleren Flugzeug oder der Fahrt mit der Bahn vorgezogen. Ein weiterer Vorteil: Der Bus bietet eine Direktverbindung; die Alternativen hätten strapaziöses Umsteigen und lange Wartezeiten bedeutet.

Ibrahim Cohen, der sich jetzt keine Sorgen mehr macht, dreht den Kopf und schaut aus dem Fenster, hinter dem die eintönige Landschaft Südpolens an ihnen vorbeizieht. Der Bus passiert ein Ortsschild: Krakau 3 km. Ganz in der Nähe, weiß Cohen jetzt, befindet sich die »*Emalia Oskara Schindlera*«, die Fabrik des Judenretters Oskar Schindler, die heute ein Museum ist.

Und er denkt zurück an den Morgen vor drei Tagen, an dem jemand seine Praxis betritt, mit dem er nicht gerechnet hätte ...

»Nanu?« Doktor Ibrahim Cohen sieht zur Tür seines Behandlungszimmers. Es dauert ein paar Sekunden, bis er weiß, wer sich hinter dem Mundschutz verbirgt. »Frau Grabert! Das ist ja ... es ist das erste Mal, dass ich Sie in meiner Praxis sehe. Sagen Sie mir nicht, dass ... Sie haben doch so wunderbare Zähne.«

»Die Dame wünscht keine Behandlung. Sie kommt privat.«

»Danke, Petra«, sagt Cohen.

»Sehr gern.« Die Arzthelferin lächelt Hermine Grabert noch einmal aufmunternd zu und schließt die Tür hinter sich.

»Guten Tag, Herr Doktor.« Sie kommt dem Zahnarzt unsicher vor, ein wenig hilflos.

»Entschuldigen Sie.« Cohen springt aus seinem Stuhl auf und deutet auf eine kleine Couch. »Setzen Sie sich doch bitte. Ich wünsche Ihnen natürlich auch einen guten Tag.« Er lächelt. »Wie nachlässig von mir. Da sehen Sie mal, wie Sie mich verwirrt haben.«

Mit einem verständnisvollen Nicken nimmt Frau Grabert Platz. Cohen nimmt ihr den Stock ab und steckt ihn in einen Schirmständer. Nach kurzem Nachdenken entledigt er sich seines Mundschutzes. »Nehmen Sie Ihren doch auch ab. Er scheint mir jetzt nicht mehr nötig. – Was kann ich für Sie tun, gnädige Frau? Irgendetwas locker? Möchten Sie eine Zahnreinigung? Ich würde Ihnen eine Ultraschall ... Ach, ich vergaß, Sie wollen ja keine ...«

Sie winkt ab. »Nein, nein! Es ist alles in Ordnung, Herr Doktor. Jedenfalls, was das Gebiss betrifft.« Sie druckst ein paar Sekunden, dann schaut sie ihm fest in die Augen. »Ich möchte Sie um etwas bitten, Herr Cohen. Ich sollte Sie natürlich nicht in Ihrer Praxis aufsuchen und Ihnen die Zeit stehlen, aber ...«

Er unterbricht sie sanft. »Sie hätten wirklich nicht den weiten Weg auf sich nehmen müssen. Ein paar Schritte aus Ihrer Tür hätten gereicht. – Wie sind Sie überhaupt hier?«

»Ich habe ein Taxi gerufen. – Es hat einen Grund, warum ich

hierhergekommen bin, statt einfach über den Flur zu gehen und zu klingeln.«

»Da bin ich gespannt.«

Hermine Grabert knetet ihre Hände, und Cohen merkt, wie verlegen sie ist. Dann gibt sie sich einen Ruck. »Also ... ich habe gesehen, dass Ihr Wartezimmer leer ist. Sonst wäre ich wieder gegangen.«

»Tja. Es läuft erst langsam wieder an. Die letzten zwei Jahre waren hart.«

Sie nickt mitfühlend. »Ich verstehe.«

»Keine Scheu, Frau Grabert«, lächelt der Arzt. »Wir haben Zeit. Was möchten Sie denn von mir? Und warum vermeiden Sie es, mich zuhause aufzusuchen?«

Nach kurzem Zögern sagt sie: »Ich möchte, dass Sie mich begleiten.«

Cohen wartet auf eine Fortsetzung, die nicht kommt, und fragt: »Begleiten? Wohin?«

»Deshalb wollte ich nicht an Ihrer Tür klingeln. Die Nachbarn müssen das nicht wissen.« Wieder bleibt eine weitergehende Erklärung aus.

»Ja ... aber ... Wovon reden Sie, Frau Grabert? Wohin soll ich Sie begleiten?«

»In die Ukraine. Nach Lemberg.«

Überrascht schaut Cohen sie an. »Oh! – Lemberg. Aha.«

Sie nickt und wartet, dass er fragt.

»Ich frage Sie jetzt nicht, was Sie nach Lemberg führt, Frau Grabert«, sagt er stattdessen. »Ich möchte Sie nur daran erinnern, dass es im Moment ziemlich gefährlich ist, dorthin zu reisen. Überhaupt in die Ukraine zu reisen.«

Ruhig entgegnet sie: »Das ist mir bewusst.«

»Hm.« Unverwandt sieht der Zahnarzt die alte Frau an. Die Frau, mit der er seit langen Jahren Tür an Tür wohnt und von der er doch so wenig weiß. »Sie sind jetzt ... wie alt? Über 90, stimmts?«

Ein Lächeln huscht über ihr Gesicht. »96. Keine Sorge, Herr Cohen, ich fühle mich absolut lebens- und reisetüchtig. Nicht mal Tabletten nehme ich.« Das Lächeln weicht einem herzlichen Lachen. »Nur Haftpulver.«

Er fällt in ihr Lachen ein. Dann überlegt Ibrahim Cohen eine Weile und entschließt sich, sie nun doch zu fragen. Schließlich hat sie ihn gebeten, sie zu begleiten. Da will man natürlich wissen …

»Ich will ein Grab besuchen«, sagt sie, bevor er fragen kann.

»Oh! Sie haben Verwandte in der Ukraine?«

Sie schüttelt den Kopf. »Nein.« Cohen merkt, dass es ihr jetzt schwerfällt, weiter zu sprechen. »Es geht um … es geht um eine andere Person. Kein Verwandter. Das Grab einer anderen Person.«

»Bitte fahren Sie fort.«

Hermine Grabert nickt. »Es handelt sich um einen jungen Mann.« Sie sieht ihm scharf in die Augen. »Einen jüdischen jungen Mann.« Sie schüttelt den Kopf. »Nein, das ist Unsinn. Er *war* ein junger Mann, als er begraben wurde. Das ist viele Jahre her. Er war so alt wie ich.«

Cohen sieht sie fragend an. »Ein jüdischer …«

»Ja. Er liegt dort …«

»… auf dem jüdischen Friedhof«, ergänzt Cohen.

»Nein.« Sie atmet tief auf. »Den jüdischen Friedhof gibt es nicht mehr. Es gibt nur noch Grabsteine … auf dem Marktplatz. Auf dem Krakauer Markt. In Lemberg.«

Er sieht sie nur ungläubig an.

»Und woanders«, fährt sie fort. »Ich habe nie gewusst, wo sich sein Grab befindet. Seit einigen Tagen nun weiß ich es.«

Es entsteht eine längere Pause, in der Ibrahim Cohen überlegt … Nein, denkt er dann, das kann nicht sein. Die Frau ist zwar alt, aber nichts deutet darauf hin, dass sie …

»Entschuldigen Sie, Herr Doktor«, sagt sie leise. »Sie müssen mich für … wie würden Sie sagen? … völlig *meschugge* halten. – Darf ich Ihnen erklären, wovon ich spreche?«

Er lächelt. »Keine Sorge, Frau Grabert. Ich kenne Sie lange genug, um zu wissen, dass Sie keineswegs den Verstand verloren haben. – Erzählen Sie doch einfach.«

»Danke. – Es gab in Lwiw früher ein Gefängnis, das *Lonzski*-Gefängnis. Es ist heute ein Erinnerungsort für die totalitäre Vergangenheit in der Ukraine. Unter diesem ...«

Es klopft an der Tür. »Entschuldigen Sie ... Ja, bitte?«, ruft Cohen.

Petra öffnet. »Herr Doktor, Frau Simon ist da. Sie hat einen Termin. Für jetzt.«

»Ach, Frau Simon, ja. Würden Sie ihr bitte sagen, dass ich gleich zu ihrer Verfügung stehe?« An Hermine Grabert gewandt, sagt er: »Sie haben sicher Verständnis, dass ich ...«

»Aber natürlich, Herr Cohen. Ich habe sowieso schon ein schlechtes Gewissen, dass ich Sie so einfach in Beschlag genommen habe.«

»Sie können gern warten, Frau Grabert«, sagt Cohen. »Frau Simon ist nur zur Kontrolle ...«

»Tut mir leid, Chef«, unterbricht Petra, »aber in einer halben Stunde ist Herr Asbahr da. Der neue Patient. Der scheint ziemliche Schmerzen zu haben.«

Cohen nickt und seine Assistentin schließt die Tür.

Der Zahnarzt steht mit bedauernder Geste auf und wendet sich an seine Besucherin. »Wir werden dieses Gespräch natürlich fortsetzen. Wie wäre es, wenn ich Sie heute Abend zu mir ...«

Lächelnd winkt sie ab. »Nichts da! Wie wäre es, wenn Sie mich nach Ihrer Arbeit aufsuchen würden. Ich würde uns etwas zu essen bereiten. Es ist lange her, dass ich für jemanden gekocht habe. Ich koche für mich allein selten etwas Aufwändiges, aber ... ich bin eine gute Köchin.« Kurz hebt sie die Schultern. »Wenn mein Gedächtnis nicht trügt.«

Cohen lacht. »Eine schöne Idee! Und Sie erlauben mir, einen guten Wein beizusteuern. Der liegt bei mir nur herum und wartet auf so eine Gelegenheit.« Nachdenklich fährt er fort: »Wie kann es sein, Frau Grabert, dass viele Menschen über derart große Wohnungen verfügen und in ihnen doch so allein sind?«

»Ich würde inzwischen eine kleinere bevorzugen, glauben Sie's mir. Wenn die nur nicht so teuer wären.«

»So geht es mir auch, liebe Nachbarin.«

Kapitel 44

»Wo sind wir?«, hört Ibrahim Cohen eine verschlafene Stimme neben sich. »Ist es noch weit?«

»Wir sind gerade an Rzeszow vorbei. Es ist nicht mehr weit bis zur Grenze.«

»Oh, ja! Das weiß ich wohl.« Sie räkelt sich in ihrem Sitz. »Dann werde ich es noch zeitig schaffen«, murmelt sie und erhebt sich.

»Soll ich Ihnen helfen?«, fragt er fürsorglich.

Sie lacht. »*Das*, Herr Doktor, bewältige ich noch allein.«

»Ich meinte, helfen beim Aufstehen«, lächelt er zurück.

»Ph!«, macht sie nur und tritt erstaunlich leichtfüßig hinaus in den Gang. Cohen schaut ihr nach und bewundert die sicheren Bewegungen der alten Dame.

Er verspürt auf einmal großen Durst und nimmt eine Wasserflasche aus dem Reiseproviant. Bei der Gelegenheit packt er die geschmierten Brote aus und legt sie parat. Beim Trinken schaut er hinaus. Im Osten kündigt der Himmel einen neuen Tag an.

Und dem Arzt kommt ein denkwürdiger Abend in Hermine Graberts Küche wieder in den Sinn …

»Ich danke Ihnen für dieses wundervolle Mahl, Frau Grabert.« Ibrahim Cohen tupft sich mit einer Stoffserviette den Mund ab.

»Es scheint Ihnen wirklich geschmeckt zu haben«, stellt Hermine zufrieden fest. »Möchten Sie noch eine Nachspeise?«

Cohen winkt ab. »Vielen Dank. Ich bin absolut satt.« Er besteht darauf, das Geschirr abzutragen und die Spülmaschine zu füllen.

Sie wechseln ins Wohnzimmer und er öffnet eine neue Flasche Wein. Sie prosten einander zu. Es entsteht eine längere Redepause.

»Haben Sie über meine Bitte nachgedacht, Herr Cohen?«, fragt Hermine Grabert dann. Schnell fügt sie hinzu: »Selbstverständlich komme ich für alle Unkosten auf.«

Ihr Gast nickt. »Verraten Sie mir bitte: Wie sind Sie auf mich gekommen? Sie haben … hm … haben Sie keine Bekannten, die Sie begleiten könnten?«

»Doch. Aber das möchte ich nicht.« Sie geht nicht näher darauf ein. »Ich habe Sie gebeten, weil … weil Sie auch Jude sind, Herr Cohen.«

Er sieht sie mit fragender Miene an.

»Unser Gespräch heute Nachmittag ist ja unterbrochen worden«, sagt Frau Grabert. »Ich würde es gern fortsetzen und Ihnen einiges erklären wollen.«

Cohen nickt ihr zu. »So war es geplant.«

»Erinnern Sie sich? Ich sprach von Grabsteinen. Grabsteine, die unter dem damaligen *Lonzki*-Gefängnis lagen. Oder noch liegen. Es gab in Lemberg seit Jahrhunderten einen jüdischen Friedhof. Als die Deutschen die Stadt im Krieg einnahmen, wurden die Grabsteine als Pflastermaterial zum Befestigen der Straßen verwendet. Sie wurden einfach aus den Gräbern gerissen und abtransportiert.« Hermine schüttelt den Kopf. »Das Erschütternde ist: Die Sowjets setzten diese ›Tradition‹ fort. 1947 wurde der gesamte Friedhof zerstört und an dieser Stelle der ›Krakauer Markt‹ gebaut. Das wurde auch an anderen Orten so gemacht. Es war bei den Sowjets gängige Praxis, auf jüdischen Friedhöfen Märkte zu errichten. Und die Grabsteine als Fundament für Straßen und Gebäude zu verwenden.«

»Ich lausche Ihnen gespannt, Frau Grabert. Ich weiß nur nicht …«

»Warten Sie's ab.« Sie trinkt einen kleinen Schluck. »Kurz bevor der jüdische Friedhof dem Erdboden gleichgemacht wurde, hat man dort eines der letzten frischen Gräber ausgehoben … für … das sagte ich Ihnen heute Morgen schon … für ein jungen jüdischen Mann.«

»Woher kannten Sie ihn?«

»Aus Plaszow«, entgegnete sie leise. »Er war nur wenig älter als ich und quasi … ein Kollege.«

»Es tut mir leid, Frau Grabert, aber bisher habe ich kaum etwas verstanden.«

»Das glaube ich. – Dann versuche ich es andersherum.« Die alte Frau holt tief Luft. »Wenige hundert Kilometer von Lemberg entfernt lag, auf polnischem Gebiet, das NS-Konzentrationslager Plaszow ...«

Cohen nickt. »Südöstlich von Krakau. Das ist mir bekannt.« Er fühlt, wie die Spannung in ihm steigt.

»Ich war ... Mein Gott, ist das schwer! ... Ich war während der letzten zwei Kriegsjahre ... ich habe dort gearbeitet.« Hermine Grabert wischt sich mit der Hand fahrig über die Stirn.

Cohen sieht sie nur an, und für einen Moment melden sich bei ihm ernste Zweifel an ihrer Glaubwürdigkeit. Allerdings ... warum nicht? Vom zeitlichen Ablauf könnte es passen. Was weiß er denn schon von der Frau, mit der er Wand an Wand lebt? Nichts. Vielleicht ... wenn ich sie auf die Probe stelle ...?

»Oh! Haben Sie ... in Plaszow ging doch Oskar Schindler ein und aus, oder? Haben Sie bei ihm ...«

»Nein, nein. Den habe ich ein paarmal gesprochen, einmal sogar eine intensive Begegnung mit ihm gehabt, aber gearbeitet habe ich in der Kommandantur des Stammlagers. Ich musste ... musste die Listen der ... nicht ich allein, dort arbeiteten mehrere Frauen ... nun ja, die Listen der Neuankömmlinge erstellen ... und die Namen der Toten an die Behörden melden. Ich war verantwortlich für die Sterbeurkunden, die an die Hauptverwaltung in Berlin gesendet wurden.«

Cohen nickt, schweigt aber.

»Mitte '44«, fährt Hermine Grabert fort, um dann kurz zu stocken, »– ich erzähle Ihnen das wirklich nur der Vollständigkeit halber, Herr Cohen, und nicht, um mich selbst zu loben – da bat man mich, die Leitung des Frauenlagers zu übernehmen.« Sie macht eine kurze Pause und sieht den Arzt eindringlich an. »Ohne zu überlegen, habe ich das Angebot abgelehnt. Ich habe gesagt, ich hielte mich für zu jung und unerfahren. In Wahrheit habe ich natürlich geahnt, welche Verantwortung auf mich zukommen würde.« Ein Anflug von Bitterkeit verdüstert ihr Gesicht. »Also – Verantwortung im Sinne von ... ja, von Schuld.« Wieder entsteht eine Pause. »Ich habe deswegen tatsächlich keine

Nachteile erfahren. Obwohl so eine Weigerung ja nicht selbstverständlich war.« Frau Grabert lächelt.

»Das war sie wohl nicht«, nickt Cohen mit ausdruckslosem Gesicht.

Hermine Grabert gibt dem Gespräch nun eine neue Richtung. »Sie haben, Herr Doktor, sicher den Prozess gegen Irmgard F. verfolgt. Er ging durch die Medien.«

Der Arzt sammelt sich kurz, um dann zu sagen: »Ich bin Jude, Frau Grabert. Sie dürfen sicher sein, dass ich alles, was in diese Richtung geht, gewissenhaft beobachte.«

Sie lächelt schwach. »Aber klar! Wie dumm von mir. – Diese Dame, im exakt selben Alter wie ich, wurde ja zu einer Bewährungsstrafe verurteilt. All ihren Einwänden, sie hätte nur Befehlen gehorcht und ohnehin von den Vorgängen im KZ Stutthof, in dem sie arbeitete, nicht viel mitbekommen, ist das Gericht nicht gefolgt.«

»Es waren lächerliche Einwände! Warum sagt sie nicht einfach …«

»Ja, ja! Warten Sie bitte! Ich möchte Ihnen erst erklären …«

Cohen hebt die Hand und nickt verständnisvoll.

»Frau F. ist erst nach dem Prozess gegen Ivan Demjanjuk, Wächter des KZ Sobibor, zur Rechenschaft gezogen worden, ferner dem Verfahren gegen Oskar Gröning, an der Rampe in Auschwitz für die Weiterleitung der Gepäckstücke verantwortlich, die man den Neuankömmlingen dort raubte. In den Jahren zuvor war, wie Sie wissen, die Justiz der Auffassung gewesen, die kleinen Rädchen im Getriebe, also die, die in der Hierarchie weit unten standen, könne man nicht bestrafen, weil sie keine Verantwortung getragen haben, zudem von nichts gewusst hätten.«

Hermine Grabert schiebt ihr Glas Richtung Cohen, der nickt und mit ernstem Gesicht nachschenkt. »Und so lebte Frau F. fast 70 Jahre als ehrbare Person in Schleswig-Holstein. Ohne behelligt zu werden. – Danke.« Sie nimmt einen Schluck Wein. »Auf der einen Seite mit dem Gefühl, juristisch nicht belangt werden zu können, wahrscheinlich aber mit einem schlechten Gewissen und mit Schuldgefühlen.« Es folgt eine kurze Pause. »So wie ich.«

»So wie Sie«, nickt Cohen.

»Höre ich einen süffisanten Unterton?«

»Um Gottes Willen! Ich werde mich nicht zum Richter aufschwingen«, winkt der Arzt ab. »Die Frage ist: Wieviel haben *Sie* von den Geschehnissen mitbekommen?«

Sie sieht ihn offen an. »Ich habe das unverschämte Glück gehabt, eine minderbedeutende Tätigkeit auszuüben. Wie gesagt – man hat mich nach einigen Monaten meines Aufenthalts in Plaszow gefragt, ob ich gern den Posten der Leiterin des Frauenlagers bekleiden möchte. Ein Mädchen, das ich dort kennengelernt hatte – Roswita hieß sie und legte einen deutlich größeren Ehrgeiz an den Tag – fragte mich, ob sie die Stelle bekommen könnte. Der Job war verbunden mit wesentlich höheren Vergünstigungen. Ich denke, Herr Cohen, *sie* hat viel von den Interna mitbekommen. – Ob Sie es glauben oder nicht: Ich habe kaum etwas gesehen ... gehört hingegen – vieles.«

»Und gerochen?«

»Ich weiß, was Sie meinen«, nickt Hermine Grabert. »Sie unterliegen einem Irrtum – Plaszow war kein Vernichtungslager. Die Toten wurden verscharrt, die Überlebenden nach Auschwitz deportiert. Niemand wurde verbrannt.«

»Wie auch immer«, fährt Cohen fort. »Man hat Irmgard F. mittlerweile in Gewahrsam genommen. Wenn Sie, Frau Grabert, eine vergleichbare Tätigkeit ausgeübt haben wie diese Dame ... warum sitzen Sie mir jetzt als freier Mensch gegenüber?«

Sie zuckt die Achseln. »Ich weiß es nicht. Man hat mich damals befragt, ebenso wie Frau F. Wie alle anderen, die ihre Pflicht in den KZs getan haben ... Es ist wohl nur ein Zufall, dass ...«

Cohen unterbricht sie unwirsch. »Ihre Pflicht? Teil einer Mordmaschinerie zu sein, ist ein Verbrechen! Keine Pflicht!«

Hermine Grabert bleibt gefasst. »Ich kann Ihren Einwand verstehen, Doktor Cohen. Tatsächlich habe ich den Begriff Pflicht mehr ironisch gemeint. Oder sagen wir besser, dem damalig herrschenden Sprachgebrauch entsprechend. Vergessen Sie bitte nicht, dass ich wie auch Irmgard F. zu jener Zeit 17, 18 Jahre alt war. Wir hatten seit Kindesbeinen an solche Begrifflichkeiten verinnerlicht. Jungmädel, BDM – wir kannten doch überhaupt nichts anderes.«

»Und Eltern, Schule, Freunde – es gab keine Einflüsse, die zum Überlegen anregten? Nichts? Nur die eine bedingungslose Marschroute?«

Mit ausdruckslosem Gesicht sieht sie ihn an. »Deshalb, Herr Cohen, habe ich Sie gebeten, mich zu begleiten. Ich möchte, dass mir ein mittelbar Betroffener, ein Jude, sagt, wie ich unter den damals gegebenen Umständen besser hätte handeln können. Sie müssen zugeben, dass auch Sie kein Patentrezept kennen oder gekannt hätten.«

Schweigend schüttelt er den Kopf, und Hermine weiß nicht, wie sie das interpretieren soll.

Er holt einmal tief Luft, um dann fortzufahren. »Also gut. Nehmen wir an, Sie haben recht, und Sie sind – und das bis heute – durch die Maschen der Justiz gerutscht ...«

»Haben Sie den Eindruck, dass ich lüge?«

Cohen schüttelt den Kopf. »Habe ich nicht, nein. Warum sollten Sie auch? Immerhin verschonen Sie mich mit dem Narrativ, dass jeder, der die Arbeit in einem KZ verweigert hat, standrechtlich erschossen worden wäre. Meines Wissens gab keinen einzigen Fall ...«

Sie verzieht das Gesicht und winkt ab. »Ja, ja! Das wissen wir *heute*. Damals musste man eben immer die Angst davor haben. Furcht zu schüren, zu drohen, das gehörte zur Propaganda der Regierung.«

»Einverstanden«, nickt er. »Jedenfalls – streng genommen hätte die Justiz Ihrer inzwischen habhaft werden sollen. Ich bin überzeugt, alle Beteiligten von damals sind in irgendwelchen Akten aufgeführt. Die Deutschen, ihre Bürokratie und ihre Akten! Man hat sich am Ende des Krieges eifrig bemüht, diese Schriftstücke zu schreddern. Aber es waren wohl zu viele. Alle sind sie namentlich erwähnt, Frau Grabert. Die großen, die wahren Täter, ihre unmittelbaren Helfershelfer wie auch die Mitläufer. Und? Wie viele von denen sind ins Gefängnis gewandert? Ein lächerlich geringer Prozentsatz! Die junge Bundesrepublik hat die Täter von gestern gleich wieder auf die Menschen losgelassen. Diesmal nicht mit Zyklon B, sondern in irgendwelchen Verwaltungen, um das Aktengebirge aufs Neue wachsen zu lassen.« Er schnauft verächtlich. »Heute ist es zu spät! Sie und andere – und ich lasse den Grad Ihrer Verantwortung bewusst offen – Sie werden bis zum Ende Ihres Daseins mit Ihrer Schuld leben müssen. Jedenfalls das!«

Hermine Grabert kauert jetzt wie vom Donner gerührt in ihrem Sessel. Cohen sieht ihr an, dass seine unverblümten Worte sie bis ins Mark getroffen haben. Unvermittelt bekommt er Mitleid mit ihr. Das allerdings lässt er sie nicht spüren, sondern entschließt sich, das Thema zu wechseln, um Druck aus dem Kessel zu nehmen. Er verspürt mehr und mehr Neugier, zu erfahren, wie sich die Geschichte der alten Frau entwickelt hat.

Er hebt die Hände. »Beenden wir dieses Thema. Ich bin Ihrer Einladung nicht gefolgt, um uns den Abend zu verderben.« Er bemüht sich, ein unverfängliches Lächeln aufzusetzen. »Bevor Sie mir verraten, Frau Grabert, was es mit dem jungen Mann auf sich hat, erzählen Sie mir bitte etwas aus dem KZ Plaszow. Man erfährt nicht jeden Tag etwas von einem Insider über diese grauenvollen Stätten. Wie war das Lager organisiert?«

Sein Gegenüber scheint erleichtert. »Das KZ Plaszow wurde zwar von der SS geleitet, die operative Aufsicht allerdings lag bei den *Trawniki*, den ukrainischen Hilfskräften. Sie wurden mit reichlich Vergünstigungen für ihre Tätigkeit belohnt. Viele von ihnen versuchten, sich den Häftlingen gegenüber so human wie möglich zu verhalten, andere allerdings waren noch schlimmer als das SS-Personal. Grausam, bestialisch.« Sie verzieht das Gesicht. »Nur einer trieb es noch ärger – Amon Göth, der Kommandant, der ›Schlächter von Plaszow‹, wie man ihn später nannte. Zum Glück hatte ich kaum etwas mit ihm zu tun. Aber ausgerechnet der hat mir einmal das Leben gerettet.«

Cohen runzelt die Stirn. »Das werden Sie sicher gleich noch näher erklären, nicht wahr? – Ist es richtig, dass er vom Balkon seiner Villa aus die Häftlinge mit dem Gewehr nach Lust und Laune erschoss, wie es Spielberg in *Schindlers Liste* so eindringlich geschildert hat?«

Hermine nickt. »Das und noch viel Schlimmeres. Obwohl – ich sagte glaube ich schon, dass ich mit eigenen Augen so gut wie nichts gesehen habe; mein Büro war weit entfernt und die Fenster lagen so, dass ich die Villa nicht sehen konnte. Aber ich habe öfter Schüsse gehört und konnte mir zusammenreimen, was gerade geschah.«

Cohen sieht sie mit düsterem Gesicht an. »Fahren Sie fort.«

»Neben meiner Tätigkeit in der Kommandantur – und das war ein großes Glück für mich, sonst hätte ich es tatsächlich nicht aushalten können – oblag mir die Leitung des Frauenchores, gebildet von zwölf weiblichen jüdischen Häftlingen.« Zum ersten Mal seit langer Zeit lächelt sie. »Wir hatten wunderbare Stimmen im Lager, und wenn wir – das war in einer Baracke, die weit abseits lag – üben konnten, dann waren das schöne Momente, Stunden, in denen ich die ganzen schlimmen Ereignisse mal vergessen durfte. Wir sangen deutsche Volkslieder, ausschließlich, und unser Repertoire war sehr umfangreich.«

»*Am Brunnen vor dem Tore, da steht ein Lindenbaum.* Sie haben eine wundervolle Stimme, Frau Grabert.«

Erstaunt sieht sie ihn an. »Wie kommen Sie darauf? Woher wissen Sie das?«

»Der *Kleine General* hat mir die Platte mit Ihrer Aufnahme geschenkt. Und einen passenden Plattenspieler dazu verkauft.« Cohen lächelt. »Dieser Apparat ist ungefähr so alt wie Sie und ähnlich rüstig.«

»Ha, ha! Sie sind wirklich ein Charmeur alter Schule, lieber Herr Doktor.« Kleine Falten sammeln sich beim Lachen in den Augenwinkeln. Sie wirkt sichtbar erleichtert, dass ihr Gespräch eine neue Richtung bekommt. »Der hat Ihnen die Platte vermacht? Tja. Der Herr Knupper.«

»Der hat mir auch von eurem kleinen Missverständnis erzählt.« Cohen lacht. »Von Zweigen, die nicht rauschen.«

Hermine fällt kurz in sein Lachen ein. Übergangslos legt sich ein Schatten über ihr Gesicht. »Er tut mir wirklich leid.«

»Er tut Ihnen leid? Nanu! Ich habe immer gedacht, das Katz-und Maus-Spiel macht Ihnen beiden Spaß.«

Sie schüttelt den Kopf. »Ich glaube, ihm so wenig wie mir.«

»Bei allem Respekt: Was Sie betrifft, merkt man nichts davon«, lächelt Cohen.

»Ich werde …«, sagt Hermine Grabert mit leiser Stimme, »… Ihnen erzählen, warum er diesen Spitznamen von mir erhalten hat. Selbst er kennt die Wahrheit nicht. Es hat leider keine lustige Bewandtnis damit.«

»Sie machen es spannend«, sagt Cohen, hütet sich aber, ein verschwörerisches Lächeln aufzusetzen.

»Dazu muss ich mich nicht mal weit von dem entfernen, was ich Ihnen in den vergangenen Minuten verraten habe«, erklärt Hermine.

»Ich bemühe mich nach Kräften, mit Ihnen Schritt zu halten, gnädige Frau.«

»Ich weiß, ich weiß, es ist sicher schwer, mir zu folgen.« Nach einer kleinen Pause sagt sie, fast flüsternd: »Das hat damit zu tun, Herr Ibrahim Cohen, dass Sie nach langen, langen Jahren der erste sind, dem ich das alles erzähle – und der auch zuhört!«

Dankend verbeugt sich ihr Gegenüber.

»Also – mitunter schlägt das Leben, selbst in solch unwirklichen Zeiten wie denen, die ich damals erleben musste, seltsame Volten. Amon Göth, der Kommandant des Lagers, hielt sich während der letzten Monate seiner Tätigkeit in Plaszow eine Geliebte namens Ruth Kalder. Und in dieses Mädchen war der Unhold Göth so verschossen, dass er in ihrer Gegenwart keine Morde mehr beging. So heißt es jedenfalls, auch wenn es schwer zu glauben ist.« Die alte Frau bricht ab und versucht erkennbar, sich zu sammeln.

»Möchten Sie eine Pause, Frau Grabert? Sie scheinen mir etwas müde zu sein. Wollen wir morgen …?«

»Unterstehen Sie sich!«, fährt Hermine auf und wirkt im Gegenteil plötzlich hellwach. »Ich bin so froh, mir das alles von der Seele reden zu können!« Sie zeigt auf ihr Weinglas. »Schenken Sie lieber noch mal nach! Ich stelle fest, dass mich unser Gespräch zunehmend ernüchtert. Das will ich aber nicht!«

Lachend folgt Cohen ihrem Wunsch.

»Wo war ich? … Ach ja, Frau Kalder. Zu Recht genoss die junge Dame bei den Häftlingen den Ruf, ganz anders zu sein als ihr Geliebter. Dass Göth das war, daraus machten beide kein Geheimnis. Dabei war er zu jener Zeit verheiratet. – Ruth verwendete sich manchmal für einige der Internierten und wirkte auf Göth mäßigend ein. – Aaah!«, macht Frau Grabert genussvoll. »Der wird mit jedem Glas besser.«

»Ich stimme Ihnen zu. Auf Ihr Wohl.«

»Den brauche ich jetzt, Herr Cohen! Was ich Ihnen erzählen will, das ist so …« Mit bitterer Miene schüttelt sie den Kopf und fährt fort. »Ruth Kalder kam oft zu Besuch, wenn ich mit meinen Mädels probte. Sie hatte ein großes Herz für die Volksmusik und konnte stundenlang zuhören. Ich habe sie einmal aufgefordert, mitzusingen, denn natürlich kannte sie die Texte der meisten Lieder. Wissen Sie, was sie antwortete?« Nun bringt die alte Frau doch ein kleines, ungläubiges Lächeln zustande. »Leise natürlich, ganz leise: ›Singen? Ich? Um Himmels Willen! Wenn ich jetzt singen würde, Hermine, dann wäre das Lager im Nullkommanichts leer. Und ich weiß nicht, ob das jedem gefiele.‹ Dann hat sie kurz gekichert. – Was sagen Sie dazu, Herr Doktor?«

»Nun ja, ich bezweifle, ob ich anhand dieser Worte auf ihr gutes Herz schließen wollte.«

»Wie Sie meinen!«, sagt Frau Grabert und ihre Stimme klingt schroff. Sie räuspert sich. »Warten Sie ab! Ruth Kalder wandte sich, während Oskar Schindler seinen Saufkumpanen Göth wieder einmal aufsuchte, an den Buchhalter der Schindlerschen Emaillewarenfabrik und bat ihn, die Namen der zwölf Chormädchen auf die später berühmte Liste zu setzen. Itzhak Stern sprach mit seinem Chef, und der erklärte sich erstaunlicherweise einverstanden, obwohl die Mädchen außer Singen eigentlich kein Handwerk beherrschten, was ja Voraussetzung war, um bei Schindler zu arbeiten. Und auch Amon Göth hatte nichts dagegen. Er war ein absoluter Kunstbanause; ihm war es egal, ob der Chor aus dem Lager verschwinden würde.« Hermine Grabert setzt jetzt zu einem großen Schluck aus dem Glas an, und Cohen schließt daraus, dass etwas Besonderes bevorsteht. »Leider beging Schindler einen ungewollten Fehler, indem er nämlich einen Wehrmachtsoffizier mitbrachte. General Franz Hildebrandt. Der hatte von meinem Chor gehört und war im Gegensatz zu Göth ein Musikliebhaber. Er bat den Kommandanten, uns anzuweisen, für ihn zu singen. Das taten wir, und meine Mädchen sangen so schön, so herzerweichend, dass der General fast in Tränen ausbrach. Sofort versuchte er, Göth, der bei unserer Vorführung zugegen war, den Chor abspenstig zu machen.« Die alte Frau richtet sich so weit in ihrem Sessel auf, wie es nur geht. »Ich weiß nicht, woher ich auf einmal den Mut nahm, aber ich sagte: ›Es tut mir leid, Herr General, aber daraus wird nichts. In Kürze arbeiten die Mädchen für Herrn Schindler.‹« Sie lässt sich wieder in die Lehne sinken. »Ein paar Sekunden war Ruhe, dann brüllte mich der General an, was mir wohl einfiele und griff an seine Pistolentasche. Ich habe gedacht: ›Das war's jetzt, nimm mich zu dir, lieber Gott!‹ Aber ausgerechnet Amon Göth fiel dem Offizier in den Arm. ›Ob hier jemand erschossen wird, entscheide ich‹, schrie er.« Sie atmet schwer. »Ich hatte einfach das Glück, Herr Cohen, keine Jüdin zu sein, sonst säße ich jetzt nicht hier.« Ihre Augen schimmern tränenfeucht. »Um das Ganze abzuschließen, Herr Nachbar, dieser Wehrmachtsgeneral sah Herrn Knupper außerordentlich ähnlich, war nur deutlich größer. – Verstehen Sie?«

Cohen nickt. »Oh, ja. – Was geschah dann?«

»Etwas, worunter ich all die Jahre schmerzlich gelitten habe. Hätte ich nicht interveniert, wären die Mädchen vielleicht alle mit dem Leben davongekommen. Sie wären in die Obhut der Wehrmacht geraten. Aber so … Der General war total verärgert. ›Das werden Sie bedauern, Göth!‹ brüllte er. ›Ich werde mich an Himmler wenden!‹ Der Reichsführer SS zählte wirklich zu Hildebrandts Freunden, sagte mir Schindler später.« Sie schlägt die Hände vors Gesicht. »Was dann passierte, war das Schlimmste, was ich je erlebt habe. Amon Göth sah den General wütend an, zog seine Waffe und erschoss auf der Stelle zwei von meinen Sängerinnen. ›Den Rest können Sie mitnehmen‹, sagte er mit einem irren Lachen.« Unter dem Eindruck der Erinnerung schweigt Hermine Grabert eine Weile und Cohen schließt sich respektvoll an.

»Frau Grabert, es waren Jüdinnen«, sagt er dann unbeeindruckt. »Ihre Chance, zu überleben, nur weil sie unter die ›Fürsorge‹ der Wehrmacht geraten wären, kann man als nur geringfügig höher einschätzen.«

»Sie haben wahrscheinlich recht. Aber wer weiß? Die Mädchen wären zumindest dem Machtbereich des unberechenbaren Herrn Göth entzogen gewesen.«

»Hm. – Was geschah weiter?«

Frau Grabert schüttelt den Kopf. »Hildebrandt sagte Schindler, dass er sofort abreisen werde. ›Dieser Mann ist ein Widerling‹, schimpfte er mit Blick auf Göth. Der ließ sich überhaupt nicht beirren und zischte: ›Es wird den Reichsführer sicher interessieren, dass jemand aus dem Generalstab sich so hingebungsvoll um das Judenpack kümmert.‹ Hildebrandt drehte sich wortlos um und ging zu Schindlers Auto. Hätte er sich gerade gemacht, hätte Göth den Kürzeren gezogen.«

Für mehrere Augenblicke herrscht Schweigen im großen Wohnzimmer. Cohen sieht keinen Anlass, die Worte Hermine Graberts anzuzweifeln. »Jetzt verstehe ich. Die ganze Fehde zwischen euch beiden rührt also daher, dass Sie Ihre Enttäuschung über die Feigheit des Generals auf Paul Knupper projizieren. Nur weil der ihm ähnlich sieht. Richtig?«

Sie nickt und antwortet: »Ich schätze, so ist es, und ich schäme mich dafür.«

»Sie sollten das Gespräch mit Knupper suchen und das Missverständnis ausräumen.«

»Ich werde es bei nächstbester Gelegenheit tun.«

Kapitel 45

Die Frau, die im Bus einige Reihen hinter Charlotte Finn und Ibrahim Cohen sitzt, verfolgt mit wachsendem Unbehagen, wie ihr Nachbar sich fortwährend in seinem Vollbart kratzt.

Ich hoffe nicht, denkt sie, dass der Kerl Flöhe mit in die Ukraine schleppt. Dort kämpft man zur Genüge gegen das Ungeziefer aus dem Osten und braucht keinen Zuwachs aus der entgegengesetzten Himmelsrichtung. Jedenfalls keinen Nachschub *solcher* Art.

Außerdem trägt ihr Sitznachbar eine tiefschwarze Sonnenbrille, und das schon seit Hamburg, wo der Bus den Zentralen Omnibusbahnhof genau nach Plan um fünf Uhr verlassen hat.

Sonnenbrille um fünf Uhr früh? Na, vermutlich hat er eine Augenschwäche. Oder – wie heißt es doch gleich?, kichert die Frau in sich hinein: *Lichtscheues Gesindel.* Umgehend rügt sie sich für diesen Gedanken. Mit Krankheiten anderer Menschen sollte man nicht spaßen. Hm. Trotzdem. Seltsamer Anblick um diese Tageszeit.

Die Reisende weiß nicht, dass der Bart des Passagiers nebenan nicht natürlich gewachsen, sondern angeklebt ist, weil er, wie auch die Brille, der Tarnung dient.

Wenngleich Charlotte Finn ihm nur einmal, vor der Sparkasse im Eppendorfer Weg, nahegekommen ist und ihn sicher kaum wahrgenommen hat – Doktor Cohen hätte ihn ohne die Verkleidung auf Anhieb erkannt. Und das, ohne in meinen geöffneten Mund zu schauen, denkt René Asbahr grinsend.

Vorsichtshalber hat er sich beim Einstieg in die unmittelbare Nähe Finns und Cohens gestellt, um seine Tarnung zu testen. Nichts hat darauf schließen lassen, dass sie ihn erkannt hätten.

Seine Waffe liegt wohlverstaut im Kofferraum. Asbahr hat kurzzeitig überlegt, den Karabiner gegen eine Pistole zu tauschen, aber den Gedanken verworfen. Es geht in die Ukraine – Kampfgebiet. Der Schuss aus sicherer Entfernung ist dort an der Tagesordnung; als Heckenschütze fällt man nicht weiter auf. Klingt zynisch, denkt er, entspricht aber den Tatsachen.

In gemütlichem Tempo bummelt der Reisebus Richtung Berlin, lässt die Hauptstadt hinter sich und nähert sich viele Stunden später dem Grenzübergang Frankfurt/Oder.

René Asbahr merkt, dass sein Puls im Gegensatz zum Bus deutlich beschleunigt. Er hat sich vorher über die Grenzkontrollen informiert. Man sagte ihm, diese würden bei Bus- und Bahnreisen ziemlich lax gehandhabt. Der obligatorische Schmuggel von Zigaretten, Drogen und Feuerwerkskörpern finde vornehmlich per Kleintransporter statt und logischerweise eher in entgegengesetzter Richtung.

Trotzdem ist ihm jetzt mulmig zumute. Was wäre, wenn ein übereifriger, noch nicht von Müdigkeit gelähmter Zöllner eine Gepäckkontrolle unternähme? Und das Gewehr fände?

Entspann dich, Mann, denkt Asbahr. Es wird schon alles gutgehen.

Alternativ könnte er sich als deutscher Söldner outen. Die Polen als enge Verbündete der Ukrainer würden ihn sicher wohlwollend durchwinken.

Was man nicht alles auf sich nimmt, denkt Asbahr, um der Gerechtigkeit zum Sieg zu verhelfen. Und alles ohne eine Vergütung. Im Gegenteil, ärgert er sich. Was für ein Kampf das wieder gewesen war, den Genossen die Fahrkosten aus den Rippen zu leiern. ›Ihr wisst genau, wie es finanziell bei mir aussieht‹. ›Ach? Und das Gewehr? Die Patronen? Meinst du, das gab es auf dem Flohmarkt?‹, jammerten sie sofort zurück. ›Und muss es denn ausgerechnet die Ukraine sein? Was das wieder kostet!‹, haben sie gemault. Da hatte er die Nase voll. ›Wenn das so weiter geht, könnt ihr euren Kram alleine machen!‹ Letztlich haben sie dann doch klein beigegeben.

Immerhin – an der Grenze gibt es keine Probleme. Ohne angehalten zu werden, setzt der Bus seine Fahrt im Schneckentempo fort. Kann die Kiste nicht schneller, fragt sich Asbahr, oder habe ich mich auf eine Kaffeefahrt verirrt? Wahrscheinlich stellt sich gleich der Reiseveranstalter in den Mittelgang und preist seine original handgefertigten Lamadecken an.

»Finden Sie nicht auch, dass es ein wenig kalt ist?« Seine Sitznachbarin hat sich ihm zugewandt und zeigt hinauf zum Gepäcknetz. »Dort oben liegen Decken. Wären Sie so nett …?«

Asbahr nickt und erhebt sich aus seinem Platz.

»Danke«, sagt die Frau und wickelt sich in den wärmenden Stoff. Zuvor hat sie einen skeptischen Blick darauf geworfen und ihn ausgeschüttelt.

»Diese Dinger werden vor Reiseantritt bestimmt noch mal ausgetauscht«, sagt Asbahr. »Sie brauchen sich keine Sorgen zu machen.« Dann kratzt er sich kurz im Bart. Verfluchtes Ding!, denkt er. Juckt wie verrückt.

»Ach, das ist nur eine Angewohnheit von mir«, antwortet sie. »Das mache ich auf jeder Reise.« Er hat den Eindruck, dass sie ihren argwöhnischen Blick beibehält.

Es macht die Brille, denkt er. Eine Sonnenbrille vor den getönten Scheiben des Reisebusses und einem wolkenverhangenen Himmel dahinter – sicher ist es dieser Anblick, der die Lady auf Distanz hält. Er nimmt die Gläser ab und setzt sein freundlichstes Lächeln auf, auch wenn das durch den Rauschebart deutlich abgemildert wird.

Na gut, denkt René Asbahr, ist ja nicht ihre Schuld.

»Reisen Sie denn viel, gnädige Frau?« Er bemüht sich, seiner Stimme einen interessierten Klang zu verleihen.

Sie sieht ihn ein paar lange Sekunden an, und er merkt, dass ihr zweifelnder Blick langsam weicht. Die Frau schüttelt den Kopf. »Nein. Nicht viel, nein.« Erleichtert stellt sie fest, dass ihr Nachbar aufgehört hat, sich zu kratzen. Endlich! »Um genau zu sein«, fährt sie fort, »es ist das erste Mal, dass ich aus Deutschland rauskomme.« Sie setzt ein verlegenes Lächeln auf. »Das glauben Sie nicht, stimmts? Eine Deutsche, die noch nie im Ausland war.«

»Ach! Ich bin auch noch nicht so fürchterlich viel gereist«, entgegnet Asbahr leichthin. »Zuhause ist es doch am schönsten. Finden Sie doch auch, nicht?« Nicht mal geflunkert, denkt er. Dreimal Nicaragua, als es das noch wert war. Und einmal in die sowjetische Zweigstelle Kuba. Das war's dann auch.

Sie lächelt den Verständnisvollen offen an. »Das sag ich auch immer. Ich komme aus Kiel und ich kann mir nicht Schöneres als die Ostsee vorstellen.«

»Darf ich wissen, wohin Sie ihre erste Auslandsreise führt?«

»Sie dürfen«, nickt sie. »Ich fahre … übrigens, mein Name ist Flessen. Erika Flessen.« Sie hält ihm die Hand hin.

»Hallo, Erika. Ich heiße Re…« Ach, was soll's? Ich bin sie sicher bald wieder los. »René Asbahr.« Er streckt ihr seine Rechte entgegen, merkt verwundert, wie sie kurz zurückzuckt. Dann aber schlägt sie ein. Sie hat einen festen Händedruck.

»Ich fahre nach Odessa«, sagt sie. »Das liegt in der Ukraine. Noch.«

»Ich weiß, wo Odessa … Was meinen Sie mit ›noch‹?«, fragt er überrascht.

»Bald wird die Stadt den Russen gehören«, sagt sie und aus ihrer Stimme klingt feste Überzeugung.

Asbahr schweigt und sieht Erika Flessen genauer an. Das Kostüm, von dem unter der Decke nur noch der Kragen herausschaut, hat er zuvor beiläufig registriert. Jetzt fällt ihm ein, dass es sicher kein billiges Kleidungsstück ist, was sie trägt. Sie scheint sich für einen Besuch so in Schale geworfen zu haben. Ein Besuch in Odessa? In einer Stadt, auf die schon mehrfach russische Bomben gefallen sind?

Er ist jetzt neugierig. »Wie kommen Sie darauf?«

»Die Russen werden sicher die gesamte Ukraine einnehmen. Sie haben schon die Krim und den Donbass und warum sollten sie jetzt haltmachen?«

»Und deshalb fahren Sie nach Odessa. Um die Russen zu begrüßen.«

»Gewissermaßen. Ich möchte aber nicht Herrn Putin begrüßen, sondern die Käufer meines Hauses. Vielmehr des Hauses meiner Eltern.«

Asbahrs Staunen wächst. »Können Sie mir das näher erklären?«

»Aber ja«, antwortet Erika Flessen lächelnd. »Vater und Mutter haben sich vor gut zwanzig Jahren spottbillig ein Haus in Odessa gekauft …«

»Warum das?«

»Weil mein Großvater im Krieg dort stationiert war und unser Vaterland verteidigt hat. Er hat seinen Kindern von Odessa vorgeschwärmt. Die haben dort dann oft ihren Urlaub verbracht und sich unsterblich in den Ort verliebt. Odessa ist wirklich eine wunderschöne Stadt. Ich habe viele Fotos gesehen und kann meine Eltern verstehen.«

»Und jetzt?«

»Jetzt sind sie zu alt und können keine großen Reisen mehr unternehmen. Außerdem möchten sie weg sein, bevor die Russen da sind. Deshalb haben sie das Haus verkauft und ich treffe mich nun mit den Käufern. Ein russisches Ehepaar.«

»Bitte?«

Sie nickt. »Jetzt ist der beste Zeitpunkt. Der Iwan ist versessen auf Wohneigentum in der Ukraine. Im Moment meist im Osten, aber das wird sich noch ändern.« Sie lächelt wieder. »Die meisten wollen in die Badeorte am Schwarzen Meer. Die Russen zahlen im Moment unglaubliche Summen. Meine Eltern werden in ein schönes Seniorenheim ziehen können.«

»Sie mögen die Russen nicht, machen aber Geschäfte mit ihnen. Wie verträgt sich das?«

»Ha!« Frau Flessen sieht ihn stirnrunzelnd an. »Glauben Sie, ich sei die Einzige? – Mögen *Sie* die Russen? Sie sehen doch, was gerade passiert.«

Über diese Bemerkung geht Asbahr hinweg. »Und die sind wirklich so verrückt und kaufen Häuser, die irgendwann unter Bomben zusammenfallen?«

»Damit rechnet da niemand. Putin erzählt ihnen jeden Tag, dass die *militärische Spezialoperation* – ich möchte mal wissen, welches kranke Hirn sich so einen Begriff ausgedacht hat – dass die morgen, spätestens übermorgen zu Ende ist und die ganze Ukraine voller Ferienhäuser steht, die nur auf die Russen warten. Wie damals auf der Krim.« Erika grinst. »Ist Ihnen mal aufgefallen, dass die russische Luftwaffe überall nur normale Wohnhäuser beschießt, die schicken Anwesen in den Vorstädten aber verschont?«

»Das haben die Nazis ihnen vorgemacht. Die haben in Frankreich und England die schönsten Schlösser und Villen bei ihren Bombardements bewusst außen vor gelassen.«

Ihr Seitenblick kommt ihm gereizt vor. »Meinen Sie? – Ich habe Hunger«, seufzt sie dann. »Ich muss was essen.« Sie kramt in ihrer Handtasche und holt eine Plastikdose hervor. »Ärgerlich, dass es keine Bordverpflegung gibt. Habe ich eigentlich erwar... Oh! Entschuldigung!« Sie hat der vorbeigehenden Charlotte Finn mit dem Ellenbogen einen kleinen Stoß versetzt. Die schaut sie freundlich an. »Kein Problem! War nicht schlimm«. Der Blick der Alten wandert weiter zum Sitznachbarn der Frau. Für den Bruchteil einer Sekunde verweilen ihre Augen auf Asbahrs Gesicht und scheinen sich zu verengen. Den durchfährt es siedend heiß. Wortlos setzt die Greisin ihren Weg fort.

Puh! Nimm dich in Acht, René! Nimm dich in Acht! Du solltest sie nicht unterschätzen.

Kapitel 46

»Da ist unser Hotel. Das *Rius*.« Ibrahim Cohen zeigt auf ein prächtiges Gebäude, das im Zentrum der Stadt liegt. Nachdem sie ihr Gepäck vom Taxifahrer entgegengenommen haben, gehen die beiden Hamburger zum Empfang und tragen sich ein. Hermine Grabert hält eine Dauer von drei bis vier Tagen für notwendig und geboten. Cohen erhebt keine Einwände; seine Begleiterin möge so viel Zeit in Anspruch nehmen, wie sie es für richtig erachte.

»Wann treffen wir sie?«, fragt Ibrahim Cohen.

»Morgen«, antwortet Hermine Grabert. »Morgen um zwei. Im *Baczewski*. Ein Restaurant ein paar Straßen weiter. Rebekka hat es mir wärmstens empfohlen.«

»Gut. Ich hole Sie um sieben zum Abendessen ab. Ist das okay?«

Sie nickt. »Dann habe ich Zeit, mich etwas hinzulegen. Die Reise war doch ziemlich anstrengend.«

»Ruhen Sie sich nur aus, Hermine. – Könnten Sie mir das Manuskript von Dallmanns Reportage leihen? Ich möchte die Zeit nutzen, drin zu blättern.«

»Sehr gern.«

Lemberg – Perle des Ostens
Beobachtungen auf einer Reise in die Ukraine
von Jörg Dallmann

Ibrahim Cohen hat es sich in einem Café in der Nähe des Hotels bequem gemacht. Die Sonne blickt ihm über die Schulter und erleichtert ihm das Lesen des schlampig kopierten Manuskripts.

Zudem muss er sich daran gewöhnen, dass am Beginn des Berichts mehr Wert auf Struktur und Ordnung gelegt wird als auf literarischen Feinschliff. Dem Text ist deutlich anzumerken, dass es sich um eine Rohfassung handelt.

Cohen blättert sich durch die ersten Seiten. Naturgemäß richtet Jörg Dallmann sein Hauptaugenmerk auf die architektonischen Merkmale der Stadt, ihre historischen Gebäude, ihre prachtvollen Bauwerke.

Ibrahim Cohen hat wenig Interesse an Häusern, sie waren ihm immer nur Mittel zum Zweck; man wohnt in ihnen, man richtet sich ein, und wenn du all dies auch noch günstig bekommen kannst, lächelt er, erfüllt das Haus seine Funktion zur Zufriedenheit des Bewohners.

Die Schönheit eines Bauwerks, seine Geschichte, die aus den Mauern atmet, der zeitliche Kontext, in den die Erstehung der Gebäude fällt – all das bleibt dem Arzt weitgehend fremd.

Als Cohen das Manuskript nach wenigen Seiten gelangweilt zur Seite legen will, um sich seinem Kaffee zu widmen, stößt er auf eine Formulierung, die ihn stutzen lässt.

Lemberg – Das Jerusalem Europas.

Zum ersten Mal liest er schwarz auf schmutzig, was er in Teilen schon von Hermine erfahren hat. Die Einwohner Lembergs, die sich Mitte des vorigen Jahrhunderts noch in Juden, Polen, Ukrainer, Armenier und sogenannte Galiziendeutsche aufgliederten, waren fast völlig verschwunden gewesen. Und mit ihnen das Gedächtnis dieses Ortes.

Die über 100 000 Juden der Stadt waren von den Nationalsozialisten völlig ausgerottet worden, andere wurden von den russischen Besatzern vertrieben, viele Exildeutsche wanderten in die USA aus. Wenige gingen zurück nach Deutschland, das Land ihrer Ahnen.

Viele Ukrainer, die zuvor im polnischen Westgalizien und in Zentralpolen gelebt hatten, wurden gleichzeitig aus Polen zwangsumgesiedelt und von der UdSSR in oder bei Lwiw angesiedelt. Dadurch veränderte sich die ethnische und kulturelle Zusammensetzung der Stadt grundlegend. An die Stelle der traditionellen polnischen, jüdischen und armenischen Bevölkerung traten Ukrainer.

Jerusalem Europas.

Lwiw beherbergte einstmals eine der größten jüdischen Gemeinden des europäischen Kontinents, was sich zum Teil in der Architektur der Stadt widerspiegelt. Ferner sind Einflüsse Österreichs, Polens, Ungarns prägend für das Erscheinungsbild des Stadtkerns.

Während die Altstadt architektonisch durchgehend Merkmale mitteleuropäischer Kulturen aufweist, sind die nach dem Krieg gebauten Häuser der Randbezirke streng nach sowjetischem Muster errichtet. Nüchterne Zweckbauten im Einheitsstil, die die Schönheit der Altstadt konterkarieren.

Die Stadt gehörte vier Jahrhunderte lang den Polen, dann 150 Jahre zum Habsburger Reich. Nach dem Zusammenbruch Österreich-Ungarns wurde Lemberg der neu entstandenen Republik Polen zugeschlagen. Von September 1939 bis Juni 1940 stand die Stadt unter sowjetischer, danach bis Juli 1944 unter deutscher Besatzung. Nach Kriegsende herrschten die Sowjets wieder und seit 1991 gehört Lemberg zur unabhängigen Ukraine.

Die Alten kamen, die Neuen gingen. Und umgekehrt. Cohen errechnet aus den Notizen Dallmanns, dass sich die Besitzverhältnisse in Lemberg über die Jahrhunderte sieben Mal geändert haben.

Jerusalem Europas.

Polen, Juden, Ukrainer, Deutsche – sie alle hatten ursprünglich eng an eng in dieser Stadt gelebt, ohne dass es zu Auseinandersetzungen gekommen wäre. Aber wie überall auf der Welt, wo verschiedenartige Kulturen aufeinandertreffen, entstehen mit der Zeit Spannungen, die irgendwann in Scharmützeln münden.

Der Unterschied zwischen der Ukraine und Israel, denkt Cohen, ist: Während die Besitzergreifungen in Osteuropa planmäßig vorbereitet und geradezu generalstabsmäßig, am grünen

Tisch quasi, durchgeführt wurden, entladen sich die Spannungen in Nahost wie die Eruptionen eines Vulkans. Mitunter kommen sie aus dem Nichts, niemand rechnet mit ihnen, obwohl der Zeitpunkt der Entladung jeden Tag gegenwärtig scheint. Die heiße Luft der Wüste scheint ständig zu brodeln. Und das seit zweitausend Jahren. Nicht selten wandelt sich die Idylle dieser kargen Landschaft sekundenschnell in eine Hölle – unvermittelt explodiert eine Granate und es ist nicht immer so, dass sie auch den gewünschten Adressaten findet; nicht selten finden Unbeteiligte den Tod.

Genau dieses Schicksal hatte die Familie Ibrahim Cohens getroffen und ihn ins Unglück gestürzt.

Er lebte lange Jahre mit seiner Familie, seiner Frau und den beiden Söhnen bei seinen Eltern in Ramallah, eine Stadt im Westen des palästinensischen Autonomiegebiets. Sein Medizinstudium schloss er an der Universität von Hebron ab.

Damals war es eine Selbstverständlichkeit, dass Kinder christlicher Araber wie auch ihre muslimischen Freunde und Mitschüler ihre Ausbildung in Israel absolvierten. So nahm der junge Ibrahim Cohen sich eine Wohnung in Tel Aviv, erwarb dort seinen Doktortitel und eröffnete 1986 eine Zahnarztpraxis. Nach kurzer Zeit, so sein Plan, würde er Frau und Kinder zu sich holen.

Viele Jahre später, als Cohen in Hamburg-Altona praktizierte, wich er, angesprochen auf Herkunft, Heimat und Familie, den Fragen aus und schwieg über diesen Teil seines Lebens. »Wir haben uns getrennt. Meine Familie ist in Palästina geblieben«, war seine so stereotype wie kurz angebundene Antwort.

Zu traumatisch waren die Ereignisse für ihn gewesen, die ihn bei der ersten *Intifada*, dem Volksaufstand der Palästinenser, ab Dezember 1987 ereilten.

Cohen verbrachte gerade ein paar freie Tage bei seiner Familie in Ramallah, als er im Radio die Nachricht vom Zusammenstoß eines israelischen Militärlastwagens mit zwei palästinensischen Taxis hörte. Vier Palästinenser kamen dabei ums Leben. Schnell wurde klar, dass es sich um einen Vergeltungsschlag für einen im Gazastreifen erstochenen Israeli handelte.

Umgehend brachen Unruhen in Gaza und der Westbank aus. Palästinenser und israelische Militärs lieferten sich Gefechte mit vielen Verletzten und Toten. Auch Kinder waren unter den Opfern.

Ibrahim wurde aufgefordert, seine medizinischen Kenntnisse bei der Versorgung der Verletzten einzubringen.

Er ahnte, dass die Unruhen sich früher oder später auch nach Ramallah ausweiten würden und wollte seine Familie, seine jüdische Frau, die Kinder und seine Eltern in Sicherheit bringen. Auf der Fahrt nach Tel Aviv mit dem Auto hatten sie kurz vor Jerusalem eine Panne.

Cohen stieg aus und ging zur Hecktür seines Kleinbusses, um ein Reserverad zu holen. In diesem Moment schlug eine Granate in das Führerhaus ein. Seine Eltern, seine Frau und die Kinder waren auf der Stelle tot.

Es wurde nie aufgeklärt, wer hinter dem Anschlag steckte. Palästinenser und Israelis schoben sich gegenseitig die Schuld zu. Normalerweise verfügten die Feinde des Judenstaats nicht über solche Waffen, schon gar keine aus israelischer Fabrikation, wie spätere Untersuchungen ergaben.

Der Verdacht fiel auf die neugegründete Organisation *Hamas*, deren erklärtes Ziel es ist, den Staat Israel zu vernichten und die vom Iran unterstützt wird.

Da Ibrahim Cohen von keiner Seite einer subversiven Tätigkeit verdächtigt worden sein konnte, kam er zu der Erkenntnis, dass der Tod seiner Familie durch einen tragischen Irrtum herbeigeführt worden war. Es hatte sich wahrscheinlich um ein fehlgeleitetes Geschoss gehandelt, was es für ihn natürlich nicht erträglicher machte.

Der Zahnarzt aus Hamburg legt das Manuskript zur Seite und trinkt einen Schluck von seinem inzwischen kalt gewordenen Kaffee.

Lemberg – das Jerusalem Europas.

Er schaut über den Marktplatz, auf dem jetzt ein buntes Treiben herrscht.

So verschieden und doch so gleich.

Ibrahim Cohen weiß zu diesem Zeitpunkt noch nicht, dass einem das persönliche Schicksal manchmal in sehr ähnlicher Weise zweimal begegnen kann.

Kapitel 47

Zu fortgeschrittener Stunde – Hermine Grabert hat das Deckenlicht gedimmt und zwei Kerzen auf den Tisch gestellt – staunt Ibrahim Cohen, als er den Rest der Flasche auf die zwei Gläser verteilt. Zwei Flaschen Wein, denkt er, und ich habe weiß Gott fair geteilt. Donnerwetter! Diese Frau! Und keine Anzeichen, dass der Rebensaft bei ihr die Oberhand gewinnt.

Während Cohen einschenkt, lässt er noch einmal die erschütternde Geschichte mit dem Frauenchor auf sich wirken. Ihm ist jetzt klar, dass Hermine Grabert die reine und volle Wahrheit erzählt. Letzte Zweifel haben sich verflüchtigt. So etwas, denkt er, kann niemand konstruieren. Cohen hat den feigen General Hildebrandt förmlich vor Augen – er sieht im Geist Paul Knupper vor sich und den großen Mann in der grauen Uniform und erkennt die Ähnlichkeit zwischen den beiden. Das hat sie sich nicht ausgedacht, denkt er. Da hat sie nicht dramatisiert. Da hat sie auch nichts beschönigt. Sie hat ihre Rolle an diesen Geschehnissen überzeugend dargelegt.

»Was wurde aus den Überlebenden Ihres Chors?«, fragt er nach einer Weile.

Hermine Grabert schüttelt nachdenklich den Kopf. »Gute Frage. Ob Amon Göth ganz tief in seiner verrotteten Seele einen letzten Rest von schlechtem Gewissen hatte – was ich persönlich bezweifle – oder ob Ruth Kalder ihn bearbeitet hat – jedenfalls hat er die überlebenden Mädchen in Schindlers Hände gegeben, und der sorgte dafür, dass sie zunächst in sein Werk in Krakau kamen. Wie durch ein Wunder haben sie die schlimme Zeit überlebt.« Sie sieht den Zahnarzt mit nassen, aber leuchtenden Augen an.

»Nach dem Krieg haben sie Kontakt zu mir aufgenommen. Sie lebten wieder in der Ukraine, verstreut über das ganze Land. Wir kamen überein, einen Chor zu gründen, fanden in Kiew einen Manager und unternahmen mehrere Tourneen in Osteuropa, später auch in Deutschland.«

»Dabei entstand auch die Schallplatte.«

»Eine?« Sie hebt verzweifelt die Hände. »Mehrere! Leider sind die restlichen verschollen.«

»Sehr schade!«, sagt Cohen. »Das, was ich gehört habe, klang wirklich ausgezeichnet.«

Hermine lächelt und deutet eine Verbeugung an.

»Wobei …« fährt er fort, »ich mich ein wenig gewundert habe …«

»Nanu. Worüber?«

»Ich wollte natürlich wissen, wie der ukrainische Text auf dem Umschlag auf Deutsch lautet. Einer der beiden ukrainischen Jungs, Jaroslaw glaube ich, war so freundlich, ihn mir zu übersetzen. Unter Ihrem Bild steht ‚Charlotte Finn‘. Ich verstehe nicht ganz …«

Sie stutzt kurz und lacht dann. »Aber, Herr Cohen! Noch nie was von dem Begriff *Künstlername* gehört?«

Er schlägt sich an die Stirn. »Ach, natürlich! Wie dumm von mir.« Im gleichen Moment bemerkt er das Flackern ihrer Augen. Unvermittelt packen ihn Zweifel. Etwas stimmt hier nicht. Sie sagt nicht die Wahrheit.

Übergangslos kommt der Arzt wieder auf ihr eigentliches Thema zu sprechen. »Ich denke, Sie sollten mir jetzt erklären, was es mit dem Mann auf sich hat, dessen Grab wir aufsuchen.«

»Natürlich. Ich sagte Ihnen, dass die SS sich für die Aufsicht des Lagers ukrainischer Häftlinge bediente, die *Trawniki* genannt wurden.«

Cohen nickt.

»Einer dieser Männer war noch sehr jung und hieß Levy. Levy Rosenkranz. Ein Jude, wie der Name schon sagt.«

Das Gesicht des Zahnarztes verdüstert sich. »Und da sind Sie sicher?«

»Dass er Jude war?«

»Dass ein Jude über Juden wacht.«

Hermine Grabert nickt. »Es ist schwer zu verstehen, das weiß ich. Dazu muss ich ein wenig ausholen. Ich sagte Ihnen, dass seine Eltern während des Krieges in Hamburg lebten. Ursprünglich kam die Familie Rosenkranz aus der Ukraine. Sind Sie vertraut mit der Geschichte dieses Landes?«

Cohen schüttelt den Kopf. »Ich weiß nur, dass der Staat eine ziemlich komplexe Vergangenheit hat.«

»Richtig. Ich gebe Ihnen ganz kurz einen Überblick, was das Wirken deutscher Familien angeht. Die Ukraine hat mehrere wechselnde Herrschaften durchlebt. Im 18. Jahrhundert, als das Land zu Österreich gehörte, ließ Kaiserin Maria Theresia und später Kaiser Joseph II. deutsche Handwerker und Bauern in Galizien ansiedeln. Die Menschen wurden mit freier Zuteilung des Bodens und mit mehrjähriger Steuerfreiheit gelockt und kamen in Scharen. Die Anwerbungen konzentrierten sich auf die Pfalz und das Saarland, wo die Menschen durch die häufigen Kriege gegen die Franzosen oft verarmt waren. Vereinzelt aber kamen die Auswanderer auch aus dem Norden. – Uups! Jetzt muss ich doch ein bisschen aufpassen«, schmunzelt die alte Frau und stellt ihr halbleeres Weinglas ab. »Glauben Sie nur ja nicht, dass sie mich bei einer täglichen Routine erwischen.«

»Soll ich uns Wasser holen?«, lächelt Cohen.

»Ich bitte darum. In der Küche steht ein Kasten. Links von der Tür.«

Der Arzt holt eine Flasche, Hermine dreht die Wassergläser, die schon auf dem Tisch stehen, um. Während Cohen einschenkt, fährt sie fort, ohne den Faden verloren zu haben. »Die Auswanderer bestiegen in Ulm Boote, auf denen sie donauabwärts bis nach Wien fuhren. Dort wurden die Schiffe, die ganz billig hergestellt wurden und die man *Ulmer Schachteln* nannte, aus dem Wasser gezogen und – verheizt! Sie fuhren also nur in eine Richtung. Von Wien aus traten die Menschen den weiteren Weg nach Galizien an.« Sie nimmt jetzt einen langen Schluck aus dem Wasserglas, seufzt und schiebt den restlichen Wein weit von sich fort. »So viel zu den frühen Anfängen. Ich möchte Sie nicht langweilen und überspringe ein paar Generationen. Die Geschichte der Ukraine ist tatsächlich sehr wechselvoll und ungemein spannend.«

»Ich bin ohnehin erstaunt, wieviel Ihnen davon bekannt ist.«

»Sie haben keine Historikerin vor sich«, schmunzelt Frau Grabert. »Mein Wissen habe ich Herrn Dallmann zu verdanken, dem Freund von Hanno Meyer.«

»Ach ja. Ich habe mitbekommen, dass er an einem Buch arbeitet. Ein Reiseführer, nicht wahr?«

»So plant er es. Kommendes Jahr will er das Land ein zweites Mal bereisen. Wenn der Krieg vorbei ist.«

»Aha. Ich habe den Mann erst zweimal zu Gesicht bekommen. Wohnt er wirklich in unserem Haus?«

Sie nickt. »Herr Meyer stellt ihm während des Aufenthalts in Hamburg ein Zimmer zur Verfügung. Herr Dallmann ist den ganzen Tag zu Recherchezwecken drüben in der Staatsbibliothek. Wirft sich morgens auf sein Fahrrad und ist in wenigen Minuten da.« Als sie ihr Glas hebt, lacht sie. »Wissen Sie, was mich etwas wundert? Herr Dallmann scheint keinen zweiten Schlüssel für die Haustür zu haben. Wenn er rein will, klingelt er immer bei mir.«

Cohen sieht sie fragend an. »Aber – Hanno Meyers Wohnung ist doch zugleich seine Kanzlei. Eigentlich müsste er ja mal zu Hause sein.«

»Da er genau über mir wohnt …« sie hebt den Zeigefinger zur Decke, »… habe ich einen guten Überblick. Er schläft gern am Tage, dann hört man ihn kaum. Manchmal schläft er nicht, liegt aber trotzdem im Bett.« Sie beugt sich vor und fährt im Flüsterton fort: »Aber nicht allein.«

»Frau Grabert!«, schimpft Cohen lächelnd. »Das von Ihnen! – Eigentlich hat das Haus doch dicke Wände.«

»Und ich habe immer noch sehr gute Ohren«, grinst sie. »Ich bin froh, dass mein Nachbar zur Rechten seine Zahnarztpraxis nicht auch im Haus hat. Einschlägige Laute von zwei Seiten wären ziemlich anstrengend für mich.«

Ibrahim Cohen lacht schallend. »Was macht Herr Dallmann denn, während Herr Meyer … na ja …?«

»Ganz einfach. Dann klingelt er nochmal bei mir, ich bitte ihn zu einem Kaffee herein und wir tauschen uns über die Ukraine aus.«

»Womit wir wieder bei … Levy? …«

»Gut behalten. Levy Rosenkranz. Damals nannte er sich Nicolay Bajul. Natürlich hat er sich nicht als Jude zu erkennen gegeben, und ich muss sagen, sein Aussehen war das eines durchschnittlichen ukrainischen Jungen. – Schauen Sie bitte mal dort hin.«

Seine Augen folgen dem zeigenden Finger. An der gegenüberliegenden Wand erblickt Cohen einen geknüpften Behang, der das Porträt eines Mannes zeigt. Er schaut mit ernstem Gesicht zum Tisch herüber. »Ich hoffe, ich habe ihn einigermaßen hinbekommen. Wenn er noch leben würde, sollte er ungefähr so aussehen. … Na ja, etwas älter vielleicht«, sagt sie mit selbstkritischem Blick auf ihr Werk.

Den Arzt ergreift kurz Verwirrung. »Oh! Das ist … das ist allerdings … hm … ungewöhnlich. Aber irgendwie auch … einleuchtend. – Und?«

»Nicolay … also, Levy … ich bitte Sie, mir aufmerksam zu lauschen, denn es könnte sein, dass Sie an dem, was ich erzähle, zweifeln werden.«

»Bisher …«, versichert Cohen, »habe ich keinen Grund dazu gesehen, Frau Grabert.«

»Danke. – Der junge Mann also … hm … er hatte gewisse Probleme mit vielen seiner Landsleute. Er hielt, und das noch bis kurz vor Kriegsende, nicht die Nationalsozialisten, sondern die Sowjets für das größere Übel.«

Cohen hört schweigend zu.

»Ja, er war Jude, trotzdem schloss er sich der OUN an, der Organisation Ukrainischer Nationalisten. Das Ziel dieser Gruppierung war primär die Unabhängigkeit ihrer Nation. Sie kämpfte gegen die Russen und stellte sich vielfach in die Dienste der Deutschen. Die OUN war aufgespalten in zwei Flügel. Während der eine nur Freiwillige für eine SS-Division rekrutierte, kämpfte der andere unmittelbar an der Seite der Wehrmacht. Der Anführer dieses Flügels hieß Stepan Bandera. Er wurde und wird vornehmlich im westlichen Teil der Ukraine als Volksheld verehrt, im Osten als Kollaborateur verhasst. Ein wesentlicher Grund für die Nähe der Donbass-Ukrainer zu den Russen – bis heute. Und Putin profitiert davon.« Hermine Grabert wartet kurz auf eine Reaktion ihres Gegenübers, als der weiter schweigt, fährt sie fort: »Und zu den Verehrern Banderas gehörte auch Levy Rosenkranz. Obwohl seine Glaubensbrüder von den Nazis umgebracht wurden, was ihm nicht verborgen blieb.« Sie hebt die Schultern. »Ich habe oft mit ihm über diesen … nun ja … Widerspruch gesprochen. Aber Levy beharrte darauf, dass nicht die Nazis das eigentliche Problem wären, sondern die Russen.«

»Und … wie standen Sie persönlich zu ihm?«

»Ich habe ihn geliebt, Herr Cohen«, sagte sie mit großem Ernst. »Ja, ich habe ihn von Herzen geliebt. Er war der einzige Mann in meinem Leben, von dem ich das sagen kann. Und das hatte nichts mit seiner etwas verqueren Weltanschauung zu tun. Von der wusste ich nichts, als ich Levy kennenlernte.«

»Wie konnten Sie mit … ich meine: Sie lebten beide in einem Konzentrationslager. Nicht unbedingt eine Stätte, in der man eine Romanze vermuten würde …«

Hermine nickt. »Das war in der Tat sehr schwierig. Im Allgemeinen hatte ich mit dem Wachpersonal nichts zu tun. Jeder Kontakt wäre aufgefallen.« Dann lacht sie. »Aber junge verliebte Menschen verfallen wohl zu allen Zeiten auf Tricks, das Unmögliche möglich zu machen. Egal, unter welchen Umständen, gleichgültig, ob Gefahr droht.«

»Erzählen Sie.«

»Ich sagte schon, dass der Übungsraum des Frauenchors weit abseits lag. Nicolay … also Levy … er hatte mir mal beiläufig erzählt, dass er Ahnung von Klavieren hätte. Einstellen, Stimmen, so etwas. Sein Vater hatte früher Piano gespielt und es seinem Sohn beigebracht. Und da ich die Vorträge meiner Mädchen am Klavier begleitete …« Sie lacht. »So ein empfindliches Instrument sollte ja von Zeit zu Zeit gepflegt werden …«

»Ich verstehe«, nickt Cohen.

»Nicht wahr? Und so sahen wir uns manchmal allein und ohne, dass es auffiel.«

»Aber irgendwann kam man euch auf die Schliche.«

»Um Gottes Willen!«, ächzt Hermine Grabert. »Dann säße ich jetzt nicht hier. Sich als Arierin mit einem Juden einzulassen … selbst, wenn er mit den Deutschen zusammenarbeitete – nein, Herr Cohen! Levy hat seinen Irrtum übrigens lange nicht eingesehen. Aber irgendwann … er pflegte während der ganzen Zeit einen Schriftwechsel mit seinem Vater, und dieser beschwor ihn, seinen Ideen abzuschwören. Seiner Zugehörigkeit zur OUN, seine Begeisterung für Stepan Bandera.« Sie schaut ihr Gegenüber mit verlorenem Blick an. »Tatsächlich waren es die Russen, die ihn später verhafteten und ins Zuchthaus sperrten.«

»Es ist sehr verwirrend, was Sie mir erzählen, Hermine. Was mir noch rätselhafter erscheint: Sie sind 96. Warum wollen Sie zu einem so späten Zeitpunkt Ihres Lebens eine solch gefährliche und dazu strapaziöse Reise unternehmen?« Lächelnd ergänzt Cohen: »Nicht, dass ich mir bei Ihrer Konstitution Sorgen um Sie machen würde.«

Frau Grabert nickt. »Diese Frage habe ich schon früher erwartet. Die Antwort ist ziemlich einfach: Es hört sich sicher paradox an, aber der Grund ist der Ukrainekrieg. Es sind die Tausenden von Menschen, die plötzlich in dieses Land kommen. Auch in unser Haus kommen. Ich habe in den letzten achtzig Jahren immer gedacht, dass alles, was sich in meinem damaligen Leben ereignete, so weit entfernt ist und so weit hinter mir liegt … als wäre alles auf einem anderen Planeten passiert. Nun muss ich feststellen, dass sich im Gegenteil alles quasi vor meiner Haustür abspielte. Und das gerade erst gestern.« Sie hebt die Schultern. »Raum und Zeit – alles scheint zu schrumpfen, je älter ich werde.«

»Ich verstehe«, sagt Ibrahim Cohen.

»Eines kommt hinzu«, sagt Hermine nachdenklich. »Ich würde die Reise sicher nicht unternehmen, wenn ich nicht … hm … eine Einladung bekommen hätte.«

»Eine Einladung? Oh!«

Sie lächelt. »So begreife ich den Brief, den mir …«, sie lässt eine bedeutsame Pause folgen, »… Levys Schwester hat zukommen lassen.«

»Seine Schwester?«, staunt Cohen. »Nanu! Woher weiß Sie von Ihnen? Wer hat …«

»Eine weitere Folge des Flüchtlingsdramas. Es war Natalia Bondarenka, die mit Ihrer Großmutter telefonierte, kaum, dass sie in diesem Haus einquartiert wurde.«

»Moment, Frau Grabert! Nicht so schnell! Natalia ist die Enkelin von Rebekka Rosenkranz?«

»Entschuldigung. Das können Sie nicht wissen. Ja. – Sie hatte herausbekommen, dass es das Haus ist, in dem die Familie Rosenkranz den Krieg überlebt hat.«

»Was für ein Zufall!«

»In der Tat. – Eine Woche später drückt mir Herr Michaelis einen Brief aus Lemberg in die Hand. Absender: Rebekka Kulik. Darin teilt sie mir mit, dass ihr Bruder Levy in dem kleinen Ort Przewodów begraben liegt. Sie und ihr Sohn Danylo, der dort mit seiner polnischen Frau und ihren Kindern wohnt, haben vor vielen Jahren dafür gesorgt, dass Levy aus seinem Grab auf dem Jüdischen Friedhof in Lemberg umgebettet wurde.« Sie winkt ab. »Bevor Sie fragen: Das Rote Kreuz hat Levys Grabstelle nach langer Suche gefunden – Natalias Großmutter hatte die Gesellschaft darum gebeten.« Hermine lächelt. »Sie hat sich in dem Brief bei mir für alles, was ich angeblich für Levy getan hätte, bedankt.«

»Und das ist sicher eine Menge«, lächelt Cohen. »Wissen Sie oder weiß Rebekka denn … äh … wann und wie …«

Sie nickt. »Levy wurde von den Russen ins *Lonzski*-Gefängnis in Lemberg gesteckt und zu Tode gefoltert.« Sie atmet tief durch. »Die Sowjets legten eine unglaubliche Brutalität an den Tag, wenn es um das Aufsichtspersonal eines KZ ging. Sie machten keinen Unterschied zwischen Deutschen und Wachleuten anderer Nationalität.«

Kapitel 48

Im *Baczewski* warten sie bis weit über die vereinbarte Zeit, aber Rebekka Kulik lässt sich nicht sehen. Um halb vier sagt Hermine: »Ich würde sie gern anrufen. Leider verfüge ich nicht über ein Handy. Könnten Sie …?«

Prompt zieht Cohen sein Smartphone aus der Tasche. »Nummer?«

Die alte Frau holt ein kleines Notizbuch aus der Handtasche und blättert. Sie hält ihrem Begleiter das Büchlein hin und der tippt die Nummer ein. Er wartet auf die Verbindung und reicht das Gerät an Hermine weiter. Mit gespanntem Blick lauscht sie dem Freizeichen. Niemand nimmt ab. Cohen nimmt das Handy wieder an sich und sieht sie fragend an. Sie zuckt mit den Schultern.

»Ihre Adresse haben Sie?«

Frau Grabert sieht wieder in ihr Buch. »Horodotska-Straße 142.«

»Ich schlage vor, sie aufzusuchen. Sie kommt sicher nicht mehr.«

Hermine schüttelt den Kopf. »Seltsam. Sie machte nicht den Eindruck, unzuverlässig zu sein.«

Die Haustür der angegebenen Adresse wird geöffnet und ein kleiner Mann in einem zerschlissenen Overall sieht sie durch eine starke Brille an. Ibrahim Cohen ist überrascht, seine Begleiterin sich fließend mit ihm unterhalten zu hören. Nach wenigen Minuten bedankt sie sich und der Mann geht zurück ins Haus.

»Vor zwei Tagen gab es einen Luftangriff der Russen. Der Hausmeister sagte mir, Rebekka sei darauf mit einem Transporter abgeholt worden. Sie habe nur drei Koffer bei sich gehabt. Vermutlich ist sie zu ihrem Sohn nach Przewodów geflohen.«

»Kann man verstehen, nach den Erfahrungen, die sie damals

gemacht hat. Wenn man einmal von Luftalarm erschreckt worden ist – das vergisst man nie. Egal, ob man von russischen Bomben bedroht wird, von deutschen oder Raketen der Hamas. – Übrigens: wieso sprechen Sie so gut Ukrainisch? Oder war das Russisch?«

»Ukrainisch«, lächelt sie. »Ich habe damals von Levy und meinen Mädchen eine Menge gelernt. Erstaunlicherweise ist vieles hängengeblieben.«

»Na, klar!«, lacht Cohen. »War eine dumme Frage. – Was machen wir jetzt? Eine Telefonnummer von Rebekkas Sohn hat der gute Mann nicht?«

»Nein. Und bis Przewodów sind es gut siebzig Kilometer, hat er mir gesagt.«

»Na, prima!«

Nach ihren erschütternden Worten ist es eine Weile still im Wohnzimmer Hermine Graberts. Die Kerzen werfen ein flackerndes Licht auf den Wandteppich mit dem Porträt eines Mannes, der nicht einmal annähernd so alt werden durfte, wie er dort erscheint.

»Zu Tode gefoltert«, flüstert Ibrahim Cohen dann und schüttelt den Kopf. »Wie Sie es schildern, ist es ein Wunder, dass Levy überhaupt bestattet wurde, nicht wahr?«

»Sie sagen es.« Hermine holt tief Luft. »Es gibt nichts, was so entmenschlicht wie Kriege. Und doch gibt es unter den größten Bestien manchmal jemanden, der noch einen Rest von Anstand besitzt. Irgendjemand muss Nicolay ein Stück Würde gelassen und für seine Beisetzung gesorgt haben.«

Sie bricht ab. »Ich frage mich in den letzten Stunden häufig, ob ich Ihnen nicht zu viel zumute, Herr Cohen. Was ich Ihnen erzähle, ist doch so weit entfernt von Ihrem …«

»Vergessen Sie bitte nicht, dass ich Jude bin. Alles, was sie sagen, betrifft mich unmittelbar. – Nur weiter!«, drängt ihr Nachbar. »Ich habe noch nie etwas so Berührendes und Dramatisches gehört.«

»Also: Als die Sozialbehörde die ukrainischen Flüchtlinge zuweisen wollte … Wissen Sie was, Herr Cohen? Ihr Wein schmeckt wirklich vortrefflich, macht mich aber auch ein wenig schläfrig. Hätten Sie was dagegen, wenn ich uns einen schönen Kaffee brühen würde?«

Der Arzt staunt. »Frau Grabert! Sie scheinen über die Konstitution einer Dreißigjährigen zu verfügen. Wissen Sie eigentlich, wie spät es ist?«

Sie schaut zur Uhr. »Oh! Die Zeit ist wie im Flug vergangen. Na, wenn es für Sie zu spät ist, dann lassen wir es lieber. Entschuldigung!«

Cohen lacht. »Jetzt wollen Sie mich vorführen, meine Liebe. Sie wissen genau, was ich meine. Als Arzt müsste ich Ihnen raten …«

»Meinen Sie, Koffein schadet meinem Gebiss? Dann nehme ich es so lange raus.«

»Okay. Sie haben gewonnen«, seufzt er lächelnd. »Schwarz, bitte, in Anbetracht der späten Stunde vielleicht ein, zwei Tropfen Milch.« Er schüttelt den Kopf. »Sie sind in jeder Hinsicht eine ungewöhnliche Person, Frau Grabert.«

Während sie, erstaunlich leichtfüßig, wie er bemerkt, die Küche ansteuert, bekommt er jetzt die Zeit, ihr Gespräch Revue passieren zu lassen und sich Gedanken zu machen. Es bleiben trotz allem offene Fragen. Auf der anderen Seite ist er so gefangen von ihren letzten Worten, dass er sie erstmal verdauen muss.

Wenn sie die Wahrheit sagt, und er hat nach wie vor keine Zweifel, dann schließen sich hier Kreise. Ukraine – Deutschland – Ukraine und wieder zurück. Der Krieg vor achtzig Jahren zwischen den Deutschen und den Sowjets, die gegenwärtige militärische Auseinandersetzung zwischen dem Staat am Don und den Russen – der Unterschied sind die klareren Fronten in diesem Jahr. Ein Jude als Helfershelfer der deutschen Faschisten – unvorstellbar, aber bei der damaligen Konstellation nicht auszuschließen.

Der Kaffee brodelt in der Maschine, als Hermine sich wieder zu ihrem Nachbarn gesellt. »Jetzt habe ich doch ganz vergessen, was ich Ihnen erzählen wollte«, lächelt sie entschuldigend.

»Zuletzt sprachen Sie von der Zuweisung der Flüchtlinge durch die Sozialbehörde.«

»Richtig. Natalia hat vor einigen Tagen auf genau dem Stuhl in der Küche gesessen, auf dem Sie vorhin Platz nahmen. Stellen Sie sich vor – im Wohnzimmer wollte sie partout nicht sitzen! Der Blick durch das Fenster zur Straße – ich habe sofort gemerkt, dass sie Angst vor russischen Raketen hatte. Die arme Frau! Auf jeden Fall – Natalia hatte mich zu einem Gespräch gebeten. Als sie gehört hatte, dass man ihr und ihren Begleitern eine Unterkunft in einem Haus in der Mansteinstraße vermitteln wollte, erinnerte sie sich, dass ihre Großmutter oft von einer Straße dieses Namens erzählt hatte. Kurz nachdem die Flüchtlinge hier eingetroffen sind, rief Natalia Rebekka an und erfuhr, dass nicht nur die Straße, sondern sogar die Hausnummer mit den Daten des Verstecks übereinstimmten. Zudem …« Während sie, kopfschüttelnd ob ihrer Vergesslichkeit, aufsteht und Kaffeetassen aus der Vitrine holt, spricht sie weiter. »Zudem hatte ihre Großmutter aus den Briefen ihres Bruders erfahren, dass es im KZ Plaszow einen Chor gegeben hatte, der das schöne Lied *Am Brunnen vor dem Tore* auf eigenwillige Art zum Vortrag brachte.« Sie lacht, während sie die Tassen abstellt. »Im Übrigen bin ich immer noch der Meinung, dass Schubert mit seiner Annahme, der Lindenbaum verfüge über *rauschende Zweige*, danebenliegt.« Hermine lauscht, ob die Maschine noch Geräusche macht. »In einem Gespräch, das Natalia zuvor mit Herrn Knupper führte, erzählte der ihr von der Schallplatte, die er von mir geschenkt bekommen hatte.«

Cohen erhebt sich und wandert in die Küche. »Und dann?« ruft er von dort, während er die Kaffeemaschine ausschaltet und die Kanne herauszieht.

»Rebekka hatte ihrer Enkelin von der Begebenheit in Plaszow erzählt, wie sie sie von ihrem Bruder erfahren hatte. Er stellte mich als Retterin der Chormädchen dar, was ja leider nicht ganz stimmt.«

»Nun«, sagt Cohen, der die Kanne ins Zimmer bringt und sie auf das Stövchen stellt, »Sie sollten Ihr Licht nicht unter den Scheffel stellen, Frau Grabert. Sie haben sich als eine sehr tapfere Person erwiesen.«

»Trotzdem. Wenn ich nicht so ungeschickt …«

Er legt ihr die Hand auf den Arm. »Lassen Sie es gut sein. – Wie ging es weiter?«

Hermine Grabert berichtet dem Arzt von dem Verlauf des Gesprächs, das sie mit Natalia Bondarenka geführt hatte. Diese habe ihr von der Zeit im Jahr 1944 erzählt, als sich ihre Großmutter mit den Eltern auf dem Dachboden versteckte.

Hermine habe nur schweigend zuhören können und wäre in immer größeres Staunen verfallen. In diesem Haus!, habe sie gedacht. Nur wenige Meter über meinem Kopf. Was für ein Zufall! Was für eine Fügung!

Auch Ibrahim Cohen verfällt jetzt in Schweigen, als seine Nachbarin, diese außergewöhnliche Person, ungeachtet ihres hohen Alters konzentriert die Zusammenhänge zwischen damals und heute zusammenknüpft.

Weit nach Mitternacht geht er, und die wenigen Schritte bis in seine Wohnung reichen aus, das Gespräch mit der alten Dame noch einmal im Schnelldurchlauf zu erinnern.

Ihre Worte erscheinen ihm logisch, wahrhaftig, aufrichtig. Er sieht keinen Anlass, an ihren Schilderungen und den Schlussfolgerungen, die sie daraus gezogen hat, zu zweifeln.

Mit einer Ausnahme: Sie verleugnet ihren Geburtsnamen. Warum?

Trotzdem: Sie ist ihm eine angenehme Gastgeberin gewesen und er freut sich auf die gemeinsame Reise ins ferne Lemberg.

Kapitel 49

Gespannt lächelnd wartet der junge Kellner am Tisch, bis sein männlicher Gast einmal getrunken hat. Der nickt ihm anerkennend zu.

»Dieser Kaffee«, wendet sich Ibrahim Cohen an seine Begleiterin, »schmeckt beinahe so gut wie Ihrer. Aber nur beinahe.« Zufrieden schmunzelnd geht die Bedienung zurück ins Café.

»Oller Schmeichler«, grient Hermine Grabert. »Aber Danke. –
In dieser Umgebung würde mir auch die fadeste Plürre schme-
cken wie ein Göttertrank.« Ihre faltige Hand beschreibt einen
Halbkreis über den Marktplatz von Lwiw und dem Getümmel
von flanierenden Menschen in westlich anmutender, eleganter
Kleidung.

»Lemberg«, flüstert Cohen. »Wer hätte das gedacht? Ein wahres Juwel!«

»Herr Dallmann vergleicht es gern mit Florenz«, nickt Frau
Grabert.

»Zu Recht. Und mit Jerusalem.« Sie sieht ihn fragend an. »Wegen der vielen Juden, die hier gelebt haben«, folgt die Erklärung.
Der Zahnarzt rührt in seinem Kaffee, als gelte es, den Rest des feinen Aromas an die Oberfläche zu fördern. Seine Begleiterin sieht
ihm an, dass ihn etwas beschäftigt. »Tja, Frau Grabert.« Endlich
legt er den Löffel beiseite und schaut sie an. »Ich glaube, Sie sind
bald am Ende Ihrer Reise angekommen. Richtig?«

»Ich schätze, so ist es«, entgegnet sie. »Fast.«

Er nickt. »Fast. – Ukraine – Deutschland – Ukraine. Es schließen sich Kreise, nicht wahr? – Ich habe nachgedacht und bin zur
Erkenntnis gelangt, dass unser Leben eigentlich nichts anderes ist
als eine Fahrt in einem Paternoster.«

»Oh!« Sie sieht ihn überrascht an. »Wie kommen Sie darauf?«

»Und ich meine …«, lächelt Cohen, »… einen funktionstüchti-
gen Paternoster. Also nicht so einer wie der in unserem Haus.« Er
lacht. »Was für eine grandiose Idee von Ralf Bertram!«

»Die uns leider nur einen kurzfristigen Aufschub verschaffen
wird«, antwortet Hermine betrübt. »Hand aufs Herz, Ibrahim …
Wenn es soweit ist – werden Sie Ihre Wohnung kaufen?«

»*Diese* Wohnung nicht, nein!« Die Antwort kommt ohne Zögern. »Ich lege keinen Wert auf Luxus. Dafür bin ich auch zu selten zu Hause. – Und Sie?«

Mit einem Anflug von Lächeln wiegt sie den Kopf. »Wenn ich
im Erdgeschoss bleiben könnte – nun ja, ich weiß es wirklich
nicht. Sie wissen – alte Bäume lassen sich schlecht verpflanzen.
Ihre Wurzeln verfangen nicht in neuem Erdreich.«

Er nickt. »Ich verstehe. Aber … es geht mich ja nichts an … aber haben Sie …?« Lächelnd reibt er Daumen an Zeigefinger.

»Doch. Das Geld hätte ich«, entgegnet sie leichthin. »Ich habe Ihnen noch nicht erzählt …«, fährt Hermine fort, »… dass ich lange Jahre als Oberstudienrätin bis hin zur Rektorin tätig war. Mein Geld habe ich mangels sinnträchtiger Versuchung beisammengehalten. Finanziellen Verpflichtungen jeglicher Art bin ich sorgsam aus dem Wege gegangen. Und da Sie mein Nachbar sind, können wir beide uns über eine übermäßig hohe Miete nicht beklagen, stimmts? Da konnte man sparen.«

»Allerdings. Eugen Wasmuth, der Herr möge ihn behüten und beschützen, kommt mir manchmal vor wie der Heilige Sankt Martin.«

»Ja«, lacht Hermine Grabert zustimmend. »Er hat uns seinen Mantel geschenkt und nur den Gürtel behalten.«

»Und *was* für einen Mantel!«

Nach einer kurzen Redepause sagt Hermine: »Sie meinten eben, dass Sie diese Wohnung nicht kaufen würden – mit Betonung auf *diese* … Darf ich daraus schließen, dass Sie …«

»Sie dürfen, und just eben ist mir eine neue Idee gekommen.«

»Ich bin gespannt.«

»Ich habe erfahren«, sagt Doktor Cohen, »dass am Lehmweg, also ein paar hundert Meter von uns entfernt, ein schönes Mehrfamilienhaus zum Verkauf steht. Direkt am Isebekkanal. Alt, ein wenig … nun …«

»Sagen Sie es ruhig: Baufällig.«

Cohen schüttelt den Kopf. »Oh, nein! Nicht wirklich. Nennen wir es … renovierungsbedürftig. – Ich habe schon mal locker Kontakt aufgenommen und wäre einer von drei Bewerbern. Kurzum: Man wartet auf meine Entscheidung.« Er hebt die Schultern.

Frau Grabert schmunzelt. »Lassen Sie mich raten – ein Kauf plus Instandsetzung wäre hart an der Grenze Ihrer finanziellen Möglichkeiten, … aber Sie würden gern zugreifen … wenn Sie einen Teilhaber hätten.«

Cohen nickt lächelnd. »Oder eine Teilhaber*in*.«

»Falls Sie dabei an mich denken sollten,« antwortet Hermine,

»würde ich ganz spontan sagen: Ich wäre nicht abgeneigt. – Wie muss ich mir das Haus vorstellen?«

»Kleiner als unser, aber die Wohnungen gut geschnitten. Zwölf Einheiten zwischen 50 und 80 Quadratmeter …«

»Das wäre ein Traum!«

»Nicht wahr?«

»Und ob«, sagt Hermine Grabert. »Könnten Sie sich das vorstellen, Doktor?« Sie lacht. »Alle Mieter aus der Mansteinstraße vereint in Wohnungen, die ihnen angemessen sind. Ansgar Jablonski, der … hat das Haus einen Fahrstuhl?«

»Einen herkömmlichen Lift, ja.« Cohen grinst. »Ansgar bräuchte keine Treppe mehr zu gehen.«

»… und seine Farbeimer nach oben schleppen!«, sagt sie vergnügt.

»Die reizende kleine Maja hätte mit einer halb so großen Wohnung nicht mehr so viel Arbeit.«

»Kommen die Bertram-Kinder immer noch zu ihr und ihrer Mutter zum Essen?«, fragt Frau Grabert.

Der Zahnarzt schüttelt den Kopf. »Seitdem die Ukrainer da sind, hat sich bei Marlene und Ralf alles geändert. Sie sind jetzt vorbildliche Eltern.«

»Torsten und Dankwart allerdings hätten einen längeren Arbeitsweg«, gibt Hermine zu bedenken.

»Ach! Es wäre ein halber Kilometer mehr. Was auch für mich gilt.« Cohen überlegt. »Für Wiebke Voss und unsere beiden …« er macht eine kurze Pause und lässt gekrümmte Finger wippen, »… *Varieté-Künstler* wäre die Wegstrecke unverändert lang.«

»Was ist mit der Familie Korkmaz? Die haben vier Kinder …«

»Fünf sind es jetzt«, lächelt er.

»Fünf. Richtig. Ein bisschen wenig für sie, 80 Quadratmeter, nicht wahr?«

»Die Älteste heiratet in Kürze, habe ich von Ömer gehört.« Cohen lacht. »Er ist nicht begeistert. – Bei denen würde es so oder so eng werden, das stimmt.«

»Hanno Meyer dürfte angetan sein. Dem ist seine Wohnung auch zu groß«, sagt Frau Grabert. Sie kichert. »Er hat mir mal erzählt, dass man Staub ruhig liegen lassen sollte. Wenn er drei Millimeter dick ist, vermehrt er sich nicht.«

Der Arzt lacht. »Sein wahres Problem wäre: Ein Bett mit Überbreite passt wohl nicht mehr ins Schlafzimmer.«

Hermine winkt ab. »Muss er eben stapeln.«

»Ha, ha! Frau Grabert!!«

Lächelnd trinkt sie von dem frischen Kaffee. »Fehlt nur noch ein Hausmeister, Ibrahim.«

Er sieht erstaunt zurück. »Haben wir den nicht?« Dann feixt er: »Ist Ihnen der *Kleine General* denn nicht bekannt?«

»Doch, kenn ich. Ich weiß nur nicht, ob er eine alte Kröte als Vermieterin akzeptieren würde«, sagt sie gespielt nachdenklich.

»Nun, von seinem Laden allein könnte er nicht leben. – Ihr werdet euch versöhnen. Davon bin ich überzeugt.«

Sie nickt. »Klar! – Also?«

»Was also?«

»Sind wir uns einig?«

»Ja«, sagt er voller Überzeugung. »Sind wir!«

»Dann mal ran, junger Mann! Lassen Sie die Frist nicht verstreichen!«

Umgehend zaubert Ibrahim Cohen sein Smartphone aus der Tasche und holt eine Nummer aus dem Speicher. Während seines Gesprächs mit dem Besitzer des Hauses am Isebekkanal rekapituliert Hermine Grabert für sich das Gespräch noch einmal und kommt zur Erkenntnis, einen Glücksgriff getan zu haben. Was für ein Zufall!, denkt sie, was für eine göttliche Fügung! Fernab der Heimat hat sie mit einem Mann, den sie aus ganz anderen Gründen um seine Begleitung bat, bei einer Tasse Kaffee spontan etwas vereinbart, dass für alle Beteiligten der Ausweg aus einer misslichen Lage bedeuten könnte. Könnte, denn ihr Begleiter ist nur einer von drei Bewerbern auf dieses …

»Es hat geklappt, Hermine!«, jubelt Cohen ihr zu, als das Handy zuschnappt. »Wir bekommen das Haus! Ein Bewerber hat zurückgezogen, und der zweite ist … raten Sie mal? … genau, die wunderbare Immobilien-Firma *Wohntraum*.« Er schmunzelt. »Aus Gründen, die unser zukünftiger Vertragspartner nicht verraten möchte aber doch durchschimmern lässt, ist dieses Unternehmen bei ihm nicht gerade wohlgelitten. Denn *Wohntraum* macht keinen Hehl daraus, dass auch dort an Umwandlung in Luxus-Appartements gedacht ist. Und das kam nicht so gut an.«

Frau Grabert erwidert das Lachen. »Das kommt mir irgendwie bekannt vor.«

»Wie auch immer.« Cohen reibt sich die Hände. »Der Vertrag wird vorbereitet und zuhause können wir unterschreiben.«

»Sehr schön, Ibrahim! Ich freue mich.«

»Ich denke«, überlegt der Arzt, »das ist ein Anlass, zu feiern. Lassen Sie uns damit beginnen, das lästige Herr und Frau beiseite zu lassen und zum Du überzugehen. Was hältst du davon?«

Hermine Grabert nickt. »Eine ganze Menge.«

»Herr Ober!«, winkt Cohen dem Kellner zu und macht ihm auf Englisch klar, dass man ein Glas Sekt zu trinken wünscht.

»Ich denke, mein Lieber …«, sagt Hermine, wird aber von einem Handzeichen Cohens unterbrochen. »Moment, bitte. Entschuldige. Ich muss noch einen zweiten Anruf tätigen.« Wieder wählt er eine Nummer, und nach wenigen Sekunden stellt Frau Grabert fest, dass es der Anwalt Hanno Meyer ist, mit dem der Arzt spricht. Dem erzählt Cohen vom Kauf des Hauses und bittet ihn, den bald eingehenden Vertrag zu prüfen. Er habe mit dem Verkäufer vereinbart, dass der sich wegen des Vertrages direkt an Meyer wenden möge. Der Anwalt zeigt sich freudig überrascht und erklärt sich bereit, der Bitte Cohens nachzukommen.

Kapitel 50

»Prost, Hermine. Auf unsere neue Geschäftsbeziehung.«

»Zum Wohle, Ibrahim. Ich freue mich jetzt schon darauf.« Sie trinkt einen großen Schluck und stellt das Glas ab. »Nachdem das erledigt ist, würde ich nun doch gern wissen, was du mit deiner Bemerkung gemeint hast, unser Leben sei wie eine Fahrt in einem Paternoster.«

Cohen nickt. »Ich will versuchen, dir das zu erklären. Aber zunächst …«, er lächelt und beugt sich zu ihr vor, »… habe ich ein Anschlag auf dich vor.«

»Nanu?«

»Ich hatte ja die Gelegenheit …«, erklärt er, »… die Notizen von Jörg Dallmann zu lesen, und ich muss wirklich sagen, dass mir das, was er schreibt, gefällt. Mir sind viele Vergleiche zwischen der Ukraine und dem Land, aus dem ich stamme, durch den Kopf gegangen. Und ich würde mir die Orte, von denen Dallmann schreibt, gern ansehen.« Er sieht die alte Frau beschwörend an. »Kurzum: Was würdest du davon halten, unseren Aufenthalt in Lemberg um einige Tage zu verlängern?«

Sie sieht ihn überrascht an. »Oh! Damit habe ich überhaupt nicht …«

»Wenn es dir zu viel wird …«, sagt Cohen schnell, »… vergessen wir das Ganze und …«

»Nein, nein! Für mich wäre es kein Problem«, entgegnet Hermine Grabert. »Ich denke nur gerade … kannst du denn deine Praxis so lange geschlossen lassen?«

»Ach, was soll's! Die paar Patienten.« Er lächelt schelmisch. »Petra wird das schon regeln. Die freut sich sicher über ein paar zusätzliche Urlaubstage.«

»Die sie sicher auch braucht. – Mir scheint das ganz schön viel, was du deiner Helferin aufbürdest.« Sie lacht. »Wenn wir wieder zuhause sind, Herr Doktor Cohen, werde ich der jungen Dame vorschlagen, bei ihrem Chef wegen einer kräftigen Gehaltserhöhung vorstellig zu werden. Sie hat es verdient.«

»Untersteh dich, Hermine!«, schimpft er. »Willst du mich an den Bettelstab bringen?« Sein anschließendes schelmisches Grinsen zeigt ihr, dass der Zahnarzt genau weiß, was er an seiner Assistentin hat. Trotzdem, denkt sie. Dieser Reflex, wenn's um Geld geht! Typisch Jude.

Prompt erschrickt sie über sich selbst. Nicht zum ersten Mal erlebt sie einen solchen Rückfall in alte Gedankenmuster. Was ist das für eine Kraft, überlegt sie verzweifelt, die mich ein Leben lang in ihren Klauen hält? Wie eine schwärende Wunde hat sich der Ungeist des Nationalsozialismus in die tiefsten Stellen meines Gehirns festgesetzt und will nicht weichen. Die Indoktrination, denkt sie, die sich meiner seit frühester Kindheit bemächtigt hat – sie hat sich anscheinend für alle Zeiten erfolgreich in mir eingenistet und lässt sich nicht vertreiben.

»Was ist?«, fragt Cohen.

»Äh … wieso? Was soll sein?«

»Du siehst mich so … das war ein Witz, Hermine!«, lacht er.

»Das weiß ich doch!« entgegnet sie. Sie fühlt, dass ihr Gesicht brennt.

»Also?«, fragt er, wobei er sie nachdenklich ansieht.

»Also was?«

»Machen wir's?«

Sie weiß für einen Moment nicht, wovon er spricht. »Äh …«, stochert sie. »Na klar!«

»Gut. Dann werde ich alle Formalitäten erledigen. Ich schicke, sofern es dir recht ist, Hanno Meyer vom Hotel aus per Fax Vollmachten für unsere Bankkonten. Dann ist alles erledigt, wenn wir wieder daheim sind. Einverstanden?«

Hermine ist nun wieder im Bilde. »Aber ja. Ich vertraue dem Mann voll und ganz.« Sie lacht. »Auch wenn er manchmal etwas eigenartig daherkommt.« Lächelnd macht sie eine kurze Pause. »Das ist eine gute Idee von dir. Dass wir noch ein paar Tage anhängen, meine ich. Nach so vielen Jahren diese Stadt noch einmal zu erleben.« Sie sieht sich noch einmal auf dem Marktplatz um. »Viel, glaube ich, hat sich nicht verändert. Der Platz, die Häuser … Ich entsinne mich des Tages, an dem wir mit dem Chor unseren Auftritt genau an dieser Stelle hatten. Die Menschenmenge jubelte uns zu und mir wurde warm ums Herz. Der Krieg war erst wenige Monate vergangen, Ibrahim, und vor uns standen Menschen, die sich von der Musik verzaubern ließen.«

Ibrahim Cohen nickt und lehnt sich in seinem Stuhl zurück. »… womit wir auch mitten im Thema sind. Ich denke, du unternimmst gerade eine zweite Fahrt in deinem Paternoster. Und kurz davor fuhrst du das erste Mal – in einer anderen Kabine.« Er lächelt. »Ich spreche von unserem Umzug. Ein Haus, das mehrere

Wohnpartien beherbergt, wechselt quasi seinen Standort. Es ist nicht mehr dasselbe Gebäude wie zuvor, wird aber von denselben Personen bewohnt. Sie verlassen eine Kabine des hölzernen Lifts, bleiben stehen und warten, dass eine zweite vor ihnen auftaucht, in die sie einsteigen. Die Zeit zieht an ihnen vorüber, der Bestimmungsort ist ein anderer, die handelnden Personen aber sind die, die sie vorher waren. Sie steigen wieder aus, lassen sich auf etwas Neues ein, eine neue Umgebung, aber sie kennen einander, sodass ihnen das neue Umfeld weniger unvertraut erscheint. – Ein Paternoster steht für mich sinnbildlich für ein Leben voller Wiederholungen, Wendungen, Kreisläufe. Deine Reise an diesen Ort, Hermine, ist zugleich eine Reise in deine Erinnerungen. Du betrittst eine Kabine, in die du schon einmal vor langer, langer Zeit deinen Fuß gesetzt hast. Du bist älter geworden und hast dich in der Zwischenzeit verändert.« Der Arzt sieht sein Gegenüber intensiv an. »Oder auch nicht.« Sie erfasst den Hintersinn seiner Worte, verzieht aber keine Miene. »Der Paternoster hingegen – er scheint immer derselbe zu bleiben. Der Raum, in dem du dich bewegst, der Bereich, der dich jetzt aufnimmt – er kommt dir zunächst unbekannt, ungewohnt vor. Und doch ist es dieselbe Umgebung, die du einst betreten und später wieder verlassen hast. Die Kabinen ziehen an dir vorbei; durch die Bauweise des Paternosters kehrt die, die du verlassen hast, in schöner Regelmäßigkeit zu dir zurück. Der Fahrgast hat sich verändert, aus dem Saulus ist im Laufe der Zeit ein Paulus geworden – oder umgekehrt.« Cohen macht eine Pause und fragt: »Weißt du, woher der Begriff Paternoster rührt?«

Hermine Grabert antwortet: »Soweit mir bekannt, ist er vom *Vaterunser* abgeleitet, vom *pater noster*, das man als Stoßgebet zum Himmel sendet, wenn man eine solche Kabine betritt. *Vater unser im Himmel ...* lass mich hier nur heil wieder herauskommen!! Ein, wenn man das technische Prinzip einer solchen Transportmöglichkeit bedenkt, durchaus verständlicher Wunsch.«

Lächelnd schüttelt Cohen den Kopf. »Diesem Irrtum unterliegen viele Menschen. Es gibt sogar die ganz ängstlichen Zeitgenossen, die ernsthaft glauben, die Rückreise in einem *Personenum-*

laufaufzug – so sein technischer Begriff – finde *kopfüber* statt.« Er grinst. »Die weiblichen Vertreter dieser Annahme würden einen Paternoster demzufolge nur in Hosen betreten.«

Die alte Frau lacht herzlich. »Das Letzte hast du dir sicher ausgedacht, Ibrahim. Richtig?«

Er lächelt weiter. »Vielleicht. – Das *Vaterunser*, Hermine, ist Teil des *Rosenkranz-Gebets* und wird in stetiger Abfolge mit zehn *Ave Maria* verwendet. Damit soll Leben, Sterben und Auferstehung Jesu gedacht werden. Der Rosenkranz besteht meist aus einer geknüpften Kette, auf die Holzperlen gereiht sind. Diese Form des Gebets findet man ausschließlich im Christentum. Der *Name* Rosenkranz ist allerdings auch im Judentum verbreitet.« Cohen unterbricht und leert sein Glas. »Die Vergleichbarkeit eines Rosenkranzes mit dem Paternoster ergibt sich aus der Funktion der Kette. Beim Rosenkranz folgt auf zehn kleinere Perlen für je ein *Ave Maria* eine davon abgesetzte größere für das *Vaterunser*. Diese entspricht dem Wendepunkt des Aufzugs an seiner obersten Stelle. – War das zu kompliziert?«

»Ich denke, dir soweit folgen zu können. Was mich ein wenig überrascht, Ibrahim – wieso kennst du dich in der christlichen Glaubenslehre so gut aus?«

»*Abun d'Baschmayo, Nethquadasch Schmoch.* So beginnt das *Vaterunser* auf Aramäisch, der Sprache Jesu.« Cohen lächelt. »Ich bin zwar Jude, aber der mosaische Glaube hat sich in mir nicht so verfestigt, wie es meine Religion eigentlich verlangt. Dort, wo ich geboren bin, Hermine, haben die meisten Menschen andere Sorgen als die Zuwendung zu einem gefertigten Glauben. An der israelisch-palästinensischen Grenze zählen Werte wie Zusammenhalt, Freundschaft, Hilfe, Umgang mit dem Nachbarn. Ultra-Orthodoxe aller Richtungen, die sich auf dem Tempelberg die Köpfe einschlagen, gibt es leider, und die sind auch gut für die internationale Presse, haben aber nicht viel mit der alltäglichen Wirklichkeit zu tun. Wo finde ich Arbeit? Wie bringe ich meine Familie durch? Wie komme ich an eine bezahlbare Wohnung? Es sind ganz praktische Fragen, die es dort zu lösen gilt.«

Hermine Grabert überlegt. Sie hat ihm seine scheinbar unbefangenen Plaudereien im heimischen Hausflur nie ganz abgenommen. Irgendwas bedrückt ihn, denkt sie auch heute wieder. Es gibt da etwas, das er verschweigt. Aber ihre Hemmungen, Fragen zu stellen, sind zu groß. Niemand wagt es, nachzufragen, überlegt sie. Cohen ist keiner, dem man die Würmer aus der Nase zieht.

Mir stellt auch niemand Fragen, denkt sie. Bis auf diesen Mann mir gegenüber.

»Ich verstehe«, sagt sie knapp. Dann kommen Hermine Grabert ihre Gedanken wieder in den Sinn, die sie vor wenigen Minuten erschreckten. »Ich befürchte, Ibrahim, ich fahre und fahre in meinem Paternoster, und ich schaffe es nicht, abzuspringen. Irgendetwas hält mich in meiner Holzkiste gefangen.« Sie lächelt sanft und fährt fort: »Seitdem ich dich allerdings kenne – näher kenne, meine ich – wird die Fahrt langsamer und ich habe das Gefühl, meine Reise steht kurz vor dem Ende. – Aber ohne deine Hilfe schaffe ich es wohl nicht, auszusteigen.«

»Was immer es ist, was dich am Aussteigen hindert, Hermine, …«, er streckt ihr seine Rechte entgegen, »… nimm meine Hand. Ich halte dich und helfe dir.«

Kapitel 51

Als der freundliche Postbote ihr an diesem Morgen einen Brief ihres Mannes in die Hand drückt, kann Natalia Bondarenka nicht wissen, welche bedeutsamen Entdeckungen der Tag für sie noch bereithält.

Sie öffnet das Schreiben in Michaelis' Beisein und verrät ihm, was es beinhaltet.

Er sei weiter an der Front im Donbass und es gehe ihm gut, schreibt Wolodymyr. Sie möge sich bitte keine Sorgen machen, dieser Krieg würde nicht lange dauern. Die ukrainische Armee sei drauf und dran, die Russen in die Flucht zu schlagen.

Natalia Bondarenka wirft dem Postboten einen entschuldigen

den Blick zu. Der macht eine nachsichtige Geste, wobei er aufmunternd lächelt. Schon erstaunlich, denkt Michaelis dann, wie schnell sich diese Frau einer ihr fremden Person öffnet.

Michaelis ist es auch, der Natalia im Vorbeigehen erzählt, was im Haus an der Mansteinstraße niemandem bekannt sein dürfte (außer ihr natürlich; weiß er aber nicht). Sein Zahnarzt Ibrahim Cohen weile auf einer Auslandsreise, deshalb sei die Praxis, so habe ihm die Assistentin Petra am Telefon gesagt, eine Woche geschlossen. Sie habe Michaelis um eine Verschiebung seines Routinetermins gebeten. Cohen unternähme eine Reise nach Lemberg in Begleitung Hermine Graberts. Über die Gründe habe Petra nichts verlauten lassen.

Natalia lächelt in sich hinein. Den Grund kenne ich auch nicht, denkt sie, aber dass Charlotte Finn ihre Heimreise nicht mehr antreten wird, das weiß ich gewiss.

Am Abend spricht Natalia mit Großvater Illya über das Schreiben ihres Mannes. Beiläufig erwähnt sie auch die Reise Graberts und Cohens. Der alte Mann hört aufmerksam zu, zieht seine Stirn in Falten, enthält sich aber weiterer Kommentare.

Seine Großnichte hat tagelang versucht, ihn von seinen Vorstellungen abzubringen, Hermine Grabert habe irgendwas mit Levys Tod zu tun. Sie ist natürlich überzeugt, dass er die Wahrheit über die Frau gesagt hat, will ihn aber nicht in Gefahr bringen. Er weiß nichts von dem Plan, den sie und René Asbahr verfolgen.

Tief in der Nacht wird Natalia, die seit dem Überfall der Russen auf ihr Land einen sehr leichten Schlaf hat, von einem leisen Geräusch geweckt. Zunächst glaubt sie, es käme aus der Etage über ihr, dann fällt ihr ein, dass die Wohnungen dort im Moment verwaist sind. Sie steigt aus dem Bett und öffnet die Tür zum Nebenzimmer. Oksana und die Kleine schlafen tief und fest.

Vorsichtig wirft sie einen Blick in Illyas Zimmer. Als sich ihre Augen an die Dunkelheit gewöhnt haben, stellt sie fest, dass das Bett des Alten leer ist.

Sorgen macht Natalia sich zunächst nicht – auch Illya hat einen unruhigen Schlaf. Sie hat ihn schon öfter nachts im Keller herumwandern hören. Zum Glück scheint ihm der Aufstieg in das Erdgeschoss ohne Hilfe zu beschwerlich zu sein; die Gefahr, dass er das Haus verlässt, ist daher gering.

Nur mit dem Schlafanzug bekleidet sucht Natalia den Keller ab, nachdem sie sich versichert hat, dass Illya nicht in der Wohnung ist. Auch in den Gängen ist er nicht zu finden. Vorsichtshalber schaut sie auch in den Raum, in dem Paul Knupper seine Schallplatten aufbewahrt. Nichts. Was sollte der alte Mann dort auch? Musik gehört nicht zu seinen größten Leidenschaften.

Hat er sich etwa doch aus dem Haus geschlichen? Einen Schlüssel für die Eingangstür hat er nicht, aber vielleicht ist ihm das im Moment nicht bewusst. Oder auch egal.

Jetzt macht Natalia sich doch Gedanken. Sie hastet die Treppe ins Erdgeschoss hoch und sieht sich um. Ihren Haustürschlüssel hat sie vorsichtshalber eingesteckt.

Natalia schaut auf den getürkten Paternoster. Es hätte sie nicht gewundert, den unwissenden Alten im Halbschlaf davorstehen und auf die Abfahrt des Aufzugs warten zu sehen.

Illya hat die Unterkunft, die seine Schwägerin Rebekka mit ihren Eltern während des Kriegs bewohnt hatte, nie gesehen. Nicht, weil man es ihm verwehrt hätte, aber der enge Weg in das Dachkämmerchen wäre zu schwierig für ihn.

Außerdem: den weiten Weg ins Dachgeschoss, fünf Etagen höher, ohne Fahrstuhl? – ausgeschlossen.

Aber wo steckt er dann? Hat Illya das Haus doch verlassen? Verärgert will Natalia zurück in die Wohnung, um sich einen Mantel zu holen – da sieht sie es!

Unter der Tür zu Charlotte Finns Wohnung – ein schmaler Lichtschein. Kaum zu sehen. Ist die alte Frau während der Nacht zurückgekommen? Ist René Asbahr eingeknickt? Natalia schaut zu Cohens Appartement – alles dunkel.

Vorsichtig drückt sie die Türklinke zu Graberts Wohnung herunter. Das Haus ist von der Bauweise zum Teil wie vor hundert Jahren – die Eingangstüren haben keine Stoßgriffe, die von außen nicht zu öffnen sind. Auch die Schlösser entsprechen nicht modernem Standard. Die Türen sind nicht mit Sicherheitsschlössern versehen, sondern noch mit herkömmlichen Schlüsseln zu öffnen. Nur die Verriegelung der Haustür ist von zeitgemäßem Typ *(Eugen Wasmuth und Hanno Meyer hatten diesbezüglich einen langen Kampf gegen die Denkmalschutzbehörde zu bestreiten gehabt).*

Die Tür lässt sich öffnen und plötzlich weiß Natalia Bondarenka, dass es nicht Charlotte Finn war, die ihre Wohnung zu nächtlicher Zeit betreten hat.

Zwischen all dem Zeug, das Illya in seinem persönlichen Gepäck aus der Ukraine mitgebracht hat, befindet sich neben dem Transistorradio eine kleine Schatulle, die der Alte seit seiner Zeit als Agent für den russischen Geheimdienst *Tscheka* verwahrt. Diese Schachtel enthält einen Satz Nachschlüssel.

Natalia hat Illya mal gefragt, warum er diese Dietriche ständig bei sich führe. Er antwortete, sie wären ein Stück Erinnerung an die gute alte Zeit. Er sei immer noch stolz darauf, ein *Tschekist* gewesen zu sein. Blutjung! Hungrig nach Erfolg! Mann! Wenn er daran denke, wie sie damals die scheiß Nazis aufgemischt hatten! Da gab's noch Kameradschaft, Corpsgeist, Zusammenhalt – und heute? »Was ist nur aus den Russen geworden?«, um sich selbst die Antwort zu geben: »Ein Haufen intriganter Arschlöcher!«

Und dieses nostalgische Schlüsselset habe ihm jetzt den Zugang zu Charlottes Wohnung ermöglicht, gibt Illya unumwunden zu. Er sei auf der Suche nach gesicherten Hinweisen. Professionelles Vorgehen. Gute alte Tscheka-Schule. Die observierte Person würde nichts merken.

»Bist du wahnsinnig, Illya?«, schimpft Natalia. »Du kannst doch nicht einfach hier einbrechen!«

Statt einer Antwort weist der alte Mann staunend auf einen Wandteppich. Tatsächlich, stellt Natalia fest – das Konterfei trägt bei genauem Hinsehen die Züge von Levy Rosenkranz.

»Und sonst?«, fragt sie, mehr neugierig als verärgert. »Hast du irgendwas gefunden, was uns weiterbringt? Irgendwelche Beweise, Unterlagen, sowas?«

Illya schüttelt den Kopf, enttäuscht, wie Natalia merkt.

Sie schaut sich nun selbst um, achtet darauf, nichts in Unordnung zu bringen.

Vergeblich. Eine Wohnung, eingerichtet wie wohl tausende andere auch. Ohne besondere Merkmale, wenn man von den Unmengen an geknüpften Wandbehängen absieht. Und keinerlei Hinweis auf eine rechte Gesinnung.

Aber gut, denkt sie, Charlotte Finn ist zu klug, Dinge, die nicht für jedermanns Augen bestimmt sind, offen herumliegen zu lassen. Aber was? Militaria würden es sicher nicht sein.

In dieser Wohnung etwas zu finden wäre ohnehin für andere als ihre Inhaberin nahezu unmöglich. So eine Riesenhütte, denkt Natalia, und trotzdem vollgestopft bis unter den Stuck. Wahnsinn!

Eine alte Eichenkommode erregt ihre Aufmerksamkeit. Gemeinhin ein Hort für persönliche Aufzeichnungen, Karten, Briefe, Fotos. Sie öffnet die oberste Schublade.

»Da findest du nichts«, brummt Illya, der seine Observierung offensichtlich eingestellt hat und einfach nur herumsteht. »Hab ich auch schon geguckt.«

Natalia übergeht seine Bemerkung und fördert nach kurzer Zeit eine kleine Mappe zutage, die von einer Schleife zusammengehalten wird.

»Oh! Was ist das?«, fragt Illya verwundert.

Sie öffnet das Band und schaut hinein. »Das, 007, sind Briefe«, sagt sie trocken und blättert sich durch den Stapel. »Nichts Bedeutendes.« Oder? »Äh … warte mal.« Sie zieht ein Briefkuvert hervor. Die Adressatin lautet tatsächlich Charlotte Finn. Dann haben wir schon mal Gewissheit, denkt Natalia. Die Frau, die hier als Hermine Grabert wohnt, hat sich irgendwann diesen Namen zugelegt. Das macht nur jemand, der etwas zu verbergen hat, nicht?

Der Absender sagt ihr nichts, außer, dass es ein ukrainischer Name ist. Der Poststempel weist die Herkunft Charkiw aus. Natalia zieht das Schreiben aus dem Kuvert. Mir Erstaunen liest sie liebevolle Zeilen einer Anastasia, erkennbar eine Jüdin, die von einer wunderschönen Zeit während einer Tourneereise durch Polen schwärmt und sich bei Charlotte für die großartige Unterstützung nach der Kriegszeit bedankt.

Natalia runzelt die Stirn. Sie schaut noch einmal auf den Poststempel. Mühsam entziffert sie das Datum: 18. Oktober 1946.

Merkwürdig, denkt Natalia. Sie wendet sich an ihren Großonkel. »Dieser Brief, Illya, lässt nicht gerade darauf schließen, dass die Finn ein Unhold gewesen ist. Sie hat Jüdinnen nach dem Krieg geholfen. Hört sich nicht nach einer Person an, die in Plaszow Häftlinge gefoltert hat.«

»Pah!«, macht der Alte. »Bestimmt eine Fälschung. Du glaubst nicht, was ich damals alles erlebt habe. Wie sich der Feind tarnt und falsche Spuren legt. Da musst du gewaltig auf der Hut ...«

»Was ist das?« Nachdem sie den Brief wieder eingetütet hat, fällt Natalia ein blauer Umschlag in die Hände, mit der Rückseite zu ihr gewandt. »Der ... der ist ... der ist von Levy!« Sie sieht zu Illya. »Ein Brief von Levy Rosenkranz an Charlotte Finn, Opa!«

Diesmal ist der Poststempel nahezu unleserlich. ... *erg* glaubt sie als letzte Buchstaben des Herkunftsorts erkennen zu können. Lemberg?

Mit fliegenden Fingern zieht sie das Schreiben heraus.

12. Mai 1945

Geliebte Charlotte,

ich schreibe dir diese Zeilen in gebotener Eile, denn ich muß befürchten, daß meine Zeit in Freiheit begrenzt ist. Von meinen Freunden aus der OUN habe ich erfahren, daß eine Einheit des russischen Geheimdienstes meine Fährte aufgenommen hat und mir jetzt dicht auf den Fersen ist.

Deshalb werde ich dir auch nicht verraten, wo ich untergekommen bin. Nur so viel: Im Moment geht es mir soweit gut.

Was für ein Glück, daß wir rechtzeitig aus Plaszow geflohen sind! Ich habe vernommen, die Sowjets hätten das KZ am 20. Januar befreit. Ich mag mir nicht ausmalen, was die Soldaten mit uns angestellt hätten, wenn sie unser habhaft geworden wären.

Ich hoffe, du bist immer noch unter obiger Anschrift bei Anastasia und mein Brief erreicht dich dort. Der Witz ist, daß ich in dieser Hinsicht meine ganze Hoffnung auf die provisorische russische Verwaltung setze. Sie hat erstaunlich schnell dafür gesorgt, daß das

Postwesen in Galizien fast schon wieder wie vor dem Krieg funktioniert.

Ja, Liebes, mein Leben scheint geprägt von immerwährender Ambivalenz. Ein Jude, der in deutschen Diensten über andere Juden wacht, einer, der seine Befreier bekämpft und sich in eine Deutsche verliebt hat. In eine, die im Apparat der Besatzer eine kleine, aber nicht unbedeutende Rolle spielte.

Mein Vater Aaron, von dem ich dir oft erzählte, hat mich in seinen Briefen beschworen, mich nicht zum Handlanger der Nationalsozialisten zu machen. Aber was sollte ich tun? Meine Rolle in der Trawniki war für einen Juden die beste Tarnung. Denn auch ich wollte leben. Überleben.

Vater scheint der Meinung, ich wüßte nicht, was um mich herum passierte. Das wußte ich sehr wohl!

Zur bitteren Wahrheit gehört aber auch, daß ich lange Zeit die Sowjets als die größeren Übeltäter ausmachte, haben sie doch dafür gesorgt, daß meine Familie in den Westen fliehen mußte.

Dazu paßte eben, daß ich mich in eine deutsche Sekretärin verliebt habe. Ausgerechnet in ein Mädchen, von dem ich zunächst befürchtete, daß sie irgendwann einen Totenschein auf meinen Namen, meinen richtigen Namen, ausstellen würde.

Solange aber, Charlie, wollte ich dich sehen, wollte dein Klavier stimmen, dich und deine Mädchen singen hören – auf daß ich nur in deiner Nähe sein durfte.

Mit diesen kurzen Zeilen sende ich dir ein Lebenszeichen. Ich hoffe inständig, dich eines nicht fernen Tages wieder in die Arme schließen zu können.

Ich bete, daß die Menschen bald zur Einsicht kommen und dieses häßliche Kapitel Geschichte ein für alle Mal der Vergangenheit angehört.

In Liebe Levy/Nicolay

»Oh, Gott!« Natalia lässt den Brief sinken und sieht Illya bestürzt an. »Was hast du gemacht, Großvater? Was haben wir gemacht?«

Der weiß nicht, wie ihm geschieht. »Was hast du denn? Was ist denn los?«

Sie hält ihm das Blatt direkt vors Gesicht. »Es war alles ganz anders!«, stöhnt sie. »Er hat sie geliebt! Geliebt! Verstehst du, alter Mann? Kapierst du's? Er hat sie geliebt und sie ihn. Du hast ... oh, nein!!«

»Wovon redest du, Natascha?«

»Ich ... Oh, Gott! ... Ich habe Großmutter angerufen und ihr erzählt, dass Charlotte Finn in diesem Haus wohnt und du sie wiedererkannt hast. Da habe ich noch gedacht, du hättest recht mit deiner Vermutung, sie wäre ein Ungeheuer und hätte Gefangene in Plaszow gefoltert.« Sie senkt den Arm. »Und? Schreibt Levy einen solchen Brief an eine Frau, die so etwas macht?« Natascha schüttelt den Kopf. »Nein! – Oh, Scheiße! Ich ... Oh, Gott ... René!!«

Mit einem Schlag ist ihr klar, dass sie handeln muss. Sofort! Sie will in die Tasche greifen, da wird ihr bewusst, dass sie nichts weiter trägt als ihren Schlafanzug. Das Handy! Ich muss das Smartphone haben! Ich muss René anrufen!

»Pah!« Der Alte lässt nicht locker. »Erstunken und erlogen! Den Brief hat sie wahrscheinlich selbst geschrieben. Natascha! Ich habe die Frau doch deutlich vor mir gese... Da! Das ist sie doch!« Er greift in die Schublade und zieht aus einem Stapel Bilder, der bei ihrer Suche durcheinandergeraten ist, eines hervor. »Hier! Die rechte von den beiden. Das ist die Leiterin des Frauenlagers. Sie hat mich und andere gequält.«

Natalia besieht sich das Bild, das zwei attraktive junge Frauen zeigt, vertraut Kopf an Kopf gelehnt, lächelnd in die Kamera blickend. Die eine Person ist Natalia bekannt – Charlotte. Die andere hat sanfte Augen, die nicht recht zu ihrem kantigen, energischen Gesicht passen wollen. Was Illyas Großnichte sofort auffällt: Die Mädchen auf dem Foto sehen sich sehr ähnlich und scheinen im vergleichbaren Alter. Natalia dreht das Bild um und liest eine kurze Widmung: *Danke, daß du mir den Vortritt lässt. Du bist eine wahre Freundin. Deine Roswita.* »Nein, Illya! Die rechte ist Charlotte Finn. Und die war nur Schreibkraft im Lagerbüro.«

»Was macht dich so sicher?«, knurrt der Alte.

Natalia steckt jetzt in der Klemme. Sie hat Illya natürlich nichts von René Asbahr erzählt und dass sie bei ihm die Schallplatte des ukrainischen Chors gesehen hat. Die Person auf dem Umschlag gleicht der einen auf diesem Foto unverkennbar. »Ich … ich weiß es eben.« Das wird nicht reichen, denkt sie. »Was glaubst du denn, was diese Roswita meint mit *Vortritt lassen*?«, fährt sie fort. »Vortritt als Leiterin des Frauenlagers, das ist doch klar.«

»Das sind alles Fälschungen, Natascha! Ich kenn mich doch aus. Die deutsche Abwehr hat mit denselben Tricks gearbeitet wie wir. Waren nicht schlecht, die Jungs! Echte Profis. Aber es war Charlotte Finn, die die Gefangenen gepeinigt hat, und Levy Rosenkranz war ihr Helfer. Und wenn du's genau wissen willst: Ich habe zu dieser Spezialeinheit gehört, die den Burschen verhaftet hat.« Er kann sie jetzt nicht ansehen. »Mein Bruder wusste nichts davon. Rebekka auch nicht.«

»Was hast du??«

»Er war ein Knecht der Nazis und …«

»Dummes Zeug, Illya!«, faucht Natalia ihn an. »Wenn er das gewesen wäre, hätte er ihnen das Versteck seiner Familie verraten. Hat er aber nicht!« Eilig verstaut sie den Brief in den Umschlag und legt ihn zurück in die Schublade. Dann hastet sie zur Tür. »Ich muss René Asbahr erreichen, bevor es zu spät ist.« Im Flur dreht sie sich noch einmal um. »Sieh zu, dass du die Tür wieder absperrst. Nicht, dass Charlotte etwas bemerkt.«

Kapitel 52

Einen Tag nach der Abwicklung der von Ibrahim Cohen gewünschten Kaufaktion registriert Hanno Meyer den Namen Isadora Altenbach auf dem Display seines Handys.

»Sie müssen mir helfen, Herr Meyer.« Ihre Stimme klingt aufgeregt. »Mein Bruder ist außer sich vor Wut. Er will das Haus jetzt schleunigst verkaufen.«

Sie siezt mich, denkt er. Wahrscheinlich ist ihr Mann in der Nähe. »Nanu? Worum geht es denn?«

»Wir haben zwei Briefe bekommen und wissen nicht, wie wir damit umgehen sollen. Es sind sehr eigenartige Schreiben.«

»Schieß los«, fordert Meyer sie auf.

»Der erste ist unterschrieben von drei Personen aus unserem … vielmehr aus dem Haus, in dem Sie wohnen.«

»Aha. Und?«

Isadora Altenbach atmet tief durch. »Die Herren Bertram, Korkmaz und Jablonski teilen uns im Namen ihrer Familien mit, dass sie für die Zeit, in der sie dort wohnen, die zu viel gezahlten Mieten gern zurückerstattet bekommen hätten.«

»Die … die *was*??«

»Sie hören richtig.« Er hört leise Papier rascheln. »Hier stehts: … *bla, bla, bla … im Mietvertrag fälschlicherweise mit der Größe von 120 Quadratmetern angegeben. Unsere Neuvermessungen haben ergeben, dass die Wohnungen der Familien Bertram und Korkmaz um drei, die von Herrn Jablonski sogar um fünf Quadratmeter kleiner sind ist angegeben. Demzufolge haben wir in all den Jahren, in denen wir hier wohnen, überschlägig …*«

»Warte mal, warte mal!«, fällt Meyer ihr ins Wort. »Das kann doch nicht wahr sein!«

»Ich hab es schwarz auf weiß.«

»Äh … das … Dora … Frau Altenbach! Bitte! Keine voreiligen Handlungen jetzt! Ich … das kann … Ich werde mit den Herren reden. Die sind doch nicht ganz dicht!« Obwohl es uns ja jetzt egal sein kann, denkt er. Aber was fällt den Leuten ein?

»Das können Sie laut sagen! Ist denen überhaupt klar, was sie normalerweise an Miete zu bezahlen hätten? Nur weil mein Vater …«

Hanno Meyer lässt sie schimpfen und überlegt. Am Tag zuvor hat er den Vertragsentwurf für das neue Haus postalisch erhalten, ihn geprüft und dem Verkäufer versprochen, ihn aufzusuchen und den Vertrag zu unterschreiben.

Ich lass die Nachbarn noch ein wenig schmoren, hat er gedacht. Wahrscheinlich werden alle damit einverstanden sein, umzuziehen. In Wohnungen, die größenmäßig besser zu ihnen passen. Und ohne Verkaufs- und Umwandlungsdrohungen im Nacken.

Auf jeden Fall will er warten, bis Hermine Grabert und Ibrahim Cohen aus Lemberg zurück sind. Zusammen würden sie der Hausgemeinschaft die frohen Neuigkeiten verkünden.

Schnell reagiert er, als am Telefon eine Pause entsteht. »Vollkommen richtig, Frau Altenbach. Sie brauchen gar nicht weiter ... das gibt's doch nicht.« Meyer lässt ein gespielt empörtes Schnauben folgen.

»Nicht wahr? Als wenn es bei der Größe der Wohnungen auf ein paar ...«

Eben. Darüber würde er auch mit seinen beiden Neuvermietern sprechen müssen. Ausgerechnet Bertram! Der sich so gut entwickelt hat. Der sich so vorzüglich in die Hausgemeinschaft eingebracht hat. Bei Korkmaz wundert es ihn nicht unbedingt. Der hat manchmal den Hang zum Querulantentum, denkt Meyer. Ein Pfennigfuchser ist er obendrein. Jablonski hat er immer schwer einschätzen können. Auf jeden Fall muss über sie und mit ihnen geredet werden. Meyer denkt an die beiden betroffenen Ehefrauen. Stehen beide hinter der Aktion ihrer Männer? Wissen sie wirklich davon?

Er hört, wie Isadora Altenbach am Telefon immer noch schimpft. Sie achtet genau darauf, ihn zu siezen. Bestimmt nicht einfach. Kluges Mädchen! – Nun ist genug, Dora, denkt er dann und unterbricht ihren Wortschwall. »Ich kümmere mich darum. – Äh ... warten Sie. Sie sprachen von zwei Briefen ...«

Er hört sie kurz auflachen. »Allerdings! Der zweite ist ... Oh, Gott! Ich weiß nicht, wie ich Ihnen das ...«

»Ganz ruhig! Erzähl ... äh ... Erzählen Sie einfach.«

»Ja. Einen Moment bitte.« Wieder hört Meyer sie blättern. »Ach, hier. Es ist eine Kopie eines Schreibens des Finanzamts. Genau gesagt des Finanzamts für Verkehrsteuern und Grundbesitz.«

»Aha.«

»Ja. Nicht an uns, sondern an die Deutsche Bahn AG Vermögensverwaltung. Der Inhalt ist ...«

»Höre ich richtig?«, staunt Meyer. »Deutsche Bahn? Das Finanzamt schreibt an die Bundesbahn und die sendet euch eine Kopie?«

»Genau. Im Begleitschreiben teilt man uns, also der Wasmuth Erbengemeinschaft, mit, dass … ich zitiere … *gemäß Änderung der gesetzlichen Grundsteuer in 2022 ab dem 1.1.2025 das Finanzamt auch für unsere Liegenschaft in der Mansteinstraße eine Neuberechnung vornimmt. Dazu benötigen wir …*«

Wieder wird Isadora Altenbach von Meyer unterbrochen. »Entschuldigen Sie, dass ich Ihnen ins Wort falle. *Unsere* Liegenschaft? Kein Zweifel, dass das Schreiben an Sie gerichtet ist?«

Zum ersten Mal klingt ihre Stimme unwirsch. »Hann… äh … Herr Meyer! Bitte! Ich kann sehr wohl lesen. Der Adressat im Briefkopf ist eindeutig.« Für einen Moment ist Stille in der Leitung, dann hört der Anwalt die Teilnehmerin durchatmen. Sie spricht jetzt ruhig weiter. »Wenn Sie mich fortfahren lassen, wird Ihnen klar, worum es im Brief geht. Einverstanden?«

»Natürlich. Entschuldigen Sie die Unterbrechung. Es war dumm von mir.«

»Kein Problem. So wie Sie hat mein Bruder ja auch reagiert.« Sie kichert. »Ehrlich gesagt, haben wir das ganze zuerst für einen Scherz gehalten. Bis zu der Stelle …«

»Ja?«

»Wissen Sie was? Wir werden aus dem Schreiben nicht richtig schlau. Was gemeint ist und was es für uns bedeutet.« Frau Altenbach macht eine kurze Pause. »Ich habe deshalb …«, fährt sie fort, »… das Dokument abfotografiert und möchte es Ihnen gern zukommen lassen. Sie werden damit mehr anfangen können. Außerdem geht es Sie unter Umständen ja auch an.«

»Aha.« Nein, Isadora, denkt Meyer. Was immer dahintersteckt, es betrifft uns nicht mehr. »Einverstanden. Schick mir den Brief auf mein Handy.«

»OK. Wir sollten das Gespräch später fortsetzen. Es ist eine ganze Menge, was Sie vorher lesen müssen.«

»Gut. Ich melde mich, sobald ich fertig bin. Tschüss, Schatz.«

Schmunzelnd denkt Meyer zurück an die erste Begegnung mit Dora (da ihr Mann sie *Isa* ruft, hat Meyer sich für diesem Kosenamen entschieden) auf *neutralem Boden*, wie sie es nannte. In einem kleinen, schnuckeligen Hotel in Lübeck. Sie hatte Wert daraufgelegt, in kein *Stundenhotel* einzukehren, wobei sie nicht wüsste, ob so eine Bezeichnung in heutiger Zeit überhaupt noch geläufig ist.

Dort hat sie ihn auch über seinen Irrtum in puncto *Handicap* aufgeklärt und ihm verraten: »*Je niedriger der Wert, desto besser spielst du.*« So gehe Golf.

Ist recht, hatte Meyer geantwortet, jeder loche ein, so gut er kann. Ihr folgendes Lachen klang in seinen Ohren überraschend vulgär.

Als Hanno Meyer das Schreiben der Deutschen Bahn ausgedruckt und mehrfach durchgelesen hat, wobei sein Staunen von Mal zu Mal größer wird, erhebt er sich vom Schreibtisch, greift zu einer Flasche zwölf Jahre altem Whiskey und füllt das Glas bis einen Fingerbreit unter den Rand.

Das ist ein Hammer!, denkt er, nimmt einen kräftigen Schluck und lässt den Alkohol sich seinen Weg bahnen.

Nach dem zweiten Schluck denkt er: Das ist der *Oberhammer*! Und – es passt wie die Faust aufs Auge!

Der dritte Schluck wird von einem unbändigen Gelächter gefolgt. Meyer lacht, bis ihm die Tränen kommen. Er setzt das Glas noch einmal an die Lippen und leert es bis zum Grund.

Mit einem Schlag wird ihm die Bedeutung der Passage klar, die Dembowski seinem Brief an Wasmuth angehängt hatte. Von einem *Schmankerl* hatte er geschrieben. Wie passend!

Zieh dich warm an, Bergmann!, denkt Meyer. Jetzt drehen wir den Spieß um.

Danach greift er zum Handy und wählt Isadoras Nummer.

Am nächsten Tag trommelt Hanno Meyer die Hausgemeinschaft zu einem Treffen im *Erastos* zusammen. Es gehe, so hat er vorher verlauten lassen, zum einen um den *unmittelbar bevorstehenden*, so Meyer wörtlich, Verkauf des Hauses. Alle Teilnehmer wundern sich daher, dass ihr Anwalt und Bevollmächtigter sie mit breitem Lächeln begrüßt hat, was nicht recht zu seiner schockierenden Ankündigung passt.

Dann gebe es noch eine zweite Neuigkeit ... Deutlicher wird Meyer noch nicht.

»Ich habe hier ...«, beginnt er und hält einen Stapel Blätter in der Hand, »... ein Schreiben der Deutsche Bahn AG Vermögensverwaltung. Es ist ein Dokument, das in der üblichen Behördensprache abgefasst wurde. Deshalb verzichte ich – euer Einverständnis vorausgesetzt – auf die Verlesung des Schreibens und fasse den Inhalt in einem, wie ich hoffe, für jeden verständlichen Deutsch zusammen.« Er holt tief Luft und blickt um sich. »Unsere Runde ist, wie wohl jeder schon gemerkt hat, heute um drei Personen erweitert.« Seine Augen wandern zu einem Tisch in der Nähe der Eingangstür. »Ich begrüße in unserer Mitte die noch amtierenden Besitzer unseres Hauses, gleichzeitig unsere Vermietergemeinschaft, Frau Keller, Frau Altenbach und Herrn Wasmuth Junior.«

Die Teilnehmer der Versammlung drehen sich zu den Erwähnten um. Diese nicken freundlich, aber ihre Blicke verraten eine gewisse Unsicherheit.

»Ja. Also, Folgendes«, beginnt Meyer und schaut auf seine Notizen. Dann sieht er wieder in die Menge. »Wie ihr alle wisst ... nein, ich muss anders beginnen. Nachdem wir nun alles Menschenmögliche unternommen haben, den Verkauf unseres Hauses und damit die wahrscheinliche Umwandlung unserer Wohnungen in Luxusappartements zu verhindern ...«, sein vermeintlich beschwörender Blick Richtung Erbengemeinschaft stößt dort auf unbewegte Mienen, »... müssen wir uns wohl mit der bitteren Realität abfinden.« Er zuckt die Achseln. »Aus rein wirtschaftlichen Erwägungen ist die Entscheidung der Kinder Eugen Wasmuths, das Haus zu veräußern, sicher nachvollziehbar. Vermutlich hätten wir alle so gehandelt.«

An den Tischen macht sich Unruhe breit, jemand hüstelt, ein anderer stöhnt. Mit solchen Worten ihres Anwalts hat niemand gerechnet.

Wiebke Voss ist konsterniert. Sie wechselt einen Blick mit ihrer Tochter Maya. Auch der entgleiten die Gesichtszüge. Das hätte Eugen Wasmuth niemals gewollt, denkt Wiebke. Er ist ein Wohltäter gewesen und hat uns vor erheblichen Schwierigkeiten bewahrt.

Auch Dankwart Waller reagiert mit Unwillen auf die Ankündigung Meyers. Er und sein Mann Torsten haben Wasmuth eine schöne Wohnung zu verdanken, und der niedrige Mietpreis hat es ihnen erlaubt, erhebliche Gelder in das Restaurant zu stecken. Zudem sie bis dahin große Schwierigkeiten gehabt hatten, als homosexuelles Ehepaar eine Bleibe ganz in der Nähe ihrer Arbeitsstelle zu bekommen. Wasmuth war dieser Umstand völlig egal gewesen.

Ähnlich sind die Gedankengänge Willi Okonyos und seiner Freundin Rita Alvarez. Beide haben Wasmuth als liebenswerten Menschen kennen gelernt. Ihre Dankbarkeit ihm gegenüber könnte größer nicht sein. Sie haben sich fest vorgenommen, sein Grab jedes Jahr an seinem Todestag zu besuchen.

Und sogar Ömer Korkmaz ist inzwischen überzeugt, mit dem Brief an die Erben ein Eigentor geschossen zu haben. Er ärgert sich über Ralf Bertram, den Initiator des Schreibens. Es ist ein Unding, die Miete für eine kleine Wohnungsecke zurückzuverlangen. Außerdem: Wo sollen wir denn hin, wenn die Wasmuths das Haus verkaufen? Zurück auf die Veddel? Eine Stunde Fahrzeit zum Geschäft?

Korkmaz sieht sich um. Ralf Bertram ist anwesend, macht sich aber ganz klein. Ömers Freund Ansgar Jablonski dagegen glänzt durch Abwesenheit. Ach, richtig. Der hat sich entschuldigen lassen und steht in der Küche zwecks Menüvorbereitung.

»Ich muss jetzt etwas ausholen, um …«, sagt Hanno Meyer gerade, wird aber von Dankwart Waller unterbrochen. »Mach nicht zu lange, Hanno«, drängt der Gastwirt. »Komm zur Sache.« Das hat nicht nur mit Wallers Gemütslage zu tun – das Restaurant füllt sich von Abend zu Abend mit immer mehr Gästen – Corona scheint endgültig überwunden. Die Plätze werden gebraucht so wie der Chefkoch am Herd.

»Du hast recht, Dankwart. Entschuldigung.« Meyer sieht noch einmal auf seinen Zettel, dann hebt er den Kopf. »Ihr kennt inzwischen die Geschichte unseres Hauses – eine lebhafte, eine ungewöhnliche Geschichte. Ich beschränke mich im Folgenden darauf, daran zu erinnern, dass es Ende des Zweiten Weltkriegs von der Reichsbahn requiriert und als Verwaltungsgebäude zweckentfremdet wurde. In diesem Zuge wurde auch der Paternoster eingebaut, um dem Personal die Arbeit von Etage zu Etage zu erleichtern. Monate später verließ die Bahn das Gebäude wieder und es wurde zurückverwandelt in ein Wohnhaus. Den Paternoster überließ man einfach seinem Schicksal. Der Eigner des Hauses, Ludwig Plath, verkleidete den Fahrstuhl, weil er annehmen musste, dass man das Haus unter Denkmalschutz stellen würde, was ihm nicht recht gewesen wäre. Und, Freunde, jetzt kommts! Die Reichsbahn hat Plath noch während des Kriegs versprochen, ihn und somit seine Mieter, die sich in der Zeit um eine alternative Unterkunft bemühen mussten, nach Beendigung ihrer Tätigkeit zu entschädigen. Und sie hielt Wort.« Wieder macht Meyer eine Gedankenpause. Dann fährt er mit Betonung fort. »Und nicht nur das!« Er lächelt und schüttelt den Kopf. »Die Mieten für die Ausfallzeit wurden Plath ab sofort in voller Höhe überwiesen. Man ging fest davon aus, dass es bis zum Endsieg nur noch ein paar Monate dauern würde. – Aber dann …«, der Anwalt streckt den Zeigefinger um erhöhte Aufmerksamkeit heischend zur Decke, »… dann geschah etwas, das wohl nur mit den Wirren von Kriegs- und Nachkriegszeit zu erklären ist. Die Reichsbahn nämlich, die dann in die Deutsche Bundesbahn umbenannt wurde …« Die Zuhörer merken anhand der langen Pause, die Meyer jetzt einlegt, wie sehr er die Dramatik des Augenblicks genießt, »… die *vergaß* schlicht und einfach, die Mietzahlungen einzustellen. Das Gebäude Mansteinstraße bekam von der neuorganisierten Verwaltungsstelle der DB den Status *DvaV, Dienstgebäude vorübergehend außer Verwendung* also, und das Drama nahm seinen Lauf.« Meyer senkt seine Notizen und schaut in die Runde. Es herrscht gespenstische Stille. Der Anwalt wartet, dass seine Worte in die Köpfe der Zuhörer sickern. Das geht offenbar nicht so schnell. Also fährt Meyer fort: »Um es kurz zu machen: Es hat bis zum Zeitpunkt der Neuregelung der Grundsteuer gedauert, bis die Deutsche Bahn ihren Irrtum bemerkt hat – im Klartext:

bis heute.« Meyer lächelt und legt seine Notizen mit einer be-
dächtigen Geste auf den Tisch neben ihm.

Auch jetzt ist nichts zu hören. Hanno Meyer wartet ab. Mann!,
denkt er nach einer Weile. Das dauert! Sie müssen doch so langsam …

»Heißt das …«, fragt Hausmeister Paul Knupper just in dieser
Sekunde, »… heißt das, der Vermieter … die Vermieter … haben
seitdem die Miete … also … doppelt … Wasmuth hat die Miete *doppelt* kassiert? … Einmal von der Bahn und auch noch von
uns? Heißt es das?«

Na, endlich!, denkt Meyer. Sie wachen auf. »Nun ja«, sagt er.
»Man muss natürlich bedenken, dass wir es inzwischen mit den
Größen Inflation, Wertverlust und solchen Sachen zu tun gehabt
haben. Kurzum: Doppelt ist nicht ganz richtig. Also – nicht so
richtig doppelt. Die Häuser im Generalsviertel waren damals absolute Goldgruben. Die Mieten waren vor dem zweiten Weltkrieg
vergleichsweise hoch. Also relativ hoch. Vergleichsweise höher
als …«

Plötzlich hört man einen Stuhl poltern. Ralf Bertram ist aufgesprungen und schreit: »Dieser Betrüger! Der hat nicht nur uns,
sondern auch die Bahn beschissen! Und einige von uns hat er
zweifach betrogen!«

Jetzt entsteht Unruhe im Gastraum. Es wird wild durcheinan-
dergeredet und gestikuliert. Meyer lässt seine Nachbarn gewäh-
ren, bis er die Arme hebt und einfach »Ruhe!« brüllt. Es wundert
ihn selbst, dass die Anwesenden seiner Aufforderung umgehend
folgen.

»Ruhe, bitte!«, schiebt er deutlich leiser nach. Er sieht zu den
Wasmuth-Kindern, die dem Tumult mit finsteren Blicken folgen.

»Ich möchte euch etwas erklären.« Meyer senkt die Hände
zu einer beruhigenden Geste. »Zunächst: Was auch immer der
Grund für dieses seltsame Durcheinander ist – erstens: Es ändert
nichts daran, dass wir über Jahre und Jahrzehnte überaus günstig gewohnt haben. Darüber, Freunde, sollten wir uns nicht beschweren. Ob Eugen Wasmuth – und seine Vorgänger als Hausbesitzer und Vermieter – wirklich wissentlich doppelt kassiert

haben – ich weiß es nicht. Ich mag es mir einfach nicht vorstellen. Tatsache ist: Seine Kinder, gleichzeitig Erben des Hauses, werden mit diesem Schreiben tatsächlich aufgefordert ...«, Zeit für ein kleines Ablenkungsmanöver, denkt Meyer und nimmt die Notizen wieder zur Hand, »... ich zitiere: *... von der Nachfolgerin der Deutschen Reichsbahn, der Deutschen Bundesbahn, später Deutsche Bahn AG, zu Unrecht überwiesene Mieten – selbstverständlich unter Beachtung der gesetzlichen Verjährungs- und Verfallsfristen – zurückzuerstatten.*«

»Was wir garantiert nicht machen werden!« Diesmal ist es Manfred Wasmuth, der aus seinem Stuhl schießt. »Was können wir für die Schusseligkeit der Bahn? Und eventuelle Fehler unseres Vaters kann man uns nicht anlasten.«

Es ist die junge Maya Voss, die dazwischenfährt und damit vorübergehend für Entspannung und Heiterkeit sorgt: »Typisch Deutsche Bahn. Bei denen kommen nicht nur die Züge zu spät.«

Meyer wartet, bis sich das Gelächter gelegt hat und sagt mit fester Stimme: »Da kann ich Sie beruhigen, Herr Wasmuth. Ich bin felsenfest davon überzeugt, dass kein Gericht der Welt den Argumenten der Bahn folgen würde.« Dann setzt er ein Lächeln auf. »Um jedem Risiko zu entgehen, mache ich Ihnen folgenden Vorschlag: Setzen Sie drei umgehend Ihre Unterschrift unter den fertigen Vertrag, der in Ihrer Schublade liegt und auf den die wunderbare Firma *Wohntraum* so sehnsüchtig wartet. Sollen die doch sehen, wie sie mit der Sache klarkommen.«

»Und was wird aus uns?« Wieder ist es Bertram, der sich zu Wort meldet. »Wir sitzen dann auf der Straße. Ich kann mir keine Luxuswohnung leisten.«

Hanno Meyer wendet sich direkt an ihn: »Wie ich eingangs schon sagte, habe ich noch eine zweite Neuigkeit für euch.« Lächelnd ergänzt er: »Eine höchst erfreuliche Neuigkeit, möchte ich meinen.«

Er berichtet den Versammelten von seinem Telefongespräch mit Ibrahim Cohen, dem Kauf des Hauses am Isebekkanal und dem Angebot von Frau Grabert und Herrn Cohen an die komplette Hausgemeinschaft, dorthin überzusiedeln. Über die Mieten sei noch zu verhandeln, da würden sich die neuen Vermieter allerdings zeitgemäß am Mietenspiegel orientieren müssen.

Wieder wird es still im Gastraum, und auch der ungeduldige Dankwart Waller vergisst für einen Moment die zu erwartenden Essensgäste und lässt Meyers Worte auf sich wirken.

Der preist in der Zwischenzeit die Vorzüge der neuen Wohnungen, soweit sie ihm zu diesem Zeitpunkt bekannt sind, und endet lachend mit den Worten: »Einen Fahrstuhl müssen wir diesmal nicht einbauen – der ist schon da!«

Kapitel 53

Hanno Meyer wird durch ein Läuten an der Tür geweckt und schaut zur Uhr. Halb zwei. Eine Ahnung von Sonne schielt durch den Vorhangspalt. Was für eine unchristliche Zeit, jemanden aus den Federn zu scheuchen, findet er. Trotzdem verwirft er den Gedanken, sich einfach umzudrehen und es klingeln zu lassen. Im Moment strömt so viel auf ihn ein, dass er seinen gewohnten Tagesrhythmus ohnehin kaum beibehalten kann.

Meyer springt aus dem Bett, das er nun schon seit Tagen allein belegt, und wirft seinen Morgenmantel über.

»Oh!«, sagt eine der beiden Frauen, als er die Tür öffnet. »Entschuldige, dass wir daran nicht gedacht haben! Ist ja nicht so deine Zeit.«

Der Anwalt sieht sie verständnislos an.

»Na?«, sagt die zweite lächelnd, »erkennst du uns nicht wieder?«

Verschlafen schaut er sie an, erst die eine, dann die andere. Dann schüttelt Meyer den Kopf. »Tut mir leid.« Wobei es ihn nicht wirklich wundert. Die beiden Damen sind wohl in seinem Alter, also um die Sechzig. Die Frauen, die üblicherweise an seiner Tür klingeln, sind deutlich jünger und von einem Kaliber, dass man sie nicht so leicht vergisst. Meyer schon gar nicht.

Aber diese beiden – gut, Klientinnen sehen so aus. Viele. Die meisten. Unauffällig. Unscheinbar. Frauen, die in der Menge untergehen. Könnten auch Zeugen Jehovas sein. Zeuginnen, sagt man heute wohl.

Dann aber bemerkt er die Gehhilfen der einen Person. Was ihm beim zweiten Blick auffällt, ist das Strahlen aus ihren weit geöffneten Augen. Die Erkenntnis trifft ihn wie ein Donnerschlag. »Corinna?«, flüstert Meyer fassungslos. Sie nickt eifrig. Er schaut zur anderen Person. »Elfie!«, haucht er. Wieder sieht er auf die behinderte Frau. Wenn man die überhaupt noch behindert nennen kann. Im Vergleich zu früher. Sie sitzt nicht im Rollstuhl. Sie *steht* vor seiner Tür. Eindeutig! »Wie ist das möglich?«

»Wenn du uns hereinlässt, könnte ich dir das erklären«. Corinnas Strahlen, denkt Meyer, erhellt den ganzen Hausflur. Man muss ihr Gesicht *schön* nennen, sagt er sich. Einfach schön. Es leuchtet von innen.

Elfie hingegen hätte er beim besten Willen nicht wiedererkannt. Sie sieht ... na ja, älter aus als bei ihrer letzten Begegnung. Was sie ja auch ist. Deutlich älter. Richtig alt. Aber nicht nur das. Sie macht einen erschöpften Eindruck. Die Jahre ihres selbstlosen Tuns haben ihre Spuren hinterlassen, denkt Meyer.

Trotzdem. Bei näherer Betrachtung kommt sie ihm ... ausgeglichen vor, ruhig, gelassen. Und – bei aller für sie schmerzhaften, entbehrungsreichen Vergangenheit sieht sie ... glücklich aus. Erschöpft, aber glücklich. Sie nimmt teil am Glück ihrer Schwester – etwas anderes scheint für sie nicht zu zählen.

Elfie Kadach ist wohl die einzige Frau in Meyers Leben gewesen, mit der ihn zu keiner Zeit einen Gedanken an Sex verband. Dabei war sie eine Erscheinung, die ihn unter normalen Umständen durchaus nicht kalt gelassen hätte. Damals. Als sie beide jung waren.

»Oh, Scheiße! ... Entschuldigt bitte. Ich ... ich bin vollkommen ... ich bin einfach baff.« Er tritt zur Seite. »Äh ... kommt doch herein!« Er bietet Corinna seine Hilfe an, aber sie winkt lächelnd ab. »Ich komm klar, danke.« Meyer sieht ihr nach und ist überwältigt von ihren Bewegungen, die weit entfernt sind von den kümmerlichen Regungen, die sie noch im Rollstuhl zeigte. Sie geht ja fast flüssig, denkt er. Ihre Beine, die Beine, die sie, die auch Elfie, die alle Ärzte aufgegeben hatten, sie schreiten aus, tastend zwar, aber es sind *diese* Beine, die für die Fortbewegung sorgen. Es sind die *Beine* dieser Frau, die die Last ihres Körpers tragen. Die Gehhilfen dienen nur der Unterstützung.

Trotzdem sei Corinna froh, endlich sitzen zu können, sagt sie. Sie hätten einen langen Weg hinter sich, erklärt Elfie, und bräuchten jetzt eine Verschnaufpause.

Hanno, der immer noch perplex ist, löst sich aus seiner Erstarrung und zeigt zur Sitzgruppe.

Seine Frage, wo sie denn herkämen, beantwortet Corinna lächelnd: »Aus Wien.«

»Aber nicht zu Fuß«, lacht Elfie.

»Setzt euch«, sagt Meyer. Dann erinnert er sich, dass man auch Überraschungsgästen eine Erfrischung anbieten darf. Sie einigen sich auf ein Glas kühles Wasser, was Meyer begrüßt, denn er hat vergessen, Kaffee einzukaufen.

»Wien? Wieso das?«

»Wir leben dort. Mein Mann kommt von da«, antwortet Elfie.

Ihr Mann. Richtig. In einem ihrer letzten Telefonate hatte sie Meyer gesagt, dass sie geheiratet hätte und nun den Nachnamen Huber trüge. Kurz danach war die Verbindung zwischen ihnen eingeschlafen, und Hanno Meyer hat sich oft gefragt, ob er wohl die Schuld daran gehabt habe.

»Es tut mir leid, Hanno …«, zerstreut Elfie seinen Gedanken, »… dass ich mich nie mehr gemeldet habe, aber es gab so viel …«

»Kein Problem«, sagt Meyer erleichtert.

»Ehrlich gesagt – wir haben uns nie richtig bei dir bedankt. Und dann habe ich gedacht, du wärst vielleicht sauer auf mich. Aber wir haben nie vergessen, was du für uns getan hast. Nie!«

»Danke. Trotzdem habt ihr es vorgezogen, Hamburg den Rücken zu kehren.«

»Wir mussten, Hanno«, sagt Corinna.

»Aha.«

»Lass es mich erklären.« Elfie ergreift ihr Glas und nimmt einen großen Schluck. »Du erinnerst dich vielleicht an den Tag, an dem ich dich anrief – da wohnten wir ja noch hier – und dir sagte, dass Alfred Bergmann dafür sorgen wollte, dass die Rampe für Corinnas Rollstuhl wieder verschwindet, die Herr Wasmuth dort hatte bauen lassen. Richtig?«

Meyer nickt. »Na klar. Ich habe ihm geraten, dagegen zu klagen …«

»Hat er bleiben lassen.«

»Weil er keine Chance gesehen hat, gegen Bergmann anzukommen.«

Corinna Kadach schüttelt den Kopf. »Das war nicht der einzige Grund.«

Meyer ist erstaunt, das zu hören. »Nicht.« Dann fällt ihm etwas ein. »Er hat damals gesagt, im Moment würde er nicht klagen wollen, weil es etwas gäbe, das ihn davon abhielte. Etwas, das auch euch beträfe.«

»Genau«, sagt Elfie. Die Schwestern sehen sich an und lächeln. »Weißt du eigentlich, Hanno, was für ein Engel unser aller Vermieter Eugen Wasmuth wirklich gewesen ist?«, fragt Elfie.

Hanno Meyer unterdrückt ein Grinsen. Weiß ich, denkt er, weiß ich. Aber als Engel würde ich ihn nicht bezeichnen. Eher als Schlitzohr.

»Ein Engel«, nickt Corinna. Dann kichert sie. »Und ein Schlitzohr.«

Meyer horcht auf. Woher weiß sie …? »Wie meinst du das?«

»Statt einer Antwort von uns solltest du …«, Elfie öffnet ihre Handtasche und zieht einen Briefumschlag heraus, »… den hier lesen. Dann wirst du alles verstehen.« Sie leert den Umschlag und entfaltet das Schreiben.

Hamburg, März 1989

Meine verehrten jungen Damen,
nach reiflicher Überlegung schreibe ich Ihnen heute ein paar Zeilen, die Sie zunächst vielleicht betrüben werden. Aber – lesen Sie den Brief bis zum Ende, und Ihre Sorgen werden in den Hintergrund treten. Da bin ich sicher.

Sie wohnen jetzt ein knappes Jahr in der Mansteinstraße, und ich habe mit Wohlwollen vernommen, dass Ihnen die Wohnung sehr zusagt. Deshalb bin ich auch untröstlich, daß der unselige Herr Bergmann sein Veto gegen die Rollstuhlrampe eingelegt hat und wohl alles versucht, sie wieder entfernen zu lassen. Warum er dies mit einem solchen Eifer betreibt, weiß ich nicht. Es erscheint mir vollkommen unlogisch. Er will das Haus anscheinend unbedingt in seine Hände bekommen, obwohl ich ihm mehrfach versichert habe, daß ich sein Angebot ablehne.

Aber der Mann scheint eine solch dominante Stellung unter den Hamburger Maklern zu haben und einen so gewaltigen Einfluß auf die Politik dieser Stadt nehmen zu können, daß ich befürchte, ihm in einem möglichen Rechtsstreit zu unterliegen – obwohl ich das Recht und die Moral auf unserer Seite weiß.

Ich habe Bergmann also versprochen, daß ich die Rampe entfernen lasse.

Ich weiß, daß Sie beide so empört und enttäuscht sein werden, wie auch ich es bin. Mir ist auch klar, daß die Rampe für Sie, Corinna, ein ganz wichtiger Bestandteil ist, ohne den Sie nicht mehr in der Wohnung werden bleiben wollen. Das haben Sie zurecht mehrfach betont und ist für mich nachvollziehbar.

Deshalb – und Sie sollten nicht verzweifeln – möchte ich Ihnen zum Ausgleich etwas ganz anderes anbieten.

Über einen Bekannten habe ich von einer Fachklinik für Neurologie und Neurophysiologie in Wien erfahren, die eng mit Forschern und Neurowissenschaftlern der dortigen TU zusammenarbeitet, wo man ein ganz neues Verfahren entwickelt hat, um die Mobilität von Paraplegikern zu verbessern – und zwar ohne Operation.

Ich bin nun kein Fachmann, aber so viel wie ich verstanden habe, ist die Methode verblüffend einfach. Sie wird nicht invasiv angewendet, sondern mittels Hautelektroden außerhalb des Körpers. Denn auch ein querschnittgelähmter Mensch verfügt immer noch über Nervenverbände, die unabhängig von einer Verletzung im Rückenmark existieren. Und die lassen sich, so die Forscher, über Elektroden ansteuern. Die Neurologen hätten dieses Verfahren schon vereinzelt erfolgreich an Patienten getestet.

Soweit mein Kenntnisstand. Aber – wie gesagt – ich bin kein Wissenschaftler. Genaues weiß ich nicht.

Ich habe nur sofort, als ich von dieser Neuigkeit hörte, an Corinna gedacht.

Darum jetzt meine Frage, liebe Corinna. Wären Sie interessiert an einer Teilnahme an einer Studie als Probandin? Das Verfahren hat zwar in Expertenkreisen für großes Aufsehen gesorgt, wird aber von den Krankenkassen (noch) nicht bezahlt, weil es an Studien mangelt, die für eine Zulassung erforderlich wären. Und hier geht es um eine Langzeitstudie, die Jahre, womöglich Jahrzehnte in Anspruch nehmen könnte. So gesehen können Sie, entgegen sonstiger Gepflogenheiten, nur ein begrenztes Honorar erwarten.

Das heißt also, Sie müssten die Kosten überwiegend selbst tragen.

Und genau das, meine Liebe, möchte ich gern für Sie übernehmen. Da ich Ihnen beiden Ihre Wohnung »aufgeschwatzt« habe und Sie ja nun für die Intervention Bergmanns so gar nichts können, fühle ich mich für Sie verantwortlich.

Ich kenne Sie beide inzwischen recht gut und weiß, daß Sie niemandem zur Last fallen wollen und deshalb dieses Angebot am liebsten ablehnen würden.

Aber ich erzähle Ihnen jetzt etwas im Vertrauen und danach werden Sie keine Skrupel mehr haben müssen.

Ich habe ja mal erwähnt, daß die Deutsche Reichsbahn während des Krieges das Haus …

Hanno Meyer setzt die Lektüre noch ein paar Zeilen fort. Dann senkt er den Brief und sieht die Frauen an, die ihm zulächeln.

»Ja, ich weiß, wie das Schreiben weitergeht«, nickt er. »Ich bin absolut im Bilde.« Er lacht. »So ein Pfiffikus!«

»Mag sein«, sagt Corinna. »Aber ein wahrer Menschenfreund.«

»Er hätte sich mit dem Geld, dass er über die ganzen Jahre gespart hat …«, ergänzt Elfie, »ein sorgenfreies, gar ein Luxusleben leisten können. Hat er aber nicht.«

»Und das ist nicht alles, was er für uns getan hat, Hanno«, fährt Corinna fort. »Als wir nach langer Überlegung zugesagt haben, besorgte er uns umgehend eine schöne Wohnung in Wien, nahm

Kontakt zur Klinik auf und bezahlte uns die Reisekosten. Er ließ unsere Wohnung hier renovieren, damit unsere Nachmieter sie umgehend beziehen konnten.« Sie lächelt. »Wir haben nicht schlecht gestaunt, als wir eines Tages von Wasmuth hörten, dass du die Wohnung schräg über unser damaligen bezogen hast.«

»In eurer wohnt jetzt ein Zahnarzt.«

»Das hat uns Paul Knupper schon erzählt. Von dem haben wir auch erfahren …«, sagt Elfie, »… dass die ganze Wohngemeinschaft in ein neues Haus umzieht. Ich gratuliere.«

»Danke. – Von Paul?«

»Ja. Du weißt ja bestimmt noch, dass wir zu ihm ein gutes Verhältnis hatten. Er hat sich damals so rührend um Corinna gekümmert. Wir haben ihn vor ein paar Tagen angerufen und ihm unser Eintreffen angekündigt.«

»Ts! Mir hat er nichts gesagt.«

»… worum wir ihn gebeten haben«, erklärt Corinna. »Wir wollten dich überraschen.«

»Das ist euch wirklich gelungen«, nickt Meyer. »Aber … ihr seid sicher nicht nur wegen mir in Hamburg, stimmts?«

Die beiden Frauen sehen sich an und lächeln. »Es ist uns sehr wichtig, dir noch einmal zu danken«, sagt Elfie. »Aber … du hast recht. Wir machen eine kleine Weltreise. Nachher besuchen wir Wasmuths Grab und morgen geht's weiter nach Kopenhagen.«

Corinna strahlt Meyer an. »Ich habe viel nachzuholen, Hanno! Ich möchte noch einiges sehen von der Welt. Und mir geht es wirklich gut.«

»Sie macht jeden Tag Fortschritte«, versichert Elfie.

»Genau. – Schau mal!«, ruft Corinna und drückt sich mit Hilfe ihrer Stützen aus ihrem Stuhl, wobei sie Meyers Hilfeversuch erneut abwehrt. »Alles gut, Hanno. Danke. – Die Ärzte haben mir geraten …«, erklärt sie, »… ab und zu auf die Beine zu kommen. Ist gut für die Durchblutung. Zu Hause nehme ich meistens die Treppe und lass den Fahrstuhl aus. Na, ja. Eine Etage. – Sag mal … Wasmuth schreibt am Ende seines Briefes ganz beiläufig, dass ihr im Haus einen Paternoster habt. In einem Wohnhaus? Ist das richtig?«

Hanno bestätigt Wasmuths Worte und erzählt den Frauen in Kürze, was es mit diesem Gefährt auf sich hat. »... und jetzt herrscht Uneinigkeit, wie wir mit diesem Fahrstuhl weiter verfahren. Wenden wir uns an die Presse oder ... ganz im Vertrauen, Bergmann hat uns allen viel Geld geboten, wenn wir unser Wissen nicht verbreiten. Er will den Paternoster heimlich und leise gegen einen herkömmlichen Lift austauschen, damit er endlich seine Luxussuiten bauen kann.«

»Bergmann?« Elfie ist entsetzt. »Das werdet ihr doch wohl nicht machen! Hanno! Wenn ihr dem Mann in den Arsch kriecht, sind wir ab sofort geschiedene Leute.«

Eigentlich hätte Meyer mit dieser Reaktion Elfies rechnen müssen. Ich könnte mir auf die Zunge beißen, denkt er. Verdammt!

Da kommt ihm Corinna zur Hilfe. »Schade, dass der Paternoster stillgelegt ist. Ich hätte zu gern ausprobiert, ob ich schon fit und schnell genug bin, in ...«

»Übertreib es nicht!«, lacht Elfie. Dann setzt sie ein ernstes Gesicht auf. »Es gibt leider immer noch Dinge, die behinderten Menschen wie dir verwehrt bleiben, Corinna. Bei all deinen Fortschritten.«

Ihre Schwester sieht sie traurig an und nickt.

Blitzartig ergreift Meyer die Gelegenheit, weiter abzulenken. »Ihr fahrt morgen nach Kopenhagen, sagtet ihr. Einfach so?«

Corinna schüttelt den Kopf. »Nicht nur. Wir treffen meinen Mann dort. Er ist auf einem Ärztekongress.«

»He!«, sagt Hanno überrascht. »Du bist auch verheiratet?«

»Nicht nur das!«, antwortet Elfie. »Ich bin die Tante zweier längst erwachsener Kinder.«

Hanno Meyer schüttelt den Kopf. »Aber ...?« Mit großen Augen sieht er Corinna an.

Sie lächelt. »Eine Querschnittslähmung hat zum Glück keinen negativen Einfluss auf eine Schwangerschaft. Auch ohne meine spezielle Behandlung hätte ich Kinder bekommen können.«

»Aha. – Und dein Mann? Er ist Arzt?«

Wieder tauschen Elfie und Corinna freudenstrahlende Blicke aus. »Er ist einer der Neurologen aus meiner behandelnden Klinik in Wien«, erklärt Corinna. »Er hat mir die ersten Elektroden gesetzt. Es war Liebe auf den ersten Blick.« Sie kichert. »Du darfst jetzt Frau Pospischil zu mir sagen.«

Hanno Meyer ist nicht zum Lachen zumute. Abwechselnd sieht er die Frauen an, die ihm nun schon so lange bekannt sind und deren Lebensweg ihn über lange Jahre begleitet hat. Und zum ersten Mal kommt ihm sein eigenes Dasein so jämmerlich vor, so überflüssig.

Er hat Frauen zeit seines Lebens in erster Linie als Sexobjekte verstanden, um eine echte Bindung hat er sich nie bemüht. Aber das, was er für persönliche Freiheit und Unabhängigkeit hielt – mit einem Schlag wird ihm klar, dass er einem Irrtum unterlegen ist, dass ihm schlicht die *Fähigkeit* fehlt, eine innige Beziehung einzugehen, eine, die von Respekt und gegenseitigem Vertrauen geprägt ist.

Diese beiden Frauen, die ihm gegenübersitzen, haben bei allen Problemen, die ihnen ihr Schicksal bescherte, die Kraft aufgebracht, ein Leben in Erfüllung und voller Hingabe zu führen. Sie haben es geschafft, verbrauchte Energien neu zu bündeln und sie auf Partner, Kinder und ihr weiteres Leben zu verwenden.

Corinna und Elfie bleiben eine knappe Stunde, bis sie merken, dass ihr alter Freund Hanno Meyer ihnen nicht mehr konzentriert zuhört und immer mehr in sich zusammenfällt. Sie ahnen, dass es mit dieser Begegnung zu tun hat, und wie auf ein stilles Signal hin erheben sie sich und umarmen Hanno zum Abschied.

Allen dreien ist klar, dass es ihre letzte Begegnung gewesen sein wird.

Kapitel 54

Ibrahim Cohen und Charlotte Finn steigen aus ihrem Leihwagen und begeben sich langsam in Richtung der kleinen Pfarrei.

René Asbahr wartet, bis sie hinter einer Hecke verschwunden

sind. Dann klettert er aus dem Auto und holt die Tasche mit dem Gewehr aus dem Kofferraum. Er schaut sich noch einmal um und macht sich auf den Weg.

Es hat ihn überrascht, dass dieser Hausmeister, den er mit Cohen und Finn hatte reden sehen, über einige Brocken Englisch verfügte. Unter einem Vorwand sprach Asbahr ihn an, als die beiden weg waren.

Der Mann konnte ihm sagen, dass sie zum Dorf Przewodów wollten, um … na, dann wurde es eng mit der Konversation, aber Asbahr verstand den Mann so, dass sie die Absicht hätten, jemanden zu treffen. An einer Pfarrei mitten im Dorf.

Das reichte ihm und er konnte die Verfolgung in seinem eigenen Leihwagen aufnehmen, ohne zu dicht aufzufahren. Es hatte eine Weile gedauert, bis er einen zweiten Autoverleih fand. Es war ihm wichtig, keinen Wagen desselben Typs zu fahren wie die beiden anderen.

Hier draußen auf dem Land ist es deutlich kühler als in Lemberg. Die Luft ist klar und jetzt am frühen Abend geradezu frostig. Asbahr nimmt einem tiefen Atemzug bei geöffnetem Mund und vernimmt ein leises Zischen, hervorgerufen durch die Zahnlücke (»*Zwo Drei X*« hatte Cohen den Übeltäter genannt, bevor er ihn zog). Der pochende Wundschmerz irritiert ihn.

Gleichzeitig ist er froh, auf einen idealen Platz für sein Vorhaben gestoßen zu sein. Weit weg von Menschenansammlungen, still, verlassen, in der Ferne wenige Häuser, in deren Nähe niemand zu sehen ist.

Bevor er Finn und Cohen folgt, rammt er einen Schraubenzieher tief in zwei Reifen ihres Leihwagens. Er hört die Luft zischend entweichen.

Was er nicht hört, ist das anhaltende Klingeln seines Smartphones hunderte Kilometer entfernt auf dem Küchentisch seiner Wohnung. Asbahr hat es in der Aufregung schlicht vergessen.

Er stellt sich hinter einen mannshohen Busch und sieht seine beiden Landsleute vor der Pfarrei zusammen mit einer alten Dame stehen. Sie ist im ungefähren Alter wie Charlotte. Die beiden Frauen unterhalten sich kurz, und die schwarz gekleidete Alte weist auf eine Ansammlung von Gräbern neben dem Gotteshaus.

Die drei machen sich auf den Weg und halten vor einem Grabstein. Die alte Frau redet erneut mit Charlotte und die scheint jetzt wie gebannt auf die Ruhestätte zu schauen. Ibrahim Cohen hält sie am Arm.

Es ist Asbahr klar, dass sie vor dem Grab von Levy Rosenkranz stehen. Jetzt werden ihm die Zusammenhänge endgültig deutlich. Als ihm der Hausmeister in Lemberg den Namen des Dorfes genannt hatte, hatten seine Ohren geklungen. *Przewodów.* Hier wohnen Natalias Eltern! Asbahr ist jetzt froh, dass die beiden nicht anwesend sind.

So kann er sich auf die weiteren Geschehnisse konzentrieren. Was kann Charlotte Finn sich Schöneres wünschen, denkt er grimmig, als genau hier zur letzten Ruhe zu kommen. Den Gefallen tu ich ihr gern.

Jetzt oder nie!, durchfährt es ihn. Er begibt sich in die Hocke, öffnet die Tasche und entnimmt die Einzelteile der Waffe. Den Zusammenbau des Gewehrs hat er so oft geübt, den beherrscht er im Schlaf.

Auch seine Flucht hat er in Gedanken mehrfach durchgespielt. Er wird den Schalldämpfer verwenden. Cohen und die alte Frau, von der Asbahr inzwischen sicher ist, dass es sich um Rebekka Rosenkranz handelt, werden keinen Schuss hören, sondern nur ihre Begleiterin stumm zusammensacken sehen. Der Schreck wird sie lähmen, bis Asbahr schon wieder im Auto sitzt.

Auch sonst sind die Bedingungen optimal. Der Busch bietet ihm ein Versteck und die Möglichkeit, den Lauf der Flinte in eine stabile Astgabel zu klemmen. Das Blickfeld des Zielfernrohrs bleibt frei von weiterem Geäst. Asbahr hat gute Sicht.

Das Zielobjekt kann er sich nicht besser wünschen. Charlotte Finn steht regungslos da und so zusammengefallen, wie er sie noch nie gesehen hat. Ein Häuflein Elend, denkt er. Eine großartige Schauspielerin!

Mit ruhiger Hand nimmt René Asbahr sie ins Visier. Auch diesen Vorgang hat er mehrmals gedanklich durchgespielt und weiß, dass er sich nur auf den Moment konzentrieren muss, in dem er den Zeigefinger krümmt. Kein Zaudern wird er sich erlauben, keine Überlegungen in letzter Sekunde, ob es eine Alternative gibt. Die gibt es nicht! Die Frau, die er im Fadenkreuz hat, sie muss bestraft werden – egal, wie alt sie ist. Einen Ausweg sieht er nicht. Natalia Bondarenka kommt ihm in den Sinn, ihre verzweifelten Bitten und die Hoffnung, die sie in ihn setzt.

Ich werde sie nicht enttäuschen! Bei diesem Gedanken krümmt er vorsichtig den Zeigefinger, der den Abzug ertastet und …

Einmal noch tief einatmen, dann die Luft restlos aus den Lungen entweichen lassen, bis die Atmung zum Stillstand kommt. Ha! Alte Schützenschule! Danach wird es kein Zittern geben, auch nicht die leiseste Bewegung.

Nein, Asbahr zittert nicht. Was ihn aber erschreckt, womit er vor dem Ausatmen nicht gerechnet hat, ist das Zischen an der Stelle, an dem sich *Zwo Drei X* vor ein paar Tagen noch befunden hat. Es kommt ihm jetzt sehr laut vor, ohrenbetäubend geradezu.

Und tatsächlich! Die drei Leute, die in weiter Entfernung vor ihm stehen, drehen sich in seine Richtung.

Das kann doch nicht wahr sein!, denkt Asbahr. So weit war das zu hören?

Mit einem Schlag ist ihm klar, dass nicht das Loch in seiner oberen Zahnreihe dieses Geräusch verursacht. Es naht von hinter ihm und wird schnell lauter …

Kapitel 55

Auf Radio Elbe hören Sie Nachrichten.
Nach dem Einschlag einer Rakete in einem Dorf nahe der polnisch-ukrainischen Grenze gibt es Hinweise darauf, dass es sich um eine Flugabwehrrakete aus der Ukraine handelt. Diese Einschätzung der USA teilen inzwischen auch die polnische Regierung sowie die Nato.
US-Präsident Joe Biden hatte bereits am frühen Morgen beim Tref-

fen von Staats- und Regierungschefs der Nato- und G7-Staaten am Rande des G20-Gipfels auf Bali mitgeteilt, dass die US-Regierung von einer fehlgeleiteten Rakete aus der Ukraine ausgehe. Er soll Berichten zufolge von einer Rakete des Systems S-300 gesprochen haben. Das System russischer Bauart ist wesentlicher Bestandteil der ukrainischen Flugabwehr.

Berichte des englischen Geheimdienstes, dass es sich bei drei der vier Toten, die die polnischen Behörden an der Einschlagstelle des Geschosses fanden, um deutsche Staatsbürger handelt, sind bis jetzt durch offizielle Stellen nicht bestätigt worden.

Hanno Meyer dreht das Autoradio leiser. Solche Nachrichten kann er jetzt nicht brauchen.

Im Westen der Ukraine, so ist sein Kenntnisstand, herrscht eigentlich Ruhe. Ob das so bleibt – wer weiß? Aber da Hermine Grabert und Ibrahim Cohen optimistisch genug sind, ihren Aufenthalt in Lemberg zu verlängern – wozu sich Gedanken machen? Irrläufer wie so eine Rakete gibt es immer mal im Leben. Meyer grinst. Fangen wir bei mir an. Wahrscheinlich ist mein ganzes Leben ein Irrläufer.

Trotzdem macht er sich Gedanken, warum die beiden sich nicht melden. Warum geht Cohen nicht an sein Handy? Wie gern hätte Meyer ihm berichtet, dass der Hauskauf nahezu in trockenen Tüchern ist und er den Betrag in einer Tranche überwiesen hat. Der Verkäufer hatte nicht schlecht gestaunt.

Na gut, denkt Meyer. Sie werden schon wissen, warum sie ihre Smartphones abgeschaltet lassen. Schönen Urlaub euch weiterhin.

Nach weiteren Kilometern auf der Sievekingsallee hat er die Gedanken an Cohen und Grabert vergessen und macht das Radio wieder lauter.

… zieht die LP-Produktion weiter an. Weltweit können die Presswerke wegen des anhaltenden Schallplatten-Booms die Nachfrage nach den Tonträgern nicht decken. Optimal Media etwa teilt mit: »Wir haben unsere Fertigungskapazitäten in den letzten Jahren

deutlich erhöht und arbeiten am weiteren Ausbau, dennoch ist der
Bedarf aktuell höher als der mögliche Output«. Das Unternehmen
betreibt in Röbel an der Mecklenburgischen Seenplatte das nach
eigenen Angaben größte Presswerk Europas.
Seit 2010 hat sich nach Angaben des Bundesverbands Musikindus-
trie (BVMI) der Vinyl-Umsatz nahezu verzehnfacht. 2021 betrug
er 118 Millionen Euro. Dabei sei Vinyl von Anfang der 1990er bis
2006 nahezu vom Markt verschwunden gewesen. Im ersten Halb-
jahr 2022 hat die deutsche Musikindustrie laut BVMI erneut gut
12 Prozent mehr Umsatz mit Schallplatten gemacht als im ersten
Halbjahr des Vorjahres …

Meyer schmunzelt. Du hast alles richtig gemacht, Paul Knupper!
Und mit deiner Leidenschaft hast du ganz nebenbei einen guten
Riecher bewiesen. Der Anwalt ist sicher: Die Plattensammlung
des kleinen Mannes wird sich noch als wahre Goldgrube erweisen. Als perfekte Wertanlage.

Es ist ihm zu gönnen. Wobei der Wert des Bewahrten nach
Ansicht Meyers weniger finanziell zu bemessen ist. Knupper hat
einen kulturellen Schatz wieder ausgegraben, den die Menschen
so einfach dem Vergessen überlassen haben.

Und nicht nur die wundervollen alten Schallplatten mit ihren
liebevoll gestalteten Hüllen haben Leute wie Paul Knupper vor
ihrer endgültigen Versenkung bewahrt. Plattenspieler, Radios,
Dinge, von Künstlerhand gefertigt – auf einmal sind sie wieder
da und es scheint, als hätte man sie schmerzlich vermisst. Aus
einer Zeit stammen sie, in der neben Funktionalität großer Wert
auf Schönheit gelegt wurde.

So gesehen ist es schade, dass die neue Wohnung des Hausmeisters – alle Mieter waren sich einig gewesen, dass Knupper
das bleiben soll – deutlich kleiner sein wird als seine bisherige.
Auch die Kellerräume bieten nicht viel Platz. Wohin mit den ganzen LPs? Aber dem findigen Mann wird schon etwas einfallen.
Seinen Laden vergrößern vielleicht?

Meyer erreicht den Horner Kreisel, von dem aus wichtige Ver-
kehrsadern in verschiedene Richtungen abgehen. Sein Weg führt

ihn in den Stadtteil Billstedt, wo der Verkäufer des Hauses am Isebekkanal sein Büro hat. Aus der Innenstadt kommend muss Meyer eine halbe Runde fahren, um dann die Ringstraße in die gewünschte Richtung zu verlassen.

Müsste er.

Stattdessen folgt er einem plötzlichen Impuls, beschleunigt und lässt das Steuer eingeschlagen. Er bleibt auf dem Rund. Schneller und schneller wird der Wagen. Er hört Bremsen kreischen und andere Autos erschreckt auf den Zubringern stehenbleiben. Er vernimmt das Hupen und Schimpfen.

Meyer fährt wie unter Zwang. Zunächst weiß er nicht, warum er das macht.

Dann wird ihm klar: Das ist es! Das ist das Leben. So verläuft es. Nicht geradeaus. Nicht von A nach Z. Nein! Es verläuft wie eine Schallplatte auf Paul Knuppers Plattenspielern. Immer im Kreis. Ständig wiederholt es sich.

Die Schallplatte. Die schwarze aus Vinyl. Sie war weg gewesen und ist nun wieder da. Das Schicksal hat den Plattenarm aus dem letzten Teil der Rille gehoben und die Nadel wieder in die Anfangsspur gesetzt.

Alles wiederholt sich, denkt Meyer, als er die Abfahrt Richtung Billstedt auslässt und auf dem Kreisel bleibt. Er tritt das Gaspedal weiter durch und merkt, wie starke Fliehkräfte auf ihn einwirken.

Weiter steigt die Tachonadel. Meyer hat Mühe, den Wagen in der Spur zu halten.

Immer im Kreis. Alfred Bergmann fällt ihm ein. Um solchen Menschen, die andere betrogen haben, etwas entgegenzusetzen, deshalb, denkt er, bin ich Anwalt geworden.

Immer im Kreis. Wie ein Karussell. Dieser Mann hat Meyers Leben ständig gekreuzt, angefangen in den Tagen an der Hafenstraße. Es gab Auseinandersetzungen, böse Briefe, Gerichtsverfahren – Bergmann kam und ging, tauchte auf und wieder unter, wandelte sich vom Immobilienhai zum seriösen Geschäftsmann, um dann den Kampf um das Haus an der Mansteinstraße neu aufzunehmen, wieder die alten, unlauteren Praktiken anzuwenden.

So beständig, wie die Nadel der Rille einer Platte folgt, so beständig waren die Taten des Maklers. Wie die Kreise, die die Nadel zur Mitte der Scheibe hin beschreibt, enger werden, hat der alte Mann seine Aktionen bis zum vorläufigen Ende forciert, und es ist nicht sicher, denkt Hanno Meyer, dass er von seinem Tun lässt, solange er lebt. Von Bergmann kann immer noch etwas kommen.

Muss aber nicht.

Denn eigentlich ist der Makler, Besitzer und Geschäftsführer der *Wohntraum Immobilien,* am Ziel seiner Wünsche angekommen. Was immer ihn bewogen hat, welcher Teufel auch immer ihn geritten hat, das weiße Haus in seine Finger zu bekommen – nun endlich ist der Kaufvertrag unterschrieben und die *Wohntraum* darf schalten und walten, wie sie will, darf die Wohnungen gemäß Hamburger Mietenspiegel vermieten, darf das Haus renovieren.

Nur *eines* darf *Wohntraum* nicht – die Wohnungen zu Luxusappartements umbauen. Es gibt da einen Paternoster im Haus, der das Prädikat UNESCO-Weltkulturerbe trägt, was das Gebäude vor allen Neugestaltungen und Erweiterungen schützt.

Jeder andere Investor wäre vermutlich an dieser Situation verzweifelt – nicht so Alfred Bergmann. Im Gegenteil – der Mann reagiert mit bemerkenswerter Aktivität.

Mit großem Erstaunen konnte Meyer in der neuesten Ausgabe des *Blick* eine Reportage von Famke Heinrich lesen, die einen eilig anberaumten Empfang im Hamburger Rathaus zum Thema hat. Der Artikel ist mit einer langen Fotostrecke bebildert. Das seitengroße Titelbild zeigt den Geschäftsführer der Immobilienfirma *Wohntraum,* flankiert von Bürgermeister und Bausenator, während ihm die *Hamburgische Ehrendenkmünze in Gold* verliehen wird, zum Zeichen der Anerkennung seiner *erheblichen Verdienste um Hamburg.*

In der anschließenden Laudatio stellt der Bürgermeister Bergmanns kostenlose Zurverfügungstellung sämtlicher Wohnungen in der Mansteinstraße für ukrainische Flüchtlinge in den Mittelpunkt.

Ein Foto zeigt, wie Makler und Senator in den aufbrausenden Beifall hinein bedeutungsvolle Blicke tauschen und einander ein kleines Lächeln schenken.

Was die wenigsten der Anwesenden wissen: In einer Art Tauschgeschäft hat sich der Hamburger Senat bei der Deutschen Bahn AG dafür verwendet, der Firma *Wohntraum* ihres sozialen Einsatzes wegen sämtliche von alters her ausstehenden Mietzahlungen zu erlassen. Im fernen Berlin signalisierte der Bundeskanzler und Exbürgermeister der Hansestadt seinem Verkehrsminister, wie sehr ihm aus alter Verbundenheit an einem Forderungsverzicht gelegen sei.

Da konnte die Bahn schlecht nein sagen, nicht wahr?

Zumal Famke Heinrich in einer Kommentarspalte darauf hinweist, dass die DB AG als Rechtsnachfolgerin mit dieser großherzigen Geste helfen könnte, ein erhebliches Stück Schuld der Reichsbahn aus unseligen Zeiten abzutragen.

Also gut, Alfred Bergmann, denkt Meyer, einigen wir uns auf ein Unentschieden. Was war, ist gewesen.

Weiter beschleunigt er, die Reifen unter ihm kreischen vor Vergnügen und das Nächste, was Hanno Meyer in den Sinn kommt, sind Corinna und Elfie und die schmerzliche Niederlage, die sie ihm ungewollt beigebracht haben. Seither hat er oft sein Leben überdacht, bis hin zur Einsicht, es gründlich ändern zu müssen, wenn er sich noch retten will.

Kurz bevor er die Gewalt über sein Auto verliert, was ihm alle weiteren Sorgen erspart hätte, schaltet er Gang um Gang zurück und verlässt den Horner Kreisel knapp hinter dem Ausfahrtschild: Lübeck.

Der Vertrag kann warten.

Das Stück ist noch nicht zu Ende, lächelt Meyer. Die Nadel bleibt noch eine Weile in der Rille.

Während Hanno Meyer den Horner Kreisel erwartungsfroh hinter sich lässt, sitzen zwei Männer auf einer Bank am idyllischen Isebekkanal. Eine Reihe immer noch dichtbelaubter Linden spendet den beiden Schatten vor der letzten Kraftanstrengung der Sonne. Dieser Herbsttag ist ungewöhnlich warm. Auf dem Wasser tummeln sich Enten, die geduldig auf ihre Brötchengeber warten.

Paul Knupper reicht dem alten Mann neben ihm einen kleinen Kasten. Aus dem Handgelenk deutet er eine Drehbewegung an. Folgsam wendet der Alte den Apparat und Knupper zeigt auf den weißen Kippschalter auf der Rückseite des Gehäuses.

Überrascht schaut Illya Kulik seinen Nachbarn an, schüttelt den Kopf und macht eine abwinkende Bewegung. »Kaputt«, sagt er. »Nix mehr laut.«

Der Hausmeister lächelt ihm zu. Dann schüttelt auch er den Kopf. »Nix mehr kaputt.«

Verblüfft betätigt Illya den Schalter mit zittriger Hand, was ihn einige Mühe kostet. Zum ersten Mal nach vielen Jahrzehnten vernimmt er, dass Töne aus dem Lautsprecher des Radios dringen. Gesprochene Worte, die der Greis nicht versteht. Ihm ist klar, dass er eine Frau deutsch sprechen hört.

Mit großen Augen sieht er Knupper an, seine Lippen bewegen sich, aber kein Wort kommt über seine Lippen.

»Lass mich noch mal«, sagt Paul, nimmt das Gerät vorsichtig wieder an sich, dreht es um und bewegt das Skalenrad auf der Vorderseite. Binnen kurzer Zeit hat er den richtigen Sender gefunden.

... Angriffe auf die Stromversorgung Kiews abgewehrt. Nach Angaben der lokalen Behörden wurden acht russische Raketen abgeschossen.
Soweit die Nachrichten. Auf Radio Elbe hören Sie jetzt unser Kulturprogramm.
Aus Anlass des seit einem halben Jahr geführten Angriffskrieg Russlands übertragen wir heute ein Benefizkonzert mit der ukrainischen Opernsängerin Lena Belkina. Am Flügel wird sie begleitet von Violina Petrychenko, die die ukrainische Klaviermusik weltweit bekannt gemacht hat.
Die UNESCO hat eine beeindruckende Phono-Bibliothek mit Volksliedern aus aller Welt zusammengestellt und in dieser stam-

men die mit Abstand meisten Lieder – es sind circa 15500 Titel –
aus der Ukraine.

Aus dieser Auswahl singt Lena Belkina jetzt das Lied »Chervona Ruta«.

Beschwingt und doch melancholisch tönt die Musik aus dem kleinen Apparat. Der Klang ist erstaunlich klar, denkt Paul Knupper. Er ist stolz auf seine Arbeit. Es ist eine ganz schöne Fummelei gewesen; die Transistoren mussten komplett …

Leises Schluchzen neben ihm reißt ihn aus seinen Gedanken. Er schaut Illya an, dem jetzt Tränen über die welken Wangen laufen. Der verträumte Blick aus den nassen Augen des Alten ist nach irgendwo in die Ferne gerichtet.

In einem Gespräch mit Natalia Bondarenka hat sie Knupper versichert, Illya sei kein Freund schöner Musik und auch sonst ziemlich frei von Gemütsbewegungen.

Was für ein Irrtum!

Der alte Mann beugt sich jetzt vor und sein Körper wird von Erregungen geschüttelt.

Verständnisvoll und mitleidig sieht sein Banknachbar den alten Mann aus der Ukraine an. Illya leidet offensichtlich nicht nur am Überfall Putins auf sein Heimatland. Er muss darüber hinaus erfahren, wie eine jahrzehntelange Freundschaft zweier Völker in die Brüche geht. Völker, die Schulter an Schulter im Kampf gegen den Faschismus gestanden haben. Nie wieder – und das hat nichts mit seiner überschaubaren Lebenserwartung zu tun – wird Illya Vertrauen zu einem Russen fassen können, was für ihn früher das Normalste von der Welt gewesen ist.

Der wundervolle Gesang Lena Belkinas überwältigt den Alten; mehr noch ist es sein kleines Radio, das wieder mit ihm spricht und das er krampfhaft in seinen zitternden Händen hält.

Die Vergangenheit holt uns wieder ein, denkt der alte Mann, wieder überzieht ein Krieg Europa, nur dass dieses Mal das Böse aus der entgegengesetzten Richtung kommt.

Das hätte Illya Kulik nie für möglich gehalten.

ENDE